HEYNE ‹

W0015549

HANNAH CONRAD

EINE FAST PERFEKTE DEBÜTANTIN

Das Lilienpalais

Band 1

ROMAN

WILHELM HEYNE VERLAG
MÜNCHEN

Sollte diese Publikation Links auf Webseiten Dritter enthalten,
so übernehmen wir für deren Inhalte keine Haftung,
da wir uns diese nicht zu eigen machen, sondern lediglich
auf deren Stand zum Zeitpunkt der Erstveröffentlichung verweisen.

Penguin Random House Verlagsgruppe FSC® N001967

Originalausgabe 11/2022
Copyright © 2022 dieser Ausgabe
by Wilhelm Heyne Verlag, München,
in der Penguin Random House Verlagsgruppe GmbH,
Neumarkter Str. 28, 81673 München
Dieses Werk wurde vermittelt durch die Literarische Agentur
Thomas Schlück GmbH, 30161 Hannover.
Umschlaggestaltung: t.mutzenbach design, München
Satz: Leingärtner, Nabburg
Druck und Bindung: GGP Media GmbH, Pößneck
Printed in Germany
ISBN: 978-3-453-42654-2

www.heyne.de

München

Zum Ball lädt ein

Das Haus von Seybach

Henriette von Seybach;
Gräfin, verwitwet, Mutter von Carl v. Seybach

Carl von Seybach;
Graf, Witwer, Obersthofmeister & Berater des Königs

Eloise von Seybach;
Carls an Schwindsucht verstorbene Ehefrau

Maximilian von Seybach;
Erbgraf, ältester Sohn von Carl, Arzt

Isabella von Seybach;
jüngste Tochter von Carl, »Nesthäkchen«

Johanna von Seybach;
Carls Nichte aus Königsberg (Preußen)

Nanette;
Gouvernante des Hauses von Seybach

Auf die Tanzkarte möchten

Alexander von Reuss;
Erbgraf des Hauses von Reuss

Leopold von Löwenstein;
angehender Diplomat und Freund seit Kindertagen

Ferdinand v. Rückl;
Adliger, dessen Worte Stadt und Königreich bewegen*

Sophie de Neuville;
Erbin mit eigenwilligen Plänen*

Julie von Hegenberg;
Adlige mit vielfältigen Interessen

Richard von Cranichsberg zu Treutheim;
Adliger mit märchenhaftem Vermögen*

Louisa;
Dienstbotin im Haus von Seybach

Unverzichtbar im Hintergrund sind

Afra Haberl:
Hausdame, Vorsteherin des weiblichen Gesindes

Finni:
Kammerzofe

Albrecht:
Kammerdiener*

Matthias:
Lakai*

Joseph (Sepp):
Hausvorstand

Berti:
Köchin

Xaver:
Kutscher

Anna, Cilli & Bärbel:
Stubenmädchen

Gretel & Annelies:
Küchenhilfen*

Georg (Schorsch):
Stalljunge

Anton:
Gärtner*

Käth:
neu in München, Hausmädchen*

In besonderen Rollen

5 Hunde: Napoleon, Antoinette,
Ludovika, Henry, Caesar*

Mit* markierte Personen tauchen in den anderen Bänden auf.

»*Wahre Größe kann im Schutz einer Maske wachsen,*
aber sich nicht für immer dahinter verbergen.«

NANETTE

MÜNCHEN, JULI 1827 …

1

Johanna

»Halte dich gerade, Mädchen, um des lieben Himmels willen!«
Henriette von Seybach stieß den Stock auf den Boden, und
Johanna drückte unweigerlich den Rücken durch. Ihre Großmutter ging um sie herum, langsam, als begutachtete sie ein Pferd,
machte dazu ein paar recht passende Schnalzlaute und stieß den
Stock schließlich ein weiteres Mal so kräftig auf den Marmorboden, dass Johanna zusammenzuckte.

»Gräfin von Seybach, lassen Sie sie doch erst einmal ankommen«, sagte einer der beiden dunkelhaarigen jungen Männer, die
gerade in die Eingangshalle traten.

»Eben«, kam es von seinem Begleiter. »Sie ist ja kaum zur Tür
herein.«

»An deinen Cousin Maximilian erinnerst du dich ja gewiss
noch«, sagte die Großmutter und deutete auf den, der zuletzt
gesprochen hatte. »Und der junge Herr neben ihm, *der gerade
gehen möchte*, ist der Graf von Reuss. Ich frage mich, ob er hier
wohl demnächst als Dauerkonversationspartner ein Zimmer im
Lilienpalais beziehen möchte. Fehlt nur noch der Dritte im Bunde,
der junge Herr von Löwenstein, aber ihn halten wohl die diplomatischen Angelegenheiten des Landes beschäftigt.«

Johanna begegnete erst dem Blick ihres Cousins, dann dem seines Freundes – hielt diesen einen Moment länger fest, als statthaft
war. In den braunen Augen des Grafen von Reuss meinte sie einen
gewissen Schalk zu erkennen, und als er lächelte, konnte sie nicht
anders, als es zu erwidern. Er war attraktiv und wirkte auf eine

weltgewandte Art elegant in dem dunklen Rock, der ihm wie auf den Leib geschneidert saß. Alexander von Reuss blieb am Fuß der Treppe stehen, sein Blick hielt immer noch den Johannas, und kurz war es ihr, als wollte der junge Graf etwas sagen, als die resolute Stimme der Großmutter erneut erklang und der Moment erwartungsvoller Stille zerstob.

»Geh und sag deinem Vater Bescheid, dass deine Cousine angekommen ist«, befahl Henriette von Seybach, an Maximilian gewandt. Dabei schlug sie die Stockspitze gegen den Saum von Johannas Kleid, als müsste sie verdeutlichen, wer gemeint war.

Maximilian verdrehte die Augen, sagte aber nichts, sondern verließ kopfschüttelnd die feudale Eingangshalle.

»Und du!«, dieses Mal verfehlte die Stockspitze Johannas Fuß nur knapp, »Haltung, habe ich gesagt! Starren ist zutiefst unhöflich.«

Folgsam senkte Johanna die Lider und sah zu Boden, hörte, wie sich Maximilians Schritte sowie die des jungen Grafen von Reuss entfernten. Sie wollte wieder fort, wollte nach Hause, nach Königsberg, wollte es so unbedingt, dass sie gar für einen Moment die Augen schloss, als bedürfte es nur eines Blinzelns, und sie stünde wieder in ihrem Zimmer, inmitten von Wärme und Vertrautheit. Dann verflog dieser flüchtige Moment, und sie war wieder hier, in jener marmorglänzenden Halle, die Entree und Wintergarten zugleich war. Vorsichtig, stets in Erwartung einer weiteren Ermahnung, hob Johanna den Blick, ließ ihn über üppig aus Kübeln wachsendes Grün wandern, über ein mit roter, golddurchwirkter Seide bezogenes Kanapee, über die schön geschwungene Treppe, die zu einer Galerie in der Beletage und einer weiteren im zweiten Stockwerk führte. Johanna hob den Blick noch weiter und sah in die prachtvolle Glaskuppel, die durch mehrfaches Brechen aus dem einfallenden Sonnenlicht eine funkelnde Kaskade machte.

»Beeindruckend, nicht wahr?«, hörte sie eine Männerstimme sagen und wandte den Kopf. Ihren Onkel Carl hatte sie seit mehreren Jahren nicht gesehen, verändert hatte er sich indes nicht. Schlank, hochgewachsen, aristokratische Züge, braune Augen. Nur Haar und Schnurrbart waren mittlerweile vollständig ergraut. Er betrachtete sie nachdenklich, schüttelte dann leicht den Kopf und sagte schließlich: »Was mache ich jetzt mit dir, hm?«

Da Johanna darauf schlechterdings keine Antwort geben konnte, schwieg sie.

»Ich habe ja gleich gesagt«, eiferte sich ihre Großmutter, »dass Constantin diese Frau niemals hätte heiraten dürfen.« Constantin war Johannas Vater, *diese Frau* ihre Mutter. »So ein Irrsinn. Was hat er bei den Missionaren in Afrika zu suchen? Das war doch niemals seine Idee.«

»Nun ja«, wagte Johanna einzuwenden, »streng genommen …«

Der Knall, mit dem der Stock auf den Boden gestoßen wurde, brachte sie zum Schweigen. »Sprich erst, wenn du angesprochen wirst!«

Wie bitte? War sie hier auf einem Kasernenhof? Ihre Eltern hatten ihr nicht einmal im Kleinkindalter den Mund verboten.

»Aber du«, die Großmutter stieß den Finger in Carls Richtung, »hast mir ja in den Ohren gelegen, den Jungen heiraten zu lassen.«

»Der *Junge*«, gab Carl gereizt zurück, »hatte da bereits die dreißig überschritten, und nach all seinen Eskapaden können wir froh sein, dass er überhaupt geheiratet hat.« Im selben Moment wurde ihm offenbar bewusst, dass dergleichen Anspielungen über die Eltern sich in Gegenwart der – unverheirateten! – Tochter keineswegs gehörten, und er räusperte sich so laut, als könne er damit das Gesagte im Nachhinein übertönen.

Ehe Henriette von Seybach antworten konnte, waren eilige Schritte zu hören. »Antoinette! Bei Fuß.«

Die Angesprochene – ein Hund, der eher an ein flauschiges weißes Fellknäuel erinnerte als an französische Eleganz – sah diesen Befehl offenkundig eher als Empfehlung an, denn sie flitzte um die Ecke, schlitterte auf dem glatten Marmor und landete in Henriette von Seybachs ausladenden dunklen Röcken. Glücklicherweise war der Hund zu flink für den Stock, mit dem die alte Frau entrüstet nach ihm schlug, und im nächsten Moment kam auch schon eine junge Frau in das Entree gelaufen, Johannas Cousine Isabella, das achtzehnjährige Nesthäkchen der Familie.

»Antoinette! Großmutter, tu ihr nicht weh!« Sie kniete sich hin und fischte unter dem Kleid der Großmutter nach dem Hund. Johanna spürte, wie ein heftiger Lachreiz in ihr aufstieg, und biss sich auf die Unterlippe, um der Situation mit dem nötigen Ernst zu begegnen.

Eine Frau betrat die Eingangshalle, erfasste die Situation mit einem Blick. »Isabella! Was ist das für ein Benehmen? Sofort stehst du auf.«

Johannas Cousine kam auf die Beine und versuchte, den Hund zu halten, der sich in ihren Armen wand.

»Schaff diese Promenadenmischung aus dem Haus!«, schimpfte Henriette von Seybach, während sie mühevoll ihre Röcke und Unterröcke ordnete. »Und dann dieser französische Name! Du bist wohl toll!«

Johannas Gesicht war ganz heiß vor Anstrengung, nicht zu lachen. Sie sah die Frau an, die nun vor Isabella stand und sie prüfend musterte.

»Der Hund bleibt«, mischte sich Carl ein. »Darüber haben wir gesprochen. Wenn es Isabella gefällt, Hunde zu halten, dann mag sie das tun. Das schult das Gefühl für Erziehung und Verantwortung, nicht wahr, mein Liebes?« Sein Blick, der vorher noch so unschlüssig auf Johanna geruht hatte, wurde ganz weich vor väterlicher Zuneigung, als er nun seine Tochter ansah.

»Vor allem *Erziehung*«, murmelte Henriette von Seybach. Dann straffte sie sich. »Nanette!« Die Fremde blickte auf, und ihr Blick traf den Johannas. »Meine Enkelin Johanna von Seybach. Ich nehme an, die Räumlichkeiten sind vorbereitet?«

»Ja, gnädige Frau.« Ein subtiler, kaum merklicher Spott lag in den Worten, und Johanna fragte sich, ob nur sie ihn wahrnahm. Die Großmutter würde so ein Verhalten gewiss nicht dulden.

»Johanna, das ist Nanette, die Gouvernante.«

Mit einer leichten Neigung des Kopfes begrüßte sie die Frau, während sie überlegte, woher – um alles in der Welt! – ihr dieses Gesicht bekannt vorkam. Die Gouvernante mochte um die vierzig sein und sprach mit einem leichten Münchner Zungenschlag. Johanna forschte in Nanettes Zügen nach einer Spur des Wiedererkennens. Sie waren sich doch schon begegnet, nicht wahr? Die stumme Frage löste keinen Widerhall im Gesicht der Frau aus.

»Wo ist Maximilian?«, fragte die Großmutter an Carl gewandt. »Er sollte dir doch nur eben Bescheid geben.«

Carl sah sich um, und Johanna fragte sich, ob dieser Ausdruck von Ratlosigkeit womöglich gar nicht ihr geschuldet gewesen war, sondern seine Miene fortwährend prägte. Sein Blick wanderte zur Treppe, dann zur Kommode und blieb daran hängen, als stünde zu befürchten, Maximilian könne jeden Moment wie ein Schachtelteufel daraus hervorspringen.

»Dieser Kerl!«, stieß Henriette von Seybach hervor. »Schäkert wohl wieder mit den Dienstmädchen.«

»Aber Großmutter!« Isabella riss die blauen Augen in einem so gekonnt schockierten Ausdruck auf, als stünde sie auf einer Theaterbühne.

»Oh, entschuldige bitte, mein Kind.« Die Großmutter wandte sich an Nanette und winkte ungeduldig zur Treppe. Die Gouvernante sagte nichts, hob nur die Brauen, und es wirkte wie ein stummes Kräftemessen. »Bringen Sie meine Enkelin – *diese hier*«, Henriette von Seybach stieß den Stock in Johannas Richtung, als könne ein Zweifel daran bestehen, welche der beiden jungen Frauen gemeint war, »auf ihr Zimmer. Und machen Sie sie mit den Tagesabläufen vertraut.« Henriette von Seybach nickte Johanna noch einmal knapp zu, dann verließ sie die Halle.

Einen Moment lang sah Nanette ihr nach. Schließlich wandte sie sich ab, und ihr Blick begegnete dem Carls, der ihn kurz erwiderte, ehe er Isabella und Johanna ansah. »Nun«, er räusperte sich, »dann sehen wir uns beim Abendessen, ich muss noch einmal kurz in die Residenz.« Wieder ein knappes Nicken in Johannas Richtung. »Ich empfehle mich.«

Isabella hielt immer noch den Hund im Arm. »Wir teilen uns übrigens ein Ankleidezimmer. Am besten stellen wir direkt die Regeln auf. Da ich die älteren Rechte daran besitze, ist klar, dass ich immer den Vortritt habe.«

Johanna zuckte mit den Schultern. Ihr war es gleich. »Gewiss.«

»Dann bin ich sicher, wir verstehen uns bestens.«

»Fräulein von Seybach«, war Nanettes dunkle Stimme zu vernehmen. »Wenn Sie mir bitte folgen wollen.«

Johannas Blick fiel auf das goldgerahmte, lebensgroße Porträt von Eloise von Seybach, frühere Komtess von Hohenfels und verstorbene Ehefrau ihres Onkels Carl, das links der Treppe hing. Als Johanna das letzte Mal in München gewesen war – acht Jahre war das nun schon her –, hatte sie noch gelebt. Unter dem Porträt stand eine Bodenvase mit Lilien, Eloises Lieblingsblumen, nach denen auch dieses Haus benannt war – das Lilienpalais. Johannas Mutter hatte dies mit den Worten kommentiert: »Das war gewiss wieder so eine Überspanntheit von Carl.«

Isabella schloss sich ihnen an, als sie die Treppe hochgingen und die Galerie der Beletage betraten. Johanna hielt inne und sah von oben in die Eingangshalle, die wie ein Lichthof mitten im Haus lag. Diese Glaskuppel war wirklich famos und schuf mit den geschmackvoll arrangierten Pflanzen eine Atmosphäre lichtdurchfluteter Eleganz. Hier ließ sich gewiss wunderbar eine Staffelei aufstellen und in Gartenatmosphäre malen. Allerdings konnte sie sich schon jetzt lebhaft die missbilligende Miene der Großmutter vorstellen, wenn sie Gäste ins Haus führte und Johanna farbenbekleckst mit Pinsel und Malerpalette in der Eingangshalle stand.

»Junge Dame?«, brachte Nanette sich in Erinnerung. »Hier entlang.«

Johanna folgte ihr eine weitere Treppe hoch, durch Korridore, vorbei an Türen und Erkern. Schmerzlich vermisste sie ihr Zuhause, die vertrauten Flure und Zimmer, die weitläufig, aber nicht so überdimensioniert waren. Ein Zuhause, in dem man sich nicht erst in den Korridoren orientieren musste, um den Weg in sein Zimmer zu finden. Das frühere Haus der Münchner Familie war auch groß gewesen, aber Johanna hatte es nicht so weitläufig in Erinnerung. In diesem hier wohnte die Familie seit zwei Jahren, und offenbar war alles darauf angelegt, möglichst weite Wege zurücklegen zu müssen.

Nanette stieß die Tür zu einem Zimmer auf, in das Johannas Zimmer daheim zweimal reingepasst hätte. Es war ein schöner Raum, eingerichtet mit Möbeln in schimmerndem Rosenholz und cremeweißen Vorhängen mit grünen Quasten und Troddeln vor den Fenstern. Über das breite Schlittenbett zu ihrer Linken spannte sich ein Baldachin aus grünem Brokat, und auf dem Parkettboden lag ein teuer aussehender Teppich, auf dem eine Sitzecke angeordnet war. Die Wände zierte eine schimmernde grüne Seidentapete, die in sich gemustert war. »Und?«, fragte Isabella. »Was sagst du?«

»Sehr hübsch«, gab Johanna die einzig mögliche Antwort. Es war ja auch in der Tat ein schöner Raum. Einer, in dem man Ferien machte und sich ein wenig hochherrschaftlich fühlen konnte, allerdings gewiss nicht geeignet, um dauerhaft darin zu wohnen und sich wohlzufühlen. Seufzend ging Johanna zum Bett, berührte die an die Pfosten gebundenen Vorhänge.

Isabella setzte den Hund ab und strich sich eine dunkle Haarsträhne aus der Stirn. Sie hatte die Augen leicht verengt und schnupperte. Johanna sah sie an, hob fragend eine Braue, und ihre Cousine wurde rot. Nun war auch Nanette aufmerksam geworden.

»Hast du uns etwas mitzuteilen, Isabella?«

»Ludovika hat sich vorhin hinter dem Vorhang … Aber ich habe alles sauber gemacht. Man riecht doch nichts, oder?«

»Der Hund«, erklärte Nanette auf Johannas fragenden und vermutlich recht entgeistert wirkenden Blick hin – hatte sie doch geglaubt, Ludovika sei ein Dienstmädchen. »Lass deine Großmutter nicht hören, dass du den Hund nach der Prinzessin benannt hast. Sie scheint über Napoleon noch nicht hinweg zu sein.«

»Ludovika ist unten bei den Dienstboten«, erklärte Isabella. »Ich hoffe, Großmutter bekommt sie vorläufig nicht zu Gesicht.«

»Wieso war der Hund überhaupt hier im Zimmer?«, fragte Nanette.

»Sie ist durchs Ankleidezimmer, als ich sie kurz bei mir hatte. Irgendwie schafft sie es wohl, die Klinke herunterzudrücken.«

»Sieh zu, dass du sie stubenrein bekommst. Wenn ihr so ein Malheur in einem der Salons passiert, kann vermutlich nicht einmal dein Vater sie noch retten.«

Johanna ging im Zimmer umher, schnupperte argwöhnisch. Sie mochte Hunde, aber das ging ihr dann doch zu weit. Allerdings war nichts zu riechen, selbst in der Nähe der Fenster. Sofern diese Vorhänge gemeint gewesen waren und nicht die am Bett. Aber Johanna fragte nicht, da sie die Antwort lieber gar nicht wissen wollte. Sie setzte ihren Rundgang durch das Zimmer fort, blieb vor dem Sekretär stehen, der Büttenpapier und Schreibfedern enthielt. Da konnte sie ihren Eltern gleich einen langen und anklagenden Brief schreiben. Wieso hatten sie nicht warten können, bis sie verheiratet war? All die Jahre war die Mission ohne die wohltätigen Werke Constantins und Mathildes von Seybach ausgekommen, und nun war es auf einmal alles so eilig?

»Es wird dir in München gefallen«, hatte ihre Mutter gesagt. »Carl hat so gute Beziehungen bei Hofe, du wirst eine großartige Partie machen. Und dann kommen wir, damit ich dein Kleid mit dir aussuche.«

Johanna jedoch hatte keinen Sinn gehabt für diese Art von

Beschwichtigung und Schönrederei. Es blieb ja doch letzten Endes bei dem Umstand, dass man sie fortschickte, weil es die Eltern in die Ferne zog.

»Und wenn wir sie mitnehmen?«, hatte ihr Vater eingewandt, dem es wohl angesichts von Johannas verzweifeltem Blick das Herz brach.

»Bist du von Sinnen?«, hatte ihre Mutter entgegnet. »Was soll das Mädchen denn in Afrika? Einen Missionar heiraten?«

Sie hatten über sie gesprochen, als sei sie gar nicht da. Als ginge es sie nichts an, was da über sie entschieden wurde. Es war beschlossene Sache, man schickte sie nach München, am selben Tag, an dem die Eltern zu ihrer Reise aufbrachen. Die Mutter hatte noch viele gute Ratschläge für sie parat gehabt. Die Gesellschaft in München, so ihre Worte, sei mondäner als die in Königsberg. Das mochte stimmen, aber Königsberg war lebendiger, aufregender, und zudem war man von dort aus recht schnell in Berlin. Doch natürlich betonte ihre Mutter all die Vorteile, die München bot, vergaß aber nie hinzuzufügen, sie müsse aufpassen und immer auf sich achtgeben. Johanna wusste das alles, sie kannte die Regeln einer Gesellschaft, in der ein zu keckes Lächeln oder ein offenherziger Blick über die Schulter den Ruf für immer ruinieren konnte. Sie war es nicht anders gewöhnt, als stets auf der Hut zu sein.

»Möchten Sie jetzt schon den Tagesablauf besprechen oder sich lieber erst ein wenig ausruhen und frisch machen?«, fragte Nanette, während Isabella versuchte, den kleinen Hund mit gutem Zureden unter dem Bett hervorzulocken. Na, hoffentlich war wenigstens Antoinette stubenrein.

»Ich möchte mich gerne ein wenig ausruhen«, antwortete Johanna, weniger, weil sie das Bedürfnis nach Ruhe verspürte, sondern vielmehr, weil ihr nicht danach war, langatmige Tagespläne durchzugehen. Sie brauchte Zeit, um erst einmal richtig anzukommen, und würde sich lieber einige Tage einleben, ehe sich gleich der Etikette des Hauses und einer strikten Planung zu unterwerfen.

Endlich hatte Isabella Erfolg mit ihren Bemühungen, nahm den Hund auf den Arm und ging zur Tür.

Nanette machte Anstalten, das Zimmer zu verlassen, und da war sie wieder, diese kleine Spur von Unbehagen, wenn man eine Erinnerung zum Greifen nah glaubte und sie sich doch wieder entzog. »Sagen Sie, waren Sie je in Königsberg?« Aufmerksam betrachtete Johanna die Frau. Weiteten sich die Augen nicht kaum merklich? War da nicht eine Spur forschender Wachsamkeit im Blick?

Nanettes Lippen öffneten sich, die Mundwinkel hoben sich zu einem angedeuteten Lächeln. »Was sollte ich wohl in Königsberg?«

2

Johanna

Johanna hatte sich frisch gemacht und saß nun an ihrer Frisierkommode, betrachtete im Spiegel ihr blasses Gesicht, in dem sich die nahezu schlaflose Nacht in den dunklen Schatten unter den Augen zeigte. Ihr Blick wanderte ein weiteres Mal durch das Zimmer, verweilte kurz auf einem Gemälde an der Wand, das den sommerlichen Garten vor einem kleinen Lustschloss zeigte, glitt weiter bis zum Fenster, dessen Ausblick auf das Palais der Nachbarn das Gegenteil der erbaulichen Szenerie war. In Königsberg hatte sie von ihrem Fenster aus in den Garten sehen können, hatte im Frühjahr das sprießende Grün sowie die Kirsch- und Apfelblüte bewundern können, im Sommer das Farbenspiel der Blumen in goldenem Licht, hatte hinausblicken können in das Bunt des Herbstes und die weiße Pracht des Winters. Hier jedoch schaute sie auf eine Hauswand und mit Vorhängen verhängte Fenster.

Seufzend wandte sich Johanna ihrem Spiegelbild zu, überprüfte, ob die Frisur noch richtig saß, steckte eine Spange in ihrem honigblonden Haar wieder fest. Sie betrachtete das Armband mit grün schimmerndem Opal – »die Farbe deiner Augen«, waren die Worte ihre Mutter dazu gewesen, als sie es ihr wenige Wochen vor ihrem Aufbruch nach München geschenkt hatte.

Kurz darauf wurde an die Tür geklopft, und auf Johannas »Herein« betrat eine junge Frau die Tür, gekleidet in eine graue Dienstbotentracht mit feinen schwarzen Streifen, das adrett frisierte rotblonde Haar unter einer Haube.

»Grüß Gott, gnädiges Fräulein. Ich bin die Finni, die Kammerzofe der Damen des Hauses. Gräfin von Seybach schickt mich, damit ich Ihnen helfe, sich für den Nachmittagskaffee umzukleiden.«

Finni? Was war denn das für ein Name?

»Guten Tag«, antwortete Johanna in ihrem Königsberger Zungenschlag.

»Haben Sie einen bestimmten Wunsch, oder soll ich das Kleid für Sie aussuchen?«

Das war auch daheim Aufgabe der Zofe, und so bedeutete Johanna der jungen Frau mit einem Nicken, dass sie ihr die Wahl überließ. Sie trug immer noch ihr schlichtes taubenblaues Reisekostüm, und so erhob sie sich, während Finni in das angrenzende Ankleidezimmer ging. Ihr Gepäck war Johanna vorausgeschickt und sämtliche Kleidung – wie sie nun bemerkte, als sie den Raum ebenfalls betrat – ordentlich in die Schränke geräumt worden. Finni hatte bereits mit geübtem Blick eine Entscheidung getroffen und holte ein Kleid aus feiner altrosa Seide heraus. Dann machte sie sich daran, alles bereitzulegen, ehe sie Johanna aus ihrer Kleidung half.

Die Zofe schnürte das Korsett über dem feinen Hemdchen, bis es biegsam Johannas Figur umschloss. Danach half sie ihr in Unterkleid und in die Unterröcke, die leise raschelten und sich kühl auf Johannas Haut anfühlten. Schließlich folgte das Kleid, dessen kleine Häkchen Finni im Rücken schloss, ehe sie die Volants ordnete, einige der winzigen Rüschen um das Dekolleté zurechtzupfte, Johanna noch einmal prüfend ansah und dann nickte.

Die Tür auf der anderen Seite des Ankleidezimmers flog auf, und Isabella trat ein. »Ah, habe ich doch richtig gehört.« Sie betrachtete Johanna mit geschürzten Lippen. »Ja, sehr hübsch«, war ihr abschließendes Urteil. »Komm, gehen wir. Großmutter wird *sehr* ungehalten, wenn wir zu spät zum Kaffee erscheinen.«

»Sollte ich nicht erst mit der Gouvernante – Nanette? – den Tagesablauf durchgehen?«

»Großmutter hat gerade mit ihr gesprochen, sie macht das nach der Kaffeestunde dann ganz in Ruhe. Immerhin ist das nichts, was man in wenigen Minuten abhandeln kann.«

Das klang nach einem sehr ermüdenden Vortrag, und Johanna seufzte verhalten. Während die Zofe sich daranmachte, die Kleidung aufzuräumen, verließen die beiden jungen Frauen den Ankleideraum, durchquerten Johannas Zimmer und traten auf den Korridor.

»Wir gehen übermorgen auf einen Tanzabend«, plauderte Isabella, während sie zur Treppe gingen. »Ich hoffe, du hast ausreichend Abendkleider dabei, ansonsten müssen wir dringend die Schneiderin rufen. Die kann zwar bis übermorgen auch nicht zaubern, aber vielleicht kann ich dir sonst mit einer Robe von mir aushelfen, und für die kommenden Bälle bist du dann ausgestattet.«

»Ich habe Ballkleider dabei.« Ihre Mutter hatte sie vor der Abreise mit allem ausgestattet, was Johanna nach deren Dafürhalten brauchte, wenn sie in einer Metropole wie München bestehen wollte. Immerhin gab es ja die Möglichkeit, auf den König selbst zu treffen!

»Seid ihr denn modisch auch schon auf dem neuesten Stand?«, fragte Isabella. »Ostpreußen gilt ja in diesen Dingen immer als etwas, hm, hinterwäldlerisch.«

»Königsberg ist nun alles andere als hinterwäldlerisch!«

»Ich wollte dir nicht zu nahetreten.«

Johanna neigte nur mit einer knappen Geste den Kopf.

»Aber das hier«, machte Isabella einen erneuten Versuch, »das ist schon etwas anderes als in den meisten Teilen des Reiches. Wir sind hier der Mode voraus, musst du wissen.«

»Meine Mutter hat eine Schneiderin kommen lassen, die für den Hochadel Kleidung fertigt.« Ein wenig ärgerte es Johanna, dass sie sich hier erklären musste, als käme sie aus einem Dorf im Nirgendwo. Das kannte sie von daheim nicht, dort hatte sie immer als modern und elegant gegolten.

»Ich möchte nur, dass du dich wohlfühlst und einen guten Eindruck machst«, beeilte sich Isabella zu sagen und klang dabei aufrichtig. »Und was in den Ostprovinzen als sehr modern gilt, ist hier vielleicht schon vorletzte Saison. Unsere Kleider werden von Frau Wertmann gefertigt, sie ist Hoflieferantin.«

Sie stiegen die Treppe hinab in die Beletage. »Zum nachmittäglichen Kaffee finden wir uns heute im Großen Salon ein.«

Ein Kläffen war zu hören, dann ein erschrockener Schrei, dem ein lautes Scheppern folgte. »I werd noch narrisch!«, schimpfte eine Frauenstimme.

»Ach«, sagte Isabella, »da sehe ich wohl besser mal …« Der Rest des Satzes verklang, als sie davoneilte und Johanna einfach stehen ließ.

Und jetzt? Da Johanna keine Ahnung hatte, wie sie in diesem weitläufigen Haus zum Großen Salon gelangte, sie aber auch nicht hinter ihrer Cousine herlaufen würde – mit undamenhaft hochgerafften Röcken! –, blieb sie stehen und wartete darauf, dass Isabella zurückkehrte. Sie sah sich die Bilder an den Wänden an, ließ den Blick hochgleiten zur Stuckdecke und schließlich hinunter zu den Fußleisten.

»Suchst du etwas?«, hörte sie eine Männerstimme und fuhr zusammen. Maximilian kam die Treppe hinunter und betrachtete sie mit distanziertem Interesse. Er hinkte leicht, das Überbleibsel eines Reitunfalls in seiner Jugend.

»Hm, ich warte auf Isabella.«

»Wo ist sie?«

»Sie wollte mich eigentlich zum Salon bringen für den Nachmittagskaffee, aber dann war da irgendein Malheur mit einem Hund.«

»Ach, Isabella und ihre Hunde.« Maximilian wirkte belustigt. »Wenn das der Grund für den Lärm eben war, kann das dauern. Findest du den Weg allein?«

»Ich befürchte nicht. Willst du mir deine Hilfe anbieten?«

»Bedaure, ich muss passen. Wenn Großmutter mich sieht, nötigt sie mir die tödlich langweilige Kaffeestunde auf.«

»Das heißt, du lässt mich hier einfach so stehen?«

»Ich könnte dir den Weg beschreiben.«

»Besonders galant bist du nicht, ja?«

»Bisher kamen keine Klagen.« Er lächelte schief, und Johanna konnte sich gut vorstellen, dass er damit schon so manch einer jungen Dame weiche Knie beschert hatte.

»Nun gut, dann beschreib mir den Weg.«

Maximilian wollte gerade ansetzen, als Isabella zurückkehrte, einen Malteser im Arm. »Ah, du bist noch hier, dachte ich es mir doch.«

»Nun denn, meine Damen.« Maximilian deutete eine Verbeugung an. »Ich empfehle mich.«

»Entschuldige bitte«, sagte Isabella zu Johanna. »So ein Theater!«

»Maximilian!« Die Stimme der Großmutter durchschnitt Isabellas Worte mit der Schärfe eines Armeesäbels.

Johanna fuhr zusammen, als hätte man sie bei etwas Verbotenem ertappt, während sich Maximilian langsam umdrehte, die Miene von einer stummen Resignation gezeichnet. Isabella hingegen wirkte ein klein wenig schadenfroh, als sie ihren Bruder ansah und ihm zuzwinkerte. Wie die Großmutter es trotz ihres Stockes geschafft hatte, sich unbemerkt zu nähern, war Johanna ein Rätsel. War die Gehhilfe womöglich nur Staffage?

»Wohin des Weges, junger Mann?«, fragte Henriette von Seybach.

»Ich habe noch einen Termin.«

»Ganz recht, und zwar mit Gräfin von Barnim und ihrer reizenden Tochter Katharina.«

Maximilian antwortete nicht, murmelte dann etwas, das wenig schmeichelhaft klang, und schloss sich Johanna und Isabella an, die wiederum der Großmutter folgten, welche entschiedenen Schrittes voranging. Dann blieb sie so abrupt stehen und drehte sich zu ihnen um, dass Johanna beinahe in sie hineingelaufen wäre.

»Und was dich betrifft, junge Dame«, der Stock stieß gegen Johannas Rocksaum, »ich vermute, auch bei euch in Königsberg lernt man, die Uhr zu lesen?«

Johanna fing Isabellas Blick auf, las die stumme Bitte darin. Da sie nicht wusste, wie weit Henriette von Seybachs Duldung für die Eigenheiten der Hunde ging, antwortete sie: »Es tut mir leid.«

»Angesichts dessen, dass du gerade erst angekommen bist, möchte ich dir das Versäumnis heute nachsehen. Isabella, der Hund kommt nicht an die Kaffeetafel.«

»Aber er …«

»Nicht auf zehn Schritte!«

Isabella setzte den Hund auf den Boden.

»Und nun bitte Haltung! *Grâce, mesdames.*« Henriette von Seybach musterte ihre Enkelin kritisch. »Ja, genau so bleibst du, wenn du in den Salon kommst. Das Kinn nicht ganz so hoch, das wirkt aufsässig.« Die alte Dame verengte prüfend die Augen. Dann wandte sie sich zu Johanna um, maß sie stumm, ehe sie knapp nickte.

»Ist es wirklich notwendig, dass Johanna und ich danebensitzen, während Max um Katharina herumbalzen muss?«, fragte Isabella und fing sich einen bösen Blick ihres Bruders ein. »Ich könnte mit ihr doch in der Zeit, den, hm, den … den Tagesplan durchgehen.«

»Das erledigt Nanette später. Und du wirst mitnichten einfach nur danebensitzen, sondern dich zusammen mit deiner Cousine bei Frau von Barnim um einen guten Eindruck bemühen.«

Isabella krauste fragend die Stirn, und jetzt war es Maximilian, der antwortete – ein winziges, sardonisches Lächeln in den Mundwinkeln. »Schwesterchen, ist dir gar entfallen, dass Katharina noch zwei ältere Brüder hat?«

»Oh«, stöhnte Isabella verhalten, während sie der Großmutter zum Großen Salon folgten, in dem bereits auf einem weißgoldenen, von mit rotem Samt bezogenen Stühlen umstandenen Tisch die Kaffeetafel aufgebaut worden war.

Es war ein prachtvoller Salon mit hohen Fenstern, Kommoden aus poliertem Wurzelholz, edlen Teppichen, einer Sitzgruppe aus zwei breiten, cremeweißen Kanapees mit roten Kissen. An den Fenstern waren rotsamtene Vorhänge gerafft, und die Wände zierten Porträts. Rechts neben der Sitzgruppe befand sich ein Kamin, der im Winter gewiss für anheimelnde Behaglichkeit sorgte.

»Das«, erklärte Isabella, »ist unser Großer Salon und gleichzeitig das Musikzimmer.« Sie nickte zum Pianoforte hin und zu der Harfe in einer Ecke des Zimmers.

Da der kleine Hund auf ausdrücklichen Wunsch der Großmutter ausgesperrt werden musste, war die Tür rasch geschlossen worden, ehe er mit hindurchschlüpfen konnte. Kurz befürchtete Johanna, er würde an der Tür kratzen und jaulen, aber es war nichts zu hören. Sie ließen sich auf den Kanapees nieder, um auf die Gäste zu warten. Das alles erschien Johanna unerträglich steif. Natürlich hatten sie auch in ihrer Königsberger Stadtvilla Gäste empfangen, aber da waren die Umgangsformen nie so starr gewesen. Und wenn sie auf ihrem Landsitz waren, war es noch weniger förmlich. Jähes Heimweh stieg in Johanna auf, und sie seufzte.

»Eine Dame zeigt keine Langeweile«, wies Henriette von Seybach sie zurecht.

Unvermittelt verbarg Isabella ein Gähnen hinter vorgehaltener Hand. »Verzeihung«, sagte sie dabei.

Ehe ihre Großmutter zu einem Vortrag ansetzen konnte – und die Art, in der sie tief Luft holte, zeigte, dass sie gerade im Begriff schien, genau das zu tun –, trat ein Dienstmädchen ein und meldete das Eintreffen der Gräfin von Barnim nebst Tochter Katharina.

Sie erhoben sich – das Hinsetzen hatte sich nach Johannas Dafürhalten kaum gelohnt –, als eine Dame in den Raum geführt wurde, die fast so groß war wie Maximilian. An ihrer Seite eine junge Frau in Johannas Alter, aschblond und durchaus hübsch.

»Meine *liebe* Henriette.« Die Frau hatte, wie Johanna schon bald

feststellte, eine enervierende Art, immer ein Wort im Satz zu beto-
nen. Obwohl die Familien sich augenscheinlich gut kannten,
wurde Katharina rot, als sie Maximilian begrüßte. Es war eben
doch etwas anderes, einander bei gesellschaftlichen Anlässen zu
begegnen oder aber mit dem sehr konkreten Anliegen, eine mögliche Eheschließung auszuloten.

»Meine Enkelin Johanna«, stellte ihre Großmutter sie vor. »Die
Tochter meines Jüngsten aus Königsberg.«

Johanna grüßte artig, während Gräfin von Barnim sie neugierig
musterte.

»Ah, *ma chère*«, sagte die Frau schließlich mit übertriebenem
Entzücken und wandte sich danach an Henriette von Seybach.
»*Elle* est *adorable*.«

Sie setzten sich an den Tisch, der mit feinstem Meißner Porzellan gedeckt worden war. In diesem Raum schien alles auf die Farben Weiß, Gold und Rot abgestimmt zu sein, und so hatte auch das
Geschirr einen Goldrand. Das Stubenmädchen Anna bediente bei
Tisch, auch sie in der grauen Dienstbotentracht mit den feinen
schwarzen Streifen und der weißen Schürze. Die Haube auf dem
Kopf war in koketter Weise ein klein wenig schief aufgesetzt, und
Johanna hoffte, die Großmutter würde dies nicht bemerken –
ebenso wenig den Umstand, dass Anna ein klein wenig errötete,
als ihr Blick den Maximilians traf. Besorgt sah Johanna ihre Großmutter an, aber die zeigte keine Regung, sondern war bereits in ein
anregendes Gespräch mit Gräfin von Barnim vertieft und unterbrach es nur, um anzumerken, dass bitte für jede Dame nur ein
kleines Stück Kuchen auf den Teller gegeben werde – immerhin
galt es, auf die Figur zu achten.

Sehnsuchtsvoll seufzend sah Isabella zu Maximilian, für den
dergleichen Beschränkungen nicht galten. Offenbar stand bei ihm
nicht zu befürchten, er könne seine schlanke Gestalt einbüßen.
Und selbst wenn, dann war das wohl halb so schlimm, denn als
Mann hatte er schließlich noch genug anderes zu bieten. Johanna

aß nicht besonders oft Süßes, aber gerade war sie doch versucht, aus Protest ein weiteres Stück zu nehmen. Kaffee wurde eingeschenkt, und Katharina, die neben Maximilian platziert worden war, nippte an ihrer Tasse. Sie wirkte befangen, was angesichts der Umstände wohl nicht verwundern durfte.

Da Isabella und Katharina sich offenkundig kannten, kam eine Konversation in Gang, während Maximilian mehrmals verstohlen auf die Uhr schaute und Johanna sich fragte, wie die Großmutter reagierte, wenn sie sich einfach den Kuchen von der Platte nahm.

»Johanna?« Henriette von Seybach klopfte in Ermangelung ihres Stocks mit der Gabel auf den Tisch. »Hörst du nicht, dass wir mit dir reden?«

»Ja, bitte?« Johanna blickte auf, und nun waren auch Isabella und Katharina verstummt.

»Gräfin von Barnim hat dir eine Frage gestellt.«

Johanna sah die Frau an. »Verzeihung.«

»Der König steht ja in *regem* Kontakt zum Hause von Seybach. *Hatten* Sie das Vergnügen?«

»Nein, bisher noch nicht.«

»Wollen Sie damit *sagen*, Sie sind ihm noch nie begegnet?«

»Ganz recht.«

»Na ja, die *Ostprovinzen*«, die Frau lachte gönnerhaft, »da verschlägt es den *bayrischen* Königshof ja nicht so oft hin. *Tellement provincial.* Na, dann *freuen* Sie sich gewiss darauf, den König kennenzulernen.«

Eigentlich nicht. »Natürlich.«

»Sie werden *auch* auf dem Tanzabend im Hause von Goldhofer übermorgen sein?«

»Gewiss wird sie das«, antwortete Henriette von Seybach an Johannas Stelle.

»Ich werde *ebenfalls* zugegen sein mit Katharina sowie meinen Söhnen Ferdinand und Heinrich.«

»Ferdi und Heini«, murmelte Isabella gerade laut genug, damit

Johanna sie hören konnte. Diese erstickte rasch ein Lachen in ihrer Serviette, aber den scharfen Augen der Großmutter entging nichts. Sie holte gerade tief Luft, öffnete den Mund, aber ehe sie die scharfe Zurechtweisung in Worte fassen konnte, war ein lautes Scheppern und Klirren vor der Tür zu hören.

»Sauköter!«, schrie eine Frauenstimme, und Katharina stieß ein sehr undamenhaftes, prustendes Lachen aus.

Der Blick der Großmutter schien Isabella geradezu zu durchbohren, und diese zog die Schultern hoch, als könne sie sich auf diese Weise vor den Konsequenzen schützen.

3

Johanna

Johannas Abendgarderobe war für tauglich erachtet worden, wenngleich Henriette von Seybach betonte, dass für die im November beginnende Saison, Feiern bei wichtigen Leuten und Veranstaltungen bei Hofe neue Kleider geschneidert werden mussten. Jetzt war Juli, da war noch ausreichend Zeit, wenn sie sofort begannen.

»Du musst wissen, dass unsere Schneiderin eine viel beschäftigte Frau ist.« Daraufhin erfuhr Johanna ein weiteres Mal von den umfangreichen Tätigkeiten einer Hofschneiderin. Ja, sie konnte sich wirklich glücklich schätzen.

»Freust du dich auf den heutigen Tanzabend?«, fragte sie Maximilian, als sie zwei Tage nach Johannas Ankunft nachmittags im Kleinen Salon saßen.

Der verzog keine Miene. »Ich kann kaum an mich halten.«

»Maximilian hasst Tanzabende«, fügte Isabella hinzu, als bedürfe es da noch einer Erklärung. »Warst du schon einmal auf einem richtig großen?«

»Wir hatten durchaus ein Gesellschaftsleben.« Johanna wünschte, man würde nicht ständig so tun, als sei sie irgendeine Hinterwäldlerin, die es in die Großstadt verschlagen hatte. Sie sah Maximilian an. »Warum kommst du mit, wenn es dir so zuwider ist?«

»Weil unser Vater heute keine Zeit hat, unsere Großmutter unpässlich ist und mir Isabella nie verzeihen würde, wenn ihr dieses Vergnügen entginge. Also werde ich euch begleiten.«

»Du wirst sehen«, sagte Isabella an Johanna gewandt. »Es wird ein Riesenspaß.«

Maximilian stand auf, ging zur Hausbar und goss sich zwei Fingerbreit Whiskey in ein Glas.

»Musst du dir um diese Zeit schon Mut antrinken?«, scherzte Johanna.

Ehe Maximilian antworten konnte, trat ihre Großmutter ein. Sie wirkte an diesem Tag in der Tat etwas unwohl. »Isabella, sorg bitte dafür, dass die kleine Promenadenmischung nicht wieder in die Küche läuft.« Nach dem letzten Malheur zwei Tage zuvor war die Stimmung immer noch etwas angespannt. Die Hündin Ludovika war aus dem Dienstbotenbereich entwischt und dem Stubenmädchen Cilli gefolgt. Dabei war sie ihr zwischen die Beine gelaufen, hatte sie zu Fall gebracht und zu allem Übel in der Aufregung eine Pfütze im Korridor hinterlassen – mitten auf dem Läufer.

Henriette von Seybach hatte die Hündin aus dem Haus verbannen wollen, aber da hatte der Hausherr ein Machtwort gesprochen. »Natürlich geben wir sie nicht weg. Die Kinder haben wir ja auch nicht vor die Tür gesetzt, als sie noch nicht trocken gewesen sind.«

Ihre Großmutter hatte nach Luft geschnappt, während Isabella sich ein Lächeln gegönnt hatte, in dem sich Erleichterung mit Triumph mischte.

Jetzt war es allerdings an der Großmutter, süffisant zu lächeln, als sie Maximilian einen gefalteten Zettel reichte. »Ich hoffe, du nimmst dich der Sache an.«

Neugierig beobachtete Johanna die Szene, aber sie kamen nicht dazu, Fragen zu stellen, denn ihre Großmutter scheuchte sie hinaus, und auf dem Korridor stand bereits Nanette, um ihre Schützlinge in Empfang zu nehmen.

»Die jungen Damen sollen sich ausruhen, damit sie heute Abend ausreichend bei Kräften sind«, erklärte Henriette von Seybach.

Nanette nickte nur knapp und wartete, bis die Tür zum Salon sich schloss. »Hinaus mit euch«, sagte sie. »An die frische Luft.«

»Aber Großmutter sagt …«, wandte Johanna ein, woraufhin Nanette ihr mit einer knappen Handbewegung das Wort abschnitt.

»Unfug ist das. Von zu viel Ruhe halte ich nichts, junge Damen haben ein ebensolches Bedürfnis nach Bewegung wie Herren. Also gehen Sie in den Garten und genießen Sie die Sonne. In zwei Stunden erwarte ich Sie im Ankleidezimmer. Lassen Sie es sich nicht einfallen, früher ins Haus zurückzukommen.«

Johanna starrte sie ungläubig an, aber sie hatte ihnen bereits den Rücken zugedreht. »Das ist doch …«

Isabella winkte ab. »Ganz normal, glaub mir.«

Kopfschüttelnd begleitete Johanna ihre Cousine zur Treppe, die ins Erdgeschoss führte. In Königsberg hatte sie auch eine Gouvernante gehabt, aber so etwas hatte sie dort nicht erlebt. Dabei war man in Ostpreußen dem Personal grundsätzlich näher als hier. In den letzten zwei Tagen hatte sie sich daran gewöhnen müssen, dass alles hier nach einer sehr strikten Disziplin ablief, die Tagesabläufe wie Uhrwerke durchgetaktet waren und es starre Verhaltensregeln gab, von denen die Großmutter kein Abweichen duldete. Ach, wie sehr Johanna ihr Zuhause vermisste. Wie gerne hatte sie in der Küche beim Backen geholfen, schon als kleines Kind. Im Winter war es herrlich gewesen, wenn alles nach Plätzchen geduftet hatte und Johanna mit ihrer Mutter, der Köchin und der Magd in der Küche an dem großen Tisch gestanden und Teig geknetet und ausgerollt hatten. Der Kutscher hatte mit seiner schönen Singstimme Weihnachtslieder gesungen, der Knecht ihn mit der Flöte begleitet. Im Sommer hatte Johanna manchmal im Garten Geschichten von ihrem Gärtner erzählt bekommen, der die Arbeit unterbrach und ihr unterhaltsame Anekdoten aus seiner schlesischen Heimat erzählte. Hier mit der unterkühlten Großmutter und dem zwar netten, aber vollkommen fantasielosen Onkel war dergleichen gewiss undenkbar, was das Verhalten der Gouvernante für Johanna nur noch unerklärlicher machte. Aber immerhin gab es hier Isabella und Maximilian, mit denen Johanna gut auskam, und da sie sich als Einzelkind oftmals Geschwister gewünscht hatte, versöhnte dieser Umstand sie ein klein wenig damit, nun hier leben zu müssen.

»Jetzt sieh nicht so unglücklich drein«, sagte Isabella und lief leichtfüßig die Treppe hinunter. »Wir lassen uns einfach Tee und Gebäck im Garten servieren, das merkt die Großmutter gar nicht.«

»Was sollte sie dagegen haben?«

»Sie mag es nicht, wenn wir vor einem Tanzabend oder einer Soiree essen, und sagt immer, ein voller Bauch tanzt nicht gern.«

Um in den Garten zu gelangen, mussten sie das Entree durchqueren – der Wintergarten unter der Glaskuppel war in Johannas Augen das Schönste, was das Haus zu bieten hatte –, in den Speisesaal und von dort hinaus auf die von einer weißen Marmorbalustrade umfasste Veranda, die am Haus entlangführte bis zu einer breiten, elegant geschwungenen Treppe. Im Garten war Johanna nur einmal kurz gewesen, als Nanette sie herumgeführt und in die Gepflogenheiten des Haushalts eingewiesen hatte. Wobei die Einweisung eher darin bestanden hatte, ihr das Haus zu zeigen und ihr zu sagen, wann Frühstück, Mittagessen, Kaffeestunde und Abendessen stattfanden. Der Rest, so Nanette, liege in ihrem, Nanettes, Ermessen. Jetzt verstand Johanna auch, wie das gemeint gewesen war.

Eine Zeit lang flanierten sie mit aufgespannten Sonnenschirmen im Garten umher, wobei Isabella die Gelegenheit genutzt hatte, die drei Hunde mit hinauszunehmen, die nun herumtollten und Spaß dabei hatten, einem kleinen Ball hinterherzujagen. Irgendwann überließ Johanna das Spiel jedoch ihrer Cousine und spazierte allein umher, schaute auf die Uhr und stellte seufzend fest, dass sie erst eine halbe Stunde hier draußen waren. Der Garten war allerdings in der Tat wunderschön. Die Sonne wob feine Strahlen in das sattgrüne Laub der Bäume und malte durch das Geäst helle Sprengsel auf den Rasen. Rosen rankten an einem offenen Pavillon hoch, flammendrot, zartrosa und weiß. Johanna nahm sich vor, demnächst mit ihrer Staffelei in den Garten zu gehen – Motive gab es in Fülle. Weiter hinten lag ein weiterer Pavillon, dieser jedoch geschlossen. Hier rankten keine Rosen hoch, sondern eine Vielzahl winziger weißer Blumen wirkten, als schäumten sie aus dem Rasen an die marmornen Wände des Pavillons. Johanna drückte versuchsweise die Klinke, und wider Erwarten war die Tür nicht verschlossen, sondern schwang lautlos auf.

Das Innere des Pavillons lud zum längeren Verweilen ein. An der Wand entlang war im Halbrund eine Bank angebracht mit sattgrünen Samtkissen. Außerdem gab es dazu passend eine Chaiselongue, niedrige Tischchen und einen Ofen, sodass im Winter geheizt werden konnte. Orientalisch aussehende große Kissen lagen auf dem Boden, und Johanna fragte sich, ob ihr Onkel diese von einer seiner Reisen mitgebracht hatte. Als Obersthofmeister und Kurator bekleidete er das oberste Amt bei Hofe und beriet den König. Sein Wort, seine Entscheidungen beeinflussten die Politik Bayerns innen wie außen.

Johanna ließ sich auf der Bank nieder und sah hoch zur Decke, wo eine orientalisch aussehende Lampe hing.

»Hier bist du.« Isabellas Stimme riss sie aus ihrer Versunkenheit. »Im offenen Pavillon wurde gerade der Tee serviert, leider ohne Plätzchen. Offenbar hat Großmutter etwas geahnt und ein striktes Verbot ausgesprochen.«

Johanna erhob sich und begleitete ihre Cousine in den anderen Pavillon, wo ein Tablett auf einem weißen, fein ziselierten Tisch stand, um den sich zierliche Stühle gruppierten. Sie hatte gerade Platz genommen, als sie Nanettes schlanke, dunkle Gestalt durch den Garten kommen sah. Fragend blickte sie ihr entgegen, aber die Gouvernante beachtete sie gar nicht, sondern stellte einen Teller ab, der unter einem weißen Tuch verborgen gewesen war. »Von dieser Unsitte, über Stunden nichts zu essen, halte ich nichts. Das habe ich nie getan und fange jetzt nicht damit an.«

»Oh, vielen Dank«, rief Isabella.

Nanette jedoch antwortete nicht, drehte sich um und ging. Kurz sah Johanna ihr nach, dann wandte sie sich dem Teller mit dem Buttergebäck zu und nahm ein Stück. Zum Kaffee war an diesen Nachmittag kein Kuchen gereicht worden – jetzt wusste sie ja, warum –, und das Abendessen würde wohl zudem ausfallen.

Nachdem sie ihren Tee getrunken hatten, öffnete Isabella das Gartentor, das auf der Rückseite des in der Ludwigstraße gelegenen Palais zum Englischen Garten führte, und sie verbrachten nahezu eine Stunde mit einem Spaziergang, sodass sie zur verabredeten Zeit wieder im Haus waren und sich im Ankleidezimmer einfanden. Dort hatte Finni die Abendgarderobe bereits bereitgelegt.

»Mit welcher jungen Dame fange ich an?«, fragte sie.

Isabella sah Johanna an, die Brauen leicht angehoben, und so überließ diese ihr den Vortritt. Die Wartezeit vertrieb sie sich damit, einen Brief an ihre Eltern zu schreiben. Vielleicht gefiel es ihnen in Afrika ja doch nicht so gut, und sie würden schnell wieder nach Hause kommen wollen. Nach wenigen Sätzen verwarf Johanna die Epistel wieder. Sie war immer noch zu wütend, weil sie diese Entscheidung getroffen hatten, ohne Rücksicht auf sie. Warum sollte sie sich überhaupt die Mühe machen? Dass es ihr hier nicht gefiel, würde ihre Mutter abtun und ihr antworten, sie gewöhne sich schon noch ein. Was für Möglichkeiten sich ihr hier boten! Das musste sie doch begreifen!

Das Kinn in die Hand gestützt saß Johanna an ihrem Sekretär und sah aus dem Fenster zur gegenüberliegenden Hauswand. In Tagträume versunken, die sich allesamt um die Rückkehr nach Königsberg drehten – konnte sie nicht vielleicht bei ihrer Freundin Marianne wohnen, deren Eltern auch königsnah waren? –, bekam sie nicht mit, dass die Tür des Ankleidezimmers geöffnet wurde, und zuckte zusammen, als sie Finnis Stimme hörte.

»Fräulein Johanna?«

Johanna erhob sich und ging ins Ankleidezimmer, wo sich Isabella in ihrem cremeweißen Abendkleid präsentierte, das Oberteil verziert mit Spitze, die sich auch in den üppigen Volants wiederfand, während in den Rock winzige Perlen eingearbeitet waren. Perlen waren auch in die Hochsteckfrisur ihres dunkelbraunen Haars gesteckt.

Nun machte sich Finni daran, über Johannas seidenem Hemdchen die Korsage zu schnüren, die ihre Taille betonte, ohne einzuengen, und gleichzeitig dem Körper eine aufrechte Haltung gab. Johannas Kleid war aus zartgrünem Chiffon, und der Rock teilte sich vorne, um ein dunkelgrünes Unterkleid aus schimmernder Seide freizugeben, während sich Stickereien in demselben Grün auf dem Oberteil wiederfanden. Es war so tief ausgeschnitten, wie es gerade noch statthaft war, ohne zu viel Brust zu zeigen, und in ihr Haar flocht Finni ein dunkelgrünes Seidenband.

»Du siehst hinreißend aus«, sagte Isabella und besah sie von allen Seiten.

Johanna drehte sich vor dem Spiegel, neigte den Kopf und befand, dass sie zufrieden mit dem Anblick war, der sich ihr bot. Ihre Großmutter, die kurz darauf erschien, war es ebenfalls. Sie wandte sich an Nanette, die ihr gefolgt war.

»Sehen sie nicht beide hinreißend aus?«

Deren Gesicht war nicht zu entnehmen, ob das Urteil zugunsten der beiden jungen Frauen ausfiel. Sie nickte nur knapp.

»Die reine Augenweide«, fuhr Henriette von Seybach fort. »Es sollte mich wundern, wenn nicht schon bald der erste Heiratsantrag eingeht. Wir sind ja auch noch bei Hofe eingeladen im Januar. Da sollte es nicht mit rechten Dingen zugehen, wenn sich da kein Ehemann finden ließe. Nanette, kümmern Sie sich bitte noch um den Schmuck der beiden?« Damit verließ sie das Ankleidezimmer, und die Gouvernante suchte Colliers und Ohrringe heraus, legte sie Johanna und Isabella an, ließ schließlich noch Armbänder um die behandschuhten Handgelenke zuschnappen.

39

»Die adeligen Zuchtstuten sind aufgezäumt«, spottete sie.

Johanna starrte sie so entsetzt an, dass Isabella lachen musste. »Nanette, schockier sie nicht immer so.« Sie nahm Johannas Hand und verließ mit ihr das Zimmer. »Nanette ist etwas eigen, was Großmutters Pläne angeht.«

Maximilian erwartete sie im Entree, überaus elegant gekleidet in seinem schwarzen Frack mit dem grauen Halstuch und dem Zylinder.

»Ehe wir losgehen«, sagte Isabella, »erzählst du mir, was auf dem Zettel steht, den Großmutter dir gegeben hat.«

»Ich wurde mit einer äußerst wichtigen Mission betraut.« Maximilian schaute todernst drein. »Auf diesem Zettel befinden sich Namen, eine ganze Reihe Namen. Und so viel sei verraten – es sind allesamt Herren, unverheiratet, mit der Aussicht auf Einfluss und ein großes Erbe.« Jetzt blinzelte er, und der Ernst in seiner Miene zerfiel in einen Ausdruck reiner Belustigung.

»Oh, Himmel«, stöhnte Isabella und sah Johanna an. »Es ist gut, dass du jetzt da bist. Als Ältere bist du zuerst dran, das verschafft mir etwas Schonzeit.«

Johanna fand die Vorstellung, auf dem Heiratsmarkt gehandelt zu werden, kaum, dass sie angekommen war, nicht gerade erbaulich. Natürlich wusste sie, dass sie über kurz oder lang heiraten sollte, aber konnte das nicht noch ein wenig warten? Und wie dachte die Großmutter sich das überhaupt? Würde sie einfach für Johanna entscheiden?

Maximilian bot ihnen die Arme, damit sie sich rechts und links von ihm einhaken konnten. »Dann strecken wir mal die Fühler aus und hoffen, dass die Kerle etwas taugen. Was für eine traurige Zukunft stünde euch bevor, wenn ich der einzige anständige Mann in dieser Gesellschaft wäre.«

4

Johanna

Kurz nach der Ausfahrt aus dem Lilienpalais bog die Kutsche ab, und Johannas Blick glitt in Fahrtrichtung aus dem Fenster auf das nördliche Stadttor und dahinter. Die Theatinerkirche – oder St. Kajetan, wie sie offiziell hieß – mit ihren Doppeltürmen und der eindrucksvollen Kuppel ragte darüber hinweg, und als sie sich umwandte, sah sie durch das Tor auch die bemalte Fassade der Residenz.

»Schade eigentlich, dass dieses Tor die Sicht in die Straßen und auf das Schloss versperrt«, bemerkte Isabella. »Und eigentlich verläuft doch noch nicht einmal mehr die Stadtgrenze wirklich hier.«

»Das Schwabinger Tor ist mittlerweile wirklich hinderlich. München platzt aus allen Nähten. Gerade durch die Erweiterung nach Norden mit der Ludwigstraße ist die Grenze verschoben«, bemerkte Maximilian.

Die Kutsche rollte weiter in die Brienner Straße, wie sie seit Kurzem hieß und an deren Ende ein weiteres Schloss des Königs lag, wie man Johanna erklärt hatte. Vorbei an ihrer Kutsche zogen Palais, die denen in der Ludwigstraße kaum nachstanden. Nur noch wenige Baulücken entdeckte sie zwischen den symmetrischen Gebäuden mit diesen stuckverzierten Absetzungen wie ein Gürtel zu den oberen Geschossen und den Balkonen, mal säulengestützt, mal freischwebend.

Es war das erste Mal seit ihrer Ankunft, dass Johanna durch die Straßen des Viertels fuhr. »Hier wird ziemlich viel gebaut«, stellte sie beeindruckt fest.

»Der Stadtteil ist neu und wurde erst ab 1805 konzipiert«, erklärte Maximilian. »Details könnte dir mein Freund Alexander besser erklären als ich. Mein Gebiet ist ja eher die Medizin, sein Steckenpferd die Architektur.«

»Medizin?«, fragte Johanna.

»Maximilian ist Arzt«, antwortete Isabella. »Sag bloß, das wusstest du nicht?«

»Woher denn? Als wir uns das letzte Mal gesehen haben, ging er noch zur Schule.« Vielleicht hatten ihre Eltern es mal erwähnt, aber wenn, dann erinnerte sich Johanna nicht daran. München mitsamt ihren Verwandten war so furchtbar weit weg gewesen. »Arbeitest du in einem Krankenhaus?«

»Ich bin gerade erst fertig mit dem Studium.«

»Summa cum laude«, ergänzte Isabella. »Letzten Monat erst.«

»Herzlichen Glückwunsch«, sagte Johanna, weil sie nicht wusste, was sie sonst darauf antworten sollte. Die Kutsche fuhr die Auffahrt eines prachtvollen weißen Palais hoch, das im weichen Licht der abendlichen Sonne lag, umgeben von großzügigen Grünanlagen. Die Nacht nistete bereits in den Nischen, während die Schatten länger wurden und langsam aufeinander zukrochen, sich unter Bäumen zu Dunkelheit verdichteten. Prachtvolle Kutschen standen in der Remise, andere waren gerade eingetroffen und hielten so, dass die Herrschaften vor dem Eingang des Hauses aussteigen konnten – und dabei von jedem gesehen wurden. Als die Reihe an den von Seybachs war, stieg Maximilian aus und reichte erst Isabella, dann Johanna formvollendet die Hand, um ihnen hinauszuhelfen. Es kam Johanna vor, als hinkte er an diesem Tag stärker als sonst, er hatte seinen Gehstock dabei, und einmal presste er kurz die Hand auf seinen rechten Oberschenkel. Sie hätte sich ohrfeigen können für die indiskrete Frage, ob er Tanzabende mochte.

Eine breite, halbrunde Treppe führte zum offenen Eingangsportal, an dem ein livrierter Dienstbote stand. Maximilian reichte diesem im Vorbeigehen die Einladung, dann betraten sie die Eingangshalle, in der die Gastgeber, das Ehepaar von Goldhofer, standen und die Gäste begrüßten.

»Maximilian!«, rief der ältere Herr erfreut. »Wie ich hörte, darf man gratulieren, Herr Doktor. Und Ihr Vater hat auch schon große Pläne mit Ihnen?«

Sie tauschten ein paar Höflichkeiten, ehe das Ehepaar Isabella begrüßte und ihnen Johanna vorgestellt wurde.

»Da hatten Sie aber eine weite Reise von Königsberg«, sagte Gräfin von Goldhofer und musterte Johanna freundlich. »Ich kannte Ihren Vater, da war er noch ein halbwüchsiger Bub.«

Da die nächsten Gäste bereits warteten, gingen sie weiter bis in den Ballsaal, dessen Türflügel zum Garten hin weit geöffnet waren.

»Von welchen Plänen spricht Graf von Goldhofer?«, fragte Isabella.

»Was weiß denn ich?« Maximilian zuckte die Schultern. »So, meine Damen, auf ins Vergnügen. Entschuldigt mich bitte.«

»Wo willst du denn hin?«, fragte Johanna irritiert.

»An die Bar und dann sehen, wo sich anregende Unterhaltung findet.«

Isabella ging so forsch voran, dass Johanna Mühe hatte, ihr zu folgen. Der Ballsaal hatte eine Spiegelwand, was ihn weit größer erscheinen ließ, als er tatsächlich war. Kristalllüster spendeten Licht, das sich in Edelsteinen brach, die an Hälsen, Ohrläppchen und Handgelenken der Damen schimmerten. Im Hintergrund stimmten die Musiker ihre Instrumente, und der Saal war erfüllt von Stimmengewirr, in dem hier und da ein Lachen aufschwappte, untermalt vom Rascheln seidener Kleider. Schon bald hatte sich Isabella zu einer Gruppe junger Frauen gesellt, denen sie Johanna vorstellte.

»Meine Cousine aus Königsberg.«

Reihum folgten artige Begrüßungen, und man versicherte einander, wie sehr man sich freue, die Bekanntschaft zu machen. Danach entspann sich unter den jungen Frauen recht schnell eine

Unterhaltung, die sich um irgendeine Theatergröße drehte, von der Johanna noch nie etwas gehört hatte – ein Rudolf Heiland, der angeblich der schönste Mann Münchens, wenn nicht gar des gesamten Königreichs sei. Recht schnell wurde es ihr langweilig, sie zog sich zurück und ging durch den Ballsaal, was allerdings auch nicht unterhaltsamer war. Auf den Königsberger Tanzabenden hatte sie immer Bekannte und Freundinnen getroffen, und es waren stets sehr kurzweilige Abende gewesen. Johanna hatte nie zu den forschen und draufgängerischen Frauen gehört, die ohne Weiteres mit Fremden ins Gespräch kamen.

Sie erspähte Maximilian am Büfett, wo er in angeregtem Gespräch mit einigen Männern seines Alters stand. Einer der Männer sagte etwas, woraufhin alle amüsiert wirkten, und als Maximilian antwortete, lachten sie. Da konnte sie sich unmöglich einfach dazustellen, also ging sie zum anderen Ende des Büfetts und betrachtete die Speisen. Es gab Brote, wahlweise mit Kresse oder Schnittlauch und Radieschenscheiben, klein geschnittene Brezen, bestrichen mit Käse, Würstchen in Blätterteig, pikant gefüllte Teigtaschen, gekochte und halbierte Eier, Wachteleier, Poulardenschenkel, Hähnchenflügel, fein geschnittene Entenbrust und unzählige andere Speisen, die sie zum Teil nicht einmal dem Namen nach kannte.

Sie entschied sich für ein Zitronensorbet und war froh, fürs Erste wenigstens etwas zu tun zu haben. Während sie langsam das Sorbet löffelte und so tat, als sei das Alleinsein selbstgewählt, beobachtete sie die anderen Gäste. Die Musik spielte auf, und die Mitte des Saals leerte sich kurz, um sich im nächsten Augenblick mit Paaren zu füllen, die den Auftakt zum ersten Tanz machten. Kurz darauf fanden sich immer mehr Tanzende ein, und Johanna wiegte sich leicht, während sie leise die Melodie mitsummte.

»Anton von Kleist. Darf ich bitten, gnädiges Fräulein?«

Johanna verschluckte sich an ihrem Sorbet und hustete, bis ihr die Tränen kamen. Höflich nahm ihr der junge Herr – der kurz zuvor noch bei Maximilian gestanden hatte – das Schälchen aus der Hand und stellte es ab, um ihr im nächsten Moment ein Glas Wein zu reichen.

»Danke.« Das Wort kam ihr kratzig aus der Kehle, und rasch nahm sie ein paar Schlucke. Hoffentlich stieg ihr das nicht direkt zu Kopf, denn seit dem Mittagessen hatte sie nur die paar Plätzchen gehabt. »Verzeihen Sie bitte.«

»Aber nicht doch.« Er legte sich die Hand auf die Brust, machte einen Diener und bat sie erneut um den Tanz.

»Johanna von Seybach.« Sie legte ihre Hand in seine.

Als er sie auf die Tanzfläche führte, begegnete sie Maximilians Blick. Er wirkte belustigt und zwinkerte ihr zu. Hoffentlich hatte er diesen jungen Mann nicht zu ihr geschickt. Wie peinlich das wäre. In Königsberg hatte sie Frauen immer bemitleidet, deren ältere Brüder ihre Freunde baten, mit der Schwester zu tanzen. Hatte es womöglich diesen Eindruck gemacht, als sie allein abseits gestanden hatte? Als sei sie irgendwie bemitleidenswert? Bei dem Gedanken, wie ihr Cousin seinen Freund zu ihr schickte und sie hustend und prustend vor diesem stand, wurden ihre Wangen heiß, und sie fächelte sich Luft zu, als sei der Umstand den sommerlichen Temperaturen im Raum geschuldet.

Nachdem sie formvollendet geknickst hatte, während der junge Mann sich vor ihr verneigte, nahm sie seine Hand, hob mit der anderen ihr Kleid an und ließ sich von ihm durch den Tanzsaal wirbeln. Nach diesem Tanz forderte sie der nächste Herr auf, mit dem sie eine Quadrille tanzte. Johanna liebte das Tanzen, denn zu keiner anderen Zeit konnte sie so selbstvergessen sein wie jetzt, wo alles nur Musik und Bewegung war. Sie ließ sich mitreißen, durch den Saal wirbeln, zum nächsten Tanzpartner. So ging das, bis sie außer Atem war, und dieses Mal war sie froh darum, einen Moment Abstand zu bekommen, am Rande zu stehen, ein langstieliges Glas in der behandschuhten Hand, an dem sie nippte, während sie sich Luft zufächelte und die Tanzenden beobachtete.

Kurz sah sie Isabella, die an ihr vorbeitanzte und dann wieder in dem Meer an bunten Kleidern verschwand. Johanna trank ihr Glas leer, fühlte sich leicht und beschwingt. Ein junger Herr trat auf sie zu, legte sich die Hand an die Brust und verneigte sich leicht, als er sie um den nächsten Tanz bat. Er war sehr elegant in dem schwarzen Rock mit den samtenen Aufschlägen und dem dunkelgrauen Halstuch.

»Alexander von Reuss.«

Rasch stellte Johanna das leere Glas ab und schenkte ihm ein keckes Lächeln. »Wir hatten bereits das Vergnügen.«

»Ich bin entzückt, dass Sie sich erinnern.«

Sie legte die Hand auf seinen dargebotenen Arm und begleitete ihn auf die Tanzfläche. Das Gefühl federnder Leichtigkeit blieb, während sie sich im Arm ihres Tanzpartners drehte. Seine Hand lag an ihrer Taille, als er sie im Tanz führte, und Johanna mochte die Art, wie er lächelte, zurückhaltend und charmant. Zu gerne hätte sie diesem Tanz einen weiteren folgen lassen, aber das war ausgeschlossen, sonst würde sie unweigerlich ins Gerede kommen.

Da Alexander von Reuss offensichtlich ebenfalls wusste, was sich gehörte, verneigte er sich nach dem Tanz vor ihr. Ein klein wenig kribbelte es in ihrem Bauch, wobei sie nicht sicher hätte sagen können, ob das seinetwegen war oder die Nachwirkung des Tanzes. Sie sah ihm in die braunen Augen, versuchte auszuloten, was dieses Gefühl in ihr auslöste, da trat auch schon der nächste junge Mann auf sie zu, und kurz darauf wirbelte sie erneut übers Parkett. Und weil sie niemanden hier kannte, sie daher nichts Rechtes mit sich anzufangen wusste auf dieser Feier, und weil das Tanzen so wunderbar war, ließ sie sich von einem Tanzpartner nach dem anderen auffordern, machte kurze Pausen am Büfett, um etwas zu trinken, und tanzte weiter.

Schon längst hatte Johanna das Gefühl für die Zeit verloren. Sie merkte allerdings, dass ihre Schritte nicht mehr ganz so sicher waren und der Saal leicht schwankte. Als sie gerade erneut an ihrem Glas nippen wollte, stand Maximilian plötzlich neben ihr und nahm es ihr aus der Hand.

»Ich denke, du hattest genug für heute.«

Sie blinzelte, um ihn klarer sehen zu können. Ihr war, als zauberte das Licht des Saals eine Art Heiligenschein um seinen Kopf, und sie musste kichern.

»Ah, da ist sie ja«, sagte Isabella. »Du lieber Himmel, Johanna, bist du beschwipst?«

»Ein kl…« Johanna wollte das Wort nicht so richtig über die Zunge. »Nur ein klll… ein wenig.«

»Oje.«

»Gehen wir.« Maximilian hielt Johannas Arm, sodass es wirkte, als hätte sie sich bei ihm eingehakt, während Isabella an ihrer anderen Seite ging.

»Warum hast du denn nicht auf sie aufgepasst?«, kam es von Isabella.

»Bin ich ihr Kindermädchen? Wo warst du überhaupt?«

»Mich amüsieren.«

Die Geschwister verfrachteten Johanna in die Kutsche, und nachdem Maximilian saß, klopfte er mit dem Knauf seines Gehstocks gegen die Kutschwand, um Xaver, dem Kutscher, zu signalisieren, dass es losgehen konnte. Das Ruckeln auf dem Pflaster sorgte dafür, dass sich Johannas Magen hob, und sie presste sich die Hand auf den Mund.

»Müssen wir anhalten?«, fragte Maximilian, der ihr gegenübersaß.

Johanna schüttelte den Kopf, was eine weitere Welle von Übelkeit auslöste. Aber als sie die Augen schloss und den Kopf zurücklehnte, ging es, und obwohl ihr immer noch schlecht war, fühlte es sich nicht mehr an, als drehte sich ihr der Magen um. Nach einer Fahrt, die ihr elendslang erschien, hielt die Kutsche an, und Maximilian stieg aus, um erst Isabella und dann ihr aus der Kutsche zu helfen.

»Und jetzt?«, fragte Isabella. »Was, wenn Großmutter noch wach ist?«

»Durch den Dienstboteneingang«, befahl Maximilian, während der Kutscher die Pferde von der Kutsche abspannte. Wieder stieg Übelkeit in Johanna auf, und sie presste die Hand vor den Mund. Sie gingen durch den Innenhof zum Dienstboteneingang in das Palais, wo nächtliche Stille und Finsternis herrschten. Das Geräusch eines Blecheimers, der umgestoßen wurde und über die Fliesen rollte, ließ Johanna zusammenfahren, und sie hörte Maximilian fluchen.

»Vielleicht kannst du etwas leiser sein«, kam es wenig hilfreich von Isabella. Maximilians hervorgepresste Antwort konnte Johanna nicht verstehen, aber freundlich klang sie nicht. Irgendwie schleppten sie sie die Treppe hoch. »Wie viel hat die denn getrunken?«, keuchte Isabella.

»Was weiß denn ich? Vermutlich ist sie nichts gewöhnt und hat dann jede Zurückhaltung vermissen lassen.«

»Ich kann euch hören.« Johanna hatte das Gefühl, ihre Stimme klänge, als hätte sie eine heiße Kartoffel im Mund.

»Gut so«, antwortete Maximilian.

»Mir ist schlecht.« Johanna würgte, und sie schafften es gerade bis ins Bad, wo sie sich über die Toilette beugte und krampfartig übergab.

»Was ist denn hier los?«, stieß Nanette aus.

»Sie hat zu viel getrunken«, antwortete Isabella. »Ich hoffe, Großmutter ist schon im Bett.«

»Da hoffst du vergeblich, sie ist gleich hier und möchte sehen, wie Johanna ihren ersten gesellschaftlichen Auftritt über die Bühne gebracht hat.« Nanette trat auf sie zu, und kurz davor hörte Johanna Wasser plätschern. Dann wurde sie mit einem festen Griff, deutlich unsanfter als von Maximilian, hochgezogen, und Nanette sagte. »Luft holen.«

Im nächsten Augenblick wurde ihr Kopf in eine Schüssel kaltes

Wasser getaucht, und Johanna keuchte auf, ein Schwall Wasser drang ihr in den Mund, als Nanette sie schon wieder hochzog.

»Ist das wirklich nötig?«, hörte sie Maximilian, als ihr Gesicht erneut ins Wasser getaucht wurde.

Johanna spuckte, hustete und schnappte nach Luft. »Aufhören!«

Prüfend betrachtete Nanette sie. »Handtuch!« Johanna sah nicht, wer es ihr reichte, und im nächsten Augenblick trocknete Nanette ihr unsanft das Gesicht ab, musterte sie, ehe sie sie unvermittelt ein weiteres Mal kurz ins kalte Wasser drückte.

»Wenn Sie das noch einmal machen ...«

»Ja?« Nanette wirkte interessiert. »Was dann?«

»Lass es gut sein«, sagte Isabella an Johanna gewandt. »Trink nächstes Mal weniger.«

»Trink einfach *gar nicht*«, fügte Maximilian hinzu.

»Seid nicht so garstig.« Nanette sah Johanna aufmerksam an und nickte schließlich. »Dass die Augen etwas glasig sind, kann man mit Müdigkeit erklären.« Sie ging zu einem Schränkchen, zog eine Schublade heraus, kramte herum und schob Johanna kurz darauf eine Pfefferminzpastille zwischen die Lippen. »Am besten reden Sie so wenig wie möglich.«

Sie schafften es gerade noch ins Zimmer, als auch schon die Großmutter erschien.

»Maximilian, was hast du um diese Uhrzeit noch im Zimmer deiner Cousine zu suchen?« Sie taxierte Isabella und Nanette. »Was ist das hier überhaupt für eine Ansammlung? Ist etwas passiert?«

»Johanna hat sich müde getanzt«, erklärte Isabella. »Nanette und ich helfen ihr nur, sich umzukleiden.«

Die Großmutter wandte sich an Maximilian, und wie sie ihn ansah und sprach, stellte sich Johanna vor, aus ihrem auf- und zuklappenden Mund würden fortwährend Blasen aufsteigen wie bei einem blubbernden Fisch. Sie kicherte.

»Du bist amüsiert, junge Dame?« Der Stock wurde auf den

Boden gestoßen, gefolgt vom Geräusch einer sich leise schließenden Tür. Maximilian hatte das Zimmer verlassen.

»Fräulein Johanna hat lange getanzt und ist überdreht«, sagte Nanette. »Das Beste wird sein, sie kleidet sich rasch um und schläft.«

»Großmutter«, kam es von Isabella, »ich soll dir herzliche Grüße von Agnes von Goldhofer ausrichten. Sie hat sich nach deinem Befinden erkundigt und es sehr bedauert, dass du nicht dabei warst.«

Die alte Frau wandte sich von Johanna ab und Isabella zu. »Vielen Dank, mein Kind.«

Währenddessen schob sich Nanette zwischen die Großmutter und Johanna, drehte sie recht unsanft um und begann, ihr das Kleid aufzuhaken.

»Nun denn.« Henriette von Seybach räusperte sich. »Habt eine gute Nacht.«

Johanna murmelte eine Antwort und spürte, wie ihr der Atem leichter ging, weil Nanette sich gerade daranmachte, ihr das Mieder aufzuschnüren.

»Das wird nicht zur Gewohnheit«, sagte diese im nächsten Moment. »Ich bin nicht Ihre Kammerzofe.«

5

Alexander

»Eine Horde Flöhe hütet man einfacher als euch.« Alexander von Reuss half seiner neunjährigen Schwester Greta und ihrer Freundin Valerie von Hegenberg, die Teile eines Legespiels vom Boden aufzusammeln. »Wenn Mutter das mitbekommt, schimpft sie wieder, weil die Spielsachen nichts im Salon zu suchen haben.« Er wollte sich gerade wieder aufrichten, als ihm Greta auf den Rücken sprang und ihn zu Fall brachte.

»Durchkitzeln!«, schrie sie, und sofort stürzte sich Valerie von Hegenberg auf ihn.

»Nicht! Aufhören!« Leider war Alexander seit Kindertagen so kitzlig, dass es schwer war, der würdevolle ältere Bruder zu sein, während er lachend am Boden lag.

»Alexander!« Die Stimme seiner Stiefmutter – und leiblicher Mutter seiner vier Schwestern – ließ die Mädchen auffahren. »Wie soll deine kleine Schwester jemals Benehmen lernen, wenn du dich mit ihr auf dem Boden herumbalgst. Mit siebenundzwanzig!«

Mit einem Räuspern richtete Alexander sich auf, zog seinen Rock zurecht und fuhr sich ordnend übers Haar. Seine siebzehnjährige Schwester Constanze war mit der Mutter in den Grünen Salon getreten und wirkte amüsiert.

»Dir ist wohl entfallen«, fuhr seine Stiefmutter fort, »dass wir gleich Gäste zum Tee erwarten. Stell dir mal vor, sie wären pünktlich gewesen! Was für ein Bild hätte sich ihnen geboten? Wo doch die Verlobung von Robert und deiner Schwester kurz bevorsteht.«

Besagte Schwester war die neunzehnjährige Rosa, die nun ebenfalls eintrat und der Sache, im Gegensatz zu ihren Schwestern, keinerlei komische Seite abgewinnen konnte. Vielmehr sah sie Alexander mit einem Blick an, als sei sein Handeln dem Wunsch entsprungen, ihr jede Aussicht auf eine erfüllte Ehe zu verleiden.

»Greta, Valerie, ihr geht sofort ins Kinderzimmer und spielt dort weiter. Setz dich, Rosa.« Ihre Mutter wies auf das Pianoforte. »Die Gräfin von Haubitz wird jeden Moment hier sein.«

»Mutter!« Seine fünfzehnjährige Schwester Eleonora trat ein. »Das kann doch wirklich nicht dein Ernst sein, dass unsere Rosa eine Gräfin von Haubitz wird!«

Veronika von Reuss wurde einer Antwort enthoben, da besagte Dame gerade gemeldet wurde. Sie warf Alexander noch einen letzten bösen Blick zu, sah ihre Töchter rasch der Reihe nach an, dann nahm die eintretende Gräfin mitsamt schnöseligem Sohn ihre Aufmerksamkeit gefangen. Rosa saß am Pianoforte und wirkte etwas befangen, während Constanze sich mit gelangweilter Miene eine Haarsträhne um den Finger wickelte. Robert von Haubitz nahm auf einem der Kanapees Platz, während seine Mutter ihr ausladendes Kleid neben ihm sortierte und Alexanders Mutter wiederum die beiden Dienstboten herumscheuchte, da die Erfrischungen nicht schnell genug gereicht wurden.

Eigentlich hatte Alexander gar nicht hier sein wollen, doch seine Stiefmutter hatte darauf bestanden.

»Was macht das denn für einen Eindruck?«, hatte sie gesagt.

Nach Alexanders Dafürhalten wäre es an seinem Vater gewesen, den hoffnungsfrohen Bewerber genauer zu betrachten, aber der glänzte mal wieder durch Abwesenheit und hatte seinem Sohn die lästige Pflicht aufgebürdet. Schließlich saßen alle, und seine Schwester schlug die ersten Töne am Pianoforte an. Leider war Rosa keine besonders begabte Pianistin, erst recht nicht, wenn sie nervös war, und so griff sie mehrmals in die falschen Tasten. Bei jedem Missklang verzog sich Roberts Gesicht, als hätte er Zahnschmerzen, und Alexander bemerkte, dass Rosas Gesichtsfarbe sich langsam ihrem Namen annäherte. Gänzlich aus der Fassung geriet sie, als der Hausdiener Maximilian von Seybach ankündigte, Alexanders besten Freund.

Jetzt kam das Spiel vollkommen aus dem Takt, und als Maximilian den Salon betrat, war es eine einzige Qual, zuzuhören. Der junge von Seybach wusste virtuos auf dem Piano zu spielen, was Rosa bekannt war. Sie wirkte, als sei sie den Tränen nahe, und nach einem kurzen Nicken in Alexanders Richtung begrüßte Maximilian Veronika von Reuss und die beiden Gäste. Ein Blick, und er hatte die Situation erfasst – mitsamt der sich anbahnenden Peinlichkeit, denn Robert von Haubitz machte keinen Hehl daraus, dass das Pianospiel nur schwer erträglich war.

»Verzeihen Sie die Verspätung«, sagte er zur Gräfin. »Ich habe Rosa versprochen, zur Feier des Tages spielen wir vierhändig.«

Alexanders Mutter schluckte das augenblicklich, und ihre Miene entspannte sich, während Alexander seinem Freund einen stummen Dank sandte, da er die Situation für seine Schwester rettete. Maximilian setzte sich neben Rosa, suchte ein Stück heraus und begann zu spielen. Es funktionierte, Rosa fand den Takt, als verleihe Maximilians Spiel ihr Sicherheit. Eleonora betrachtete die beiden, ebenso Constanze. Alexanders Schwestern mochten Maximilian, Eleonora und Constanze schwärmten ein wenig für ihn, jedoch auf eine harmlose, unschuldige Art. Sie kokettierten mit ihm, und er ging auf das Spiel ein. Rosa hatte sich sogar als junges Mädchen ein klein wenig in ihn verliebt, aber während für sie ganz klar war, sie wollte möglichst bald heiraten, so war für Maximilian ausgemacht, dass der Hafen der Ehe keiner war, den er so bald anzulaufen gedachte. Also zerschlug sich diese kleine Verliebtheit und machte Pragmatismus Platz, und in diese neu geschaffene Lücke schlüpfte Robert von Haubitz mit der glatten Geschicklichkeit einer Eidechse.

Nach dem Spiel auf dem Piano erhoben sich Maximilian und

Rosa, und die allgemeine Angespanntheit der Situation schien von allen abzufallen. Robert von Haubitz stand ebenfalls auf und ging zu Rosa, neigte sich über ihre Hand und erklärte ihr, wie wundervoll sie gespielt habe, während ihrer beider Mütter sie mit einem Lächeln beobachteten.

»Danke«, sagte Alexander leise, als Maximilian sich zu ihm gesellte.

»Ich bin eigentlich gekommen, weil ich dachte, wir könnten zusammen ausreiten.«

»Können wir nachher bestimmt noch.«

Die beiden sahen zu Rosa und ihrem Zukünftigen. »Es ist also etwas Ernstes?«, fragte Maximilian.

»Ja, ganz offensichtlich. Rosa erwartet seinen Antrag täglich.« Alexander zog den Glasstutzen aus einer Karaffe, füllte wenige Fingerbreit in ein Glas und reichte es seinem Freund. »Und wie sieht es bei euch aus? Hat deiner Cousine ihre erste Feier gefallen?«

»Sie hat es genossen. Ein bisschen zu sehr, möchte ich meinen. Offenbar ist sie alkoholische Getränke nicht gewöhnt.«

»Schlimm?«

»Wir haben sie rechtzeitig nach Hause gebracht, ehe jemand es gemerkt hat, aber die Kopfschmerzen am Morgen darauf dürften ihr in denkwürdiger Erinnerung bleiben.«

Ein Lächeln zupfte an Alexanders Mundwinkeln, und er dachte an ihren gemeinsamen Tanz, daran, wie sich ihre weich geschwungenen Lippen zu einem koketten Lächeln geteilt hatten. Etwas an ihr berührte ihn, ließ seine Gedanken immer wieder zu ihr wandern. »Und was hat deine Großmutter zu der Angelegenheit gesagt?«

»Die hat nichts gemerkt – oder wollte nichts merken.«

Constanze trat zu ihnen, nahm Alexander das Glas aus der Hand und trank einen Schluck.

»So viel zum Thema«, bemerkte Maximilian belustigt.

»Was für ein Schnösel«, sagte Constanze und nickte kaum merklich in Richtung Robert von Haubitz. »Ich kann nicht glauben,

54

dass es Rosa wirklich ernst ist. Max, kannst du sie vorher nicht schnell heiraten?«

Alexander verschluckte sich.

»Ich befürchte, meine Antwort muss Nein lauten.«

»Na ja, ist auch besser so. Falls ich niemanden finde, der mich küsst, ehe ich sterbe, ist es wichtig zu wissen, dass ich jederzeit dich bitten könnte.«

»Ich fühle mich geschmeichelt.«

»Bis gerade dachte ich, dass ich dich bedenkenlos mit meinen Schwestern allein lassen kann«, sagte Alexander.

Constanze sah ihn mitleidig an. »Ach, Bruderherz.« Sie seufzte, nahm einen weiteren Schluck von seinem Glas und gab es ihm zurück. Dann zwinkerte sie Maximilian zu und ging zurück zu ihrer Mutter, die bereits ungehalten zu ihnen blickte.

»Also du denkst jetzt aber nicht wirklich …«, setzte Maximilian an.

»Nein, keineswegs.« Alexander stellte sein leeres Glas auf den Servierwagen. »Ich befürchte, ich muss mich gleich mal dazugesellen, damit nicht der Eindruck entsteht, mich interessiere der Bewerber um die Hand meiner Schwester nicht.«

»Wie lange brauchst du noch?«

»Eine halbe Stunde, höchstens. Länger kann er nicht bleiben, ohne aufdringlich zu wirken.«

»Dann bis später.«

Maximilian verabschiedete sich, und Alexander kam seufzend seiner Verpflichtung nach. Mit seiner Stiefmutter hatte er sich noch nie gut verstanden, schon als kleiner Junge nicht. Als Kind hatte ihn das bekümmert, aber mittlerweile fragte er sich, was es über eine Frau aussagte, die nicht fähig war, einem mutterlosen Kind Wärme entgegenzubringen. Doch für Veronika von Reuss war er nicht nur der Spross einer früh verstorbenen Geliebten seines Vaters, er war auch die beständige Erinnerung an ihr vermeintliches Versagen, dem Hause von Reuss einen legitimen Erben zu schenken. Nach vier Töchtern war ihr nahegelegt worden, um ihrer Gesundheit willen auf weitere Kinder zu verzichten.

Während er als Kind versucht hatte, ihre Zuneigung zu gewinnen, hatte sich sein Verhalten als Halbwüchsiger ins Rebellische verkehrt, er hatte Widerworte gegeben und Grenzen auszureizen versucht. Jetzt war er erwachsen und abgeklärt genug, es einfach hinzunehmen. Zwischen ihnen herrschte eine Beziehung von distanzierter Höflichkeit, und nach mehr verlangte es ihn nicht. Er liebte jedoch seine Schwestern, daher erfüllte er seine gesellschaftlichen Pflichten ihnen gegenüber.

Robert von Haubitz hatte in der Tat etwas Langweiliges an sich, da hatte Constanze recht. Zudem wirkte alles an ihm farblos, beginnend mit seinem Äußeren bis hin zu seinem Humor. Allerdings hatten Alexanders Nachforschungen über ihn nichts zutage gefördert, das befürchten ließe, er sei nicht der Richtige für Rosa. Er war kein Spieler, kein Trinker, und er trieb sich nicht in zwielichtigem Gefolge herum. Falls er Liebschaften hatte, so war er überaus diskret. Wenn sein einziger Makel darin bestand, ein schnöseliger Langweiler zu sein, dann sprach aus Alexanders Sicht nichts gegen eine Ehe, wenn Rosa dies unbedingt wollte.

Kurz darauf verabschiedete sich die Gräfin mit ihrem Sohn höflich, nicht, ohne eine Einladung für den kommenden Samstag ausgesprochen zu haben. Man würde sich sehr freuen, die *gesamte* Familie begrüßen zu dürfen.

»Rosa, das kann nicht dein Ernst sein«, sagte Eleonora, nachdem die Besucher fort waren. »Dieser Kerl! Alexander, jetzt sag doch mal etwas.«

»Es ist Rosas Entscheidung.«

Eleonora stieß mit einem sehr undamenhaften Schnauben die Luft aus.

»Ich muss doch sehr bitten!«, tadelte ihre Mutter.

»Ich mag Robert«, verteidigte sich Rosa. »Er ist ein guter Mann.«

»Er ist sterbenslangweilig.«

»Du sollst ihn ja auch nicht heiraten.«

»Gott sei es gedankt.«

»Eleonora, das reicht jetzt«, mischte sich ihre Mutter ein. »Alexander, wenn du meinst, dass du gehen musst, dann tu das, aber schau nicht so demonstrativ auf die Uhr.«

»Alexander hat es gut, der kann tun und lassen, was er will«, sagte Eleonora. »Wo gehst du überhaupt hin?«

»Ich reite mit Max aus.«

»Darf ich mit?«, bat Eleonora. »Ach bitte, Alexander.«

»Auf keinen Fall reitest du mit den jungen Männern durch die Gegend, dass die Röcke fliegen!«, wandte ihre Mutter ein.

»Vater sagt, er schätzt das Reiten«, sprang Constanze ihrer Schwester bei.

»Mit Maß und nicht wild mit den Männern querfeldein.«

»Ein anderes Mal«, versprach Alexander, dem wenig Sinn danach stand, seine kleine Schwester mitzunehmen – bei aller Liebe. Nachdem er seit den Morgenstunden der fürsorgliche Bruder gewesen war, war ihm nun nach etwas Abwechslung und Gesellschaft seines besten Freundes, ohne dabei den Aufpasser spielen zu müssen.

Constanze begleitete ihn, als er den Salon verließ. »Ich wünschte, Rosa würde noch nicht so schnell heiraten. Jetzt wird Mama sich mich als Nächste vornehmen, und ich bin überhaupt noch nicht bereit dazu.«

»Sie wird das nicht tun, ehe du nicht in deiner ersten Saison eingeführt wurdest.«

»Das ist auch nur noch ein Jahr bis dahin. Eigentlich finde ich es ja schön, zu tanzen und zu feiern, aber ich würde es so gerne tun, ohne die ganze Zeit zu denken, dass ich möglichen Ehekandidaten präsentiert werde.«

»Wenn kein passender dabei ist, wirst du auch nicht heiraten müssen.«

»Und wenn Mama denkt, jemand sei passend?«

»Du hast ja immer noch mich, ich sorge schon dafür, dass du niemanden heiraten musst, der dir nicht gefällt.«

Constanze nickte, aber die Falte zwischen den Brauen blieb. Sie gingen die Treppe hinunter in das Erdgeschoss. »Freust du dich denn schon auf die Saison?«, fragte Constanze. »Immerhin kannst du ja feiern, wie es dir beliebt, ohne dass du Angst haben musst, verheiratet zu werden.«

Alexander zuckte mit den Schultern. Der Gedanke an eine Ehe lag für ihn in weiter Ferne. »Wir haben doch jedes Jahr eine Ballsaison. Was sollte an dieser schon Besonderes sein?«

6

Johanna

Johanna hatte den Wunsch nach einer Staffelei und Farben geäußert, und da die Malerei nach Dafürhalten Henriette von Seybachs so eine wundervoll weibliche und schöngeistige Beschäftigung war, war ihr der Wunsch erfüllt worden. Nun saß sie im Garten und malte. In wenigen Tagen waren sie wieder zu einem Tanzabend eingeladen, und Nanette hatte ihr nahegelegt, etwas mehr Zurückhaltung an den Tag zu legen, wenn es um den Genuss alkoholischer Getränke ging. Dabei hätte es dieser Ermahnung nicht bedurft, denn Johanna hatte am Folgetag die schlimmsten Kopfschmerzen ihres Lebens gehabt. Das Hämmern in ihrem Kopf hatte sie morgens geweckt, während es sich gleichzeitig anfühlte, als drückte jemand mit einem Löffel von innen gegen ihre Augen. Der Blick in den Spiegel besagte, dass sie so aussah, wie sie sich fühlte, und so war sie mit geröteten Augen am Frühstückstisch erschienen und hatte sich an schwarzen Kaffee gehalten. Maximilian hatte die Brauen gehoben und geschwiegen, wohingegen ihr selbst Isabellas honigwarme Stimme zu schrill und grell erschienen war.

»Du lieber Himmel, Kind«, sagte die Großmutter, »bist du krank?«

»Nur Kopfschmerzen.«

Henriette von Seybach hatte sie gemustert. »Leg dich ins Bett«, befahl sie schließlich. »Wir bekommen nachher Besuch, und ich möchte nicht, dass es heißt, meine Enkelin sei von so schwacher Gesundheit, dass ein Tanzabend sie morgens in diesen Zustand bringt.« Sie hatte dabei eine Handbewegung gemacht, die Johanna als Ganzes einschloss.

Viel schlimmer als die Kopfschmerzen fand Johanna jedoch die Vorstellung, Unsinn geredet zu haben. Sie konnte sich an den Abend noch recht genau erinnern, nicht jedoch daran, ob sie etwas Dummes gesagt – oder gar gelallt! – hatte. Auf ihre vorsichtige Frage hin hatte Maximilian verneint.

»Das würde er auch sagen, wenn es anders gewesen wäre«, erklärte Isabella wenig hilfreich. »Er würde dich nie bloßstellen.«

»Dann sag du es mir, du warst doch dabei.«

»Nicht zu Beginn.«

»Oh, Himmel!«

»Dass du ihm auf den Ärmel gesabbert hast, trägt er dir bestimmt nicht nach.«

Johanna hatte ihre Cousine daraufhin vollkommen entgeistert angestarrt, und diese war in Lachen ausgebrochen. »Das war nur Spaß.«

Jetzt saß Johanna hier, malte eine Gartenansicht und wusste immer noch nicht, ob sie in besagter Nacht eine Närrin aus sich gemacht hatte. Dabei hatte es durchaus Spaß gemacht, die ganze Zeit zu tanzen – ohne die wachsamen Blicke ihrer Mutter. Seufzend ließ sie den Pinsel sinken und betrachtete ihr Werk. Fade und uninspiriert – genau so, wie sie sich derzeit fühlte. Das war nicht die Stimmung, in der man Kunstwerke erschuf. Johanna legte den Pinsel hin und sah zur Mauer, die den Garten umgab. Ihr war langweilig. Isabella besuchte eine Freundin in der Nachbarschaft und hatte Johanna zwar angeboten, sie zu begleiten, aber diese hatte abgelehnt, da sie ahnte, dass die Einladung nur aus Pflichtgefühl heraus ausgesprochen worden war. Es gab wenig, das so lästig war, wie sich mit einer Freundin vertraulich unterhalten zu wollen, wenn jemand Fremdes danebensaß.

Maximilian war ausgeritten, und da hatte sich die Frage, ob sie ihn begleiten wollte, ohnehin nicht gestellt. Einfach nur dazusitzen und nichts Rechtes mit sich anzufangen zu wissen, kannte Johanna nicht von daheim, da war immer etwas zu tun gewesen oder Besuche zu machen. Aber für einen Freundeskreis war sie noch nicht lange genug hier. Sie sah ihr Bild an und stellte sich vor, wie ihre Großmutter reagieren würde, wenn sie eine leicht bekleidete Frau malte, die sich nymphengleich im Schatten der Bäume streckte. Sie begann, diesen Gedanken in die Tat umzusetzen, malte die Frau versteckt in die Schatten, sodass man sie erst beim zweiten Blick erkannte, aber irgendwann verlor sie den Schwung und wusste, das würde an diesem Tag nichts mehr werden. Seufzend stand sie auf. In Königsberg hatte sie sich hin und wieder zu der Köchin in die Küche gesellt, ihr beim Backen geholfen und sich den Tratsch des Personals angehört. Das wäre jetzt genau das Richtige gegen die Langeweile.

Den Dienstbotentrakt kannte Johanna noch nicht, wusste nur, wo er lag, da Nanettes Ausführungen über die Gepflogenheiten des Hauses auch einen Rundgang durch selbiges beinhaltet hatten. Immerhin fand sie sich inzwischen einigermaßen zurecht und verlief sich nicht mehr fortwährend. Erst überlegte sie, in die Küche ins Erdgeschoss zu gehen, hatte dann aber doch ein wenig Scheu und betrat die kleine Küche im ersten Obergeschoss, wo um diese Zeit niemand war, da man unten mit den Vorbereitungen für Kaffeestunde und Abendessen beschäftigt war. Hier konnte sie in Ruhe einen Kuchen backen, ohne dass sich jemand gestört fühlte und sie sich in der allgemeinen Betriebsamkeit wie ein Eindringling fühlen musste. Zu Hause hatte es nur eine Küche gegeben, diese hatte an das Dienstbotenzimmer gegrenzt, war groß und behaglich zugleich gewesen. Die kleine Küche im ersten Obergeschoss des Lilienpalais war allerdings auch recht hübsch mit ihren blau gemusterten Kacheln und dem Kochgeschirr, das glänzend poliert an den Wänden aufgereiht hing. Nach einigem Suchen fand sie Rührschüsseln und eine Backform. Da in der kleinen Speisekammer nur das Nötigste gelagert wurde, musste sie nach einem Dienstmädchen läuten, damit dieses ihr die Zutaten brachte. Johanna war gerade damit beschäftigt, den Rührbesen zu suchen, als das Stubenmädchen Cilli eintrat und sie fragend ansah.

»Ich bräuchte ein paar Dinge aus der Speisekammer«, erklärte Johanna und begann mit der Aufzählung, während Cilli irritiert wirkte, die Anweisung jedoch mit einem »Wie Sie wünschen, gnädiges Fräulein« entgegennahm und ging. Kurz darauf erschien sie mit einem kleinen Korb, der das Gewünschte enthielt, und Johanna bedankte sich.

»Den Kuchen für die Kaffeestunde heute bereite ich«, erklärte sie.

»Ich gebe in der Küche Bescheid«, antwortete das Stubenmädchen.

Johanna rührte die Zutaten für einen Butterkuchen zusammen, war einmal abgelenkt, weil die beiden Küchenmägde um die Ecke lugten, als sie gerade dabei war, die Ofenklappe zu öffnen. Johanna bat sie, das Einheizen zu übernehmen, und während die eine sie mit großen Augen anstarrte, machte die zweite sich an die Arbeit. Flüchtig tauschten die beiden jungen Frauen einen Blick, ehe sie Johanna wieder allein ließen. Während der Kuchen im Ofenrohr buk, setzte sich Johanna mit einem Buch an den Tisch, um nicht den richtigen Zeitpunkt zu verpassen, wenn der Kuchen aus dem Ofen geholt werden musste. Sie fühlte sich jetzt besser als noch im Garten, hatte das Empfinden, etwas Sinnvolles getan zu haben, und freute sich darauf, wenn zur Kaffeestunde ihr Kuchen serviert wurde.

In der Tat war der Kuchen wunderbar geworden, locker und buttrig, und er verströmte einen Duft, der Johanna jetzt schon das Wasser im Mund zusammenlaufen ließ. Sie stellte ihn auf die Anrichte, löste ihn aus der Backform, damit er auskühlen konnte. Danach verließ sie die Küche und ging hinaus, um ihre Malutensilien zusammenzuräumen und die Pinsel einem Stubenmädchen zu übergeben, damit dieses sie reinigte. Da Maximilian und Isabella immer noch außer Haus waren, saß Johanna zur Kaffeestunde allein mit ihrer Großmutter und ihrem Onkel im Salon. Carl von Seybach war nur kurz nach Hause gekommen.

»Na«, sagte er, als Johanna sich gerade auf einem der blauen Sessel im Kleinen Salon niederließ, »hast du dich schon gut eingewöhnt?«

»Ja, so einigermaßen.«

Carl von Seybach nickte und sah zum Fenster, krauste die Stirn, als hätte sich der Vorrat an Worten für seine Nichte erschöpft, und nun suchte er nach neuen. »Schön«, sagte er schließlich und räusperte sich, »sehr schön.«

»Du wirst einen sehr unschönen Buckel bekommen, wenn du dich nicht gerade hältst«, sagte ihre Großmutter. Als würde ihre Kleidung etwas anderes als eine aufrechte Haltung erlauben, dachte Johanna, nahm aber dennoch die Schultern zurück.

Der kleine Tisch war bereits eingedeckt für die Kaffeestunde, und nun trat Cilli ein und trug ein Tablett mit dem Kuchen, einer Kaffeekanne, einem Sahnekännchen und einer Zuckerdose in den Salon. Sie stellte es auf dem Tisch ab, und die Großmutter schickte sie mit einer knappen Handbewegung fort. »Das war dann alles, Cilli.«

Johanna sah gespannt auf den Kuchen. Sie würde erst sagen, dass er von ihr war, wenn ihre Großmutter und ihr Onkel davon probiert hatten. So weit kam es jedoch nicht, denn die Stücke waren gerade auf die Teller verteilt, als die Hausdame, Afra Haberl, den Salon betrat. Johanna war ihr bisher nur wenige Male begegnet, empfand sie als ruppig und abweisend, ganz anders als ihre Königsberger Haushälterin. Auch jetzt machte die Frau alles andere als einen freundlichen Eindruck, vielmehr schien sie vor Wut zu zittern. Nanette war ihr gefolgt, blieb jedoch an der Tür stehen, schweigend, den Kopf leicht geneigt.

»Die Berti«, sagte Afra Haberl, »sitzt in der Küche und weint, denn offenbar sind ihre Kuchen in diesem Haus nicht mehr gut genug.«

Verständnislos sah die Großmutter sie an. »Wovon um alles in der Welt sprechen Sie?«

Afra Haberl warf einen Blick zu Johanna, dann wieder zur Großmutter und schließlich zu dem Kuchen. »Es ist ja nicht so, als sei die Berti nicht gefragt. Da haben schon ganz andere den Häusern die Köche abgeworben. Wenn sie etwas falsch gemacht hat, dann sagen Sie ihr das und erniedrigen sie nicht, indem Sie die eigene Enkelin in die Küche stellen, um zu backen.«

Johanna biss sich auf die Unterlippe, und die Großmutter drehte sich nun zu ihr um. »Hast du etwas dazu zu sagen?«

Obwohl sie wusste, sie hatte sich nichts zuschulden kommen lassen, war Johanna unbehaglich zumute. »Ich habe diesen Kuchen gebacken, mehr nicht. Mir war langweilig.«

Henriette von Seybach stieg das Blut in die Wangen, und abrupt wandte sie sich an die Haushälterin. »Ich kümmere mich um die Angelegenheit. Sagen Sie der Köchin, sie soll aufhören zu weinen und nicht so ein Gewese um einen Kuchen machen. Dergleichen wird sich nicht wiederholen.«

Kaum hatte Frau Haberl die Tür hinter sich geschlossen, fuhr Henriette von Seybach zu Johanna herum. »Erkläre dich!«

Johanna spürte, wie ihr die Hitze ins Gesicht stieg. »Ich ... zu Hause war es ganz normal, dass wir auch mal in der Küche mit angefasst haben. Bei uns war die Trennung zwischen Personal und Dienerschaft weniger strikt, wir haben zu Weihnachten zusammen in der Küche gestanden und Plätzchen gebacken und ...«

»Wir sind hier aber nicht in einer ostpreußischen Provinz«, fuhr ihre Großmutter sie an, dass sogar Carl von Seybach zusammenzuckte.

»Mutter, vielleicht könnte man das alles mit etwas weniger Vehemenz vorbringen.« Er räusperte sich und strich sich über den

Schnauzbart. »Wenngleich es natürlich nicht geht, Johanna, dass du dich in die Küche stellst und das Personal brüskierst.«

»Aber das habe ich doch überhaupt nicht gewollt.«

»Ich kann mir wahrhaftig Schlimmeres vorstellen als eine junge Dame, die einen Kuchen backt«, kam es nun von Nanette, die nach wie vor an der Tür stand.

»Ich möchte doch sehr bitten, dass Sie sich da heraushalten. Und du, junge Dame«, die Großmutter zeigte mit dem Gehstock in Johannas Richtung, »wirst auf dein Zimmer gehen und dort bleiben, bis ich dir gestatte, wieder hinunterzukommen. Dieses unangemessene Benehmen treibe ich dir schon noch aus. Kein Mann will eine Ehefrau haben, die sich in die Küche stellt wie eine Dienstmagd.«

In dem Gefühl, vor ihrem Onkel und Nanette und dem Personal – denn gewiss stand Afra Haberl auf dem Flur und hörte alles mit – gedemütigt zu werden, stand Johanna auf und kämpfte gegen die Tränen, als sie mit gesenktem Kopf auf die Tür zuging, wobei sie Nanettes Blick mied. Sie verließ den Salon, eilte, ohne nach rechts oder links zu sehen, durch den Korridor und die Treppe hinauf, wobei sie fast mit dem Stubenmädchen Louisa zusammenstieß.

In ihrem Zimmer warf sie die Tür mit einem Knall zu, aber nun, da sie ihren Tränen freien Lauf lassen konnte, wollten keine mehr kommen. Vielmehr loderte der Zorn heiß in ihr auf – Zorn auf ihre Großmutter, Zorn auf die Haushälterin und vor allem ein sengender Zorn auf ihre Eltern, die sie hierhergeschickt hatten, fern von allem, was sie kannte und gewöhnt war. Johanna schleuderte ein Kissen durch den Raum, hätte am liebsten das Waschgeschirr folgen lassen, besann sich dann jedoch. Sie ging zum Fenster, blickte hinaus, wünschte sich so intensiv, wieder nach Hause zu dürfen, dass ihr ganz elend war vor Heimweh.

Als sie ein Kratzen an der Tür hörte, zögerte sie kurz, dann ging sie und öffnete. Ein kleiner Malteser – Napoleon – kam mit der größten Selbstverständlichkeit in ihr Zimmer gelaufen.

»Ich muss dich enttäuschen, Isabella ist nicht da«, sagte Johanna. Der Hund strich an ihrem Rocksaum vorbei und lief zum Fenster, stellte die Vorderpfötchen auf die Sockelleiste, als könnte er damit größer werden und hinausschauen. Seufzend ging Johanna zu ihm, hob ihn hoch und setzte sich mit ihm im Arm auf die breite Fensterbank.

»Du fühlst dich gerade auch allein, hm?«, fragte sie und streichelte ihn, spürte den kleinen, atmenden Körper an ihrer Brust. Und jetzt weinte sie doch.

7

Alexander

»Wenn meine Großmutter es wenigstens mal gut sein ließe«, sagte Maximilian und schwenkte leicht das Glas in der Hand, »es ist jetzt eine Woche her, aber sie bringt das Thema immer wieder aufs Tapet. Dabei kann ich mir wahrhaftig schlimmere Laster bei einer Ehefrau vorstellen, als einen Kuchen zu backen.«

Alexander saß lässig zurückgelehnt in seinem bequemen ledernen Sessel im Herrenclub, dem Club ohne Namen, hielt eine Zigarre in der rechten Hand und atmete den Qualm langsam aus. Der in der Portia-Prangers-Gasse gelegene Club war Treffpunkt der gesellschaftlichen Elite Münchens, für den es eine strenge Zugangsberechtigung gab. Wer Teil dieser illustren Gesellschaft werden wollte, brauchte die Empfehlung dreier Mitglieder. Er war in diesem Jahr eröffnet worden und den Londoner Herrenclubs nachempfunden, in denen sein Gründer so gerne verkehrte. Ebenso wie diese bot er Privatheit und Ungestörtheit sowie die Atmosphäre gediegener Eleganz. Seinen Namen trug er, weil er in der Tat zunächst namenlos gewesen war, schließlich war es dabei geblieben, da ihm dies das Flair des Geheimnisvollen verlieh.

»Offenbar wird es mit deiner Cousine nicht langweilig«, sagte Alexander.

»Nein, das nun wirklich nicht.«

»Das macht das Leben interessanter.«

»Für den Mann, der sie mal heiraten wird, gewiss. Über Eintönigkeit muss er sich wohl nicht beklagen.«

Alexander wollte antworten, als seine Aufmerksamkeit von

dem Auftauchen ihres gemeinsamen Freundes Leopold von Löwenstein abgelenkt wurde. Leopold wohnte in unmittelbarer Nachbarschaft von Maximilian, und seine Schwester war mit Isabella befreundet. Er war Sekretär des Außenministers und eingebunden in den diplomatischen Dienst, sodass ihre Treffen in letzter Zeit selten geworden waren. Nachdem sie sich begrüßt hatten, ließ er sich in einen Sessel fallen.

»Meine Mutter hat mir gerade eröffnet, dass die Einladungen für den Novemberball bereits angekommen sind«, sagte er. »Ich hatte gehofft, das Spektakel bliebe mir dieses Jahr erspart.«

»Warum soll es dir besser ergehen als uns?«, antwortete Alexander. »Wir werden alle erscheinen müssen.«

»Maskiert und unerkannt«, fuhr Leopold fort. »Fällt vielleicht gar nicht auf, wenn wir uns davonschleichen.«

»Unerkannt, ganz recht«, antwortete Maximilian und klopfte auf sein rechtes Bein.

»Wir lassen dich natürlich nicht allein«, versprach Alexander. »Vielleicht bietet sich sogar eine Möglichkeit, ein klein wenig Spaß daraus zu ziehen. Du sitzt in einem Stuhl, der maskierte König, bei dem alle rätseln, wer er wohl sein mag, und wir sind deine ergebenen Diener.«

»Ein reizvoller Vorschlag«, entgegnete Maximilian, »wenn ich nicht befürchten müsste, meine ergebenen Diener lassen mich allein in meinem Stuhl sitzen, sobald sich die Gelegenheit ergibt, eine kleine Eroberung zu machen.«

»Eine kleine, *harmlose* Eroberung«, betonte Alexander. »Schließlich wissen wir, was sich gehört.«

»Ein klein wenig kokettieren, mehr nicht«, sagte Leopold. »Während die Damen sich um deinen Stuhl versammeln und unbedingt herausfinden möchten, wer sich hinter der Maskierung des geheimnisvollen Unbekannten verbirgt.«

Maximilian nippte an seinem Glas. »Die Vorstellung klingt eher Furcht einflößend. Ich sitze auf einem Stuhl, um mich herum eine

Horde von Frauen, die nur darauf wartet, mich zu demaskieren, während ihr euch amüsiert.«

»Harmlos amüsiert«, antwortete Alexander.

»Ihr maskiert, die Damen maskiert – keiner wird am kommenden Tag wissen, wer die andere Person war. Was sollte da schon passieren?«, spöttelte Maximilian.

Leopold lächelte und wirkte für einen Moment, als hinge er einer angenehmen Erinnerung nach.

»Nun«, fuhr Maximilian fort, »solange niemand dabei in Schwierigkeiten gerät, soll es mir natürlich nicht einfallen, euch den Spaß zu verderben.«

»Wir danken Eurer Hoheit vielmals.« Leopold nahm das Glas Whiskey vom Tablett eines Kellners, der sich damit zu ihm hinuntergebeugt hatte, und hob es an, als wollte er Maximilian damit zuprosten. Dann wandte er sich an Alexander. »Und was gibt es bei dir Neues? Ich hörte, deine Schwester wird sich verloben?«

»Ja, mit Robert von Haubitz.«

»Dann gratuliere ich. Und was ist mit dir? Man munkelt, dass die Familie von Hegenberg dich für eine ihrer Töchter ins Auge gefasst hat.«

Die Töchter der Familie von Hegenberg waren überaus begehrt, und Alexanders Schwester Constanze hatte gescherzt, die würden auf dem Heiratsmarkt weggehen wie warme Semmeln auf dem Wochenmarkt. »Nicht in hundert Jahren«, antwortete Alexander. »Ehe ich eine von Hegenberg heirate, heiratet unser Max die von Riepenhoff.«

Maximilian verdrehte nur die Augen. Es war seit Längerem ein mehr oder weniger offenes Geheimnis, dass Helene von Riepenhoff sich zum Ziel gesetzt hatte, Maximilian von Seybach zu erobern. »Und was ist mit dir?«, fragte er an Leopold gewandt.

»Ich bin viel zu oft unterwegs, um mich zu binden.«

»Stimmt«, räumte Maximilian ein. »Bleibt es also doch bei Alexander.«

»Ich muss mich jetzt erst einmal darum kümmern, dass meine Schwestern mit anständigen Kerlen verheiratet werden«, antwortete Alexander, musste dabei jedoch an Johanna denken. Sie waren sich nur wenige Male begegnet, aber sie berührte ihn, und nicht zum ersten Mal dachte er, dass er sie gerne wiedersehen wollte.

»Und was macht dein alter Herr?«, fragte Leopold.

»Glänzt wie immer durch Abwesenheit. Er kann mit Töchtern nichts anfangen, das macht er stets sehr deutlich.« Was der Stimmung zwischen Alexander und seiner Stiefmutter nicht gerade förderlich war.

Leopold stellte sein Glas ab und steckte sich eine Zigarre an. Er paffte eine kleine Rauchwolke. »Deine Cousine versucht sich als Bäckerin, habe ich gehört?«, fragte er an Maximilian gewandt.

»Plaudern die Dienstboten?«

»Nein, Isabella hat es Amalie erzählt und meine Schwester wiederum mir.«

»Frag nicht«, sagte Maximilian. »Meine Großmutter macht ein großes Gewese darum, sperrt das arme Mädchen ins Zimmer und scheint zu befürchten, dass sie sich sämtliche Möglichkeiten am Heiratsmarkt ruiniert.«

»Ich habe noch von keinem Mann gehört, der schreiend davonläuft, weil die Frau einen Kuchen backt«, entgegnete Leopold trocken. »Kann zuweilen sogar ganz nützlich sein. Der Baron von Grandberg wäre vermutlich glücklich, könnte seine Frau backen, nachdem ihm seine famose Köchin abgeworben wurde.«

»Davon habe ich gehört«, sagte Alexander. »Hat er immer noch keine neue?«

»Bisher ist er mit keiner zufrieden.«

Das Gespräch schwenkte um zu einigen gemeinsamen Bekannten, den neusten Geschichten vom Hof, und schließlich wusste Leopold noch mit einigen Anekdoten von seinem letzten Aufenthalt in Frankfurt zu unterhalten. Als sie sich schließlich erhoben, um den Club zu verlassen, waren sie bester Stimmung. Da Alexander nur zwei Straßen von seinen Freunden entfernt wohnte, hatten sie nahezu denselben Weg, aber Alexander entschuldigte sich mit den Worten, noch ein wenig spazieren gehen zu wollen. Maximilian und Leopold warfen einander einen wissenden Blick zu und verabschiedeten sich von ihm.

»Denk dran, sie muss morgen früh raus«, konnte sich Leopold dann doch nicht verkneifen zu sagen.

Alexander spazierte durch die spätabendlichen Straßen, über denen immer noch die sommerliche Wärme des Tages hing, genoss das Flair der Stadt, wenn das Tagewerk beendet war und nur noch die Nachtschwärmer sie bevölkerten. Seit seiner Jugend begeisterte er sich für Architektur, und so faszinierte ihn der Aufbau, in dem München sich befand, die vielen Palais, die errichtet wurden, insbesondere in der Ludwigstraße, dem Prachtboulevard, an dem seine Freunde Maximilian und Leopold wohnten. Nach der Schule hatte Alexander sich für ein Architekturstudium eingeschrieben, und sein Vater hatte es ihm erlaubt, so, wie er ihm stets alles erlaubte. Alexanders Familie hatte ausreichend Geld, sodass er gewiss nie würde arbeiten müssen, aber im Gegensatz zu seinem Vater fand er den Müßiggang ausgesprochen ermüdend. Er könnte bei Hofe eine Stellung einnehmen, wenn er das wollte, aber das war nicht seine Welt.

Als er eine halbe Stunde später diskret an die Tür des Hinterhauses einer Putzmacherin klopfte, dauerte es, ehe geöffnet wurde. Er war im Begriff, wieder zu gehen, als Mariana Cleve ihm doch noch öffnete. Sie trug einen Morgenmantel über ihrem Nachthemd und hatte das lange blonde Haar eingeflochten. Gähnend trat sie von der Tür zurück.

»Wenn du lieber schlafen möchtest, gehe ich wieder«, sagte er.

»Sei nicht albern.« Sie ging ihm voran ins Schlafzimmer. »Möchtest du etwas trinken?« Ohne die Antwort abzuwarten, zog sie den Glasstöpsel aus einer Karaffe und schenkte ihm ein. Dabei gähnte sie wieder.

Sie war die Helferin einer Putzmacherin, und da diese eine sehr illustre Kundschaft hatte, waren sie und Alexander überaus diskret. Sich von ihm aushalten zu lassen, weigerte sie sich, aber sie hatte ihm erzählt, dass ihre Mutter krank sei und die Behandlung kostspielig, und so steckte er ihr zwischendurch immer mal eine größere Summe zu. Ob die Mutter wirklich krank war oder sie nur das Gesicht wahren wollte, wusste er nicht, und er hinterfragte es nicht. Vielleicht war er für sie eine Art Goldesel, der leicht zu melken war, aber das interessierte ihn nicht. In ihrer Beziehung kamen sie beide auf ihre Kosten, allein das zählte.

Er stellte sein Glas ab, hob sie hoch, und sie schlang ihm die Beine um die Hüften, die Arme um den Hals und küsste ihn. Langsam zogen sie sich gegenseitig aus, Mariana wölbte den Körper, während Alexander sie streichelte, küsste, all das erforschte, was ihm mittlerweile so vertraut geworden war. Die Kerzen malten bizarr tanzende Schatten an die Wand, während die beiden im Liebesakt ineinander verschlungenen Körper ihren eigenen Rhythmus, einen lustvollen Gleichklang fanden, der in Seufzern, kleinem Auflachen und Atemzügen, die wie leise Schluchzer klangen, zerfloss. Alexander hielt Mariana eng umschlungen, bewegte sich in ihr, küsste sie und liebkoste ihren Körper, hörte ihren Schrei, als die Lust ihren Gipfelpunkt erreichte. Nachdem auch sein Verlangen gestillt war, ließ er sich in die Kissen sinken, zog sie an sich und barg das Gesicht in ihrem nach Rosenwasser duftendem Haar, während sie keuchend an seiner Brust lag. Für den Moment wünschte er, das Gefühl wäre etwas Beständiges, etwas, das ihn in den Tag hinein begleitete und mit Vorfreude auf die kommende Nacht erfüllte.

Aber er wusste, dass weder sie die richtige Frau für ihn war noch er der richtige Mann für sie. Was sie hatten, war flüchtig, würde in den Morgenstunden nicht mehr greifbar sein. Sie würden aufwachen, einander anblinzeln, ein klein wenig verlegen bei der Erinnerung an die letzte Nacht, als könnten sie beide nicht so recht glauben, dass all diese Empfindungen, von denen sich keine in das alles enthüllende Licht des Tages mitnehmen ließ, kurz zuvor so intensiv gewesen waren. Irgendwann waren sie übereingekommen, dass Alexander ging, solange es noch dunkel war, sodass es diese Augenblicke verletzlicher Stille zwischen ihnen nicht mehr gab. Auf diese Weise war es ohnehin sicherer für Mariana.

Als sich Alexander kurz vor Sonnenaufgang aus ihrem Bett erhob, blieb sie liegen, sah ihn an mit einem sanften Lächeln und einem Ausdruck satter Zufriedenheit, den auch Alexander empfand. Er zog sich an, beugte sich noch einmal hinunter, um sie zu küssen, und verließ das Haus. Jetzt waren die Straßen nahezu menschenleer, und das Geräusch von Alexanders Schritten hallte zwischen den Häuserwänden. Die Stadt lag im Schlaf, und für einen mystischen Moment war es Alexander, als sei er ganz allein. So dachte er auch, er hätte sich das leise Winseln eingebildet, wollte bereits weitergehen, aber da war es wieder. Er hielt inne, lauschte, sah sich suchend um. Und schließlich entdeckte er den Hund, der sich ins Gebüsch drückte, einerseits ängstlich erschien, andererseits doch voller Hoffnung, als sich Alexander näherte.

Jemand hatte das Tier an einem Laternenpfahl festgebunden und einen Zettel an der Leine befestigt. *Suche neues Zuhause.* Alexander ging in die Hocke, hielt dem Hund die Hand hin, und dieser kam zögernd näher. Es war kein großer Hund, er ging höchstens bis Mitte der Wade und war keiner Rasse zuzuordnen. Vorsichtig streichelte Alexander das grau-schwarz-braun-scheckige glatte Fell.

»Es tut mir leid, mein Kleiner, aber meine Stiefmutter duldet keine Hunde. Du fändest dich sofort im Tierheim wieder. Und leider stehe ich da auf verlorenem Posten, denn in diesen Dingen tut mein Vater, was seine Frau möchte.« Wieder streichelte er den Hund, dann löste er die Leine. »Aber weißt du was? Ich ahne, bei wem du sofort ein Zuhause finden wirst.«

8

Johanna

Die Augustsonne verlieh den glänzend polierten Holzdielen in Johannas Zimmer einen buttergelben Schimmer und malte durch die Gardinen hindurch ein filigranes Spitzenmuster auf den Boden. Johanna und Isabella saßen vor dem blank gefegten Kamin auf dem Teppich, neben Isabella ihr neuester Schützling Henry, den Alexander von Reuss vor zwei Wochen in aller Frühe am Dienstboteneingang einer der Küchenmägde übergeben hatte, die morgens stets als Erste ihren Dienst antraten. Isabella hatte den Hund sofort in ihr Herz geschlossen – ebenso wie fast sämtliche Dienstboten, sodass er mal hier oben bei Isabella und mal unten bei dem Personal weilte. Er war gut erzogen und hatte sich schnell eingelebt.

»Wie lange bleibt Nanette eigentlich noch im Haus?«, fragte Johanna, der immer noch nicht so ganz klar war, warum in diesem Haushalt an einer Gouvernante festgehalten wurde, die es beständig wagte, der Großmutter zu widersprechen, und die im Grunde genommen für die erwachsene Isabella ja nicht mehr gebraucht wurde. Dabei war es nicht so, dass Johanna Nanette nicht mochte, sie bemerkte durchaus, dass diese sich stets auf die Seite der Von-Seybach-Kinder stellte. Aber es nagte an ihr, dass ihr diese Frau vertraut vorkam und sie einfach nicht wusste, warum das so war. Sie hatte sogar ihren Onkel gefragt, aber der hatte nur etwas unwirsch erklärt, das bilde sie sich ein und sie solle sich da mal nicht den Kopf zerbrechen.

»Nanette bleibt hier, bis ich verheiratet bin. Ich glaube, nach

Mamas Tod wollte Papa, dass jemand bei mir ist, dem ich vertraue. Und mit ihr ist es nun einmal anders als mit Großmutter. Es wäre schlimm, wenn Nanette nicht da wäre und ich mit Großmutter jeden Kampf allein ausfechten müsste.«

Nachdem Johanna seit mittlerweile drei Wochen nur zu Spaziergängen das Haus verlassen durfte – begleitet und überwacht von der Großmutter, die auf Haltung und Benehmen achtete –, konnte sie das nur zu gut verstehen. Immerhin schien die alte Frau jetzt einzusehen, dass sie die Zügel langsam wieder lockern durfte, denn Johanna gab sich sanft und fügsam, wenngleich alles in ihr tobte.

»Freust du dich auf den Tanzabend?«, fragte Isabella. »Dein neues Kleid ist gestern gekommen, ja?«

Die Großmutter hatte eine komplette Garderobe in Auftrag gegeben, und obwohl es Zeit brauchte – die Schneiderin hatte ja schließlich genug zu tun –, war eines der Kleider nun fertig. »Ja, ich werde es heute tragen.« Es war die zweite Abendveranstaltung, der Johanna beiwohnte, seit sie hier war. Zwar hatte es in den letzten drei Wochen zwei weitere Feiern gegeben, aber dorthin hatte sie nicht gedurft. »Wer sich wie eine Dienstmagd benimmt«, hatte ihre Großmutter gesagt, »wird wie eine Dienstmagd behandelt und verbringt die Abende zu Hause.«

»Kann sein, dass Alexander heute Abend auch da ist«, sagte Isabella. »Das ist Maximilians Freund, der uns Henry gebracht hat.«

»Ja, ich weiß, wer er ist.«

»Er sieht so gut aus, findest du nicht?«

»Bist du verliebt in ihn?«

»In Alexander? Das wäre ja, als würde ich mich in Max verlieben. Na ja, nicht so ganz … aber fast.« Isabella beugte sich vor und kraulte den Hund. »Er ist so anschmiegsam und liebebedürftig.«

»Alexander von Reuss?«, fragte Johanna irritiert, und Isabella lachte.

»Aber nein, ich spreche doch von dem Hund.« Isabella kraulte Henry hinter den Ohren.

Johanna sah dem Abend mit gemischten Gefühlen entgegen. Einerseits hatte sie das Tanzen sehr genossen, andererseits kannte sie nach wie vor eigentlich niemanden hier, sah man von den Besuchern im Lilienpalais ab. Aber auch diese Leute kannte sie nicht gut genug, um eine Unterhaltung zu beginnen. Da die Feier im Haus einer engen Freundin ihrer Großmutter stattfinden würde, wäre auch diese zugegen – vermutlich war das der Hauptgrund, dass Johanna an diesem Abend hingehen durfte. Ihre Großmutter würde sie mit Argusaugen beobachten und darauf achten, dass sie sich angemessen verhielt.

»Komm«, sagte Isabella und stand auf, »gehen wir ein bisschen mit den Hunden vor die Tür. Du kannst Antoinette nehmen und ich Napoleon. Die beiden werden sonst noch eifersüchtig auf Henry.«

»Und Großmutter? Sie möchte doch immer dabei sein, wenn ich das Haus verlasse.«

»Mach dir darum keine Sorgen, Nanette hat es heute Morgen wohl irgendwie geschafft, sie davon zu überzeugen, dass es dem Anstand genügt, wenn wir zu zweit sind. Denn sonst bekommen die Leute womöglich noch einen schlechten Eindruck und fragen sich, warum man dich ohne ihre Begleitung nicht hinauslässt.« Sie strich sich den Rock glatt und verließ das Zimmer, um den Hund hinunter zu den Dienstboten zu bringen.

Johanna warf einen Blick in den Spiegel, überprüfte ihre Frisur, setzte einen Sommerhut auf, schlüpfte in die Schuhe und griff nach dem Sonnenschirm.

Kurz darauf wurde an ihre Zimmertür geklopft, und als Johanna öffnete, stand Isabella ausgehfertig vor der Tür und drückte ihr eine Leine in die Hand. »Nimm lieber Napoleon, Antoinette ist noch etwas verspielt an der Leine.«

Sie stiegen die Treppe hinab und verließen das Haus. Als sie auf die Straße traten, fuhr vor dem benachbarten Palais eine Kutsche vor, der ein junger Mann mit mandelbraunem Haar entstieg. Er bemerkte sie, grüßte und fragte nach ihrem Befinden, betrat dann das Haus, nachdem er Isabella kurz zugenickt hatte.

»Das war Leopold«, erklärte Isabella. »Amalies Bruder.«

Johanna nickte nur, da sie damit beschäftigt war, aufzupassen, dass Napoleon nicht gar zu wild war und sich in Antoinettes Leine verhedderte. Sie spazierten die Straße entlang, und Johanna genoss es, außerhalb der Reichweite ihrer Großmutter zu sein. Wieder wurde ihr bewusst, wie eingeengt sie sich in dem Palais fühlte, trotz seiner weitläufigen Gänge und seiner großzügigen Räumlichkeiten. Bei der Vorstellung, dass es mit dieser Enge erst vorbei war, wenn sie heiratete, wollte Johanna vor Verzweiflung schreien. Wenn ihre Großmutter jemanden aussuchte, der ihr genehm war, dann wurde die Ehe gewiss ein Trauerspiel. Isabella hatte ja bereits angemerkt, froh zu sein, dass sie durch Johannas Anwesenheit im Hause von Seybach nun erst etwas später mit der Auswahl eines passenden Ehepartners konfrontiert würde. Da half es womöglich nur, ihrer Großmutter rechtzeitig zuvorzukommen.

Hin und wieder kamen ihnen Damen entgegen, die Johanna neugierig musterten, während sie grüßten. »Dein Wert«, erklärte Isabella, »wird auf dem Heiratsmarkt bereits verhandelt. Als eine von Seybach giltst du als hervorragende Partie, noch dazu eine, mit der man auf dem Markt nicht gerechnet hat, da werden die Mütter heiratsfähiger Söhne natürlich aufmerksam.«

Es war nicht so, dass Johanna das nicht auch aus Königsberg kannte, und sie war einer Ehe gegenüber auch nicht grundsätzlich abgeneigt, aber der Gedanke daran, dass es ausgerechnet die Großmutter war, die mit anderen Frauen über Johannas zukünftige Ehe sprach und womöglich die Entscheidungshoheit für sich beanspruchte, löste einen tiefen Widerwillen in ihr aus. Zeit ihres Lebens war Johanna fügsam gewesen und hatte getan, was ihre Eltern von ihr verlangten. Und das hatte sie nun hierhergeführt, in dieses Haus und in eine Gesellschaft, die ihren Wert nur darüber bemaß, welche Ehetauglichkeit sie bewies.

Sie wichen einem Paar aus, das mit seinen Kindern nahezu die gesamte Breite des Bürgersteigs einnahm. Im Nachhinein hätte Johanna nicht zu sagen vermocht, wie es passiert war, aber Isabella verlor am Bordstein das Gleichgewicht, stolperte auf die Straße, und Antoinette riss sich los, lief quer über die Straße direkt auf ein Fuhrwerk zu. Erschrocken schrien Johanna und Isabella gleichzeitig auf, und es schien bereits, als würde die kleine Hündin unter den schweren Hufen der Kaltblüter verschwinden, aber sie flitzte knapp vor ihnen auf die andere Straßenseite, wo sie aufgeregt bellte. Ein Mann beugte sich hinunter und griff nach der Leine, und Isabella lief schluchzend über die Straße, gefolgt von Johanna.

»Oh, Gott sei es gedankt!«, rief Isabella und hob Antoinette hoch, um sie zu herzen.

Johanna sah den Mann an, der nun die Leine losließ, sie ansah und ihr ein Lächeln schenkte, von dem sie weiche Knie bekam. Sie wollte etwas sagen, aber ihr fiel nichts ein außer einem lahmen »Dankeschön.«

»Keine Ursache.«

Isabella war immer noch sehr blass und zu beschäftigt mit dem Hund, als dass sie dem Mann Beachtung schenkte. Der grüßte freundlich, sah Johanna dabei einen Moment länger an, als es die reine Höflichkeit verlangte, und setzte seinen Weg fort. Johanna sah ihm nach, während es in ihrem Magen flatterte. Er hatte umwerfend ausgesehen mit seinen scharf gemeißelten Gesichtszügen, dem hellbraunen Haar und dieser mondän wirkenden Eleganz.

»Oh, ich bin so erleichtert.« In Isabellas Augen schimmerten Tränen. »Nicht auszudenken, wenn ihr etwas passiert wäre.«

Die Passanten, die innegehalten und die Szene angesehen hatten, flanierten nun wieder über die Gehwege, und Johanna berührte den Ellbogen ihrer Cousine, damit sie nicht weiter im Weg standen.

»Besonders höflich warst du ja nicht zu dem jungen Mann, der Antoinette gerettet hat.«

»Das hat er ja nicht, er hat sie nur festgehalten, als die Gefahr schon vorüber war.«

»Immerhin hat er verhindert, dass der Hund zurückläuft.«

Isabella zuckte nur mit den Schultern, dann jedoch hielt sie inne und taxierte Johanna. »Ich mag ihn nicht.«

»Aber warum denn?«

»Er ist ein eitler Geck. Die Frauen mögen ihn, und er genießt es, aber heiraten wird er keine von ihnen.«

Johanna dachte an das Lächeln des jungen Mannes. »Kennt ihr ihn näher?«

»Nein, wir begegnen ihm allenfalls bei gesellschaftlichen Anlässen. Sein Vater ist irgendein preußischer Herzog, und sie leben abwechselnd hier und in Potsdam, weil sie Verwandtschaft in Bayern haben. Er ist also von sehr nobler Abstammung.« Sie streichelte Napoleon und sah wieder auf. »Du bist ganz rot geworden, als er dich angesehen hat. Der sollte dir besser nicht gefallen, du hättest am Ende womöglich nur ein gebrochenes Herz, während er eine andere heiratet und mit dir nur ein wenig kokettiert hat, um sich die Zeit zu vertreiben. Er wird nur eine Frau seines Ranges heiraten, etwas anderes würden seine Eltern niemals zulassen.«

Augenblicklich bekam der Gedanke an ihn etwas Romantisches – eine verbotene Liebe gegen alle Widerstände –, und ein kleines Lächeln stahl sich auf Johannas Lippen.

Als sie kurz darauf das Palais betraten, war schon Zeit für den Nachmittagskaffee. Im Eingangsbereich hieß Eloise von Seybachs goldgerahmtes Porträt sie willkommen, daneben stand wie immer ein Strauß frischer Lilien. Johanna hatte ihre Tante gemocht, sie war liebevoll und warmherzig gewesen, und ihr Onkel Carl litt augenscheinlich immer noch sehr unter ihrem Tod. Ihr Vater hatte erzählt, dass er seit dem Verlust seiner geliebten Frau immerfort mit dem Königshof auf Reisen sei wie ein Getriebener. Seither oblag es Henriette von Seybach, sich um die Zukunft ihrer Enkelkinder zu kümmern. Vor allem für Isabella musste es bitter gewesen sein, denn sie war zum Zeitpunkt, als ihre Mutter gestorben war, erst zwölf Jahre alt gewesen.

Oben in der Galerie hing ein Porträt der gesamten Familie, daneben eines des verstorbenen Großvaters, an den Johanna nur vage Erinnerungen hatte. Auf dem Bild wirkte er sehr streng, und wenn er es jahrelang mit der Großmutter ausgehalten hatte, war er entweder ein sehr duldsamer oder sehr garstiger Mensch gewesen. Die Großmutter trug auch viele Jahre nach seinem Tod noch das Schwarz der trauernden Witwe. Allerdings hatte Johannas Mutter einmal gemutmaßt, sie tue das weniger aus echter Trauer heraus, sondern weil es sich für sie so gehörte.

Selbst zu einer Feierlichkeit kleidete Henriette von Seybach sich in Schwarz, wie Johanna feststellte. Ihre Großmutter trug ein Kleid, das dem Anlass gemäß festlich und prachtvoll war, aber das keinerlei überflüssigen Tand aufwies und als einzige Verzierung reichhaltige graue Spitze. Im Vergleich dazu wirkten Johanna und Isabella in ihren cremeweißen Kleidern frisch und strahlend. Das Kleid, das die Hofschneiderin für Johanna gefertigt hatte, war in der Tat wundervoll, bestickt mit winzigen Perlen, verziert mit Spitzen und Volants. Sie trug dazu lange Handschuhe und feinen Goldschmuck. Überaus elegant war Maximilian in seinem schwarzen Frack mit den langen Schößen und einem Hemd mit Rüschenkragen zu grauen Hosen. Er wirkte wenig begeistert, aber er konnte sich vor der lästigen Pflicht ebenso wenig drücken wie die beiden jungen Frauen. Nur freuten sich diese im Gegensatz zu ihm auf den festlichen Abend.

Xaver, der Kutscher, lenkte abends den von zwei eleganten dunkelbraunen Pferden gezogenen Wagen vor das Palais. Johanna hielt vorsichtig ihr Kleid hoch, als sie mit ihrer Großmutter, Isabella und Maximilian die Treppe hinunterging. Zuerst ließ sich Henriette von Seybach von Maximilian in die Kutsche helfen, dann folgten Isabella und Johanna, ehe er selbst einstieg. Da Johanna sich während der Fahrt von der Großmutter intensiv taxiert sah, bemühte sie sich um eine anmutige und aufrechte Haltung. Nur keinen Anlass zum Tadel geben.

Das Palais, in dem die Gartenfeier stattfand, war gute fünfzehn Minuten Fahrt vom Palais von Seybach entfernt. In einer Schlange standen die Kutschen davor, hielten an, entließen ihre Herrschaften. Andere Gäste wiederum, die in näherer Umgebung wohnten, kamen zu Fuß und ließen dabei die Schaulustigen, die nicht eingeladen waren, teilhaben an ihrer prachtvollen Garderobe und an dem Umstand, dass sie an diesem Abend feiern gingen.

Henriette von Seybach ging voran, an ihrer Seite Maximilian, während Johanna ihnen mit Isabella folgte. In der Eingangshalle standen die Gastgeber und begrüßten die alte Frau herzlich. Isabella und Maximilian kannten sie natürlich, und Johanna wurde formvollendet vorgestellt. Die Gastgeber waren entzückt, das sagten ihre Blicke nur zu offensichtlich, und Johanna entspannte sich. Zwar hatte sie sich selbst nie als übermäßig eitel empfunden, aber sie wusste, dass sie hübsch war, und das war ihr von ihrem Umfeld stets bestätigt worden. Seit sie jedoch in München war, kam sie sich vor wie ein Mauerblümchen, das man irgendwo aufgelesen und in ein Beet voller Rosen gepflanzt hatte. Hier endlich waren sie wieder, die Blicke, die sie aus Königsberg so gut kannte.

Sie betraten den Ballsaal – zwei große Salons, die durch das Öffnen der Flügeltüren zu einem Saal gemacht worden waren. Von hier aus ging es zur Veranda, die in den terrassenartig angelegten Garten führte mit einem kleinen Teich in seiner Mitte. Darüber lag in sattem Gold das warme Licht des frühen Abends. Blüten verströmten einen betörenden Duft, und die Luft trug den Geruch sonnenwarmen Rasens. Henriette von Seybach stellte Johanna einigen Bekannten vor, dann entließ sie sie aus ihrer Obhut, damit sie sich mit Isabella zusammen umschauen konnte. Ihre Cousine wurde schon bald von einigen Freundinnen in Beschlag genommen, und so streifte Johanna wieder allein durch den Ballsaal und schließlich durch den Garten, in dem die Lampions entzündet wurden. Andere Gäste hatten dieselbe Idee und flanierten über die Gartenwege, ehe im Ballsaal offiziell aufgespielt wurde. Johanna bemerkte Maximilian, der in ein anregendes Gespräch mit einigen jungen Männern vertieft war, von denen sie einen als ihren Nachbarn erkannte. Neben diesem stand ein dunkelhaariger Mann, der gerade etwas sagte, woraufhin die Diskussion offenbar an Intensität zunahm. Maximilian hatte sich leicht vorgebeugt, unterstrich mit einer Geste seine Worte, woraufhin der Nachbar – Leopold – etwas antwortete.

Ein vierter Mann, der bisher schweigend danebengestanden hatte, machte eine Bemerkung, woraufhin sich alle umdrehten und Johannas Blick begegneten. Es gab nur wenig, was so peinlich war, wie dabei erwischt zu werden, wie man andere anstarrte, und so versuchte sie, die Verlegenheit durch eine grüßende Geste zu überspielen, nickte Maximilian zu und hoffte, niemand bemerke auf die Entfernung hin die brennende Röte, die sich über ihrem Gesicht ausbreitete. Sie sah, dass Maximilian ebenfalls lächelte und etwas sagte. Vermutlich »meine Cousine«. Hoffentlich dachten seine Freunde nicht, sie hätte sie angestarrt, weil sie niemanden kannte und auf einen Tanz hoffte. Wie unfassbar unangenehm das wäre.

Sie wandte sich ab und ging weiter durch den Garten, versuchte, sich den Anschein ruhiger Gelassenheit zu geben. Aber es musste ja niemand wissen, wie ihr zumute war, und so hob sie das Kinn, während sie langsam flanierte, als suchte sie Zerstreuung.

»Was für ein erfreulicher Zufall.«

Johanna hielt inne, wusste nicht recht, ob sie gemeint war, und sah in die Richtung, aus der die Männerstimme gekommen war. Dort stand er in seiner Abendgarderobe, das Licht der schwindenden Sonne auf dem goldbraunen Haar, und das Flattern, das

Johanna nun in ihrem Magen verspürte, war gewiss nicht der Vorfreude aufs Tanzen geschuldet, sondern war tief und sehnsuchtsvoll.

»Wir hatten heute Nachmittag ja keine Gelegenheit, uns richtig bekannt zu machen. Friedrich Veidt zu Waldersee aus Potsdam.«

9

Johanna

$\mathcal{E}$s war so, wie man es in Märchen oder romantischen Geschichten las. Als Johanna ihren Namen nannte, wiederholte er ihn leise, als müsste er ihn auf der Zunge schmecken.

»Sie stammen aus Ostpreußen?«, fragte er.

»Woher wissen Sie das?«

»Ich erkenne den dortigen Zungenschlag, und eine Münchnerin sind Sie nun eindeutig nicht.« Wieder dieses entwaffnende Lächeln, das ihr weiche Knie bescherte. Kurz flackerten Isabellas Worte in ihr auf, aber sie schob sie beiseite. Immerhin war sie eine von Seybach, er würde es nicht wagen, mit ihr nur zum Spaß zu schäkern, dafür war ihr Onkel zu einflussreich. Und bisher unterhielten sie sich ja nur, dagegen konnte nichts einzuwenden sein. Johanna wusste, wie man sich vor Avancen schützte, ihre Mutter hatte es ihr erklärt und sie vor Männern mit fragwürdiger Moral gewarnt. Wenn sie jedoch in Friedrich Veidts offenes Lächeln blickte, war da nichts, das auch nur im Entferntesten auf fragwürdige amouröse Absichten hindeutete.

»Sind Sie zu Besuch in München?«, fragte Friedrich Veidt.

»Nein, ich wohne bei meinem Onkel, Carl von Seybach. Kennen Sie ihn?«

»Den Obersthofmeister? Wer kennt ihn nicht? Und Sie wollten weg aus Königsberg in diese mondäne Großstadt?«

»Meine Eltern sind nach Afrika gereist, sie fühlen sich zu Missionarsdiensten berufen. Und weil ich ja schlecht mitkommen konnte, wurde ich nach München geschickt.«

»Zweifellos, um hier eine gute Partie zu machen.« Wieder lächelte er.

»Wer möchte das nicht?« Johanna sah ihn über den Fächer hinweg kokett an. Dass es die Wirkung nicht verfehlte, bemerkte sie daran, wie sich sein Blick veränderte und sich eine leise Begehrlichkeit hineinschlich. Seine Augen waren von einem intensiven Blaugrau – wie ein Bergsee, wenn die Sonne darauf tanzte, dachte Johanna in einem Anflug poetischer Inspiration.

»Erweisen Sie mir die Ehre, mit mir zu tanzen?«, fragte er. »Die Kapelle spielt gerade auf, wie ich höre.« Er reichte ihr den Arm, und sie legte die behandschuhte Hand darauf.

Mit ihm durch den Saal zu wirbeln war wunderbar, denn er bewegte sich leichtfüßig und gekonnt. Dabei sah er sie an, und in Johannas Bauch stieg ein kribbeliges Gefühl auf, das in ihrer Brust zerstob. Als sein Blick gar zu ihrem Mund wanderte, war es, als stockte ihr der Atem. Ob er sich gerade vorstellte, sie zu küssen? Schließlich sah er ihr wieder in die Augen, lächelte, als teilten sie einen sehr intimen Gedanken. Es machte so viel Spaß, dass Johanna sich ewig zu dem Wiener Walzer hätte drehen können, aber Friedrich Veidt führte sie nach dem Tanz von der Tanzfläche.

»So gerne ich weitermachen würde, aber wir werden es bei einem Mal belassen müssen, alles andere würde Ihrem Ruf ernsthaften Schaden zufügen.«

Etwas atemlos stimmte Johanna zu, wenngleich sie es bedauerte. Warum konnte sie nicht einfach tun, was sie wollte, ohne dass es zu Gerede führte? Gab es einen harmloseren Spaß, als vor den Augen aller zu tanzen? Aber natürlich würde man munkeln, dass da mehr dahinterstecken musste, wenn sie sich zu oft auf dem Parkett einfanden.

Friedrich Veidt hatte sich gerade von ihr verabschiedet und führte die nächste Dame in die Mitte des Saals, als sich Alexander von Reuss leicht vor ihr verneigte und sie um den nächsten Tanz bat.

Sie begleitete ihn auf die Tanzfläche, und obwohl er ebenfalls sehr gut tanzte, hätte sie liebend gern mit der jungen Frau getauscht, die Friedrich Veidt gerade herumwirbelte. Dass er auf ihren Ruf bedacht war, hatte Johanna jedoch durchaus beruhigt – hatte sie doch Isabellas Warnung im Ohr –, so bedauerlich sie den Umstand auch fand, sich in Zurückhaltung üben zu müssen. Sie riss sich zusammen und machte höfliche Konversation mit Maximilians Freund, denn dieser konnte schließlich nichts dafür, dass sie nur mit ihm tanzte, weil ihr die Konventionen verboten, dies mit dem zu tun, mit dem sie es gerade viel lieber täte.

Als er sie später von der Tanzfläche führte, lächelte Alexander von Reuss. »Sie sind ja noch nicht sehr lange hier und kennen vermutlich nicht viele Leute, ja?«

Offenbar war ihm nicht entgangen, wie sie eine Zeit lang allein herumgeschlendert war. Hatte er sie gar aus Mitleid aufgefordert? Oder – schlimmer noch – hatte Maximilian ihn geschickt? »Das liegt wohl in der Natur der Dinge«, antwortete sie und hob das Kinn.

Mit einem Nicken deutete Alexander von Reuss auf eine Gruppe junger Damen. »Gesellen Sie sich dazu.«

»Danke für den Ratschlag«, antwortete sie spitz, »aber ich stelle mich nicht einfach zu fremden Leuten, um dann schlagartig jedes Gespräch zum Verstummen zu bringen.«

Sein Lächeln vertiefte sich, bekam etwas Verschwörerisches. »Sie stellen sich dazu und sagen: ›Wussten Sie, dass Elisabeth von Herrenstein gestern Abend ein Vermögen am Spieltisch verloren hat?‹«

»Ich soll dort hingehen und eine Dame bloßstellen?«

»Keine Sorge, sie selbst tut das mit einem Schulterzucken ab, Geld hat sie genug. Und das Glücksspiel ist ein harmloses kleines Vergnügen im Kreis schwerreicher Damen. So manch eine würde gern zu dieser illustren Runde gehören.«

Argwöhnisch musterte sie ihn. »Und das stimmt wirklich? Ich mache mich nicht zum Narren?«

»Maximilian ist mein bester Freund. Was glauben Sie, macht er mit mir, wenn ich seine Cousine der Peinlichkeit preisgebe?«

Das überzeugte Johanna. »Dann haben Sie vielen Dank.« Sie verabschiedeten sich voneinander, und Johanna trat zu der Gruppe junger Damen, die sich gerade angeregt unterhielt und abrupt verstummte, als sie sich dazustellte. Verwunderte Blicke trafen sie.

»Wussten Sie, dass Elisabeth von Herrenstein gestern Abend ein Vermögen am Spieltisch verloren hat?«

Die Dame ihr gegenüber machte große Augen. »Seht ihr, ich habe es euch doch gesagt.«

»Aber ich dachte, diese Spielrunden seien nur ein Gerücht.«

»Mein Verlobter erzählte mir auch davon«, sagte eine dritte Dame. »Er sagte, da sitzen sogar Hofdamen an den Spieltischen. Walther von Herrenstein ist ja ganz vernarrt in seine junge Frau, und gestern soll es um eine geradezu monströse Summe gegangen sein.«

Die vier jungen Frauen sahen Johanna an. »Wie ist Ihr Name, meine Liebe?«, fragte die Dame, die zuerst gesprochen hatte. »Ich bin Maria von Liebig.«

»Johanna von Seybach.«

»Also wenn es bis zu den von Seybachs durchgedrungen ist, dann muss es stimmen«, sagte die Frau, die bisher schweigend danebengestanden hatte. »Mein Name ist übrigens Helene von Riepenhoff.«

»Annemarie von Hegenberg«, stellte sich eine weitere vor.

»Karina von Goldhofer«, sagte die, die ihren Verlobten erwähnt hatte, und dem Alter nach musste sie die Enkelin jenes von Goldhofer sein, bei dem Johanna auf ihrem ersten Tanzabend nach ihrer Ankunft gewesen war.

»Sie sind Isabellas Cousine aus Königsberg, nicht wahr?«, fuhr Maria von Liebig fort. »Ich habe gesehen, Sie haben mit unserem jungen preußischen Herzogspross getanzt. Kennen Sie sich aus Ostpreußen? In Königsberg ist ja er oft, wie ich hörte.«

»Nein, wir sind uns hier zum ersten Mal begegnet.«

»Haben Sie in Ostpreußen Kontakt zum Königshof?«, fragte Helene von Riepenhoff, in deren blondem Haar winzige Perlen wie Tautropfen funkelten. »Wie ist es dort? Ist das Gesellschaftsleben wie hier?«

Johanna erzählte, was sie vom preußischen Königshof wusste, wenngleich ihre Familie nie besondere Nähe dazu gepflegt hatte. Jedoch war sie den Mitgliedern des Königshauses natürlich auf der einen oder anderen Festlichkeit begegnet.

»Man sagt, Charlotte von Preußen sei ebenso schön und anmutig, wie ihre Mutter es war. Stimmt das?«, fragte Annemarie von Hegenberg.

»Ja, sie ist sehr hübsch«, antwortete Johanna. »Ihre Mutter kenne ich nur von Bildern, ich war ja noch sehr jung, als sie starb.«

Irgendwann entschuldigte sich Helene von Riepenhoff und ging zum Büfett, nahm zwei Gläser zur Hand und trat auf Maximilian zu, der allein abseits stand, da seine Freunde offenbar alle tanzten. Sie reichte ihm ein Glas, und Johanna, die nicht schon wieder beim Starren erwischt werden wollte, wandte sich ab.

»Sie gibt die Hoffnung nicht auf«, sagte Annemarie von Hegenberg an Maria von Liebig gewandt.

»Warum sollte sie auch?«, entgegnete diese.

»Bisher zeigt er sich ihr nicht sehr zugewandt«, fügte Karina von Goldhofer hinzu.

»Er zeigt sich aber auch keiner anderen zugewandt«, antwortete Annemarie von Hegenberg.

Maria von Liebig hob in einer anmutigen Geste die Schultern. »Zumindest nicht öffentlich.«

»Und allein darauf kommt es an«, sagte Annemarie von Hegenberg. »Nicht die heimlichen Affären sind gefährlich, sondern die offen bekundeten Zuneigungen.«

Johannas Blick suchte Friedrich Veidt. Wenn sich diese von Riepenhoff Maximilian zuwenden durfte, warum sollte es ihr, Johanna, dann verwehrt sein, dasselbe bei dem Mann zu tun, der ihr gefiel? Sie konnte sich aber jetzt auch nicht einfach abwenden und zu ihm gehen, das wäre doch gar zu auffällig. Da war eine andere Taktik vonnöten, und so warf sie verstohlen den einen oder anderen Blick über ihren Fächer hinweg zu den Herren. Einer schließlich erwiderte ihn, und sie senkte rasch die Lider. Mehr brauchte es nicht. Der Herr trat auf sie zu, stellte sich vor – sie vergaß seinen Namen fast sofort wieder – und bat um den nächsten Tanz. Sie ließ sich auf die Tanzfläche führen, absolvierte den Tanz wie eine Pflichtübung, und als der Mann sich nach einigen höflichen Plaudereien verabschiedete, machte sie sich auf die Suche nach Friedrich Veidt.

Sie fand ihn schließlich in ein Gespräch mit einigen Männern vertieft, und da konnte sie sich mitnichten einfach dazustellen. In der Nähe herumstehen konnte sie aber auch nicht, das würde zutiefst ungehörig wirken, als sei sie auf der Suche nach männlicher Aufmerksamkeit. Folglich tat sie das, was sie auch beim letzten Mal getan hatte – sie ging an das Büfett. Dieses Mal griff sie allerdings nicht nach einem alkoholischen Getränk, sondern nahm sich eines der kleinen Erdbeerküchlein, die gerade die richtige Größe hatten, damit einem nach dem Genuss nicht war, als platzte das Mieder. Sie hatte einen herzhaften Biss hinein getan, als eine Männerstimme sagte: »Ich hoffe, ich komme nicht ungelegen.«

Friedrich Veidt, wie sie bemerkte, als sie herumfuhr. Da sie mit vollem Mund nicht antworten konnte, hob sie entschuldigend die Hand und versuchte, schneller zu kauen, verschluckte sich beinahe und hätte fast alles herausgehustet. Unter seinem belustigten Blick brannten ihr die Wangen. Das war jetzt schon das zweite Mal, dass ihr so ein peinliches Malheur am Büfett passierte. Hoffentlich sprach sich das nicht herum.

»Verzeihen Sie bitte.« Er klang zerknirscht.

»Nicht schlimm«, krächzte sie, griff nach einem Glas und spülte den Rest des Desserts mitsamt der Peinlichkeit hinunter.

»Ich dachte mir, der letzte Tanz ist jetzt lange genug her, dass wir einen weiteren wagen dürfen«, sagte er.

»Aber nur zu gern.« Sie tupfte sich mit einer Serviette den Mund ab, legte die Hand auf seinen Arm und erhaschte beim Blick auf die Tanzfläche einen Blick in einen Spiegel. An ihrer Haltung war nichts auszusetzen.

»Sind Sie länger in München?«, fragte sie ein wenig atemlos, als er sie in einer Polka übers Parkett wirbelte.

»Das habe ich vor. Wir werden uns also gewiss noch öfter über den Weg laufen.« Wieder lächelte er auf diese spitzbübische Art, die ihr die Knie weich werden ließ. Und Johanna wusste, sie war dabei, sich ganz und gar und rettungslos zu verlieben.

»Ich befürchte«, sagte er, als der Tanz vorbei war, »für heute dürfen wir uns keine weitere Gemeinsamkeit in der Öffentlichkeit erlauben, sonst geht das Gerede unaufhaltsam los.«

Er erlaubte sich, verstohlen ihre Finger einen winzigen Moment länger zu drücken, als es der Anstand erlaubte, dann verabschiedete er sich. Ihr schlug das Herz so heftig, dass ihr der Atem schneller ging. Langsam spazierte sie durch den Saal, erspähte ihre Großmutter in einem Kreis älterer Damen, und in ihrem Hochgefühl beschloss sie, die folgsame Enkelin zu geben. Man konnte nie wissen, wann einem der gute Eindruck noch nützte.

Ihre Großmutter erspähte sie bereits, noch ehe sie bei ihr war, und Johannas aufrechte Haltung sowie das sanfte Lächeln schienen eine salbungsvolle Wirkung auf sie zu haben. Die angehobenen Mundwinkel sollten wohl eine Erwiderung des Lächelns sein, und da es das erste war, das sie Johanna schenkte, seit diese im Hause von Seybach wohnte, wollte sie es gerne als Zeichen des guten Willens deuten.

»Amüsierst du dich, mein Kind?«, fragte sie.

»Ja, sehr.« Sie konnte gar nicht anders, als zu strahlen, während das Glücksgefühl ihr die Brust weit machte.

Die umstehenden Damen sahen sie an, einige mit einem verständnisvollen Lächeln, andere geradezu tadelnd. Eine sagte mit verkniffenem Mund: »Na, dann erfreuen Sie sich daran, solange es anhält. Ist schnell genug vorbei mit Jugend und Schönheit. Da kann man nur hoffen, recht bald den passenden Mann zu finden. Und dann ist ohnehin Schluss mit dieser Tändelei.«

»Ach, Lisbeth«, sagte eine der anderen Damen, »wie verbiestert du schon wieder bist. Lass dem Mädchen doch die Freude.«

»Überdies«, kam es nun von Henriette von Seybach, deren Mund keine Spur eines Lächelns mehr zeigte, »tändelt meine Enkelin nicht herum, sie ist schließlich nicht liederlich.«

»Sie hat zweimal mit dem Spross des Herzogs zu Waldersee getanzt«, sagte die Biestige.

»Aber doch mit einem gehörigen zeitlichen Abstand«, entgegnete die Freundliche.

Johannas Hochgefühl fiel in sich zusammen, und jetzt war das Herzklopfen der Angst geschuldet, erneut etwas falsch gemacht zu haben. Was, wenn die Großmutter sie nun wieder daheim einsperrte?

»Ich möchte dich doch sehr bitten«, sagte Henriette von Seybach, »derartige Unterstellungen zu unterlassen. Meine Enkelin hat sich im Rahmen des Anstands bewegt, etwas anderes hätte ich niemals zugelassen. Du warst nicht die Einzige, die sie fortwährend beobachtet hat.«

»Ich habe sie nicht fortwährend beobachtet, aber so ein hübsches Ding, das neu in der Gesellschaft ist, fällt halt auf. Und ich kenne die jungen Frauen, wenn sie diesen Blick für Männer haben. Du wirst noch an meine Worte denken!«

Johanna schwieg, und immerhin stand die Großmutter in der Sache auf ihrer Seite. Sie entschuldigte sich und ging hinaus in den Garten, der nun in wunderbarem Licht der Lampions dalag. Sie fand Isabella nach kurzem Suchen, und diese ersparte ihr immerhin eine erneute Ermahnung, was den Umgang mit Friedrich Veidt anging, wenngleich ihr vermutlich sein Interesse nicht entgangen war. Johanna erzählte ihr, dass die Großmutter erstaunlich gelassen, während eine ihrer Bekannten unausstehlich gewesen war.

»Bestimmt Lisbeth von Hagenau«, sagte Isabella. »Sie mag Mädchen und Frauen grundsätzlich nicht, sagt immer, jede Familie brauche mindestens einen Sohn, ehe es an die Töchter geht. Insofern hat Mama ja alles richtig gemacht«, spottete sie. »Max kann sie nicht ausstehen, sie nennt ihn immer Mäxchen, als sei er ein dreijähriger Bub. Und sie sagt, es sei gut, dass er ein Mann sei und überdies mit Reichtum und einem großen Namen gesegnet, denn das würde ihm trotz seiner körperlichen Mängel auf dem Heiratsmarkt helfen. Sie sagte«, Isabella äffte einen affektierten Tonfall nach, »eine Frau könne mit so einem Bein auf nichts anderes hoffen, als die hilfsbereite Tante für die Kinder der Geschwister zu sein.«

»Nein!« Johanna war fassungslos.

»Du siehst, sie ist sogar zu denen unausstehlich, die sie mag.«

Irgendwann gab die Großmutter das Zeichen zum Aufbruch, und während Maximilian mit seinen Freunden noch ein wenig durch die Stadt zog, stiegen Johanna und Isabella mit der alten Dame in die Kutsche. Leicht vorgebeugt sah Johanna aus dem Fenster, glaubte, Friedrich Veidt vor dem Haus in Gesellschaft zu sehen, aber da fuhr die Kutsche auch schon an, und sie konnte nicht mehr erhaschen als einen flüchtigen Blick auf seine Silhouette.

10

Alexander

Nach der Feier gingen Alexander, Maximilian und Leopold zusammen in den Club, um die Nacht dort ausklingen zu lassen. Mit düsterer Miene saß Alexander in einem der ledernen Sessel in der Bibliothek, hielt eine Zigarre in der Hand und starrte vor sich hin, während Maximilian und Leopold sich über Rom unterhielten, wohin Leopolds nächste Reise ging. Er hatte geglaubt, in Johannas Augen etwas wahrzunehmen, was seinen eigenen Empfindungen entsprach. Als sie sich das erste Mal im Entree gesehen hatten und sie etwas in ihm angerührt hatte, war er sich sicher gewesen, dies auch in ihrem Blick erwidert zu sehen. Oder als sie zum ersten Mal miteinander getanzt und sich in die Augen geblickt hatten. Alexander war sich – und das war möglicherweise sein Fehler – gewiss gewesen, wenn er erst einmal Interesse signalisierte, würde sie darauf eingehen und ihn ebenso gern näher kennenlernen wie er sie.

Und dann hatte er sie gesehen, wie sie am Arm des Herzogsohns auf die Tanzfläche getreten war – zum zweiten Tanz an diesem Abend. Das wäre an und für sich kein Problem gewesen, denn es lag ausreichend Abstand dazwischen, um keine Spekulationen zu erlauben, aber auffällig war es dennoch. Alexander hätte es nie gewagt, hätte befürchtet, sie ins Gerede zu bringen und als gar zu forsch zu wirken. Er hatte sich ihr behutsam annähern wollen. Sie jedoch war beim Tanz mit ihm allenfalls von höflicher Freundlichkeit gewesen, wohingegen die Art, wie sie Friedrich Veidt angelächelt hatte, schwerlich fehlzudeuten war. Alexanders Blick ging an den Freunden vorbei zur Tür, durch die er den Prinzen zu Waldersee kommen sah. Konnte das denn wahr sein? Was machte der hier? Alexander griff nach dem Glas, das Maximilian abgestellt hatte, und kippte den Inhalt in einem Zug hinunter.

Mit gehobenen Brauen sah Maximilian ihn an. »Ich bin mir sicher, man ist gerne bereit, deine Bestellung aufzunehmen.«

»Was hat dir denn die Laune verdorben?«, wollte Leopold wissen.

»Womöglich Liebeskummer?«, entgegnete Maximilian.

Alexander warf ihm einen finsteren Blick zu und paffte an seiner Zigarre.

»Wer ist die Glückliche?« Leopold griff nach seinem Glas.

»Meine Cousine. So jedenfalls reime ich es mir anhand der Blicke und gelegentlichen auffällig beiläufigen Fragen nach ihr zusammen, die ein sehr offenkundiges Interesse gezeigt haben.« Maximilian sah Alexander an, als wollte er ausloten, wie nahe er der Wahrheit war.

»Die hat doch diesen preußischen Herzogsohn an der Angel, nicht wahr?«

Maximilian winkte den Kellner heran und gab zwei neue Bestellungen auf. Der Kellner nickte beflissen, nahm das leere Glas mit und ging. »Weißt du«, wandte er sich an Alexander, »das mit diesem Prinzen ist doch noch gar nichts Festes. Wir wissen doch alle, wie er ist und wie so etwas läuft. Er tanzt ein paarmal mit den Frauen, bricht ihnen das Herz und eilt zur Nächsten, die dann denkt, sie hätte ihn nun endgültig erobert. Er ist eine Luftnummer, mehr nicht. Irgendwann heiratet er die Frau, die sein Vater ihm bestimmt, und solange müssen wir ihn eben aushalten.«

»Und wenn er sie nun heiraten möchte?«

»Bisher tanzen sie nur miteinander«, entgegnete Maximilian. »Und bei einem Mann wie Friedrich Veidt kannst du dir sehr gewiss sein, dass sein Vater bereits angereist wäre, hätte er auch nur angedeutet, hier die Fühler nach einer Ehefrau auszustrecken.«

Johanna schien nicht einmal mitbekommen zu haben, dass Alexander sie bei ihrem Aufbruch angeschaut hatte, dass er ihr mit Blicken gefolgt war, in der Hoffnung, sie würde ihn bemerken. Sie jedoch hatte nur nach diesem Gockel Ausschau gehalten – das zumindest hatte ihr suchendes Umhersehen nahegelegt.

Friedrich Veidt hatte sich mit einigen jungen Männern um einen niedrigen Tisch herum niedergelassen, trank und wirkte ausgelassen und gut gelaunt. Nun ja, das konnte er ja auch sein, wusste er sich seiner Eroberung doch gewiss. Die Männer unterhielten sich fast schon ein wenig zu laut, als hätten sie den alkoholischen Getränken bereits im Übermaß zugesprochen. Gerade lachten sie schallend über etwas, das Friedrich Veidt gesagt hatte. Alexander spannte den Kiefer an und wandte sich ab.

Der Kellner kam mit einem Tablett und stellte zwei Gläser vor ihnen ab, die zwei Fingerbreit mit einer bernsteinfarbenen Flüssigkeit gefüllt waren. »Haben die Herren noch einen Wunsch?«

Maximilian verneinte, und der Kellner zog sich zurück. »Wenn es etwas nützen würde, würde ich ein Treffen mit ihr herbeiführen, bei dem du sie näher kennenlernen kannst«, sagte er zu Alexander. »Derzeit ist das aber schlechterdings sinnlos, sie hat sich in den Herzogsohn offenbar so richtig verguckt. Warten wir also lieber noch ein paar Wochen, bis die Sache vorbei ist.«

Falls sie bis dahin vorbei war, dachte Alexander. Vielleicht irrten sich seine Freunde auch, und es war doch etwas Ernstes. Er wollte gerade nach seinem Glas greifen, als die Gruppe um Friedrich Veidt sich erhob und auf sie zukam. Einer von ihnen, Andreas von Fellinghaus, nickte ihnen grüßend zu.

»Seybach, Reuss, Löwenstein, spielt ihr eine Partie Billard mit uns? Mit euch dreien geht es glatt auf.«

Alexander begegnete dem Blick Leopolds, der fragend die Brauen hob. Da Maximilian nicht abgeneigt wirkte und er nicht als Spielverderber dastehen wollte, erhob er sich.

»Klar, warum nicht?«

Zu acht gingen sie in das angrenzende Billardzimmer, wo zwei junge Männer gerade unter dem Applaus ihrer Freunde eine Partie beendet hatten. Die erste Partie spielten Leopold und Hasso von Warhellberg gegeneinander, und Leopold entschied das Spiel recht schnell für sich, als er souverän eine Kugel nach der anderen versenkte. Die beiden Männer, die nun gegeneinander antraten, kannte Alexander nicht, aber da sie nicht besonders gut spielten, zog sich die Partie ermüdend in die Länge. Alexander unterdrückte ein Gähnen und beobachtete die beiden Kontrahenten. Als die Runde endlich entschieden war, trat Andreas von Fellinghaus gegen Maximilian an. Maximilian spielte zwar einigermaßen gut, war gegenüber von Fellinghaus jedoch chancenlos, der für seine Gruppe den ersten Sieg einheimste. Nun kam es auf Alexander an, der erst jetzt bemerkte, dass Friedrich Veidt als Einziger aus der gegnerischen Gruppe übrig blieb.

Die beiden maßen einander stumm mit Blicken, und um Friedrich Veidts Lippen spielte ein Lächeln. Ein Angestellter des Clubs legte die Kugeln in Form und entfernte behutsam das Dreieck. Die weiße Kugel lag glänzend da und wartete darauf, in die Spitze des Dreiecks gestoßen zu werden. Mit dem Queue in der Hand stand Alexander da, ging langsam um den Billardtisch herum, nahm Aufstellung, maß den richtigen Winkel und stieß den Queue gegen die weiße Kugel, die mit einem lauten Klackern gegen die anderen schoss, sodass diese auseinanderstoben. Er versenkte mehrere Kugeln, ehe eine am Loch vorbei gegen die Bande knallte.

Friedrich Veidt musterte die Anordnung der Kugeln sorgfältig, beugte sich schließlich vor und stieß den Queue gegen die weiße Kugel. Die verfehlte die anvisierte grüne Kugel und versank im Loch. Mit einem Grinsen und Schulterzucken übergab Friedrich Veidt an Alexander. Der versenkte vier Kugeln, ehe er an seinen Konkurrenten zurückgeben musste. Offenbar lief dieser nun zu besserer Form auf, denn nacheinander versanken fünf Kugeln. Alexander punktete dennoch höher und lochte zum Schluss die schwarze Kugel ein. Maximilian und Leopold klatschten sich mit der flachen Hand ab, während der vierte Mann in ihrer Gruppe – Graf Auritz, wenn Alexander sich richtig erinnerte – den Kellner herbeirief, da die nächste Runde auf die Verlierer ging. Friedrich Veidt kam zu Alexander, lächelnd, ganz und gar der gute Verlierer.

»Wie heißt es so schön«, sagte er, »Glück im Spiel …« Er ließ den Satz offen und zwinkerte Alexander zu.

Es war nahezu vier Uhr, als Alexander und seine beiden Freunde den Club verließen. Leopold gähnte, und Maximilian hinkte deutlich stärker als sonst, was oft ein Zeichen von Erschöpfung war. Bedauerlicherweise waren sie zu Fuß gekommen. Den größten Teil des Weges gingen sie gemeinsam.

»Sagt mal, habt ihr das eigentlich absichtlich gemacht, dass ich gegen zu Waldersee antreten musste?«, kam Alexander auf das Billardspiel zu sprechen.

»Wie kommst du bloß auf diesen absurden Gedanken?«, fragte Leopold ernst.

»Das würde uns niemals einfallen«, fügte Maximilian hinzu.

»Dachte ich es mir doch. Ihr fandet es amüsant, ja?«

»Das will ich nicht leugnen«, entgegnete Leopold.

»Was dachtet ihr, was ich tue? Ihn mit Kugeln abschießen oder mit dem Queue verprügeln?«

Maximilian schien die Vorstellung belustigend zu finden. Langsam spazierten sie weiter, schweigend nun, bis zur Kreuzung, an der sie sich voneinander verabschiedeten.

Die Eingangshalle des Palais von Reuss lag still da, als Alexander eintrat. Er schloss die Haustür ab und ging in dem funzeligen Licht der Laterne, die die Hausdame nachts für ihn brennen ließ, zur Treppe. Dort angekommen löschte er das Licht und wollte hinaufgehen, als er Stimmen hörte und innehielt, lauschend den Kopf neigte. Jemand wisperte etwas, dann wurde eine Tür geschlossen, und Schritte huschten näher. Im nächsten Moment kam seine

Schwester Constanze, bemerkte ihn und unterdrückte einen erschrockenen Aufschrei, indem sie sich eine Hand vor den Mund schlug.

»Was machst du denn hier?«, stieß sie hervor und klang, als raubte der Schreck ihr immer noch den Atem.

»Dasselbe könnte ich dich fragen.«

Selbst in dem schwachen Licht konnte er erkennen, dass sie errötete, und argwöhnisch verengte er die Augen. Sie war vollständig bekleidet, was darauf hindeutete, dass sie noch gar nicht im Bett gewesen war.

»Also gut, ich erzähl's dir«, antwortete sie. »Aber nicht auf der Treppe.«

Alexander nickte und ging hoch, mittlerweile so müde, dass er im Stehen hätte einschlafen können. Aber das kam nun nicht infrage, er musste erst wissen, wo seine Schwester gewesen war. Wenn irgendein Halunke sie gerade auf Abwege führte … Im nächsten Moment rief er sich selbst zur Ordnung. Nur, weil er auf zu Waldersee wütend war, konnte er diese Wut nicht auf das vermeintliche Vergehen seiner Schwester richten. Er zwang sich zur Ruhe und begleitete sie zu ihrem Schlafzimmer, wo sie sich im Alkoven in den beiden Sesseln niederließen. Das war so bequem, dass Alexander sich gewiss war, sofort einzuschlafen, sobald er die Augen schloss.

»Du siehst müde aus«, sagte Constanze.

»Lenk nicht vom Thema ab.«

»Warum bist du so grantig?«

»Weil das heute einfach nicht mein Tag zu sein scheint. Und nun erzähl, wo du dich herumgetrieben hast.«

»Sag mal, wie redest du denn mit mir?«

Alexander rieb sich die Augen, als könnte er damit die Müdigkeit fortwischen, und sah seine Schwester erneut an. »Verzeih mir bitte. Also, wo warst du um diese Zeit?«

»Im Garten, und von dort aus haben wir einen nächtlichen

Spaziergang gemacht. Danach haben wir im Pavillon gesessen, kandiertes Obst gegessen und türkischen Mokka getrunken, den uns Carl von Seybach von einer seiner Reisen mitgebracht hat. Du weißt schon, den ihm Franz Ahmed von Treufürst geschenkt hat.«

»Wer ist wir?«, kam Alexander auf den Aspekt, der ihn gerade am meisten interessierte.

»Julie von Hegenberg. Aber du darfst es niemandem erzählen, ja?«

»Dass Julie sich nachts mit dir auf den Straßen herumtreibt? Na, dessen kannst du dir gewiss sein.«

Constanze lächelte und wirkte nun selbstsicherer. »Wir fanden es furchtbar ungerecht, dass ihr Männer nachts ausgeht, wie es euch beliebt, während uns das verwehrt ist. Also haben wir uns unsere schlichtesten Kleider übergezogen und sind spazieren gegangen.«

»Ich hoffe, es gab keine unliebsamen Begegnungen?«

»Nein, die Straßen waren leer. Wir haben die belebten Viertel gemieden und waren nur zwischen den Palais unterwegs.«

»Wer hat euch den Mokka aufgebrüht?«

»Gundi.«

Die Jüngste der Küchenmägde. »Hast du sie extra geweckt?«

»Ach was, die hat noch gar nicht geschlafen, weil so viel zu spülen war.« Constanze streifte die Schuhe ab. »Ich bin überhaupt noch nicht müde.«

»Mokka soll ja auch belebend wirken.«

»Dann solltest du ihn unbedingt probieren. Die Reste sind zwar kalt, aber vielleicht magst du ja ...«

»Nein, besten Dank auch«, unterbrach Alexander sie. »Ich ziehe es vor, zu Bett zu gehen. Und das solltest du auch, du weißt, dass Mutter es nicht mag, wenn du spät aufstehst.«

»Ja, gleich.«

»Wie ist Julie eigentlich nach Hause gekommen? Doch wohl nicht allein zu Fuß?«

»Sie übernachtet hier heute, unten im Gästetrakt.«

Dann war es ja gut. Alexander wünschte seiner Schwester eine gute Nacht und ging in sein Zimmer. Dort kleidete er sich um, legte sich ins Bett, und als er die Augen schloss, sah er Johanna von Seybachs Gesicht, wie sie sich im Tanz mit ihm drehte und ihn anlächelte.

11

Johanna

An diesem Sonntag war es nicht Johanna, die unter Hausarrest gestellt wurde, sondern Isabella. Der Grund war nichtig, aber längst hatte sie begriffen, dass es für rigide Maßnahmen seitens der Großmutter keiner großen Anlässe bedurfte. Zunächst war es ein Sonntagmorgen wie jeder andere gewesen. Finni war wie gewohnt gekommen, um ihnen beim Ankleiden zu helfen, aber Isabella war müde und wollte nicht so recht aus dem Bett, sodass der Anfang mit Johanna gemacht wurde. Damit Finni mit ihrer Arbeit nicht in Verzug geriet, indem sie noch länger auf Isabella wartete, sagte Johanna, sie würde ihrer Cousine helfen, Finni könne sich gerne ihren Aufgaben widmen.

Als Johanna in Isabellas Zimmer trat, sah sie ihre Cousine in einem gefütterten Morgenmantel am offenen Fenster stehen.

Isabella drehte sich um. »Ach, einen Moment noch.«

»Fünf Minuten?«

»Ja, ist gut.« Isabella warf ihr ein rasches Lächeln zu, wandte sich wieder zum Fenster um, und Johanna hörte sie noch sagen: »Und was hat der italienische Gesandte danach getan?«

Die Antwort hörte sie nicht mehr, nur noch Isabellas perlendes Lachen. Aus den fünf Minuten wurden zehn, schließlich fünfzehn, und als Johanna wieder ins Zimmer trat und ihr sagte, sie hätten kaum mehr Zeit, seufzte Isabella. Johanna trat zu ihr ans Fenster und entdeckte Leopold von Löwenstein, der ihr ein »Guten Morgen« zurief. Ein wenig irritiert – sie hatte Isabellas Freundin Amalie erwartet –, erwiderte sie den Gruß und wandte

101

sich ihrer Cousine zu. »Es ist höchste Zeit, wir bekommen beide Ärger.«

»Dann halte ich dich lieber nicht weiter auf, ich muss auch gleich runter, damit wir pünktlich in die Kirche kommen«, sagte der junge Mann. Na, immerhin musste er sich nicht mehr umziehen, er war bereits formvollendet angekleidet. Wenn die Großmutter wüsste, dass Isabella hier im Morgenmantel mit einem Herrn plauderte, würde es ein Donnerwetter geben.

»Ach«, sagte Isabella, »mir ist überhaupt nicht danach, heute in die Kirche zu gehen. Kannst du Großmutter sagen, mir sei unwohl?«

»Du bist ja mutig.«

»Bitte, Johanna.«

Leopold von Löwenstein beobachtete die Szene und warf Johanna ein Lächeln zu und hob die Brauen, als wollte er ausloten, ob sie ihrer Cousine wohl diesen Gefallen tun würde.

»Also schön.«

»Danke, du hast was gut.« Isabella wandte sich wieder ans Fenster, und Johanna verließ den Raum.

»Was soll das heißen, ihr ist unwohl?« Henriette von Seybach sah Johanna an, als hätte diese persönlich dafür gesorgt, dass Isabella nicht hier erscheinen konnte.

»Na ja, unwohl eben«, war alles, was Johanna zu sagen einfiel.

»Du meinst, sie hat Bauchschmerzen?«

»Hm, ja …«

»Ach, Kind, jetzt stammle nicht herum, als seist du nicht ganz gescheit.«

»Was spielt das für eine Rolle, wo es ihr wehtut?«, sagte nun Nanette. »Ihr ist unwohl. Vielleicht ist sie monatlich indisponiert.«

Die Großmutter starrte sie an, als hätte sie den Verstand verloren. »Ist Ihnen entgangen, dass sich ein Herr im Raum befindet?« Sie stieß den Stock in Maximilians Richtung, als wollte sie ihn damit aufspießen.

»Ich denke, der junge Herr ist in der Welt der Weiblichkeit kein Fremder«, entgegnete Nanette ungerührt.

Johanna hatte so etwas noch nie erlebt, und sie spürte, dass sie so rot wurde, als überrollte sie eine Fieberwelle. Du lieber Himmel, dachte sie. Als sie selbst das erste Mal ihren Monat gehabt hatte, hatte ihre Mutter ihr gesagt, was nun zu tun sei, und dass man darum kein Gewese mache. Danach war das Thema nie wieder angeschnitten worden – undenkbar, es einem Mann gegenüber auch nur anzudeuten.

»Soll ich nach ihr sehen?«, bot Maximilian an, vermutlich, um dieser Situation zu entkommen.

Die Großmutter lief dunkelrot an vor Entrüstung. »Das Kind liegt im Bett, ist vermutlich in einer Situation, von der du nicht einmal wissen dürftest, dass es sie gibt, und da willst du in ihr Zimmer? Bist du toll? Nein, ich gehe selbst.«

»Großmutter, ist dir entfallen, dass ich Arzt bin?«

»*Sans importance!* Hier bist du in erster Linie ihr Bruder. Johanna, das nächste Mal wirst du mir dergleichen delikate Dinge unter vier Augen berichten und nicht vor deinem Cousin.«

»Aber ich habe doch gar nicht …«

»Du kannst gerne auf dein Frühstück heute verzichten, wenn du jetzt auch noch impertinent wirst!« Zur Bekräftigung stieß Henriette von Seybach den Stock auf den Boden. »Zustände sind das hier mittlerweile«, murmelte sie beim Hinausgehen.

Sie warteten in der Eingangshalle auf die Großmutter. Onkel Carl war schon wieder auf Reisen, und Johanna beneidete ihn ein klein wenig darum, stets seine Koffer packen zu können, wenn ihm danach war. Sie selbst hatte nicht viel von der Welt gesehen, denn ihre Mutter vertrat die Auffassung, dass Männer reisen und erobern sollten, während es die Aufgabe einer unverheirateten Frau wäre, darauf zu warten, dass der Richtige um ihre Hand anhielt. Erst an seiner Seite konnte sie reisen und sich von ihm die Welt zeigen lassen. Wenn Johanna sich das vorstellte, tat sich das

Leben vor ihr auf wie eine Ödnis endlosen Wartens. Sie seufzte vernehmlich, und Maximilian sah sie an.

»Ungeduld?«

»Überdruss«, antwortete Nanette an Johannas Stelle.

Johanna schwieg, und kurz darauf kehrte die Großmutter zurück.

»Das arme Kind liegt im Bett, Hände und Füße eiskalt, die Wangen ganz rot. Ich lasse ihr rasch einen Kräutertee bereiten.«

Maximilian verzog das Gesicht, als hätte er mit diesem Tee bereits unliebsame Erfahrungen gemacht.

Schließlich konnten sie aufbrechen. Zeitgleich mit ihnen verließen die Nachbarn das Haus. Die Familien grüßten einander herzlich, und Leopold von Löwenstein warf Johanna ein verschwörerisches Lächeln zu. Na, der traute sich ja was. Rasch sah sie zur Großmutter, ob diese etwas bemerkt hatte. Nein, sie tauschte gerade Höflichkeiten mit der Nachbarin aus, während Maximilian Amalie auf ihre Frage nach Isabella antwortete.

Da auch die Nachbarsfamilie den Gottesdienst in der nahe gelegenen Theatinerkirche besuchte, gingen sie gemeinsam. Maximilian unterhielt sich angeregt mit Leopold von Löwenstein. Johanna kannte Amalie nicht besonders gut, und so tauschten sie nur ein paar Höflichkeiten aus und schwiegen den Weg über. Die Kirche lag in der Nähe des Fürstenplatzes gegenüber der Residenz, ein beeindruckender grauer Bau mit einer Fassade im Rokoko-Stil mit verzierten Pilastern und einem Dreiecksgiebel. Der Innenraum war weiß und prachtvoll in seiner reichhaltigen Stuckdekoration, korinthischen Säulen mit Akanthusblättern und fein gemeißelten Ornamenten. Auch religiöse Motive fanden sich in formvollendeter Darstellung. Die kunstbegeisterte Johanna konnte sich nicht daran sattsehen. Isabella hatte ihr von der privaten Kirche der Brüder Asam erzählt, und sie wünschte sich, dort einmal zum Gottesdienst zu können.

Sie gingen zu ihrem Familiengestühl, und Johanna sah sich um, betrachtete die Gemälde, ließ den Blick über den Hochaltar gleiten, zu den bunten Fenstern, funkelnd und glänzend im frühen Licht des Tages. Dann setzten die Orgelklänge ein, und Johanna senkte folgsam die Lider und faltete die Hände im Schoß.

Sie hatte die Erfahrung gemacht, dass ein Tag, der so begann wie der heutige, im Grunde genommen nur noch dafür geeignet war, sich ins Bett zu legen und erst am kommenden Morgen wieder aufzustehen. Nach dem Kirchgang hatten sie sich gerade von den Nachbarn verabschiedet und waren im Begriff, das Haus zu betreten, als eine ältere Dame zu ihnen trat, etwas zu eiligen Schrittes, als dass man ihr die Beiläufigkeit abnehmen wollte.

»Meine liebe Henriette, wie geht es Ihnen?«

Die Damen wechselten einige höfliche Floskeln, und Johanna, deren Magen vernehmlich genug knurrte, damit es Maximilian ein belustigtes Zucken um die Mundwinkel entlockte, wollte endlich frühstücken. Aber einfach ohne die Großmutter ins Haus zu gehen, war natürlich undenkbar.

»Wo ist denn die liebe Isabella?«, fragte die Dame leutselig.

»Ihr ist unwohl, ich vermute, sie fiebert«, antwortete Henriette von Seybach.

»Ach, das arme Kind. Aber ich dachte mir schon, dass sie sich verkühlt, wie sie da heute Morgen halb nackt am Fenster stand.«

Nicht nur die Großmutter erstarrte, und es war Maximilian, der mit einiger Schärfe in der Stimme fragte: »Woher haben Sie Kenntnis davon, was meine Schwester an ihrem Fenster getan haben soll? Es geht doch mitnichten zur Straße hinaus.«

Die alte Dame deutete auf die schmale Gasse zwischen dem Palais derer von Seybach und dem benachbarten. »Sie hatte sich auf die Fensterbank gesetzt und vorgelehnt, hat vermutlich mit jemandem im Haus gegenüber gesprochen. Das konnte man ja nicht übersehen.«

»Sie ist mit Amalie von Löwenstein befreundet«, kam es nun von Nanette. »Daran ist nichts Anstößiges.«

»Nun, dann sollte sie sich künftig für dergleichen Gespräche in der Öffentlichkeit etwas mehr anziehen als einen rosa Morgenmantel.«

Henriette von Seybachs Mund zitterte vor unterdrücktem Zorn. Mit einem kühlen Gruß wandte sie sich ab und betätigte den Türklopfer. Kurz darauf wurde sie von dem Stubenmädchen Anna eingelassen.

»Was dauert das so lange?«, herrschte die Großmutter sie an. Im nächsten Moment kam etwas flauschig Weißes angelaufen, bellte und verbiss sich in dem Saum ihres schwarzen Kleides. Henriette von Seybach schrie vor Entrüstung auf, stieß mit dem Stock nach dem Hund, und Johanna, die rasch die kleine Antoinette außer Reichweite ziehen wollte, bekam nicht nur den Stock ab, der Hund, für den das alles ein Spiel war, ließ auch jetzt nicht los, sodass das Kleid hochwirbelte und die in weißen Unterhosen steckenden Beine der Großmutter sichtbar wurden.

»Aus, Antoinette!«, rief Johanna, der nichts Besseres einfiel, während die Großmutter sie anschrie und mit dem Stock nach ihr stieß.

Johanna riss den Saum aus dem Hundemaul, und ein Stück schwarzer Seide blieb darin zurück. »Es tut mir so leid, Großmutter.«

»Diese Töle kommt aus dem Haus, sofort!«

»Aber Onkel Carl sagt …«

»Dein Onkel ist nicht da.«

Nanette nahm Johanna den Hund aus dem Arm. »Ich kümmere mich darum.« Sie wirkte sehr bemüht, war zu Johannas Erstaunen sogar ein wenig rot geworden, und als sie sich abwandte, hatte Johanna den Eindruck, ihre Schultern zuckten in stummem Gelächter, und sie hatte es sehr eilig, aus der Halle zu kommen. Auch Maximilians ernste Fassade schien nur mit äußerster Anstrengung aufrechtzuerhalten sein, und er entschuldigte sich, um mit schnellen Schritten davonzugehen.

»Auf dein Zimmer! Das Frühstück fällt für dich aus.«

»Aber ich habe doch gar nichts getan!«

»Widersprich mir nicht immer. Diesen mangelnden Anstand treibe ich dir noch aus. *Allez maintenant!*« Die Großmutter scheuchte Johanna vor sich her die Treppe hoch und den Korridor entlang. Dann hielt sie, als folgte sie einem spontanen Einfall, vor der Tür zu Isabellas Zimmer inne und stieß sie auf, ohne anzuklopfen. Isabella stand mitten im Zimmer, immer noch in Nachthemd und Morgenmantel, vor sich aufgereiht Puppen, während sie selbst sich in der Mitte befand und ein Blatt in den Händen hielt. Es sah aus wie ein groteskes Theater, und Johanna fragte sich unwillkürlich, ob ihre Cousine noch ganz gescheit war.

»Geh auf dein Zimmer!«, fuhr die Großmutter Johanna erneut an, und diese gehorchte. Sie hörte noch, wie die Tür zu Isabellas Zimmer zugeschlagen wurde, und setzte sich auf ihr Bett, wartete. Schließlich hielt sie es nicht mehr aus und ging ins Ankleidezimmer. Sie verstand nicht, was gesprochen wurde, nur, dass die Großmutter sehr aufgebracht sein musste. Isabellas Stimme war fast nicht zu hören. Kurz darauf stieß ihre Cousine einen leisen Schrei aus, dann erklang wieder die Stimme der Großmutter, ehe die Tür vernehmlich ins Schloss fiel. Johanna eilte in ihr Zimmer zurück, und in der Tat erschien die Großmutter nun bei ihr.

»Isabella sagte, du hättest nichts gewusst. Da sie auch mich reingelegt hat, will ich das glauben. Zum Mittagessen darfst du wieder aus deinem Zimmer.« Damit schloss sie die Tür und ging.

Mit wild klopfendem Herzen wartete Johanna, bis sie sicher war, dass die Großmutter nicht zurückkommen würde. Dann ging sie ins Ankleidezimmer und klopfte leise an der Verbindungstür. Isabella saß auf dem Boden zwischen den Puppen, die nun wild durcheinanderlagen, als hätte jemand sie mit einem Schlag allesamt umgestoßen. Eine von ihnen lag auf Isabellas Schoß, das feine Porzellangesicht nur noch zur Hälfte da, die kindlich gerundete Wange, der feine Mund, das Auge unter der Flut wallender blonder Locken. Der Rest lag in Scherben auf dem Boden. Isabella blickte nicht auf, als Johanna zu ihr trat, ihre Wangen waren feucht, und als sie blinzelte, löste sich eine weitere Träne. Es ist doch nur eine Puppe, war Johannas erster Gedanke, aber sie schwieg und ließ sich neben ihrer Cousine nieder.

»Das war Großmutter mit ihrem Stock«, sagte Isabella, und ihre Stimme brach an der letzten Silbe. Sie wickelte sich eine Locke der Puppe um den Finger, und Johanna legte ihrer Cousine zögerlich den Arm um die Schulter, dachte an das mutterlose Kind, das Isabella gewesen war, und verstand.

»Das war nicht nur eine Puppe, nicht wahr?«

Isabella nickte, und eine weitere Träne löste sich, fiel auf das halbe Puppengesicht, direkt unter das blaue Auge, als weinte auch die Puppe um dieses Fragment verlorener Kindheit.

12

Alexander

»Was hast du eigentlich mit der armen Katharina von Barnim gemacht?« Alexander zügelte seinen Hengst, der gar zu forsch voran wollte.

»Ich war nicht an ihr interessiert«, entgegnete Maximilian. »Zumindest nicht auf die Art, die ihrer Mutter vorschwebte.«

»Deine Großmutter soll ziemlich wütend geworden sein und meinte, du hättest dich unmöglich benommen.«

»Woher weißt du denn davon?«

»Ein Vögelchen hat es Leopold gezwitschert, und der hat es mir erzählt.«

»Was du nicht sagst.«

Sie hatten sich in den frühen Morgenstunden zu einem gemeinsamen Ausritt im Englischen Garten getroffen. Es war jene Zeit des Tages, zu der die Welt gerade im Erwachen begriffen war und die Nacht langsam zurück in die Schatten und Nischen kroch. Tau lag wie feinperlige Sprengsel auf dem Gras, während sich morgendlicher Dunst spinnwebgleich zwischen Büschen verfing. Hier war es leicht, für einen Moment die fortwährenden Dispute mit seinem Vater zu verdrängen.

»Du bist ein Erbgraf«, hatte dieser am Vorabend gesagt. »Und was willst du sein? Ein Architekt? Das ist eine Liebhaberei, mehr nicht. Willst das aus deinem Leben machen? Mittelmäßige Kopien des Genies anderer entwerfen?«

Es war das übliche Thema. Architektur als Liebhaberei zu studieren mochte noch angehen, aber damit Geld verdienen? Dass auch Maximilian und Leopold einer Arbeit nachgingen, interessierte den Grafen von Reuss nicht, denn Leopold arbeitete im Dienste des Landes, und über kurz oder lang würde auch Maximilian irgendwie in den königlichen Dienst eingebunden werden, dessen war sich Alexanders Vater gewiss. Aber ein Architekt? Du lieber Himmel! Der Graf von Reuss hatte bellend gelacht. Wolle er gar versuchen, sich als Hofarchitekt anzudienen? Und dann? Irgendwann wäre alles gebaut, was der König bauen wolle – mal abgesehen davon, dass man da wahre Koryphäen heranziehen konnte. So wie den Haus- und Hofarchitekten Leo von Klenze, der nach der Fasson des Königs beeindruckende Bauten entstehen ließ, die auf Alexander überaus inspirierend wirkten, so wie das Leuchtenberg-Palais oder der Marstall.

»Nicht nur der König baut Häuser«, hatte Alexander seinem Vater geantwortet.

»Du willst also als Graf gegen Bezahlung für das Volk arbeiten? Bist du nicht mehr klar bei Verstand?« Natürlich war seine Stiefmutter für ihren Ehemann in die Bresche gesprungen, denn immerhin galt es, ihre Töchter gut zu verheiraten – was machte das denn da für einen Eindruck, wenn der eigene Bruder so pflichtvergessen war?

»Was ist denn jetzt eigentlich vorgefallen?«, brachte Alexander seinen Freund wieder auf das Thema Katharina von Barnim zurück und sich selbst auf andere Gedanken.

»Sie waren erneut zu Besuch, und die Stimmung war ohnehin schon schlecht nach dem Vorfall mit Isabellas Fernbleiben der Kirche. Dann erschien die Gräfin von Barnim mit Katharina am Nachmittag, und meine Großmutter nötigte mich, ebenfalls in den Salon zu kommen. Dort musste ich mit Johanna musizieren und ...«

»Sie spielt auch das Pianoforte?«, unterbrach ihn Alexander interessiert.

»Violine, und das sogar ziemlich gut. Großmutter schwebt für die Weihnachtszeit bereits eine Soiree vor, bei der Isabella singt, während wir sie musikalisch begleiten.«

»Wie nett.« Die musikalischen Ambitionen Henriette von Seybachs interessierten ihn gerade weniger, er hätte sich lieber über Johanna unterhalten, die er so gerne näher kennenlernen wollte und die ihm bei den wenigen Malen, die sie sich bei seinen Besuchen im Lilienpalais begegnet waren, nicht mehr als einen Gruß und ein höfliches Lächeln schenkte.

»Und um auf Katharina zurückzukommen«, sagte Maximilian, »sie ist wirklich reizend, aber ich möchte sie nicht heiraten. Ich möchte überhaupt nicht heiraten derzeit. Und ich möchte nicht meine Verpflichtungen absagen, um sie und ihre Mutter musikalisch zu unterhalten. Ich habe also mitten im Spiel abgebrochen und gesagt, ich hätte noch eine Verabredung.«

Alexanders Pferd warf den Kopf hoch und scheute, als ein Vogel aufflog. »Das war allerdings grob unhöflich.«

»Es herrschte schlagartige Stille, und die arme Katharina sah aus, als wollte sie in Tränen ausbrechen. Ich habe nicht geahnt, dass sie sich ernsthaft Hoffnungen gemacht hat, denn ich habe ihr wirklich nicht den geringsten Anlass dazu gegeben. Um das Maß voll zu machen, stand dann noch am selben Abend auf dem Nachhauseweg ihr ältester Bruder Heinrich vor mir und war überaus, hm, aufgebracht.«

Alexanders Hengst war unruhig an diesem Tag und warf erneut den Kopf hoch. »Heinrich von Barnim ist doch so friedfertig, dass es an Langeweile grenzt.«

»Solange man seine Schwester nicht unglücklich macht. Es war nur der Besonnenheit seines rasch herbeieilenden jüngeren Bruders zu verdanken, dass er mich nicht zum Duell gefordert hat.«

»Heinrich von Barnim hat eine Zeit lang meiner Schwester Constanze schöne Augen gemacht.«

»Gott bewahre«, murmelte Maximilian.

Sie verfielen in Schweigen, sodass nichts zu hören war außer den Pferdehufen auf den Wegen, dem leisen Klirren des Geschirrs und dem gelegentlichen Schnauben.

»Was machen eigentlich deine Architektenpläne?«, fragte Maximilian.

»Die sind begleitet von fortwährendem Streit mit meinem Vater. Er hält es für gesellschaftsfähig, wenn Leopold für den Dienst an seinem Land umherreist und du Menschen medizinisch behandelst – solange sie den richtigen Kreisen angehören –, während er von mir verlangt, meiner Architektur mannhaft Lebewohl zu sagen.«

»Widersetzt du dich ihm?«

Alexander zuckte mit den Schultern. »Was soll er schon tun? Mich wegen einer solchen Bagatelle enterben? Schlimmer als er ist meine Stiefmutter. Sie liegt ihm fortwährend in den Ohren, weil sie mich als Vorzeigebruder für ihre Töchter braucht.«

»Was mich angeht«, sagte Maximilian und zügelte sein Pferd, um ein älteres Paar vorbeizulassen, »so gedenke ich keineswegs, meine Dienste nur den höheren Kreisen zur Verfügung zu stellen. Ich habe nicht jahrelang studiert, damit ich in Königs- und Adelskreisen Bauchgrimmen von zu viel Völlerei kuriere oder wundgetanzte Füße. Ich möchte dorthin, wo mein Können etwas bewirkt.«

»Du wanderst aber nicht aus, oder?«

»So weit muss ich gar nicht gehen, um gebraucht zu werden. Das fängt schon in unserem eigenen Haus an. Immerhin sind wir im Kleinen ein Abbild der Gesellschaft mit all ihren Hierarchien. Wir hatten vor Jahren mal einen Hausdiener, der hat sich den Finger an einem Nagel verletzt. Das war eine harmlose kleine Verletzung, die nur ordentlich hätte gereinigt und verbunden werden müssen. Er hat ein Taschentuch darumgewickelt, und damit war es für ihn erledigt. Als es ihm immer schlechter ging, hat er es nicht auf diese harmlose kleine Wunde geschoben. Die hatte sich zwar entzündet und sah übel aus, aber geht man wegen einer solchen Lappalie zum Arzt? Gibt man dafür die kargen Ersparnisse aus?

Und riskiert man für so einen verletzten Finger gar, die Arbeit zu verlieren? Er hat die Dinge gar nicht in Zusammenhang gebracht, glaubte, er brüte eine Erkältung aus, als er Fieber und Schüttelfrost bekam. Erst, als er umgekippt ist und meine Mutter einen Arzt hat kommen lassen, kam alles raus. Doch da war es dann zu spät, man konnte ihn nicht mehr retten. Hätte er nur ein wenig früher etwas gesagt, hätte man ihn durch eine Amputation noch am Leben erhalten können, möglicherweise hätte er nur einen Finger verloren.«

Alexander wusste, dass einer der Wendepunkte in Maximilians Leben der Tod seiner Mutter gewesen war. Schon früher hatte er sich für Naturwissenschaften begeistert, hatte forschen und etwas verändern wollen. Dass er Arzt werden würde, war für ihn zur Gewissheit geworden, als Eloise von Seybach an der Schwindsucht erkrankte und verstarb. An jene Zeit dachte Alexander nur ungern zurück. Zwar war auch er mutterlos aufgewachsen, aber an seine Mutter hatte er nur vage Erinnerungen, denn diese war früh verstorben und er seither in der Obhut seines Vaters. Eloise von Seybach war eine wunderschöne Frau gewesen, selbst zum Schluss, als sie so schmal geworden war, so blass, als saugte die Krankheit alle Farbe aus ihr. Ihre Gestalt hatte etwas Ätherisches bekommen, als könnte sie sich auflösen, wenn man sie zu fest umarmte. Ihr Tod hatte ein klaffendes Loch in das Leben derer von Seybach gerissen, um dessen Ränder zu Beginn alle herumbalancierten in dem Versuch, nicht in diese traurige Schwärze gerissen zu werden. Ob Carl von Seybach das letzten Endes gelungen war, wagte Alexander jedoch zu bezweifeln. Sie wechselten das Thema, sprachen über Erbaulicheres, und Maximilian erzählte von seiner geplanten Studienreise im Februar.

Als Alexander eine Stunde später nach Hause kam und sein Pferd dem Stallburschen übergeben hatte, platzte er in einen Streit zwischen seiner Stiefmutter und seiner neunjährigen Schwester Greta.

Sie hatte frühmorgens mit ihrer Gouvernante den Markt besuchen dürfen und dort von ihrem Ersparten ein kleines Kaninchen gekauft.

»Dass ein Mädchen unserer Kreise mit Ersparnissen auf den Markt geht, ist so vulgär, dass es kaum zu übertreffen ist«, schimpfte Veronika von Reuss in diesem Moment. »Außerdem dulde ich keine Tiere in diesem Haus, das habe ich mehrmals gesagt.«

Schützend hielt Greta das flauschige, braun-weiß gescheckte Tier in den Armen. »Ach, Mama, es ist so süß.«

»Ich will keinen stinkendenden Hasenstall im Zimmer.«

»Es ist ein Kaninchen, kein Hase, und …«

»Sei nicht so vorlaut!«

Alexanders Schwester Rosa saß mit einem Journal in der Hand in einem Sessel und beobachtete die Szene. »Vielleicht kann der Stall in den Garten«, mischte sie sich ein.

»Oh, gewiss, ein stinkender Kaninchenstall im Hochsommer, wenn wir Gartenfeiern geben.«

»So schlimm stinkt das gar nicht«, verteidigte Greta das Tier. »Die von Hegenberg-Mädchen dürfen auch Kaninchen halten.«

»Ich werde keinen weiteren Disput mehr darüber führen.« Veronika von Reuss zog am Klingelstrang, und kurz darauf erschien eines der Stubenmädchen.

»Sie wünschen, Frau Gräfin?«

»Bringen Sie das Vieh in die Küche, vielleicht hat die Köchin Verwendung dafür.«

»Nein!«, schrie Greta.

»Und dann lassen Sie diese pflichtvergessene Gouvernante kommen, ihre Tage in diesem Haus sind gezählt.«

»Mama!«, rief nun auch Rosa. »Das geht doch nicht.«

Greta schluchzte und hielt das Kaninchen im Arm, als das Stubenmädchen es ihr abnehmen wollte. »Nein!«

Jetzt reichte es Alexander. »Hanne, Sie dürfen gehen«, sagte er zu dem Stubenmädchen. »Ohne das Tier.«

Sichtlich erleichtert wandte sich das Stubenmädchen ab, als Alexander hinzufügte: »Und Sie brauchen auch Anna-Maria nicht kommen zu lassen.« Anna-Maria war die Gouvernante.

Das Gesicht seiner Stiefmutter lief blutrot an. »Bist du von Sinnen, mich vor der Dienerschaft bloßzustellen?«

»Das habe ich keineswegs getan, die Dienerschaft kennt die Hierarchie in diesem Haus, auch wenn du offenbar hin und wieder daran erinnert werden musst. Natürlich wird Anna-Maria nicht auf die Straße gesetzt, weil sie unserer Greta einen Wunsch erfüllt und ihr damit gleich zwei wichtige Lektionen fürs Leben erteilt hat. Zum einen weiß Greta nun, dass Geld ein Gut ist, das man zusammenhalten muss, wenn man etwas erwerben will. Zum anderen hat sie nun die Verantwortung für ein Lebewesen und lernt Achtsamkeit. Das hat sie gerade getan, indem sie dem Kleinen das Leben gerettet hat.«

»Dein Vater wird dir schon noch zeigen, wer hier das Sagen hat!«

Alexander spielte diese Karte nicht gern aus, aber hin und wieder musste es sein. Er neigte sich zu seiner Stiefmutter, sodass nur sie ihn hören konnte. »Meine Liebe, wenn ich irgendwann den Titel erbe, von wessen Gnaden hängt dann wohl dein Verbleib in diesem Haus ab? Ich rate dir gut, das nicht zu vergessen.«

»Was unterstehst du dich?«

Alexander lächelte kalt, dann wandte er sich an seine kleine Schwester, und der frostige Blick zerschmolz. »Greta, sag im Stall Bescheid, dass man dir eine Kiste für das Kaninchen gibt.«

»Ich kann Valerie von Hegenberg fragen, wo sie den Stall herhat«, rief Greta eifrig.

»Dann tu das.«

Veronika von Reuss fuhr zu Alexander herum, kaum, dass ihre Tochter fort war, holte aus und wollte ihn ohrfeigen, doch der fing ihre Hand ab. »Das versuchst du besser nie wieder.«

»Ich verwünsche den Tag, an dem dein Vater deine Mutter in irgendeiner Absteige bestiegen hat«, schrie sie ihn an.

»Mama!« Rosa war vollkommen schockiert.

Alexander blieb ruhig, obwohl es in ihm brodelte. Sie hatten öfter mal gestritten, aber so hatte sie noch nie mit ihm gesprochen. Offenbar schwelte dieser Zorn schon lange und brach sich nun mit Gewalt Bahn. Dass er sie nur schweigend ansah, anstatt sich lautstark über diese Beleidigung seiner Mutter zu empören, brachte seine Stiefmutter vollends aus der Fassung.

»Ich hasse dich!«, schrie sie. »Ich hasse dich! Warum bist du nicht dort geblieben, wo du hingehörst! In die Gosse, woher auch deine Mutter stammt! Bastard! Kuckuckskind.« Sie redete sich vollkommen in Rage, ehe sie aus dem Salon stürmte und die Tür hinter sich ins Schloss warf.

Rosa starrte ihr nach, ganz blass vor Schreck. »Was war das denn?«

Alexander zuckte mit den Schultern, obwohl er innerlich längst nicht so ruhig war, wie er ihr vormachen wollte. »Ich führe ihr täglich ihr vermeintliches Versagen vor Augen, meinem Vater keinen Sohn geschenkt zu haben.«

»Ach, Himmel, so langsam sollte es mal gut sein. Sind wir weniger wert?«

»Ihr seid das Wunderbarste, das je in mein Leben getreten ist.«

Rosa stand auf und umarmte ihn. »Mama meinte diese hässlichen Dinge nicht so. Mach dir nichts draus.«

»Das tue ich nicht.«

»Doch, das tust du. Wenn du so ruhig bist wie jetzt, kochst du innerlich. Dann werden deine Schultern ganz starr, und du bekommst diesen Blick. Ich kenne dich seit neunzehn Jahren.« Sie umfasste sein Gesicht und sah ihn an, als sei sie die Ältere und er der kleine Bruder. »Ich sage dir, es tut ihr leid, glaub mir. Sie sitzt wahrscheinlich jetzt in ihrem Zimmer und weint, weil sie an dieses mutterlose Kind denkt, das sie nicht lieben kann.« Sie küsste ihn auf die Wange. »So, und jetzt sei ein vorbildlicher großer Bruder und sag, dass du heute Nachmittag mit mir Robert besuchst. Ich möchte ihn sehen, aber Mama hat keine Zeit, und ich kann ihn ja unmöglich allein besuchen.«

Das entlockte Alexander ein Lachen, wenngleich die Aussicht auf einen Nachmittag mit Robert von Haubitz alles andere als erbaulich war. »Wie du wünschst.«

13

Johanna

»Das war ganz und gar unnötig!«

Johanna hörte ihren Onkel nur selten die Stimme erheben, aber nun war es offenbar auch um seine Beherrschung geschehen. Er war wenige Tage nach jenem verhängnisvollen Sonntag zurückgekehrt und von Nanette offenbar detailliert ins Bild gesetzt worden. Noch bevor er Maximilian begrüßt hatte, war er in Isabellas Zimmer gegangen und hatte den Hausarrest umgehend beendet, ehe er Henriette von Seybach im Kleinen Salon aufgesucht hatte.

»Du hast offenbar nicht richtig zugehört«, wies seine Mutter ihn zurecht. »Das Kind hat praktisch nackt …«

»Praktisch nackt! War ihr Morgenmantel durchsichtig? Was hat die alte Schachtel sich überhaupt unten in der Gasse herumzudrücken und zum Fenster meiner Tochter hochzustarren? Was ist sie? Eine Kupplerin auf der Suche nach Nachwuchs für irgendein Etablissement?«

»Was meint er damit?«, fragte Johanna an Maximilian gewandt, der neben ihr auf dem Lauschposten stand.

»Nichts, das für deine unschuldigen Ohren taugt.«

»Also ich muss doch bitten!«, empörte sich die Großmutter in diesem Moment. »Was ist denn das für ein Gossenjargon, den du hier anschlägst?«

»Was soll das hier werden?«, hörten sie Nanettes strenge Stimme. »Wisst ihr nicht, was sich gehört?«

Ein wenig schuldbewusst sahen Johanna, Maximilian und Isabella sie an.

»Geht mal ein Stück beiseite«, befahl Nanette und stellte sich nun ebenfalls an die Tür, die Stirn konzentriert gekraust.

Was Onkel Carl antwortete, verstand Johanna nicht, dafür wurde die Großmutter nun lauter. »Ich war offenbar nicht streng genug mit euch. Allein für diese Unverschämtheit gehörtest du übers Knie gelegt und windelweich geprügelt.«

»Ich lade dich gerne ein, das zu versuchen.«

Isabella kicherte. Nun herrschte Schweigen, und kurz glaubte Johanna, ihr Onkel und die Großmutter hätten den Laut gehört und würden nun ausloten, ob weitere verräterische Geräusche kamen. Sie hielt die Luft an, da jedoch redete die Großmutter wieder. »Dass die Puppe kaputt ist, wollte ich nicht. *Je suis vraiment désolée.*«

»Dann schlägt man nicht dagegen, wenn man das nicht will!«

»Isabella ist ohnehin zu alt für Puppen. Aber wenn es ihr so wichtig ist, kaufe ich ihr eine neue.«

»Du weißt recht gut, dass es eine der Puppen aus dem Ensemble ist, das Eloise von unseren Reisen mitgebracht hat. Wie willst du die ersetzen?«

Nanette richtete sich auf. »So, und nun fort mit euch.« Sie winkte sie davon. »Na los.«

Während Maximilian die Treppe hinunterging, liefen Johanna und Isabella hinauf. Antoinette hatte sich in den letzten Tagen im Dienstbotentrakt aufgehalten, um der Großmutter nicht unter die Augen zu kommen, aber nun war das vorbei, und die Hündin lag vor Isabellas Bett, argwöhnisch beäugt von Napoleon. Die Puppe mit dem zerschlagenen Gesicht befand sich auf der Fensterbank, jede Scherbe sorgfältig aufgesammelt.

»Ich wünschte, Papa wäre nicht so oft fort«, sagte Isabella und öffnete eine Dose mit Konfekt, wovon sie Johanna etwas anbot.

»Woher hast du das?«, fragte Johanna und nahm eine Praline mit feiner Blattgoldverzierung.

»Hm, hat mir jemand geschenkt.«

»Was machst du nun mit der neugewonnenen Freiheit?«, scherzte Johanna, während sie eine weitere Praline nahm.

»Ich besuche Amalie. Sie wird sich freuen, dass mein Hausarrest aufgehoben ist. Und Leopold wird erleichtert sein, er hatte schon ein ganz schlechtes Gewissen.«

»Wann hatte er denn Gelegenheit, dir das zu erzählen?«

Jetzt bekamen Isabellas Wangen einen kleinen Anflug von Farbe. »Ach, du weißt doch, hier bleibt nichts lange geheim, vor allem, wenn das Personal sich auf den Straßen trifft.«

»Er erzählt dem Personal von seinem Gewissen? Das müssen ja vertrauensvolle Verhältnisse sein.«

»Nimm doch noch eine Praline.« Freigiebig hielt Isabella ihr die Schachtel mit den feinen Köstlichkeiten hin. Johanna musterte ihre Cousine einen Moment lang, ließ die Sache dann aber auf sich beruhen.

Nach dem Mittagessen brach Isabella zu ihrer Freundin auf, während sich Carl in sein Arbeitszimmer zurückzog und Maximilian etwas von einer Verabredung sagte. Johanna sah sich bereits in den Fängen der Großmutter, die sie gewiss zu der nachmittäglichen Kaffeestunde verpflichten würde, um wieder irgendwelche grässlich langweiligen Leute zu unterhalten. Also verließ auch sie das Haus und ging in den Englischen Garten. Sie bat Nanette, sie zu begleiten, da sie ohne Anstandsbegleitung nicht spazieren gehen durfte.

Ach, dachte Johanna, wenn sie Friedrich Veidt zu Waldersee doch noch einmal treffen könnte, rein zufällig, fern von Tanzabenden und wachsamen Augen. Sie stellte sich vor, wie er sie an sich zog, fragte sich, wie es sich wohl anfühlen mochte, von seinen Armen umfangen zu werden. Würde er sie vielleicht sogar küssen? Für den Anfang würde es ihr schon genügen, ihm beim Spaziergang zu begegnen, nur um ihn wiederzusehen. Wie groß war die Wahrscheinlichkeit, dass er den Nachmittag ebenfalls hier verbrachte?

Sehr groß, entschied Johanna angesichts der vorbeiflanierenden Menschen. Vielleicht war er hier, von derselben Sehnsucht getrieben wie sie, nahm sie gewahr, noch bevor sie ihn sah, und würde sie ansprechen. *Komtess von Seybach.*

»Komtess von Seybach!«

Johanna fuhr herum, wenngleich klar war, dass die Frauenstimme keinesfalls Friedrich Veidt gehören konnte. Sie erkannte die hübsche Frau mit den dunkelbraunen Locken augenblicklich, Maria von Liebig. Ihr folgte in einem Abstand eine Frau, die wahrscheinlich ihre Gouvernante war und Nanette freundlich grüßte.

»Wie reizend, Sie hier zu treffen«, fuhr Maria von Liebig fort, und Johanna versicherte ihr, dass es ihr ebenfalls eine Freude sei. Und es stimmte sogar, sie war froh um jede Bekanntschaft, die sie machte und die sie aus der Außenseiterrolle in der Gesellschaft herausholte. Zwar verstand sie sich gut mit Isabella, aber ihre Cousine hatte ihren eigenen Freundeskreis, und da wollte Johanna sich nicht aufdringlich dazugesellen. Sie wollte eigene Freundinnen finden.

»Sind Sie morgen auch auf der Soiree bei der Gräfin von Leibitz?«, fragte Maria von Liebig.

»Nein, bedaure.«

»Viel verpassen Sie da nicht, meist ist es bei ihr todlangweilig. Allerdings sagt man sich, dass Rudolf Heiland erwartet wird, und das ist wiederum einen Besuch wert. Haben Sie ihn schon einmal gesehen? Am Theater oder auf einer Gesellschaft?«

»Bisher hatte ich noch nicht das Vergnügen.«

»Oh, ein Vergnügen ist es in der Tat. Er sieht so gut aus, wie die zu Treutheims reich sind.«

Johanna hatte keine Ahnung, wer die zu Treutheims waren, aber sie wollte sich nicht schon wieder eine Blöße geben, und so nickte sie wissend.

»Im Haus meiner Freundin Annemarie von Hegenberg wird es in drei Wochen einen Tanzabend geben, ich bin mir gewiss, dass auch die von Seybachs eine Einladung erhalten haben. Sie werden sehen, es wird ein Riesenspaß.« Ein wenig zu beiläufig fügte sie hinzu: »Es wird sicher auch der junge Herzog zu Waldersee kommen.«

Fast augenblicklich schlug Johanna das Herz schneller, und sie hoffte zutiefst, dass ihre Familie eine Einladung erhalten hatte.

»Eine ganze Menge junger Frauen machen sich Hoffnungen«, erklärte Maria von Liebig, »aber die zu Waldersees werden nichts anderes akzeptieren als eine Ehefrau aus dem Hochadel, vorzugsweise preußisch.« Maria von Liebig sah sie aufmerksam an, dann lächelte sie. »Aber ob eine Grafentochter oder eine Prinzessin – wenn der Prinz Interesse hat, so wird er einen Weg finden.«

Was den Hochadel anging, so trübte dies Johannas Vorfreude auf das Wiedersehen ein wenig. Zwar sprach man sie als Komtess an, einfach, weil man davon ausging, dass sie als Carl von Seybachs Nichte selbstverständlich ebenfalls von adligem Rang war, und eigentlich wäre dem auch so, aber ihr Vater hatte sämtliche Titel mit seiner bayrischen Staatsangehörigkeit abgelegt, als er ihre Mutter geheiratet hatte und preußischer Staatsbürger geworden war. Das Vermögen ging ohnehin an Carl, so seine Worte, da könnten sie ihren Titel auch gleich behalten. Johannas Mutter war die Tochter eines Barons mit nicht vererbbarem Titel, jedoch sehr vermögend, und dieses Vermögen erlaubte es ihrer Familie, das Leben von Landadligen zu führen. Ihr Vater war durch Beziehungen in den Stand eines Freiherrn erhoben worden – ebenfalls mit einem nicht vererbbaren Titel. Für Johanna bedeutete das, wie sie es auch drehte und wendete, dass für sie keine Möglichkeit blieb, einen Titel zu erlangen, außer durch eine Heirat. Doch wenn Friedrich Veidt sie wahrhaft liebte, würde ihn dies nicht daran hindern, seine Absichten ihrer Familie gegenüber kundzutun und seiner gegenüber durchzusetzen.

»Oh, dort ist er!«, rief Maria von Liebig entzückt. »Kann man denn so viel Glück haben?«

Ein Schauer erwartungsvoller Vorfreude stob in Johannas Brust auf, und sie sah sich suchend – und zunehmend irritiert – um. Denn in der Richtung, in die Maria von Liebig mit diesem Ausdruck ersterbender Hingabe blickte – was angesichts dessen, dass er immerhin *Johannas* möglicher Zukünftiger war, höchst unpassend erschien –, war kein Friedrich Veidt zu sehen. Stattdessen war dort ein dunkelhaariger Mann, der in der Tat der schönste war, den Johanna je gesehen hatte, und der nicht nur Frauen, sondern auch Männer in seinen Bann zu ziehen schien.

»Rudolf Heiland«, sagte Maria von Liebig verzückt.

Er war Schauspieler am Residenztheater, so viel wusste Johanna inzwischen, und möglicherweise war er sogar eine interessante Persönlichkeit, aber sie hatte nicht vor, sich in diesen Pulk an Leuten zu mischen, in der Hoffnung auf ein Wort oder ein Lächeln. Maria von Liebigs Blick war ganz weich geworden, aber sie ging nicht weiter, gesellte sich ebenfalls nicht zu den anderen.

»Wissen Sie, meine Liebe, viele von uns sind in Rudolf Heiland verliebt, und weil er gewiss keine von uns heiraten wird – ein Schauspieler, man stelle sich das vor! –, kommen wir uns nicht in die Quere und dürfen gemeinsam unsere gebrochenen Herzen beweinen. Heiraten werden wir letzten Endes einen passenden Mann und uns dann insgeheim daran erinnern, wie wunderbar es sich anfühlt, verliebt zu sein.«

Das war das Traurigste, was Johanna je gehört hatte, und sie war froh darum, Friedrich Veidt kennengelernt zu haben und nicht in Gefahr zu sein, sich in diesen Schauspieler zu verlieben. In Johannas Fall kam nichts anderes als eine Liebesheirat infrage, davon war sie überzeugt, und sie war glücklich, sich in einen Mann verliebt zu haben, gegen den nicht einmal die gestrenge Großmutter Einwände hätte.

Als Johanna nach Hause kam, war Isabella immer noch bei Amalie und Maximilian bei seiner Verabredung. Leider war auch Großmutter immer noch im Salon und hatte immer noch – oder schon wieder? – Besuch. Es war ein Elend, dachte Johanna, als sie in den Salon zitiert wurde und ihr Blick auf Lisbeth von Hagenau fiel, ein nicht enden wollendes Elend.

»Sie waren spazieren, meine Liebe?«, fragte Lisbeth von Hagenau. »Allein?«

»Nanette hat mich begleitet, und ich habe Maria von Liebig getroffen.«

»Ach?«, kam es von der Großmutter, und in ihre Stimme mischten sich dieses Mal Erstaunen und Anerkennung. »Wie wunderbar, du hast endlich eine Freundin gefunden?«

Sie schaffte es, diesen harmlosen Satz in einer Art auszusprechen, als sei der Umstand, Johanna könne Bekannte oder gar Freundinnen finden, bisher nicht im Rahmen des Denkbaren gewesen.

»Maria von Liebig ist eine hinreißende Person«, bestätigte nun selbst Lisbeth von Hagenau, um im nächsten Moment hinzuzufügen: »Wenngleich viel zu kokett.«

»Wir haben diesen Theaterschauspieler gesehen, Rudolf Heiland«, erzählte Johanna, um das Thema zu wechseln und auf ein gesellschaftliches Tapet zu bringen.

Augenblicklich wurden Lisbeth von Hagenaus Lippen schmal, während sie missbilligend in einem leisen Schnauben die Luft ausstieß. »Kein Mann, den man in Gesellschaft einer anständigen jungen Frau ohne Anstandsdame zu sehen wünscht.«

»Das ist ja schon ein sehr halbseidenes Volk, diese Schauspieler«, pflichtete die Großmutter ihr bei. »Aber in gewissen Kreisen ist es ja *très chic*, sich mit diesen Leuten zu umgeben. Wobei man in der Tat sagen muss, dieser Rudolf Heiland zieht die Menschen schon in den Bann, aber als so erfolgreicher Schauspieler muss er das wohl auch.«

»In seinem Fall kann man durchaus sagen, dass er kulturelles Flair auf die Feiern bringt«, entgegnete Lisbeth von Hagenau. »Und, du lieber Himmel, solange nicht zu befürchten steht, er könne sich eine Frau unter den Töchtern unseresgleichen suchen, kann man ihn doch getrost um sich haben.«

Johanna seufzte leise, was ihr einen strengen Blick beider Damen einbrachte, in den sich kaum verhohlener Argwohn mischte. Offenbar glaubte man in diesem Moment, eine ganz und gar unziemliche Verliebtheit auszumachen. Um Lisbeth von Hagenaus Lippen spielte gar die Andeutung eines höhnischen Lächelns.

Kurz lag Johanna eine Rechtfertigung auf der Zunge, aber sie schwieg. Umgekehrt natürlich wäre es kein Problem. Ein Mann adliger Herkunft durfte sich mit einer Schauspielerin einlassen, durfte sie gar heiraten, wenn ihm der Sinn danach stand. Den kleinen Skandal konnte er mit einem Schulterzucken abtun. Die jungen Frauen hingegen durften für diesen Schauspieler nur aus der Ferne schwärmen und mussten dann in einer womöglich lieblosen Ehe von den Gefühlen der hoffnungslosen Verliebtheit zehren. Das war so ungerecht, dass man die Wände hochgehen mochte.

»Hast du für deine Enkelin schon einen Bewerber ins Auge gefasst?«, fragte Lisbeth von Hagenau an Henriette gewandt, als säße Johanna nicht daneben.

»Bisher kommen mehrere infrage, ich habe mich noch nicht festgelegt, und sie ist ja auch erst seit ein paar Wochen hier und muss sich erst in die Gesellschaft einfinden.«

»Nehmt euch nur nicht zu viel Zeit, die begehrten Partien werden hoch gehandelt, und bald beginnt die Saison.«

»Lass das nur meine Sorge sein«, entgegnete Henriette von Seybach spitz.

Aus dem Korridor war ein Kläffen zu hören. »Wie viele Promenadenmischungen wirst du der Kleinen eigentlich noch erlauben?«, fragte Lisbeth von Hagenau. »Man fällt ja mittlerweile alle paar Schritte über einen Hund.«

»Auch das lass nur meine Sorge sein.« Henriette von Seybach war offenbar der Meinung, dass es eine Sache war, wenn sie sich über die Hunde ereiferte, aber eine gänzlich andere, wenn jemand von außerhalb des Hauses dies wagte.

Als der Höflichkeit Genüge getan war, verabschiedete sich Lisbeth von Hagenau, und Johanna bekam einen Stickrahmen in die Hände gedrückt, um den restlichen Nachmittag sinnvoll betätigt zu sein. Die Aussteuertruhe musste weiter bestückt werden, und so galt es, feine Damastservietten zu besticken.

»Das ist keine Aussteuer«, hatte die Großmutter über Johannas Truhe gesagt, die aus Königsberg geschickt worden war, »sondern ein Jammer.« Gefolgt war eine Litanei über die Versäumnisse ihrer Mutter und die Klage darüber, dass Constantin von Seybach in der Wahl seiner Ehefrau jede Weitsicht habe vermissen lassen.

»Großmutter«, hatte Maximilian irgendwann entgegnet, »möchtest du, dass Johanna Groll gegen ihre Mutter empfindet, wenn du vor ihr beständig so redest? Soll sie sie für nachlässig und ihren Vater für einen kopflosen Toren halten? Besagt nicht eines der zehn Gebote, du sollst Vater und Mutter ehren?«

Henriette von Seybach war nicht so weit gegangen, freimütig einzuräumen, er habe recht, aber immerhin fiel danach kein schlechtes Wort mehr vor Johanna über ihre Eltern.

Während Johanna stickte, kam Maximilian nach Hause und setzte sich für eine Tasse Tee zu ihr und der Großmutter in den Salon. Er wusste einige unterhaltsame Anekdoten zu erzählen, die sogar Henriette von Seybach zum Schmunzeln brachten. Selbst eines der Dienstmädchen, Louisa, wenn sich Johanna richtig an den Namen erinnerte, lächelte, während sie Blumen in einer Vase anordnete, über die Pointe einer besonders lustigen Geschichte. Johanna kam es sogar so vor, als verlangsamten sich ihre Bewegungen, und sie neigte den Kopf leicht. Johanna hoffte, dass die Großmutter nichts bemerkte. Kurz zuckte Maximilians Blick zu Louisa, und Johanna bildete sich ein, dass seine Stimme sich sogar ein wenig hob, als wollte er, dass auch diese Zuhörerin in den Genuss seiner Worte kam. Ach, dachte sie, die glückliche Frau, die ihn einmal bekommt.

Unvermittelt wanderten ihre Gedanken zu Friedrich Veidt, und ein Gefühl erregender Wärme breitete sich in ihr aus. In Königsberg hatte sie hin und wieder für einen der jungen Herren geschwärmt, aber nie waren ihre Gefühle so sinnlich gewesen. Das war so wunderbar und aufregend zugleich, dass es Johanna mit einer unbändigen Vorfreude auf das nächste Treffen erfüllte.

An diesem Nachmittag war Maximilian überaus aufgeräumter Stimmung, und er setzte sich ans Pianoforte, begleitete Johannas öde Stickarbeit mit Klängen von Bach und Mozart. Henriette von Seybach saß entspannt in ihrem Sessel, hatte den Kopf zurückgelehnt und lauschte, die Augen zum Fenster gerichtet, während die Härte um ihren Mund zu einem kaum sichtbaren Lächeln zerschmolz.

14

Johanna

Johanna liebte den Herbst, wenngleich sie fand, dass er in München lange nicht so spektakulär daherkam wie in Ostpreußen. Aber ohnehin waren nirgendwo die Landschaften weiter und die Wälder von dunklerem Grün als in ihrer Heimat. Ließ sie diesen Maßstab außer Acht, konnte sich ein Münchner Herbst jedoch durchaus sehen lassen. Die Bäume im Englischen Garten boten jetzt im September auch einen recht hübschen Anblick mit ihren Laubkronen, deren Grün sich in langsam wechselnder Farbenpracht präsentierte.

Mittlerweile hatte Johanna sich angewöhnt, jeden Tag nach dem Frühstück einen kurzen Spaziergang zu machen, und hin und wieder begegnete sie dabei Maximilian und seinen Freunden beim Ausritt. Normalerweise begleitete sie Isabella oder Nanette, aber beide waren an diesem Morgen nicht abkömmlich, und so hatte sich die Zofe Finni erboten.

»Ist Berti mir eigentlich immer noch böse wegen des Kuchens?«, fragte Johanna.

»Ach, ich glaube, daran denkt sie gar nicht mehr.« Finni lachte. »Das war aber auch etwas. Wir alle haben noch nie eine feine Dame in der Küche stehen und backen sehen.«

»Bei uns in Königsberg war das normal. Wir haben oft zusammen gebacken, eingekocht und standen dem Personal auch näher, als das hier der Fall ist.«

»Das klingt interessant«, entgegnete Finni. »Hier ist alles streng getrennt, und solche Wagnisse, wie einen Kuchen zu backen, dürfen Sie nicht eingehen.« Wieder lachte sie, und Johanna stimmte ein.

Während sie über die Wege flanierten, bemerkte sie die inzwischen vertraute Gestalt eines Mannes, der ebenfalls den herbstlichen Morgen genoss. Noch hatte er sie nicht bemerkt, und Johanna beschleunigte ihre Schritte, wobei sie wieder diese junge Frau – von Riepenhoff? – vor Augen hatte, wie diese Maximilian so unverhohlene Avancen gemacht hatte. Wenn dergleichen in München gesellschaftlich geduldet war, dann durfte Johanna doch wohl auch bei einem Spaziergang die Begegnung ein wenig vorantreiben. Als Sohn eines Herzogs hatte er den Titel eines Prinzen, aber Johanna wollte nicht »Prinz zu Waldersee« durch den Park rufen, und so schritt sie undamenhaft schnell aus. Sie war fast auf einer Höhe mit ihm, als er unvermittelt stehen blieb und Johanna geradewegs in ihn hineinlief.

»Hoppla!«, rief er.

»Verzeihen Sie bitte!« Johanna strich ihr Kleid glatt und versuchte, sich nicht anmerken zu lassen, wie peinlich ihr der Zusammenstoß war. »Da war ich wohl zu rasch unterwegs.«

»Und ich hatte schon gehofft, Sie hätten es einfach nur eilig gehabt, mich zu sehen.«

Daraufhin hob sie nur die Brauen, als sei die Vorstellung einer Johanna von Seybach, die schnell lief, um einen Mann einzuholen, gänzlich abwegig.

Friedrich Veidt bückte sich und hob eine Goldmünze auf, wegen der er stehen geblieben war. »Man sagte mir bereits, dass die Straßen in München mit Gold gepflastert sind«, scherzte er. Dann reichte er Johanna die Münze. »Eine kleine Erinnerung an unseren ostpreußischen Zusammenstoß im Herzen von Bayern.«

Johanna nahm die Münze, drehte sie leicht zwischen den Fingern und steckte sie schließlich ein. Sie würde den Stallburschen fragen, ob er ihr ein Loch hineinbohrte, dann könnte sie sie um den Hals tragen. »Sind Sie morgens oft hier im Park?«

»Meistens gehe ich am frühen Abend spazieren.«

»Und ich in der Regel am frühen Morgen, weil meine Großmutter üblicherweise den restlichen Tag verplant.«

Er lächelte. »Dann war das heute ja genau die richtige Entscheidung.«

»Sind Sie kommende Woche auch auf der Feier der von Hegenbergs?«

»Ich habe jedenfalls eine Einladung erhalten, konnte mich aber
noch nicht so recht entscheiden, weil auch eine Einladung zu
Freunden erfolgt ist. Werden Sie bei den von Hegenbergs sein?«

»Ja, wir werden hingehen.«

»Dann fällt mir die Entscheidung ja leicht.«

Sie spazierten nebeneinanderher und doch in ausreichend Distanz, um den Anstand zu wahren. An diesem diesigen Morgen
waren ohnehin nur ein paar vereinzelte Spaziergänger unterwegs,
und die wenigen, denen sie begegneten, grüßten und warfen ihnen
höchstens einen neugierigen Blick zu. Allerdings wusste Johanna,
dass sie nicht allzu lange an seiner Seite bleiben durfte.

»Wenn es nicht gar zu vermessen ist«, sagte er, »würde ich mich
morgen hier wieder einfinden.«

»Das würde mich sehr freuen.«

Er tippte sich an den Zylinder und neigte den Kopf. »Um keinerlei Spekulationen zu befeuern, die Sie womöglich Ihren Ruf
kosten könnten, möchte ich mich nun lieber verabschieden.«

Johanna lächelte selig, als sie ihm nachblickte, dann machte sie
sich auf den Weg nach Hause. Anstatt durch den Garten ging sie
durch die Gasse zwischen den Häusern von Löwenstein und von
Seybach hindurch, da bemerkte sie eine dunkle Gestalt, die gerade
aus dem Torbogen trat, der zum Innenhof des Lilienpalais führte.
Nanette? Wo wollte die um diese Zeit denn hin? Da Finni noch zu
tun hatte, entließ sie sie und blieb am Eingang stehen, um Nanette
neugierig nachzublicken.

Johanna wusste nach wie vor nicht so recht, wie sie zu der

Gouvernante stand. Einerseits mochte sie sie durchaus, denn sie war immer auf Seiten von Isabella, Maximilian und ihr – und das von Anfang an, obwohl sie Johanna – nach eigenem Bekunden – nicht kannte. Andererseits war sich Johanna so sicher, dass sie sie schon einmal gesehen hatte, und Nanette hatte nicht gerade ein Allerweltsgesicht. Sie sah sogar ziemlich gut aus, wenngleich sie sich Mühe gab, diesen Umstand zu verbergen, indem sie jede Eitelkeit vermissen ließ.

Johanna beobachtete den geraden Rücken der Gouvernante, die raschen Schrittes ging. Sie flanierte ganz offensichtlich nicht, sondern war irgendwohin unterwegs, und ihre Rocktasche wirkte ausgebeult durch einen dicken Bogen gefalteter Papiere, die oben hinauslugten. Ohne lange zu überlegen, folgte Johanna ihr. Das war zutiefst ungehörig, aber sie wollte unbedingt wissen, was diese Frau verbarg. Niemals war sie auf Botengang für das Haus von Seybach, denn welche Botschaft sollte die Großmutter in diesem Umfang überbringen lassen wollen? Gleichzeitig war die Vorstellung, wie Nanette reagieren würde, würde man von ihr dergleichen verlangen, so komisch, dass ein Lächeln über Johannas Lippen zuckte.

Dass Nanette sich nicht wie ein gewöhnliches Dienstmädchen herumscheuchen ließ, hatte Johanna längst bemerkt, ebenso, dass die Großmutter sich das aus Gründen, die Johanna nicht verstand, gefallen ließ. Carl schien seine schützende Hand über sie zu halten. Aber warum? War sie womöglich seine Geliebte? Nein, das war absurd. Seine uneheliche Tochter? Nein, keinesfalls – warum sollte die als Gouvernante hier arbeiten? Die Nanette, die Johanna kennengelernt hatte, würde sich dergleichen wohl empört verbitten und mit Fug und Recht auf ihren Status pochen, mochte es ihren Onkel gesellschaftlich kosten, was es wollte. Zudem war Carl von Seybach seiner Eloise vollkommen verfallen gewesen, niemals hätte er sie betrogen und mit einer anderen Frau ein Kind gezeugt, ihr dieses später gar als Gouvernante ins Haus geschickt. Das wäre ja geradezu schäbig gewesen.

Nanette blieb stehen, betrachtete ein Fenster, legte den Kopf schräg, und Johanna fragte sich, was es denn da zu sehen gab. Es war die Auslage einer Bäckerei. Hatte Nanette Hunger? Kurz darauf setzte die Gouvernante ihren Weg fort, dieses Mal flanierend, mal hierhin, mal dorthin schauend. Johanna verstand jetzt gar nichts mehr. Erst diese Eile, und jetzt spazierte sie durch die Gegend? War sie bei der Bäckerei verabredet gewesen, und derjenige war nicht gekommen? Oder war sie zu früh dran und ging jetzt ein wenig herum, weil das Warten ihr langweilig wurde?

Jetzt kamen sie zum Marktplatz, und Nanette ging von Stand zu Stand, blieb immer mal stehen, und Johannas Aufmerksamkeit ließ nach. Auf einem Markt in München war sie noch nie gewesen, und das Gewimmel von Menschen, die Stände, Marktschreier und eine schier unendliche Vielzahl an Waren nahm sie vollkommen gefangen. Zwar ließ sie Nanette nach wie vor nicht aus den Augen, aber sie riskierte doch zwischendurch einen Blick zu den Ständen. Die Stimmen überschlugen sich, und Dienstboten drängten an ihr vorbei, ebenso Landfrauen und Bauersknechte. Blumen und Gewürze dufteten, dazwischen unangenehme, scharfe Gerüche, wenn ein Lastesel Dung fallen ließ. Tauben gurrten in Käfigen, und Bauersleute priesen frische Eier sowie exquisite Wachteleier an.

Und dann war Nanette auf einmal verschwunden. Johanna blieb wie vom Donner gerührt stehen und sah sich um, aber sie konnte die Gouvernante nicht entdecken. Hatte sie nicht gerade noch an dem Stand mit dem Geflügel gestanden? Das war ja an und für sich schon seltsam gewesen – wer starrte so lange Geflügel an? Noch dazu, da man gewiss niemals Nanette schicken würde, um dieses zu kaufen. Ach, konnte das denn wahr sein?

Ein weiteres Mal ließ Johanna den Blick schweifen, dann gab sie es auf. Das war doch zu ärgerlich. Darüber hinaus wusste sie nicht einmal, wo sie war. Sie ging zwischen den Ständen hindurch und entdeckte schließlich ein Straßenschild, das die Weinstraße auswies. Das sagte ihr nichts, und so blieb ihr nichts anderes übrig, als eine Frau anzusprechen und zu fragen, wie sie zurück zur Ludwigstraße kam.

»Da müssen`s dort lang«, antwortete die Frau und verlagerte das Gewicht des Korbes in ihrem Arm, während sie mit dem anderen eine Straße entlang zeigte. »Einfach gradaus durch.«

War Nanette nicht mehrmals abgebogen? Johanna bedankte sich, fragte aber sicherheitshalber, als sie sich außer Sichtweite der Frau wusste, ein weiteres Mal und bekam dieselbe Antwort. Als sie kurz darauf auf der Theatinerstraße war, wusste sie auch wieder, wie sie nach Hause kam. Das machte Nanettes Ausflug jedoch nur noch seltsamer. Vielleicht war sie tatsächlich nur spazieren gewesen und einfach schneller ausgeschritten. Gab sie nicht immer so viel auf körperliche Bewegung und mahnte, dass es nicht gut sei, wenn junge Damen zu viel in der Stube hockten? Andererseits erklärte das nicht, wozu sie den Packen Papier dabeihatte. Aber vielleicht gab es dafür ja doch eine vernünftige Erklärung, und sie wollte einfach zwischendurch jemanden besuchen? So recht überzeugte dieser Gedanke Johanna jedoch nicht.

Als sie endlich am Lilienpalais angekommen war, trat sie durch den Torbogen in den Innenhof und läutete am Eingangsportal. Das Stubenmädchen Cilli öffnete. »Die Gräfin sucht Sie schon, gnädiges Fräulein.«

Henriette von Seybach war sichtlich vergrätzt. »Wo warst du denn so lange?«

»Spazieren.«

»Seit wann dauert das so lange?«

»Mir war heute einfach danach.«

»Allein?«

»Es waren ja nur ein paar Schritte …«

Missbilligend schüttelte die Großmutter den Kopf.

»Wo ist denn Nanette?«, fragte Johanna betont beiläufig.

»Ach, was weiß denn ich, irgendeine Besorgung machen oder

so. In diesem Haus kommt und geht ja offensichtlich inzwischen jeder, wie er mag.«

Johanna ging auf ihr Zimmer und hörte Isabella mit den Hunden herumalbern und in verschiedenen Stimmlagen sprechen, als übte sie einen Dialog ein. Kurz überlegte sie, zu ihr zu gehen, unterließ es dann jedoch. Sie wollte sich die Augenblicke mit Friedrich Veidt noch einmal genüsslich in Erinnerung rufen. Ach, es war herrlich, dieses kribbelige Gefühl von Verliebtheit. Johanna konnte verstehen, dass es Menschen gab, die sich daran berauschen konnten. Wie mochte es sich wohl anfühlen, ihn zu küssen? Die Vorstellung davon, wie er seinen Mund auf den ihren legte, löste ein wildes Flattern in ihrem Bauch aus.

An diesem Abend stand eine Soiree an, ebenfalls bei den von Hegenbergs, eine Woche vor dem Tanzabend, was die Großmutter zu dem bissigen Kommentar veranlasst hatte, diese Familie würde für Annemarie nun aus allen Rohren schießen, um jede andere Debütantin auszustechen, noch ehe die Saison begonnen hatte. »Als wären deren Töchter nicht auch so die begehrtesten der Gesellschaft.«

Eigentlich hatte Johanna keine rechte Lust, hinzugehen. Andererseits verging der Abend dann schneller, und sie müsste nicht mehr gar zu lange warten, bis sie Friedrich Veidt am kommenden Tag im Englischen Garten wiedersah.

Beim Mittagessen hatte Johanna Nanette gesehen und versucht, aus ihrem Verhalten zu erkennen, ob diese etwas zu verbergen hatte. Nanette jedoch hatte ihren Blick nur mit unbewegter Miene beantwortet und schien wie immer. Nachmittags hatte es noch einen unerfreulichen Vorfall gegeben, weil Cilli die Tür zum Kleinen Salon, in dem die Kaffeetafel bereits angerichtet war, nicht verschlossen hatte und sowohl Henry als auch Napoleon die Gunst der Stunde genutzt hatten, sich über den Kuchen herzumachen. Das Schimpfen der Großmutter hatte man vermutlich noch drei

Häuser weiter gehört. Zur Strafe musste Cilli nun das Silber polieren, während man Isabella und Johanna auf ihre Zimmer schickte.

»Warum werde ich bestraft?«, hatte Johanna gefragt und sehnsüchtig auf das letzte verbliebene Stück Kuchen geschaut, das noch auf der Platte lag.

»Weil ich es sage.« Die Großmutter schien Johannas Blick zu bemerken, denn sie nahm das Stück Kuchen und biss hinein.

»Das ist doch ungerecht«, beschwerte sich Johanna auf dem Weg in ihr Zimmer.

»Das war im Grunde genommen schon fällig, seit du heute Morgen zu spät zu Hause und überdies allein spazieren warst«, erklärte Isabella. »Jetzt hat sie eben die Gunst der Stunde genutzt.«

Bis in den frühen Abend hinein saß Johanna auf ihrem Zimmer und spielte erst auf ihrer Violine, dann schrieb sie einen Brief an ihre Eltern, und schließlich griff sie nach einem Buch und las. Zimmerarrest kannte sie von daheim nicht, sie war vor ihrer Ankunft in München noch nie in einen Raum eingesperrt worden. Was sollte das denn auch bringen? Die Hunde würden wieder den Kuchen fressen, wenn jemand die Tür offen ließ, die interessierte nicht, ob Isabella dafür zur Strafe in ihr Zimmer gesperrt wurde. Johanna indes war inzwischen der festen Überzeugung, dass ihre Großmutter sie einfach nicht leiden konnte. Vermutlich, weil ihr Vater einen Lebensweg eingeschlagen hatte, den sie nicht guthieß. Überdies konnte Henriette von Seybach Johannas Mutter nicht ausstehen, daraus machte sie kein Geheimnis.

Am frühen Abend erschien Finni, um sie für die Soiree umzukleiden, und seufzend ließ Johanna es über sich ergehen. Isabella war bereits fertig, trug ein Kleid aus sattgrüner Seide. Johannas Kleid war dunkelblau, der Rock mit silberblauen Volants, das Oberteil lag eng an, betonte ihre schmale Taille. Sie zog lange silberblaue Handschuhe an. Der Schmuck bestand aus einem schlichten Diamantencollier mit dazu passenden Ohrgehängen, in das Haar kam eine mit Diamantsplittern besetzte Spange. Finni legte ihnen die Mäntel um, dann waren sie entlassen und konnten hinunter in das Entree, wo die Großmutter sie bereits erwartete.

»Isabella, nimm die Schultern zurück. Johanna, wenn du mir mit deinem erhobenen Kinn zeigen willst, dass du auch aufmüpfig sein kannst, so ist dir das vortrefflich gelungen.« Sie klopfte mit dem Stock auf den Boden. »*Attitude, mesdames.*«

Gute zehn Minuten fuhr die Kutsche bis zum Palais der von Hegenbergs am Ende der Brienner Straße. An diesem Abend war eine sehr ausgesuchte Gesellschaft zugegen, es war keine große Soiree, sondern eine, die vor allem Wert auf Exklusivität legte.

»Ich möchte nur zu gerne wissen, wo dein pflichtvergessener Bruder bleibt«, sagte Henriette von Seybach an Isabella gewandt, als sie aus der Kutsche gestiegen waren.

In diesem Augenblick fuhr eine weitere Kutsche vor, der der pflichtvergessene Bruder sowie ein weiterer junger Mann entstiegen, Alexander von Reuss, ebenfalls sehr elegant in dem dunklen Anzug, dem weißen Hemd, dem Halstuch und der goldbestickten Weste. Er sah Johanna an, lächelte, was diese höflich erwiderte. Dann half er einer jungen Frau aus der Kutsche.

»Da bist du ja, Maximilian«, begrüßte Henriette von Seybach ihn. »Rosa, meine Liebe, wie schön, dich zu sehen. Sind deine Mutter und Constanze verhindert?«

»Constanze hat eine Magenverstimmung, und Mutter wollte lieber bei ihr bleiben. Sie sagt immer, sie kann nicht feiern gehen, wenn eines ihrer Kinder krank ist.«

»Ja, so ist das Mutterherz«, bestätigte Henriette von Seybach. »Alexander, wo du hier schon stehst – führ bitte meine Enkelin ins Haus, das schafft Aufmerksamkeit und erhöht ihren Marktwert.«

»Großmutter!« Johanna starrte sie schockiert an und spürte, wie ihr die Hitze vom Hals hoch ins Gesicht stieg. Rosa von Reuss wirkte amüsiert und hakte sich wie selbstverständlich bei Maximilian ein.

Alexander von Reuss bot Johanna den Arm, und kurz überlegte

sie, einfach weiterzugehen, aber er konnte ja nichts dafür, es bestand kein Grund, ihn zu brüskieren. Also legte sie die Hand darauf und bemerkte, dass er und Maximilian kurz Blicke tauschten. Vermutlich war ihm diese Scharade genauso zuwider wie ihr.

Henriette von Seybach ging voran, ihr folgten Isabella, Maximilian mit Rosa von Reuss, und den Abschluss bildete Johanna an Alexander von Reuss' Arm. Als könnte sie nicht allein den Weg bewältigen. Sie hob das Kinn in genau jener Art, die der Großmutter ein stetes Ärgernis war, und betrat das Palais der von Hegenbergs.

Die Eingangshalle war geschmackvoll in Weiß und Gold gehalten, das Licht der Kristalllüster glitzerte auf dem Marmorboden, und die Gastgeber standen direkt zwischen zwei Treppenaufgängen, die oben zu einer von einer weißen Balustrade umgebenen Galerie führten. In der Halle standen das Ehepaar von Hegenberg sowie die beiden ältesten Töchter Annemarie – diesjährige Debütantin – und Julie, die im Alter von Isabella war und im kommenden Jahr ihr Debüt haben würde. Es gab noch eine dritte Tochter, aber der war es noch nicht gestattet, an abendlichen Veranstaltungen teilzunehmen.

Johanna bemerkte, dass die Blicke von Alexander zu ihr und wieder zurück glitten, und sie sah geradezu, wie es in den Köpfen der drei Von-Hegenberg-Damen arbeitete. Als sie in den großen Salon gingen, fragte sich Johanna, wie lange sie wohl noch an Alexander von Reuss' Arm würde gehen müssen. War es unhöflich, einfach die Hand zurückzuziehen? Er seinerseits machte keine Anstalten, sich von ihr zu lösen, aber das wäre wiederum auch nicht höflich gewesen und hätte wie eine Zurückweisung gewirkt.

Die Möbel in diesem Salon – der so groß war, dass man vermutlich einen Markt darin hätte abhalten können – waren so gruppiert worden, dass in der Mitte eine freie Fläche war, was darauf schließen ließ, dass auf dieser Soiree auch getanzt werden würde, wofür auch die Gruppe aus acht Musikern sprach, die derzeit die Veranstaltung mit leisen Klängen diskret untermalten.

»Darf ich Ihnen etwas vom Büfett holen?«, fragte Alexander von Reuss und löste die Arm-Problematik dabei sehr elegant.

»Sie dürfen, vielen Dank.«

»Isabella?«, fragte er, aber die winkte ab.

»Danke, Alexander, jetzt nicht. Entschuldigt mich bitte.« Offenbar hatte sie jemanden erspäht, denn sie ging sehr zielstrebig davon.

»Die von Löwensteins sind hier?«, fragte Maximilian, der nun ebenfalls in die Richtung schaute, in die seine Schwester ging.

»Amalie und ihre Eltern«, entgegnete Alexander. »Leopold kommt ein wenig später nach, er hat noch Verpflichtungen.« Er ging zum Büfett, das im angrenzenden Salon aufgebaut war, und ließ Johanna mit Maximilian allein. Dieser blieb bei ihr stehen, bis Alexander von Reuss zurückkehrte, zwei mit Champagner gefüllte Gläser in den Händen, von denen er ihr eines reichte. Wieder tauschten er und Maximilian Blicke, und Johanna fragte sich, was ihr da gerade entging. Ihr Cousin entschuldigte sich und gesellte sich zu zwei jungen Männern.

»Vielen Dank.« Sie nahm das Glas entgegen.

»Haben Sie sich inzwischen gut eingelebt in München?«

»So mittlerweile schon. Aber ich vermisse Königsberg dennoch.«

»Ich war vor Jahren einmal dort und bin zu einer Reise durch Ostpreußen und Masuren aufgebrochen.«

»Tatsächlich? Wie hat es Ihnen gefallen?«

»Es war wunderbar. Die Landschaft, die Menschen, das Urtümliche, gerade in Masuren. Manchmal kam es einem vor, als sei die Zeit stehen geblieben.«

»Viele nennen es hinterwäldlerisch.«

Er lachte. »Das stimmt, mir hat es jedoch gefallen.«

»Masuren mag ich auch sehr, mein Kindermädchen kam von

dort. Deshalb spreche ich auch fließend Polnisch, aber verraten Sie das bloß nicht meiner Großmutter, die würde in Ohnmacht fallen.«

Sein Lächeln bekam etwas Verschwörerisches. »Meine Lippen sind versiegelt. Aber was hat Ihre Großmutter dagegen? Ist es nicht von Vorteil, mehrere Sprachen zu beherrschen?«

»Ja, aber Polnisch? Das sprechen für sie allenfalls masurische Bauern und Arbeiter. Ich soll französisch parlieren, aber leider ist mein Französisch nicht gut. *Très désolée*, wie meine Großmutter es erst vor Kurzem nannte. Sprechen Sie Französisch?«

»Ja, ich habe es als Kind gelernt, mein Vater war sehr streng, was meine Schulbildung anging.«

»Meiner Mutter war es vor allem wichtig, dass ich mich auf dem gesellschaftlichen Parkett sicher bewege. Und weil sie nicht viel davon hält, dass unverheiratete junge Damen auf Reisen gehen, war sie auch nicht sehr bemüht darum, dass ich fremde Sprachen beherrsche.«

»Würden Sie denn gerne reisen?«

»Das würde mir gut gefallen. Ich habe bisher so wenig von der Welt gesehen. Reisen Sie gerne?«

»Durchaus.«

Johanna bemerkte, dass seine Augen nicht nur braun waren, wie sie zuerst gedacht hatte, sondern winzige goldene Einsprengsel hatten. Im nächsten Moment schalt sie sich. Sie wollte doch Friedrich Veidt und sah nun diesem Mann so intensiv in die Augen, dass er womöglich falsche Schlüsse daraus ziehen würde. Im selben Moment spielte die Musik auf, und die ersten Paare fanden sich auf der Tanzfläche ein.

»Erweisen Sie mir die Ehre?«, fragte Alexander.

»Sehr gerne.«

Er nahm ihr das leere Glas ab und stellte es zusammen mit seinem auf das Tablett eines rasch herbeieilenden Dieners, dann nahm er ihre Hand und führte sie in die Mitte des Salons. Dass er ein hervorragender Tänzer war, hatte Johanna bereits festgestellt, und er wurde dieser Erwartung auch an diesem Abend gerecht. Überdies war Alexander von Reuss ein guter Unterhalter, und so begleitete den Tanz das eine oder andere eingestreute Scherzwort, sodass Johanna beständig lachen musste. Ihre Großmutter würde sie dafür schelten, denn damenhaft war das nicht gerade, aber sie konnte einfach nicht anders. Als der Tanz vorbei war, bedauerte Johanna es fast, dass sie keinen weiteren mit ihm tanzen durfte, denn auch wenn er Maximilians Freund war, würde dies unweigerlich zu Gerede führen.

Als Alexander sie wieder an den Rand des Salons geführt hatte, wollte sich Johanna gerade zu ihm umdrehen und ihm eine komische Anekdote aus Königsberg erzählen, als sie ein Raunen vernahm.

»Seht nur, der Baron von Haltern hat einen Überraschungsgast mitgebracht«, rief eine Frauenstimme mit unverstelltem Entzücken.

Friedrich Veidt trat ein, schenkte der Gesellschaft ein strahlendes Lächeln, wobei sein Blick jedoch Johannas traf, die genau wusste, wem dieses Lächeln galt. Ihre Hand glitt von Alexander von Reuss' Arm, und überglücklich bemerkte sie, dass Friedrich Veidt direkt auf sie zukam. Er verneigte sich leicht vor ihr, reichte ihr die Hand und sagte zu Alexander von Reuss: »Sie entschuldigen uns?«

15

Alexander

Alexander sah Johanna nach, die mit dem Prinzen zu Waldersee davonging, zu ihm aufblickte, ihm ein bezauberndes Lächeln schenkte und etwas sagte, während er den Kopf neigte, um ihr zuzuhören.

»Tja, so ist das mit der Liebe.« Leopold war zu ihm getreten und klopfte ihm mitfühlend auf die Schulter, während sein Blick Johanna und Friedrich Veidt folgte.

Isabella, die mit Leopold getanzt hatte, trat ebenfalls zu ihm und hakte sich bei ihm ein. »Mach dir nichts draus, sie hat ihn bestimmt bald über. Er kokettiert ein wenig mit ihr, und sie genießt es. Und irgendwann wird sie merken, dass sie gerade dem Glück ihres Lebens den Rücken gekehrt hat.«

»Ich hätte es nicht besser ausdrücken können«, fügte Leopold hinzu.

Alexander sah wieder zu Johanna, die von Friedrich Veidt auf die Tanzfläche geführt wurde. Dieser schien Alexanders Blick bemerkt zu haben, denn er sah ihn an, zwinkerte ihm zu und widmete seine Aufmerksamkeit wieder Johanna, die ihn mit verliebter Hingabe ansah.

»Na, der hat ja Nerven«, kam es von Isabella.

Schweigend beobachtete Alexander Johanna, die sich anmutig in den Armen des Prinzen drehte, ihn anlächelte und dabei vermutlich nicht ahnte, wie gerne Alexander sie in diesem Moment gehalten hätte, wie sehr er sich wünschte, diese Blicke und das Lächeln würden ihm gelten. Dass er sie an sich ziehen und sie küssen wollte, bis ihnen beiden der Atem knapp wurde. Die Vorstellung allein war so erregend, dass sein Körper unweigerlich darauf reagierte.

»Komm«, brachte sich Leopold wieder in Erinnerung, »genehmigen wir uns etwas am Büfett. Johanna wird schnell merken, dass er sich – selbst, wenn er in sie verliebt wäre – den Heiratswünschen der Familie beugt. Da ist dann nur noch die Frage, wer wen zuerst verlässt. Und dann bringst du dich wieder ins Spiel.«

Alexander nickte vage und begleitete seinen Freund zum Büfett, während Isabella zum Tanz aufgefordert wurde. Er blieb danach nicht mehr lange, sondern sagte Rosa Bescheid, dass er die Soiree verlassen wollte, ihr aber die Kutsche dortließ. Zu Fuß machte er sich auf den Weg zu Mariana, der Einzigen, die es vermochte, ihn von seinem Liebeskummer abzulenken.

»Du bist nicht bei der Sache«, stellte sie fest, nachdem sie sich geliebt hatten. Sie richtete sich auf, stützte sich auf einen Ellbogen und sah ihn an, fuhr ihm mit den Fingerspitzen über die Brust.

Alexander fing ihre Hand auf und küsste ihre Fingerspitzen. »War ich nicht aufmerksam genug?«

»Doch, aber ich merke, wenn du mit den Gedanken nicht bei mir bist. Dann reagiert dein Körper, doch dein Geist ist auf Abwegen.«

»Seit wann bist du so poetisch?«

»Denkst du an eine andere Frau?«

»Während ich mit dir schlafe? Du kannst dir gewiss sein, dass ich in diesem Moment zu klarem Denken schlechterdings nicht imstande bin.«

Sie musste lachen. »Aber davor hast du an sie gedacht. Und jetzt gerade tust du es auch.«

Seufzend ließ Alexander ihre Hand los, sodass diese ihre kleinen Liebkosungen fortsetzte.

»Du hast eine Frau kennengelernt.« Sie ließ nicht locker.

»Ja, aber sie scheint mich nicht einmal wahrzunehmen.«

»Ist nicht wahr!«, spottete sie. »Das muss dich wahrhaftig schwer treffen.«

Wieder antwortete er nicht. Er wollte nicht bei Mariana liegen und an eine andere Frau denken, das tat man einfach nicht. Und doch ging Johanna ihm beständig im Kopf herum, wie sie lächelte, die Art, wie sie den Kopf neigte, wenn sie zuhörte, ihr leichtfüßiger Tanz. Und der Blick, mit dem sie diesen Kerl ansah, diesen ostpreußischen Herzogspross, der balzend wie ein Gockel durch den Saal stolziert war.

Nachdem sie sich ein weiteres Mal geliebt hatten, war Mariana eingeschlafen, schmiegte sich an seine Brust, und Alexander atmete den zarten Rosenduft, der ihrem Haar entstieg. Schließlich ließ er sie behutsam aufs Bett gleiten, stand auf, um sich anzukleiden, und verließ ihre kleine Wohnung.

Nebel waberte auf den Straßen, drang feuchtkalt in seine Kleidung, und er zog fröstelnd die Schultern hoch. Warum hatte er nicht seinen Kutscher angewiesen, hier auf ihn zu warten, nachdem er Rosa heimgefahren hatte? Da es in letzter Zeit daheim eher unerquicklich war, hatte Alexander es jedoch nicht allzu eilig, dorthin zurückzukehren. Seine Stiefmutter hatte ihren Ausbruch ihm gegenüber nicht mehr kommentiert, sie schien vielmehr Sorge zu haben, er könne es seinem Vater erzählen. Da Alexander aber nicht das Bedürfnis hatte, darüber auch nur ein Wort zu verlieren, schwiegen sie beide. Veronika von Reuss tat seither so, als sei nichts vorgefallen, und das Leben ging seinen Gang. Dennoch hing über dem Haus eine seltsame Stimmung, von der Alexander nicht wusste, ob sie außer ihm noch jemand wahrnahm.

Trotz Mantel und Schal fror er, und so schritt er rascher aus, während seine Schritte geisterhaft widerhallten. Die Laternen warfen milchige Lichtpfützen auf die feuchten Straßen, und der Atem stand ihm vor dem Mund. Es war jene Kälte, die einem bis in die Knochen drang, und bei der man das Gefühl hatte, es würde einem nie wieder warm werden. Dabei war es ein recht schöner

Herbsttag gewesen, kühl zwar, aber sonnig. Alexander dachte an *sie*, dachte daran, wie es war, mit ihr zu tanzen und wie wundervoll sie sich in seinen Armen angefühlt hatte.

Drei Männer tauchten vor ihm auf, und er wich zur Seite aus, um sie vorbeizulassen. Die Art, wie die drei nebeneinanderher gingen, dabei den Bürgersteig für sich einnahmen, ließ darauf schließen, dass sie auf Krawall aus waren, und danach stand ihm nun wahrhaftig nicht der Sinn. Sie waren auf einer Höhe mit ihm, als ihn einer so heftig mit der Schulter anrempelte, dass Alexander gegen die.Hauswand strauchelte. Er wollte weitergehen, aber da hielt der Mann ihn fest.

Alexander, der wusste, dass er gegen drei Männer, von denen ihn einer um fast einen Kopf überragte, nur den Kürzeren ziehen konnte, hob beschwichtigend die Hände. »Wollt ihr Geld? Ich …«, konnte er gerade noch sagen, da traf ihn ein gezielter Faustschlag in den Magen.

Er keuchte und krümmte sich, als ihn der nächste Hieb gegen das Kinn traf und ihn zu Boden gehen ließ. Er rappelte sich auf und beschloss, hier keinesfalls den Helden zu spielen, sondern nur zuzusehen, dass er davonkam. So schnell es trotz des Schmerzes, der sich durch seinen Bauch wühlte, ging, rannte er los, wurde aber am Bachufer eingeholt. Einer der Männer hielt ihn fest.

»Wir sollen dir ausrichten, künftig deine Zunge zu hüten und nicht der falschen Person zu drohen.« Damit bekam er einen weiteren Hieb gegen den Kopf, woraufhin er das Gleichgewicht verlor, abrutschte und mit einem lauten Platschen im Auer Mühlbach landete, wo ihn die Strömung sogleich mitriss. Das Wasser war so kalt, dass es ihm den Atem nahm.

Er hörte jemanden fluchen, während er versuchte, Halt am Ufer zu bekommen, sich an der Böschung festklammerte, mitgerissen wurde und das Wasser über ihm zusammenschlug. Luftschnappend kam Alexander wieder hoch, einer der Männer griff nach seinem Arm, zerrte daran, musste ihn dann jedoch loslassen, vermutlich, weil er selbst fast den Halt verlor. Alexander ließ sich treiben, weil er wusste, dass es nichts brachte, gegen die Strömung anzukämpfen. Erst ein gutes Stück weiter gelang es ihm, Halt am Gebüsch zu finden. Mit viel Mühe zog er sich ans Ufer. Auf allen vieren krabbelte er hoch, hielt dann inne, keuchend, hustend und schwer atmend. Es kostete ihn viel Anstrengung, sich aufzurappeln, und er zitterte so heftig, dass ihm die Zähne aufeinanderschlugen.

Er würde sich den Tod holen, wenn er lange so herumlief, aber jetzt gerade hatte er keine andere Wahl. Als er schlotternd und zähneklappernd durch die Straßen ging und schon glaubte, es keinen Moment länger zu ertragen, bemerkte er das Fuhrwerk, das in der Remise neben einem Gasthaus stand. Vermutlich wurden damit die Fässer von der Brauerei hierhergebracht. Die Kutsche an sich war uninteressant, jedoch lag auf dem Kutschbock eine zusammengefaltete Pferdedecke.

Wie tief kann man sinken?, fragte er sich, während er die Kutsche erklomm und die Decke an sich nahm. Wieder auf der Straße sah er sich rasch um, ob ihn jemand bei seinem Tun beobachtete, entfaltete die Decke und legte sie sich um. Und wenn man ihn dabei erwischte – sei's drum. Er war der Erbgraf von Reuss und gerade überfallen worden, niemand würde ihm unterstellen, eine Pferdedecke stehlen zu wollen. Am kommenden Tag würde er sie dem Gastwirt mit einer Entschuldigung zurückbringen lassen. Die Decke war schwer, kratzig und roch intensiv nach nasser Wolle und Pferd, aber immerhin war ihm nun etwas weniger kalt.

Irgendwann hatte Alexander es endlich geschafft und schleppte sich durch das Tor in den Innenhof des Palais von Reuss, öffnete mit steifgefrorenen Fingern das Hauptportal und atmete auf, als er die Eingangshalle betrat. Langsam stieg er die Treppe hoch in sein Zimmer. Obwohl er ein schlechtes Gewissen hatte, läutete er seinen Kammerdiener aus dem Schlaf, damit dieser ihm heißes Wasser für ein Bad brachte, dann schälte er sich aus der nassen

Kleidung. Er war voller Pferdehaare und roch vermutlich, als hätte er gerade einen Stall ausgemistet. Überdies juckte es ihn von der Wolle und dem Staub nun am ganzen Körper. Rasch zog er seinen Morgenmantel über und versuchte, Wärme aus diesem Kleidungsstück zu schöpfen.

»Gnädiger Herr!«, rief sein Kammerdiener Franz erschrocken. »Was ist passiert?«

»Ein Unfall.« Alexander hatte keine Lust auf lange Erklärungen.

Franz bereitete das Bad, und während er das Wasser erhitzte, räumte er die nasse Kleidung fort und hob mit spitzen Fingern und fragendem Blick die Decke hoch.

»Bitte übergeben Sie sie Hannes, er soll sie zu dem Wirtshaus zurückbringen, von dem ich sie, hm, ausgeliehen habe«, erklärte Alexander zähneklappernd. Hannes war der Stallbursche, und Alexander würde ihm ein sehr anständiges Trinkgeld mitgeben, das er dem Wirt zusammen mit einer schriftlichen Entschuldigung übergeben sollte.

Schweigend wartete er darauf, dass sein Bad bereitet und ihm endlich wieder warm wurde. Doch viel brachte das nicht, denn das Wasser hüllte ihn zwar seidenweich ein, aber es war nicht so heiß, wie er es gewünscht hätte, denn sein Kammerdiener riet dringend davon ab, sich unterkühlt in heißes Wasser gleiten zu lassen.

»Ich kannte mal jemanden, bei dem hat das Herz das nicht mitgemacht.«

Auch nach dem Bad war es, als steckte ihm die Kälte noch in den Knochen.

Es ging auf die Dämmerung zu, als er endlich im Bett lag und schlafen konnte. Wenige Stunden später wachte er mit heftigen Kopfschmerzen auf, zudem fühlte sein Hals sich wund und kratzig an. Eine Erkältung hatte ihm jetzt gerade noch gefehlt. Normalerweise hatte Alexander eine robuste Gesundheit, aber die Heimkehr in der nassen Kleidung war wohl zu viel gewesen, vor allem angesichts dessen, dass er vorher schon über die Maßen gefroren hatte. Vermutlich hatte er da bereits etwas ausgebrütet. Um Fragen nach seinem Befinden zu entgehen, beschloss er, auf die Hilfe seines Kammerdieners an diesem Morgen zu verzichten, und ging in sein Ankleidezimmer, sah in den Spiegel und erschrak. Er hatte einen Bluterguss am Kinn und einen weiteren an der Schläfe. Seine Augenlider waren gerötet, die Augen blutunterlaufen. Er sah aus wie ein Trinker, der in eine Kneipenschlägerei geraten war.

»Oh, mein Lieber, hat dich etwa ein Missgeschick ereilt?«, fragte Veronika von Reuss, als er eine Dreiviertelstunde später bei Tisch erschien.

Alexander taxierte sie und schwieg.

Sie lächelte kaum merklich und widmete sich ihrem Frühstück.

Seine Schwestern starrten ihn erschrocken an.

»Hat dich jemand geschlagen?«, fragte Eleonora.

»Nicht der Rede wert.« Alexander brachte kein Frühstück herunter, trank nur Tee, der heiß durch seine schmerzende Kehle rann.

Seine Schwestern akzeptierten rasch, dass er nicht reden wollte, und sein Vater, der als Einziger auf einer Antwort bestanden hätte, war auf sein Landgut gereist, um nach dem Rechten zu sehen.

Als Veronika von Reuss das Frühstück beendete und Alexanders Schwestern aufstanden, um den Speisesaal zu verlassen, wandte er sich an seine Stiefmutter. »Das habe ich dir zu verdanken, nicht wahr?«

»Du hast mir gedroht, das konnte ich nicht auf sich beruhen lassen. Überdies hast du mich dazu gebracht, die Contenance zu verlieren und mich vor meiner Tochter zu gebärden wie ein Fischweib.«

»Muss ich nun weitere Anschläge auf mein Leben fürchten?«

»Dein Leben war nie in Gefahr, mein Teurer. Und ich denke, du hast deine Lektion gelernt?«

»Wenn du das noch einmal wagst, wirst du es bereuen, das verspreche ich dir schon jetzt.« Alexander wollte noch etwas hinzufügen, als der Hausdiener Maximilian von Seybach und Leopold von Löwenstein meldete. Der gemeinsame Ausritt, das hatte Alexander vollkommen vergessen.

»Bitte sie in den Herrensalon, ich komme sofort.« Nach einem letzten warnenden Blick verließ Alexander den Speisesaal. Die Kopfschmerzen waren auch nach dem Frühstück nicht besser geworden, ihm war heiß, und der Hals schmerzte.

»Du lieber Himmel!«, rief Maximilian. »Wie siehst du denn aus?«

»Ich bin letzte Nacht überfallen worden und in einen Bach gestürzt.«

»Wer hat dich überfallen?« Maximilian war fassungslos.

»Das weiß ich nicht.«

»Wann? Wir waren doch vorher noch zusammen.«

»Als ich auf dem Weg nach Hause war.« Alexander hustete.

»Du willst in dem Zustand aber nicht reiten, oder?«, fragte Leopold, der am Fenstersims lehnte.

»Sie soll nicht denken, sie hätte gewonnen.«

»Wer?«, fragte Maximilian.

»Meine Stiefmutter. Sie hat die Kerle auf mich angesetzt wegen eines Streits, den wir vor einiger Zeit hatten.«

»Welcher Streit?«, wollte Leopold wissen.

»Ich möchte das nicht im Detail wiedergeben, aber es war ziemlich hässlich, wobei der Auslöser ein so harmloser war, dass die Sache schon beinahe bizarr anmutet.«

»Verstehe.« Maximilian sah ihn mit kritisch verengten Augen an. »Und mit ihrer Rache hat sie wochenlang gewartet?«

»Es ergab sich vorher wohl nicht die Gelegenheit, überdies ist mein Vater derzeit nicht da, das hat ihr die Sache erleichtert. Nun stellt sich die Frage, wie ich darauf reagieren soll.«

»Die einzige Frage, die sich mir gerade stellt«, sagte Maximilian, »ist, ob wir hier jetzt lange mit dir diskutieren müssen oder ob du freiwillig ins Bett gehst und dich auskurierst.«

»Mach dir nicht so viele Gedanken, wenn es mir schlechter geht, suche ich einen Arzt auf.«

Maximilian hob eine Braue.

»Mir geht es gut, ich kann mit euch ausreiten.«

»Dein Stolz in Ehren«, entgegnete Leopold, »aber niemandem ist damit gedient, wenn du uns fiebrig vom Pferd kippst. Mit der Gesundheit ist nicht zu spaßen. Haben dich die Kerle absichtlich ins Wasser geworfen?«

»Nein, das wohl nicht.« Alexander erzählte die komplette Geschichte.

»Ich lasse dir etwas zur Stärkung kommen und schaue später noch mal vorbei«, versprach Maximilian. »Sobald es dir besser geht, unterhalten wir uns noch einmal in Ruhe über diesen Vorfall.«

»Bei der Gelegenheit würde ich dann auch gerne mehr Details über die Sache mit der Pferdedecke erfahren«, fügte Leopold hinzu und schaffte es, dabei vollkommen ernst dreinzuschauen.

»Unbedingt«, bekräftigte Maximilian.

»Macht euch nur lustig.«

»Wo war der Überfall eigentlich?«, wollte Maximilian wissen.

Alexander nannte ihm die Straße.

»Du warst bei Mariana?«, fragte Leopold.

»Ja.« Ein teuer erkaufter Besuch, angesichts dessen, wie elend sich Alexander fühlte, wenngleich er seinen Freunden etwas anderes vormachen wollte. Den Triumph wollte er seiner Stiefmutter einfach nicht gönnen, sich geschlagen ins Bett zu legen. Aber Maximilian hatten recht, Gesundheit war kostbar.

»Wir hören uns um«, sagte Leopold. »Es wird nicht weiter schwer sein, Bewegung in die Aufklärung zu bringen. Wo käme man denn da hin, wenn man in den Abendstunden nicht einmal mehr sicher durch Münchens Straßen laufen kann?«

Sie verabschiedeten sich von ihm, und Alexander ging in sein Zimmer, kleidete sich aus und legte sich ins Bett. Im nächsten

Augenblick war er eingeschlafen, ein unruhiger, fiebriger Schlaf, in dem ihm ein überaus sinnlicher Traum Johanna vorgaukelte, die er in den Armen hielt, küsste und liebte. Er hörte, wie sie seinen Namen rief, während sein Körper eins wurde mit ihrem. Wieder und wieder rief sie ihn, drängender, fordernder. Als er die schmerzenden Augen aufschlug, war ihm, als stünde er in Flammen, während er gleichzeitig vor Kälte mit den Zähnen klapperte.

16

Johanna

»Stimmt es, dass Alexander von Reuss im Sterben liegt?«, fragte Isabella beim Mittagessen.

Johanna sah sie erschrocken an, und Henriette von Seybach fiel klappernd das Besteck aus den Händen. »Was redest du da für einen Unfug?«

»Ich habe vorhin im Englischen Garten Constanze getroffen, und sie sagte, er leide *sehr.*«

»Was im Klartext bedeutet, er ist erkältet und trägt es wie ein Mann«, entgegnete Nanette, was ihr böse Blicke von Carl und Maximilian einbrachte.

»Er hat einen schweren Infekt, der auf die Lunge hätte schlagen können«, erklärte Maximilian. »Das ist durchaus ernst, aber er ist in besten Händen.«

»In deinen?«, fragte Isabella.

»Es ist lieb, dass du so viel Vertrauen in mich setzt, aber er wird von seinem Hausarzt betreut, der schon viele Patienten durch schlimmere Erkrankungen gebracht hat.«

»Weiß man mittlerweile, wer ihn überfallen hat?«, fragte Carl von Seybach.

»Nein, aber Leopold ist dran. Er stellt die Fragen, die gefragt werden müssen, und er kennt die richtigen Leute im Innenministerium.«

»Zeiten sind das«, schimpfte Henriette von Seybach. »Da kann man als unbescholtener Bürger nicht mal mehr allein durch die Straßen gehen, ohne dass einem nach dem Leben getrachtet wird.«

»Das passiert nun einmal«, antwortete Maximilian. »Er wurde vor Jahren schon einmal auf seiner Grand Tour überfallen, das war wesentlich brenzliger.«

»Brenzliger als mit dem Tod zu ringen?«, schnappte die Großmutter.

»Wäre er nicht in den Fluss gefallen, hätte er lediglich ein paar Blessuren davongetragen. Es ist nicht nötig, den Teufel an die Wand zu malen und so zu tun, als sei hier niemand mehr seines Lebens sicher.«

»Maximilian hat recht«, entgegnete Carl. »Überdies wäre ich dankbar, wenn wir bei Tisch erbaulicheren Gesprächsstoff fänden. Johanna, wie verlaufen die Vorbereitungen für deine erste Saison hier bei uns?«

Johanna dachte an Friedrich Veidt, und ein kleines Lächeln stahl sich auf ihre Lippen. »Ganz wunderbar, Onkel Carl.«

»Das ist schön.« Er schien mit den Gedanken schon wieder woanders. »Ja, das ist wirklich schön.«

Johanna war so voller Vorfreude auf diesen Abend, dass sie dem Tischgespräch, das sich nun um irgendeine Elfriede von Sonstwo drehte, die glaubte, sie könne die Modefarbe der Saison kreieren, nicht mehr folgte.

»Kommst du heute Abend auch mit auf die Feier?«, fragte Johanna ihren Onkel.

Dieser schüttelte den Kopf. »Nein, mein Kind, ich habe noch zu tun.« Dabei zwinkerte er ihr zu, und Johanna war klar, dass er den Abend gemütlich mit einer Pfeife ausklingen lassen würde.

»Sie sind ja ganz aufgekratzt«, bemerkte Nanette, als sie nachmittags mit ihr und Isabella durch den Hofgarten spazierte, jede von ihnen mit einem Hund an der Leine. »Freuen Sie sich so auf die Feier?«

»Ja«, antwortete Johanna.

»Auf die *Feier*«, betonte Isabella.

»Ah, ich verstehe«, sagte Nanette.

Eigentlich war diese Geheimnistuerei unnötig, und am liebsten hätte Johanna hier und jetzt alles erzählt, aber Friedrich Veidt hatte ihr bei einem weiteren gemeinsamen Spaziergang gesagt, dass sie vorsichtig sein müssten, denn sein Vater sei sehr streng, was die Wahl einer Ehefrau anging. Nun gut, sie konnte warten und war derzeit einfach glücklich damit, ihn zu sehen und mit ihm zu tanzen. Die gelegentlichen Spaziergänge – Friedrich Veidt achtete sehr darauf, dass kein Flüstern über sie laut wurde – und die Tanzabende waren Momente, von denen Johanna in den Zeiten, da sie ihn nicht sah, zehrte.

Das Kleid, das sie an diesem Abend tragen würde, war meerblau und aufwendig verziert mit Brüsseler Spitze, während der Rock mit stilisierten Blüten bestickt war. Finni flocht Perlen in ihr Haar und steckte es zu einer aufwendigen Frisur auf, drehte einzelne Strähnen zu Locken und steckte sie fest. Isabella trug ein weißes Kleid mit untergründigem goldenem Schimmer. Johanna wusste, dass sie Friedrich Veidt nicht mochte, aber sie hatte keinen weiteren Versuch unternommen, ihr die Beziehung zu ihm madig zu machen. Vielleicht ahnte sie, dass das mit ihm und Johanna etwas anderes war.

Henriette von Seybach nickte beifällig, als Johanna mit ihrer Cousine die Treppe hinunterkam. Auch Maximilian stand bereits unten, an diesem Abend wieder seinen Gehstock in der Hand. Die Kutsche war bereits vorgefahren, und Maximilian half erst seiner Großmutter, dann Johanna und schließlich Isabella hinein, ehe er selbst einstieg. Er klopfte mit dem Stock leicht gegen das Dachfenster, und die Kutsche fuhr mit einem Ruck an.

Menschen in festlicher Kleidung strömten auf das Haus zu, Kutschen fuhren vor, entließen ihre Insassen und fuhren weiter, um dem nächsten Gefährt Platz zu machen. Alle Fenster des Palais der von Hegenbergs waren erhellt, und am Eingang ließen sich zwei livrierte Diener die Einladungen zeigen. Die Gastgeber standen im

Entree, und als die Reihe an den von Seybachs war, fragten sie Maximilian nach dem Befinden des Erbgrafen von Reuss. »Ich habe bereits beste Genesungswünsche geschickt«, sagte die Gräfin von Hegenberg.

»Oh, sieh nur.« Isabella umfasste Johannas Arm. »Dort ist Francesca Thompson.« Sie nickte in Richtung einer überaus attraktiven Frau mit dunklem Haar und bronzefarbenem Teint. »Sie ist Schauspielerin, du musst doch von ihr gehört haben.«

»War sie auch in Königsberg?«

»Nein, ich glaube nicht. Sie ist die Konkurrentin von Maria Senger, sie wetteifern ständig um die Hauptrollen.«

Auch dieser Name sagte Johanna nichts. Maximilian wirkte nicht so überrascht wie seine Schwester, vielmehr spielte ein kaum sichtbares Lächeln um seine Lippen. »Entschuldigt mich«, sagte er und ging in Richtung der dunkelhaarigen Schönheit. Die Frau wandte den Kopf, lächelte ihn an, und ihr Umgang wirkte so vertraut, dass kein Zweifel daran bestehen konnte, dass sie einander überaus gut kannten.

Johanna begleitete Isabella durch den Ballsaal und erspähte schließlich Maria von Liebig an der Seite einer etwas vergrätzt wirkenden Helene von Riepenhoff. »Dieses Mal nicht in Begleitung des jungen von Reuss?«, fragte Maria von Liebig halb im Scherz. »Aber ich hörte ja, der Ärmste sei krank. Nun muss er dem Prinzen zu Waldersee konkurrenzlos das Feld überlassen?«

»Der war ohnehin konkurrenzlos«, antwortete Johanna, und für einen Augenblick schien Helene von Riepenhoff ihren Kummer zu vergessen und sah sie interessiert an. »Es ist also ernst?«

Johanna beließ es bei einem geheimnisvollen Lächeln.

»Es wird die Gräfin von Hegenberg freuen«, entgegnete Maria von Liebig, »dass in ihrem Haus eine so erfolgversprechende Liaison ihren Fortgang nimmt. Allerdings wird der Prinz seinem Vater gegenüber wohl einiges an Überredungskunst benötigen.«

»Ist er eigentlich schon da?« Helene von Riepenhoff sah sich um, wobei ihr Blick offenbar wieder auf Maximilian fiel, der neben der Schauspielerin stand, den Kopf leicht gesenkt, um ihr zuzuhören. Jetzt lachte er auf, antwortete, und beide lächelten einander an. Augenblicklich zerfiel der Ausdruck suchender Hilfsbereitschaft, und Helene von Riepenhoff presste die Lippen zusammen und wandte den Blick betont in die andere Richtung.

Johanna sah sich nun ebenfalls um, konnte den Prinzen aber nicht erspähen. Hoffentlich war er nicht verhindert. Um nicht gar zu sehnsuchtsvoll zu wirken, begann sie eine Unterhaltung mit Maria von Liebig, und kurz darauf gesellte sich Annemarie von Hegenberg hinzu. Sie unterhielten sich gerade über ein neues Stück aus dem Residenztheater, bei dem Rudolf Heiland – ein sehnsüchtiges Seufzen folgte – in der Rolle als Karl Moor aus Schillers *Die Räuber* zu sehen war.

»Meine Damen«, hörte Johanna in diesem Augenblick eine vertraute Stimme, und augenblicklich ging ihr das Herz schneller, und sie drehte sich um, begegnete dem intensiven Blick Friedrich Veidts. »Darf ich Ihnen die Komtess von Seybach entführen?«

Das wurde ihm großzügig gestattet, und er reichte Johanna den Arm. Sie gingen zum Büfett, wo er ihr ein Glas reichte, an dem sie nur nippte, da sie seit dem Mittagessen nichts mehr gegessen hatte und sich hier keinesfalls zum Narren machen wollte.

»Sie haben mir gefehlt«, gestand er. »Leider haben mich meine Pflichten in den letzten Tagen so eingebunden, dass ich keine Zeit gefunden habe für einen Spaziergang. Umso mehr habe ich mich auf diesen Abend gefreut.«

Etwas zwischen ihnen hatte sich verändert, vielleicht die Art, wie er sie ansah, und Johanna hegte die Hoffnung, dass er sich in dieser Nacht erklären würde. Sie nippte ein weiteres Mal an ihrem Glas, wollte nicht zu forsch wirken und beließ es bei einem Lächeln, in das er die Antwort deuten durfte. Als zum Tanzen aufgespielt wurde, reichte er ihr die Hand und führte sie auf die Tanzfläche, wo sie leicht in seinen Armen dahinglitt. Dabei neigte er den Kopf, sodass sie seinen Atem an ihrem Ohr spürte, als er sprach. »Wird uns wieder nur ein Tanz vergönnt sein, und dann müssen wir uns für den Rest des Abends mit Blicken begnügen und der Aussicht auf einen weiteren Tanz im Laufe der Nacht?«, fragte Friedrich Veidt.

»Ich befürchte, alles andere würde zu Gerede führen.«

»Wenn man uns sähe, ja.«

Ein kleiner Schauer überlief sie, und sie sah Friedrich Veidt in die Augen, versuchte zu deuten, was er ihr damit sagen wollte.

»Die Türen zur Veranda stehen auf«, fuhr er fort. »Erweisen Sie mir die Ehre, mich auf einen Spaziergang in den Garten zu begleiten?«

Nun trieb ihr das wild schlagende Herz den Atem in raschen Zügen über die Lippen. Sie wollte das, wollte es unbedingt, aber sie befürchtete, bei einer zu raschen Zusage frivol zu wirken. »Wird das nicht möglicherweise meinem Ruf schaden?«

»Nicht, wenn wir getrennt hinausgehen und uns dort treffen, wo das Licht gerade eben nicht mehr hinreicht.«

Johanna wusste nicht, was sie darauf antworten sollte, war hin- und hergerissen. Der Tanz kam zu einem Ende, und Friedrich Veidt lächelte, hintergründig, als ahnte er Geheimnisse, die er ihr zu enthüllen gedachte.

»Ich werde auf Sie warten.« Auf ihr Nicken hin verschwand er in der Menge, und Johanna sah ihm nach, während ihr der Herzschlag nun in den Ohren dröhnte. Ein junger Mann tauchte vor ihr auf, stellte sich vor, aber sein Name interessierte sie nicht, und so nickte sie nur höflich, tanzte mit ihm und dachte fortwährend daran, dass Friedrich Veidt draußen auf sie wartete. Es war kalt, niemand würde in den Garten kommen, und als der Tanz beendet war, hatte sie ihre Entscheidung getroffen.

Sich nach allen Seiten umblickend, ging sie zur offenen Verandatür. Eine kleine Stimme der Vernunft versuchte, sich Gehör zu verschaffen. Das war doch Irrsinn. Was, wenn die Großmutter es mitbekam? Aber die war nicht einmal in Sichtweite, und später könnte Johanna sich damit rausreden, ihr sei es im Saal zu heiß geworden, sie hätte frische Luft gebraucht. Entschlossen trat sie hinaus, und im ersten Moment war die frische, kühle Luft in der Tat sehr erquickend. Sie ging langsam weiter, bis das Licht, das aus dem Ballsaal hinausfiel, nur mehr ein bleicher Schleier war. Sie nahm silhouettenhaft Bänke und symmetrisch gestutzte Hecken wahr, während sie auf den schnurgerade angelegten Wegen entlangging.

»Johanna.« Es war Friedrich Veidts Stimme, sanft und liebkosend. Im nächsten Moment ergriff er ihre Hand und zog sie vom Weg hinunter mit sich zu einem Baum. »Meine liebe Johanna.« So nahe waren sie sich noch nie gewesen, und Johanna fragte sich, ob er ihren Herzschlag wahrnahm, während ihre Brust an seiner lag. Sie sah ihn an, spürte ein leises Pochen in ihrem Körper, sehnsuchtsvoll und aufregend.

Er senkte den Kopf, berührte ihren Mund mit dem seinen, vertiefte den Kuss und brachte sie dazu, die Lippen zu öffnen. Johanna, die noch nie zuvor geküsst hatte, folgte seinen Bewegungen, ließ sich auf dieses verführerische Spiel ein. Ein erregtes Kribbeln stieg in ihrem Bauch auf, zerstob in Wärme, während Friedrich sie noch näher zu sich heranzog. Anfangs noch angespannt, wurde ihr Körper in seinen Armen nun nachgiebiger, und seine Fingerspitzen glitten über ihren Nacken, den Hals entlang, berührten den Ausschnitt ihres Kleides. Langsam streichelte er ihre Brust durch den Stoff hindurch, liebkoste sie, fuhr mit dem Daumen über die Spitzen. Johannas Atem ging schneller, wie getrieben von ihrem hämmernden Herzschlag. Eigentlich ging ihr das alles viel zu schnell, aber das Gefühl, das seine zögernden Zärtlichkeiten in ihr weckten, war zu köstlich, als dass sie es beenden wollte. Schließlich löste er sich aus dem Kuss und sah sie an.

»Und was wird nun aus uns?«, wagte Johanna die Frage zu stellen, die ihr beständig durch die Gedanken spukte. »Was sind wir füreinander?«

»Wir können füreinander sein, was wir wollen. Ich muss nur erst meinen Vater überzeugen, denn dieser hängt an der Idee fest, darüber zu entscheiden, wen ich heiraten soll.«

»Und was passiert, wenn du dich widersetzt?«

»Vielleicht akzeptiert er es, vielleicht enterbt er mich zugunsten meines Bruders.«

»Aber Friedrich, das ist ja entsetzlich. Daran möchte ich nicht schuld sein.«

»Das bist du nicht, ich werde ihn schon überzeugen. Und wenn nicht, bist du es mir wert. Es gilt jedoch, den richtigen Moment abzuwarten, und bis dahin lass uns Liebende sein. Ich werde mich deiner Familie erklären, sobald es mir möglich ist.«

Johanna spürte die Wärme seiner Hand durch ihren Handschuh, und sie brachte nur ein geatmetes »Ja« heraus.

Erneut küsste er sie, dieses Mal fordernder, erregender. Seine Hand streichelte nun ihren Rücken, öffnete das obere Häkchen ihres Kleides, während die andere Hand wieder eine zögernde Liebkosung wagte und die Fingerspitzen oben ein winziges Stück weit in ihren Ausschnitt schob, sie behutsam hinabgleiten ließ.

Liebende, dachte Johanna, während sie ihm diese gewagte Zärtlichkeit erlaubte, sie würden Liebende sein.

Im nächsten Moment ließ ein Schrei diesen Moment sinnlicher Hingabe zerbersten. »Um des lieben Himmels willen!«

Johanna fuhr zurück, und Friedrich ließ sie augenblicklich los, trat ebenfalls einen Schritt von ihr fort, als könnte diese Distanz noch etwas ändern, als wäre nicht in diesem Augenblick Johannas Ruf sprichwörtlich in tausend Teile zersprungen.

»Und du wolltest mir nicht glauben, dass sie beide kurz nacheinander hinausgegangen sind.« Die andere Frauenstimme klang geradezu triumphierend.

Drei ihr fremde Frauen standen dort, sahen sie an, und eine von ihnen eilte zurück ins Haus. Johanna hatte den irrwitzigen Drang, sie aufzuhalten, aber sie konnte nicht mehr tun, als dazustehen, während das Unheil seinen Lauf nahm.

Friedrich bat um Entschuldigung und ging zurück in den Saal, was vermutlich die beste Entscheidung war, und Johanna folgte ihm. Sie würde alles leugnen, sich dergleichen Anschuldigungen empört verbitten. Als sie den Tanzsaal betrat, schien zunächst alles wie immer, aber schon bald bemerkte sie ein Getuschel, das sich wellenartig durch die Menge fortsetzte. Ihr Blick begegnete dem Maria von Liebigs, und sie wollte zu ihr, aber die Art, wie die übrigen Frauen sie ansahen, ließ sie innehalten.

Maximilian tauchte unvermittelt neben ihr auf, das Gesicht unbewegt, die Augen leicht verengt, eine Maske kühler Beherrschung, die den darunter schwelenden Zorn fast meisterhaft verbarg. So hatte Johanna ihn noch nie gesehen. Er trat zu ihr, legte die Hand auf den oberen Rücken, genau dorthin, wo das offene Häkchen war, das sie vollkommen vergessen hatte. Es war so demütigend, dass sie die Tränen nur mühsam zurückhielt. Natürlich war Maximilian wütend auf sie, sie war liederlich, hatte womöglich gerade ihren Ruf rettungslos ruiniert. Wie ein Lauffeuer verbreitete sich das Gerücht ihres Falls durch den Raum. Und wo war Friedrich? Warum war er nicht hier, um ihr beizustehen? Oder telegrafierte er gar seinem Vater, um die Sache schnellstmöglich ins Reine zu bringen?

»Komm«, sagte Maximilian und führte sie durch leichten Druck auf den Rücken, sodass seine Hand das immer noch offene Kleid verbarg.

Die Großmutter empfing sie im Foyer, wo sich auch Isabella eingefunden hatte und Johanna verstört ansah. Henriette von Seybachs Mund war eine zornige, schmale Linie, und sie schien gerade zu einem wütenden Ausbruch ansetzen zu wollen, aber Maximilian ging dazwischen und hob beschwichtigend die Hand.

»Nicht«, sagte er ruhig. »Es reicht jetzt, würde ich sagen.«

»Ich kann vor der Gesellschaft nicht so tun, als würde ich dieses Verhalten dulden.«

»Niemand wird ernsthaft annehmen, das tätest du.« Maximilian nahm Johannas Mantel und legte ihn ihr um die Schultern. »Komm jetzt«, sagte er zu ihr und wandte sich an seine Großmutter. »Ich fahre mit Johanna nach Hause, bleib du mit Isabella noch lange genug hier, um das Gesicht zu wahren. Man wird davon ausgehen, dass Vater sich der Sache annimmt.«

Und das tat Carl von Seybach, als sie nach schweigsamer Fahrt im Lilienpalais angekommen waren. »Mir fehlen die Worte!«, sagte er, nachdem er von Maximilian ins Bild gesetzt worden war, und fand dieser dann doch recht vieler.

Johanna stand vor ihm wie ein gescholtenes Kind, machte nicht mehr den Versuch, die Tränen zurückzuhalten, während er ihr in vernichtenden Worten ihr Vergehen darlegte, sie fragte, was er denn nun ihren Eltern sagen solle, wie er denn dastünde, wo er doch die Verantwortung für sie übernommen hatte. Ob sie überhaupt ahne, was das nun bedeute, nicht nur für sie, sondern für die ganze Familie, insbesondere für Isabella. Niemals hätte sie ihrem ruhigen, oftmals fast zerstreut wirkenden Onkel einen solchen Zorn zugetraut.

Maximilian stand schweigend daneben, und als Johannas Blick seinen traf, war dieser voller Mitgefühl und ließ ahnen, dass nicht sie es war, der sein Zorn auf der Feier gegolten hatte. Das tröstete sie, und sie fühlte sich nicht mehr gar so allein. Sie wischte sich mit der behandschuhten Hand die Tränen aus dem Gesicht, was nichts brachte, da fortwährend weitere hervorquollen. Und zu allem Elend war die Großmutter gerade lange genug auf dem Ball geblieben, um den Schein zu wahren, aber nicht lange genug, um Johannas Demütigung zu verpassen. Nun trat sie ins Wohnzimmer – Isabella hatte sie offenbar auf ihr Zimmer geschickt – und ging wie eine Furie auf Johanna los.

»Ist es das, wozu deine Mutter dich erzogen hat?«

»Dich hingegen frage ich vielmehr«, sagte Carl von Seybach an seine Mutter gewandt, »wie du nichts merken konntest? Hast du denn nicht mitbekommen, dass sie mit ihm herumpoussiert?«

»Ich verstehe nicht, wie es dazu kommen konnte.« Die Großmutter hatte den silbernen Knauf ihres Stockes so eisern umfasst, dass ihre Knöchel durch die Handschuhe hindurch scharf hervortraten, und eine Ader pochte auf ihrer Schläfe. »Wir hatten sie im Auge, sie hat nicht öfter mit ihm getanzt, als es der Anstand erlaubte, sie hat sich nicht ungebührlich mit ihm verhalten. Ein paarmal wurde sie morgens mit ihm gesehen beim Spaziergang, aber dort schien das Zusammentreffen stets zufällig, die Distanz zwischen ihnen gewahrt. Nichts, aber auch gar nichts hat mich annehmen lassen, dass so etwas möglich sei.«

»Friedrich wird mich heiraten!«, rief Johanna mit so viel Festigkeit, wie es ihr gerade noch möglich war.

»*Grand Dieu! Elle est folle!*« Die Großmutter stieß die Stockspitze mit einem Knall auf den Boden. »Friedrich Veidt zu Waldersee hätte sich erklären können. Stattdessen hat er die Feier augenblicklich, fast schon überstürzt, verlassen, noch ehe du mit Maximilian losgefahren bist. Und nach allem, was man weiß, ist er bereits auf dem Heimweg nach Potsdam.«

17

Alexander

»*U*rsprünglich sollte ich dir von Mariana ausrichten, dass du ein ehrloser, verkommener Schuft bist«, erzählte Maximilian, während er sich in einem Sessel in Alexanders privatem Salon des Palais von Reuss niederließ. »Es hätte nicht viel gefehlt, und sie hätte mich stellvertretend für dich geohrfeigt. Du seiest vor über einer Woche nachts fortgegangen und hättest dich seither nicht wieder gemeldet. Das Mindeste sei doch wohl, dass du die Sache wenigstens mit Anstand beendest. Als sie irgendwann Luft holen musste, habe ich ihr erzählt, was vorgefallen ist. Daraufhin fragte sie nach deinem Befinden und meinte, falls dich eine Lungenentzündung dahinrafft, hättest du wenigstens eine schöne letzte Erinnerung.«

»Es freut mich zu hören, dass ihr meine Gesundheit so am Herzen liegt.« Alexanders Stimme klang immer noch belegt, aber es ging ihm besser als noch eine Woche zuvor. Immerhin musste er nicht mehr im Bett liegen, und so saßen sie beisammen und tranken Tee. »Was genau ist eigentlich letzte Nacht vorgefallen zwischen Johanna und dem Prinzen zu Waldersee? Constanze erzählte etwas von einem Kuss im Garten, aber sie weiß es auch nur vom Getuschel auf der Feier.«

»Dieser Kerl!« Maximilian wurde blass vor Wut. »Hat sie irgendwie überredet, ihn im Garten zu treffen. Wobei, allzu viel Überredungskunst war wahrscheinlich gar nicht nötig. Sie dachte wohl, es wäre ihm ernst. Na ja, und wie das eben so ist, wenn eine so begehrte Partie wie der Herzogsohn sich einer Frau widmet, die noch neu in der Gesellschaft ist, beobachtet man beide eben genau. Und so fiel es denn auch einer Dame auf, dass sie kurz nacheinander den Ballsaal verlassen hatten, um in den Garten zu gehen. Nun hätte die Dame mir Bescheid geben können, ich hätte die Angelegenheit diskret und ohne viel Aufhebens gelöst. Aber nein, besagte Dame musste es ja ihren Freundinnen erzählen und hat es sich nicht nehmen lassen, die beiden zu erwischen, während sie sich geküsst haben.«

»Und was ist nun mit Johanna?«

»Das Theater kannst du dir ja gewiss vorstellen.«

Alexander ahnte es. Allein seine Krankheit hatte verhindert, dass er auf der Feier erschienen war. Wäre er dort gewesen, er hätte sich schützend vor Johanna gestellt, hätte vielleicht sogar jedes Getuschel erstickt. Denn wenn es geheißen hätte, der Erbgraf von Reuss sei weiterhin an ihr interessiert, dann könne diese Geschichte ja mitnichten der Wahrheit entsprechen …

»Überdies wird sie nun auch noch als Hochstaplerin dargestellt, eine Komtess, die in Wahrheit nicht einmal die Tochter eines Grafen ist, weil ihr Vater keine Titel mehr besitzt. Darüber ist meine Großmutter nun außer sich, die auch so schon kein freundliches Wort für Johannas Eltern übrig hat.«

Alexanders Brust zog sich zusammen, als er daran dachte, wie diese junge Frau, die er so gerne näher kennenlernen wollte, von der Gesellschaft geächtet wurde, und er konnte sich gut vorstellen, dass ihr Leben zu Hause derzeit auch höchst unerquicklich war.

»Was ist der Grund für den Verlust ihres Titels? Der steht ihr doch zu.«

»Mein Onkel hat alle Titel abgelegt, als er die preußische Staatsbürgerschaft angenommen hat.«

»Verstehe. Wie geht es nun mit Johanna weiter?«

»Fürs Erste hat sie striktes Verbot, ihr Zimmer zu verlassen.«

Und wenn er hinging und sich als Bewerber um ihre Hand anbot? Man würde sie ihm sofort zur Ehefrau geben, das wusste

Alexander. Etwas Besseres konnte den von Seybachs in dieser Situation nicht passieren. Aber eine solche Ehe wollte Alexander nicht, er wollte nicht, dass Johanna ihn heiratete, weil sie keine andere Wahl hatte.

»Diese Idee ehrt dich«, sagte Maximilian, der offenbar Gedanken lesen konnte, »aber noch trauert Johanna Friedrich Veidt nach, und sie würde wohl eher aus der Situation heraus einer Verlobung mit dir einwilligen. Wir alle wissen natürlich, dass eine Ehe, die aus Vernunftgründen geschlossen wird, nicht gerade ungewöhnlich ist. Im besten Fall kann daraus, wie bei meinen Eltern, eine tiefe Liebe erwachsen. Aber du solltest jetzt besser warten, damit Johanna etwas Abstand zu der Angelegenheit bekommt.«

»Das ist mir klar.«

»Möglicherweise ergibt sich für dich die Gelegenheit, sie zu sehen, sobald Großmutter sie nicht mehr mit Argusaugen bewacht. Derzeit würde sie Johanna auch nur im Salon platzieren und fortwährend danebensitzen. Nicht gerade die besten Voraussetzungen, um einander näherzukommen.«

Nachdem Maximilian sich verabschiedet hatte, setzte sich Alexander an seinen Schreibtisch, den er in seinen Salon hatte bringen lassen. Er breitete einige Entwürfe darauf aus, ein Palais, das er für einen Freund entworfen hatte, der sich mit seiner Ehefrau ebenfalls in dem neu entstehenden Stadtteil Münchens niederlassen wollte. Sein Vater wusste nichts davon, er hätte das allenfalls als Freundschaftsdienst gebilligt, nicht jedoch als bezahlte Arbeit.

Es klopfte, und kurz darauf betrat seine Stiefmutter den Salon. »Warum ruhst du dich nicht aus? Hieß es nicht, du sollst die Bettruhe nicht vorzeitig beenden?«

»Ich denke, ich bin alt genug, das selbst entscheiden zu können«, antwortete Alexander kurz angebunden und wandte sich wieder seinen Entwürfen zu. »War sonst noch etwas?«, fügte er hinzu, weil Veronika von Reuss keine Anstalten machte, zu gehen.

»Ich lasse dir noch einen Tee bringen.«

Um Alexanders Mundwinkel zuckte es verächtlich, als sich die Tür schloss. Als die Befürchtung geäußert worden war, er könne eine Lungenentzündung davontragen, war seine Stiefmutter vor Schreck kreidebleich geworden. Sie wusste sehr wohl, wer erbte, wenn Alexander es nicht tat – der Cousin seines Vaters. Diesem wiederum war Veronika von Reuss ein stetes Ärgernis, er konnte sie nicht ausstehen, hatte von einer Ehe mit ihr abgeraten und gesagt, sie sei ein Emporkömmling aus einer Familie von Emporkömmlingen. Der Titel, den ihr Vater verliehen bekommen hatte, war nicht vererbbar, und was also hatte sie ihm zu bieten?

Aber sein Vater hatte auf dieser Ehe bestanden, und das erste Kind kam exakt neun Monate nach der Eheschließung zur Welt. Es folgten in kurzem Abstand zwei weitere. Zwischen Eleonora und Greta hatte sein Vater eine Geliebte gehabt. Da hatte sich das Verhältnis zwischen ihnen deutlich abgekühlt, aber sie hatten immerhin noch ins Ehebett gefunden, um die Kleinste zu zeugen. Jedes Mal hatte seine Stiefmutter auf einen legitimen Erben gehofft. Gleich, wie wenig sie Alexander mochte, sie profitierte davon, dass er da war, und sie wusste, dass sie mit ihm besser dran war als mit dem Cousin ihres Ehemanns.

Am Mittagstisch brachte sein Vater das Thema Johanna von Seybach auf. »Ich hoffe, Constanze, du hattest mit dieser Person nichts zu tun.«

»Das hätte ich niemals zugelassen«, sagte seine Stiefmutter rasch.

»Armer Carl«, fuhr sein Vater fort. »Da nimmt man seine Nichte auf, um ihr einen Weg in die Gesellschaft zu ermöglichen, und dann vergnügt sich die angebliche feine Dame im Garten mit Männern.«

»Sie war mit einem Mann im Garten, nicht mit mehreren«, verteidigte Alexander sie.

»Einer, von dem wir wissen. Dir muss ich doch von dieser Art Frauen nichts erzählen, oder?«

»Müssen wir das vor unseren unverheirateten Töchtern erörtern?«, eiferte sich Veronika von Reuss. »Es gibt ja wohl wahrlich passendere Themen bei Tisch.«

Eleonora, Constanze und Rosa wirkten indes nicht so, als schockierte sie das Thema, vielmehr erschien es ihnen offenbar recht spannend. Ein Skandal bot immer Gesprächsstoff, und sie konnten ja nicht wissen, dass Alexander Gefühle für diese junge Frau hegte.

»Die kriegt Carl doch niemals verheiratet«, fuhr sein Vater ungeachtet des Einwands seiner Frau fort. »Und unsere Mädchen sollen ruhig wissen, was mit Frauen passiert, die nicht auf ihren Ruf achten. Kein Mann wird sie zur Frau nehmen, und selbst wenn einer töricht genug sein sollte, kenne ich niemanden, der seinem Sohn das gestatten würde. Enterben würde ich dich, Alexander, solltest du mir jemals mit einer solchen Frau kommen.«

Veronika von Reuss sah Alexander über den Tisch hinweg an, dann widmete sie sich wieder ihrem Essen. »Das würde er nie tun, er weiß, was er der Familie und vor allem seinen Schwestern schuldig ist.«

Alexander schwieg. Die Liebe zu seinen Schwestern war die schärfste Waffe seiner Stiefmutter, und sie setzte sie stets gekonnt ein.

»Denn eine solche Schwägerin«, fuhr seine Stiefmutter fort, »könnte für seine Schwestern die Chancen auf dem Heiratsmarkt mindern. Womöglich entscheidet sich dann sogar Robert von Haubitz gegen eine Ehe mit Rosa, weil er nicht mit einer Frau dieses Rufes verschwägert werden möchte.«

Rosa sah ihre Mutter erschrocken an. »Aber Mama, das würde Alexander mir nie antun.«

»Das weiß ich doch, mein Kind.«

Wieder traf Alexander ein Blick seiner Stiefmutter. Ahnte sie

166

etwas? Aber wie konnte das sein, er hatte doch in ihrer Gegenwart nie mit Johanna gesprochen. Oder deutete sie das in seine Worte, mit denen er diese junge Frau verteidigt hatte?

Er wäre gerne wieder ausgeritten, hätte etwas Abstand zu seiner Stiefmutter und seinem Vater gebraucht, aber es ging ihm immer noch nicht gut genug, der Husten war hartnäckig und tat in der Brust weh. Immerhin war sein Hals nicht mehr entzündet, und er musste endlich nicht mehr die widerlich schmeckenden Gebräue trinken, die ihm die Köchin mehrmals täglich zubereitete, »damit der Junge wieder zu Kräften kommt«. Er hatte überlegt, dass man die Männer, die ihn überfallen hatten, ruhigstellte, indem man ihnen in Aussicht stellte, was ihnen bei einem erneuten Übergriff blühte – so man ihrer denn habhaft wurde. Seiner Stiefmutter wiederum konnte er damit drohen, dass die ganze Sache ans Licht käme, wenn sie es jemals wieder wagte, eine Hand gegen ihn zu erheben. Wobei er sich nicht vorstellen konnte, dass sie das noch einmal tun würde, der Schreck saß wohl tief. Sie brauchte ihn, sowohl als Bruder für ihre Töchter als auch als Erben, der ihr Auskommen sicherte. Daher würde sie auch alles tun, was in ihrer Macht stand, um zu verhindern, dass Alexander die falsche Frau heiratete. Hin und wieder argwöhnte er sogar, dass sie schon eine Dame in Aussicht hatte, aber bisher hatte sie sich in dieser Hinsicht noch nicht geäußert.

Nach dem Essen setzte sich Rosa ans Pianoforte, um ein Stück einzuüben, während sich Constanze neben Alexander aufs Sofa fallen ließ. »Du bist immer noch sehr blass und hast glasige Augen. Übernimmst du dich nicht?«

»Ich wäre euch dankbar, wenn ihr mich nicht allesamt behandeln würdet, als wäre ich noch ein kleiner Bub. Mir geht es bestens.«

»Also gestern Morgen hast du noch ganz elend im Bett gelegen.«

»Da ging es mir auch deutlich schlechter als heute.«

Constanze musterte ihn. »Wundersam genesen über Nacht?«

»Es wurde schon zum Abend hin besser, als mein Hals nicht mehr so geschmerzt hat. Aber danke, dass du so besorgt bist.«

»Das heißt, du kannst mich nächste Woche begleiten, wenn ich auf die Feier bei meiner Freundin Charlotte gehe?«, fragte sie.

»Ich bin entzückt, wie selbstlos ihr alle um meine Gesundheit besorgt seid.«

Constanze lachte. »Soll ich dir sicherheitshalber noch diesen speziellen Erkältungstee in der Küche bereiten lassen?«

»Gott bewahre!«

»Dann schon dich wenigstens, ich möchte nur ungern absagen.« Sie verließ den Salon, nicht ohne Rosa im Vorbeigehen zuzurufen, dass ein quietschendes Fuhrwerk melodischer klinge.

»Bei deiner Singstimme würde ich mich mit derartigen Vergleichen lieber zurückhalten«, ätzte Rosa und schlug prompt die falsche Taste an.

»Streitet euch nicht«, mischte sich Veronika von Reuss ein.

»Constanze hat doch recht«, sagte Eleonora. »Aber eine Gräfin Haubitze muss ja auch nicht das Pianoforte beherrschen.«

Mit einem Knall schlug Rosa den Deckel zu und verließ fast fluchtartig den Raum, während Eleonora eine drastische Standpauke von ihrer Mutter bekam, in der es um Benehmen und Anstand ging, beides Eigenschaften, die Eleonora – man müsse es ihr leider wieder und wieder sagen – in geradezu schmerzlichem Maße vermissen ließ.

Alexander entschuldigte sich und ging in sein Zimmer, wo er sich voll bekleidet aufs Bett legte und die Augen schloss. So richtig auf den Beinen war er noch nicht, und das bot ihm einen guten Vorwand, sich aus allen familiären Verpflichtungen herauszuhalten. Diesen Umstand galt es unbedingt zu nutzen, ehe er wieder überall Präsenz zeigen musste, wo es die Etikette als Begleiter seiner Schwestern vorschrieb. Er schloss die Augen und sah *ihr* Gesicht vor sich. Würde sein Vater die Drohung wahrmachen und ihn enterben? Und – was deutlich schlimmer wäre – würde er die

Heiratsmöglichkeiten seiner Schwestern schmälern? Vermutlich machte er sich völlig umsonst Gedanken darüber, denn Johanna hatte nicht das geringste Interesse an ihm gezeigt. Sogar auf der Soiree, als er gedacht hatte, sie könnte sich ihm doch zuwenden, war er abgemeldet gewesen, sobald dieser Schnösel aufgetaucht war. Und jetzt war es vermutlich nahezu unmöglich, überhaupt an sie heranzukommen, denn man würde sie von der Gesellschaft abschirmen.

18

Johanna

Es war Nanette, die Johanna in jener verhängnisvollen Nacht auf ihr Zimmer gebracht hatte und bei ihr geblieben war. Unvermittelt war sie im Salon erschienen, hatte gefragt, ob es nun genug sei des Schreiens und der Demütigung, oder ob sie gar die Reitgerte holen solle, damit man den Akt barbarischer Erniedrigung gleich mit dem richtigen Werkzeug fortsetzen könne. Daraufhin hatte sie, ohne die Antwort abzuwarten, Johannas Arm ergriffen und sie aus dem Salon gezogen, bebend vor Wut.

Während Johanna stumme Tränen vergoss, half Nanette ihr aus dem Kleid, füllte die Schüssel auf, damit sie sich waschen konnte, und schlug die Bettdecke zurück.

»Ich erspare mir den Spruch, dass morgen früh alles viel freundlicher aussieht«, hatte sie gesagt, »denn das wird es nicht. Es wird noch sehr hässlich. Also stärken Sie sich nun durch ausreichend Schlaf.«

»Er war so höflich und zurückhaltend, schien ganz und gar auf meinen Ruf bedacht.«

»Aber natürlich war er das, hätten Sie sich sonst von ihm küssen lassen? Ihn gar in den Garten begleitet? Er musste Ihnen vorgaukeln, ihm sei an Ihrem Ruf gelegen.«

»Aber warum ich, wenn er doch nur auf eine kurze Eroberung aus war? Die kann er auch woanders mit weniger Aufwand haben. Vielleicht ist er nach Potsdam gereist, um mit seinem Vater zu sprechen.«

»Unterschätzen Sie nie den Jagdtrieb der Männer.« Rigoros

hatte Nanette die Decke über sie gebreitet und das Licht gelöscht. »Der wird nicht auf einem Pferd zu Ihrer Rettung herbeieilen.«

Fünf Tage war das nun her, Tage, während derer Johanna allein auf ihrem Zimmer saß. Um zu verhindern, dass Isabella zu ihr kam, waren sowohl das Ankleidezimmer als auch ihre Zimmertür verschlossen, und wenn Johanna umgekleidet werden musste, schloss Finni auf und versperrte später wieder.

»Es tut mir so leid, gnädiges Fräulein«, beteuerte die Zofe stets, aber Johanna zwang sich, sie anzulächeln, und versicherte, sie sei ihr keinesfalls böse deswegen. Welche andere Möglichkeit hatte die junge Frau denn auch, wenn sie nicht ihre Stellung verlieren und auf der Straße landen wollte.

An diesem Morgen kam die Großmutter hinauf, nachdem Nanette gerade das Frühstück in ihr Zimmer gebracht hatte. Wortlos hielt Henriette von Seybach ihr den Anzeigenteil der Zeitung hin. Erst wusste Johanna nicht, was das sollte, aber dann fiel ihr Blick auf *seinen* Namen. *Ihre Verlobung in Potsdam geben bekannt: Seine königliche Hoheit Friedrich Veidt Prinz zu Waldersee und …* Die Anzeige verschwamm vor ihren Augen, und Johanna wurde schwindlig. Aber hätte ihr das nach jener Nacht nicht klar sein müssen? Hätte sie nicht ahnen müssen, dass sie für ihn nur eine Spielerei gewesen war und er nicht vorhatte – niemals vorgehabt hatte! –, sie zu heiraten? Was war das nur für eine törichte Hoffnung, an die sie sich geklammert hatte? Und warum konnte sie jetzt nicht einfach in Ohnmacht fallen? Sich in wohltuendes Dunkel hüllen lassen, wo nichts sie verletzen konnte.

»Ich nehme an, nachdem nun geklärte Verhältnisse herrschen, darf Johanna wieder mit bei Tisch essen?«, hörte sie Nanette sagen.

»Sie isst weiterhin auf ihrem Zimmer und nicht am Tisch mit ihrer unbescholtenen Cousine. Ich möchte nicht, dass Isabella einem unguten Einfluss ausgesetzt ist.«

»Oh, aber gewiss doch«, spottete Nanette. »Wer kennt sie nicht, diese grassierenden Epidemien weiblicher Tugendlosigkeit, vorzugsweise übertragen bei der gemeinsamen Nahrungsaufnahme.«

»Ich schlage vor, Sie halten sich bei Dingen, von denen Sie nichts verstehen, zurück.«

Nanettes Augen schienen vor Zorn zu sprühen. »Von denen *ich* nichts verstehe? Ich denke, ich verstehe recht gut, dass hier eine junge Frau ist, deren einziges Vergehen darin besteht, sich verliebt und einem Mann vertraut zu haben, der vorgab, ein nobler Mensch zu sein, und die nun von der gesamten Gesellschaft geächtet wird. Was ich ebenfalls verstehe, ist, dass dieser Mann sie belogen hat und man ihn nun dazu beglückwünscht, sich rasch genug davongestohlen zu haben, ehe er noch Scherereien bekommt. Was gäbe es denn darüber hinaus noch zu verstehen? Dass besagter Mann, der in amourösen Affären gewiss einige Erfahrung hat, nun mit einer hervorragenden Partie verlobt ist, während der Frau, deren einziges Vergehen ein Kuss war, jede Möglichkeit auf eine akzeptable Ehe ganz offensichtlich unmöglich sein wird. Gibt es überdies noch etwas zu verstehen?«

»Sie vergreifen sich im Ton!«

Nanette lachte, ein höhnischer Laut, der besagte, sie durchschaue sehr gut, dass die Großmutter ihr schlicht nichts entgegenzusetzen hatte.

»Die Situation muss sich erst einmal beruhigen, das Gerede weniger werden«, fuhr die Großmutter fort.

»Und das Gerede wird nur dann weniger, wenn Johanna auf ihrem Zimmer sitzt?«

Henriette von Seybach schürzte die Lippen. »Ich bin für meine Enkelin verantwortlich, daher entscheide ich über sie.«

»Sie können sie hier nicht fortwährend einsperren, das geht einfach nicht«, fuhr Nanette auf. »Das ist selbst für Ihre Verhältnisse herzlos.«

»Das muss ich mir von Ihnen ja wohl nicht sagen lassen, Sie impertinente Person.«

Wieder stieß Nanette dieses harsche Lachen aus, und auf den Wangen der Großmutter erschienen rote Flecken. »Ich denke, wir sind hier fertig für heute.« Abrupt drehte sie sich um und verließ das Zimmer.

Johanna sah Nanette an, empfand Dankbarkeit, weil sie die Einzige war, die es wagte, sich den Anweisungen der Großmutter so offen zu widersetzen. »Sie wird sich nicht umstimmen lassen«, sagte sie dennoch.

»Das wird sich noch zeigen.«

Bis zum Mittagessen war Johanna allein, und als die Tür geöffnet wurde, glaubte sie, es sei wieder Nanette, die ihr das Tablett brachte, aber es war das Dienstmädchen Louisa. »Fräulein Johanna, Ihre Großmutter lässt ausrichten, Sie möchten bei Tisch erscheinen.«

Zögernd erhob sich Johanna aus ihrem Sessel und verließ das Zimmer. Es war das erste Mal seit der Nacht bei den von Hegenbergs, dass sie der Familie gegenüberstehen würde, und nun war sie doch ein wenig gehemmt. Sie ging die Treppe hinunter in den Speisesaal, wo die Großmutter sie mit unbewegtem Gesicht begrüßte, Maximilian ihr ermutigend zulächelte, Isabella ihr einen mitfühlenden Blick schenkte und ihr Onkel zum Tisch deutete. »Ich denke, dein Zimmerarrest hat nun lange genug gedauert.«

Johanna fing Nanettes Blick auf, und ihr war klar, dass die Gouvernante ihre Überredungskünste an ein empfänglicheres Ziel gerichtet hatte. Bei Tisch waren alle sichtlich um Normalität bemüht, und nach dem Essen bekam Johanna sogar die Erlaubnis, mit ihrer Staffelei in den Garten zu gehen. Sie zog sich warm an und setzte sich hin, starrte auf die leere Leinwand, ohne so recht zu wissen, was sie nun malen sollte. Das Bild mit der Nymphe, das sie nach ihrer Ankunft hier gemalt hatte, war schon vor drei Wochen fertiggestellt, und Johanna hatte es Maximilian geschenkt. Jetzt saß sie da, hielt den Pinsel in der Hand und fand keinen Anfang. Ihr war so trostlos zumute, und der Garten lag in dieser wundervollen Farbenpracht da. Lieber hätte sie etwas Düsteres gemalt, etwas, das ihrem Gemüt entsprach. Lustlos skizzierte sie den Pavillon mit rasch hingeworfenen Strichen.

Sie dachte an Friedrich, daran, wie er sie angesehen hatte, seine Stimme, die Art, wie er ihre Hand im Garten genommen hatte. Er hatte alles getan, damit sie ihm vertraute. Warum hatte er sie nicht in Ruhe gelassen, hatte sich nicht eine Frau gesucht, die erfahren war in diesem Spiel und sich darauf einließ, ohne die Hoffnung zu haben, dass er sie heiratete? Eine, der es, wie ihm, nur um das Vergnügen ging? Johanna schloss die Augen, versuchte, den Schmerz in der Brust einfach wegzuatmen, aber es gelang ihr nicht. Konnte es sein, dass ein gebrochenes Herz auch körperlich wehtat?

Schritte näherten sich, und als sie aufblickte, sah sie ihren Onkel, der über den Weg auf sie zukam. »Was malst du denn da?«

»Den Garten.«

»Hmhm.« Er hielt seine Pfeife in der Hand, als hätte er gerade noch im Salon gesessen und spontan entschieden, nach draußen zu gehen. Er trug nicht einmal einen Mantel. »Es tut mir leid«, sagte er unvermittelt. »Ich hätte dich nicht so anfahren dürfen. Ganz gleich, was du getan haben magst, du warst in meiner Obhut, und es wäre an mir gewesen, dich zu beschützen.«

Johanna wusste nicht, was sie darauf antworten sollte, und so blieb sie stumm, starrte auf ihre Leinwand, auf der die Striche vor ihren Augen verschwammen. Sie blinzelte, spürte die Nässe in den Wimpern. Das war doch ein Elend, diese beständigen Tränen.

»Ach, jetzt wein doch nicht. Ich …«

»Ich«, soufflierte Nanette, die Carl unbemerkt gefolgt war, »werde meinen Einfluss geltend machen, um den Schaden so gering wie möglich zu halten. Denn wo kämen wir denn da hin, wenn dem Königreich Preußen nahestehende Männer nach Bayern kommen und hier mit unerträglicher Überheblichkeit unbescholtene junge Frauen durch Lügen ruinieren.«

»Ja«, antwortete Carl, »ja, genau das.« Er paffte an seiner Pfeife, stieß eine Qualmwolke aus. »Ich habe deinen Eltern geschrieben, Johanna, denn es ist besser, sie erfahren es durch mich als durch Gerüchte.«

Damit hatte Johanna gerechnet, aber es traf sie dennoch.

»Wir werden die Angelegenheit irgendwie in Ordnung bringen«, fuhr Carl fort. »Bis dahin …« Er nickte ihr freundlich zu, wandte sich ab und ging zurück zum Haus.

»Warum hört er auf Sie?«, fragte Johanna, ohne sich zu Nanette umzudrehen.

»Das tut er doch gar nicht.«

Lustlos zog Johanna eine weitere Linie über die Leinwand. So wurde das einfach nichts. »Vielleicht sollte ich wieder Kuchen backen.«

»Sie meinen, weil Sie nur noch einen Mann aus dem einfachen Volk bekommen?« Nanette klang milde belustigt. »Wäre auch nicht das Schlechteste, oder?«

Johanna wusste nicht, ob Nanette sich über sie lustig machte oder es ernst meinte, aber diese Vorstellung erschien ihr mit einem Mal sogar überaus pittoresk, und beinahe wünschte sie sich schon, es käme so. Eine gemütliche Küche, ein bollernder Ofen, Kuchendüfte und dazwischen Johanna, die backte. Dann gesellten sich zu der Vorstellung schreiende Kinder, die an ihrem Rockzipfel hingen und sich an ihre Beine klammerten, während der Ofen qualmte, die Milch überkochte und der Ehemann aus dem Wohnzimmer brüllte, er warte seit Stunden auf sein Essen – schon war der Keim harmonischer Idylle erstickt.

»Nehmen Sie sich noch etwas Zeit, Ihr gebrochenes Herz zu betrauern«, sagte Nanette. »Und dann sehen Sie zu, dass Sie wieder auf die Beine kommen. Ihre Großmutter wird nicht untätig sein und sich nach einem passenden Ehemann für Sie umsehen.«

»Wer sollte wohl in meiner Situation noch passend sein?«

»Oh, glauben Sie mir, da gibt es noch ausreichend Männer, und mit keinem von denen möchten Sie verheiratet sein, dessen seien

Sie sich gewiss. Ein Mann, der um jeden Preis heiraten möchte und sich gnädigst erbarmt, die gefallene Tochter zu nehmen, wird eben jene Tochter spüren lassen, dass sie nur von seinen Gnaden ihre Ehrbarkeit erlangt hat.«

Johanna atmete tief ein, hielt die Luft an und stieß sie in einem langen Seufzer aus. »Ich … Ich weiß doch gar nicht, was ich dagegen ausrichten soll.«

»Wehren Sie sich!«

»Und wie soll ich das tun?«

Wieder dieser Anflug von Belustigung. »Sie sind eine gebildete junge Dame. Werden Sie Gouvernante.«

Das konnte doch wohl hoffentlich nur ein Scherz sein. Johanna sah Nanette an, versuchte auszuloten, ob diese sich gerade über sie lustig machte. Da war es wieder, dieses Gefühl, das sie auch bei ihrer Ankunft überkommen hatte. Sie beobachtete Nanette genau und fragte: »Waren Sie je in Königsberg?«

Nanettes Gesicht blieb unbewegt, zeigte keine Überraschung, verschloss sich nicht plötzlich. »Warum sollte ich?«

Eine Bewegung lenkte Johanna ab, und sie bemerkte, wie sich die Zweige im Gebüsch bewegten, hörte das Rascheln, als ein kleines braunes Kaninchen zwischen den Ästchen hervorhoppelte. »Ach, Nanette, sehen Sie doch.«

Johanna wandte sich um, wollte noch etwas hinzufügen, aber Nanette war bereits gegangen.

19

Johanna

»Jetzt haben sich die von Hegenbergs auch noch den Skandal des Jahres unter den Nagel gerissen«, schimpfte Henriette von Seybach beim Frühstück, »und das auf unsere Kosten. Die Leute sprechen immer noch von nichts anderem.«

Johanna senkte den Blick. Sie bekam seit über zwei Wochen kaum etwas hinunter, und Finni hatte bereits angemerkt, dass ihre Kleider demnächst enger gemacht werden müssten. »Fräulein Johanna, Sie müssen etwas essen«, hatte sie gesagt. »Schauen Sie, die Berti hat sich so viel Mühe gegeben. Und am Ende werden Sie noch krank, wenn Sie weiterhin so wenig zu sich nehmen.«

Johanna trank ihren Tee und war froh, als sie sich endlich vom Tisch erheben durften. An diesem Tag war das ganze Haus in eifriger Geschäftigkeit, weil am Abend Gäste geladen waren. Diese Feier war lange im Voraus geplant und fand stets im Oktober statt, am Geburtstag von Eloise. Angesichts der Affäre um Johanna, so hatte Isabella ihr gestanden, hatte sie befürchtet, die Feier würde abgesagt werden. »Das wäre furchtbar traurig gewesen. Aber Großmutter hat gesagt, das käme überhaupt nicht infrage, und auch Papa war strikt dagegen und sagte, er lasse sich wegen der Schwatzhaftigkeit und Sensationslust der Leute nicht verbieten, den Geburtstag seiner Frau zu feiern.«

»Überdies wird niemand Johanna zu Gesicht bekommen«, fügte Henriette von Seybach hinzu. »Sie wird auf ihrem Zimmer bleiben und dieses nicht verlassen.«

Etwas anderes hatte Johanna auch nicht erwartet. Undenkbar,

dass sie tanzen und sich amüsieren würde. Ihre für diesen Abend gefertigte Garderobe würde im Schrank bleiben, dieses traumhafte Kleid aus dunkelgrünem Brokat mit der aufwendigen silbernen Stickerei, den Rüschen und Volants, das sie an die tiefen Wälder Ostpreußens erinnerte, auf denen morgens der Tau in silbrigen Perlen und spinnwebfeinen Netzen auf den Blättern lag.

Da es an diesem Tag regnete, nahm Johanna die Staffelei mit ins Entree und malte dort. Sie hatte das Bild fertig skizziert und vor einigen Tagen angefangen, mit Aquarellfarben zu malen. Dienstboten eilten umher, putzten und polierten, immer wieder angetrieben von der Haushälterin, Frau Haberl, die für Johanna nur einen Blick der Geringschätzung übrighatte, den diese selbst in ihrer Situation äußerst vermessen fand.

»Das war immer ein anständiges Haus«, hörte Johanna sie zu einem Stubenmädchen sagen. »Wie gut, dass Frau Henriette hier ein so strenges Regiment führt, sonst müsste man gar zusehen, sich eine andere Stellung zu suchen, ehe gewisse Skandale einem die Arbeit hier verleiden.«

Johanna ignorierte die Frau und malte weiter. Auch das Personal folgte Hierarchien, stellte die Gesellschaft noch einmal im Kleinen dar. Johanna wusste, dass ihr Eindringen seinerzeit die fein abgestimmte Ordnung ins Wanken gebracht hatte, und offenbar trug die Haushälterin ihr das immer noch nach – abgesehen davon, dass ein Skandal, wie sie ihn verursacht hatte, auch am Personal nicht spurlos vorbeiging. Glücklicherweise war Carl von Seybach angesehen genug und sie nur die Nichte und nicht die Tochter. Andernfalls hätte er womöglich mit einigen Kündigungen rechnen müssen, denn gerade das Personal der höheren Ränge legte Wert auf einen Lebenslauf, der auf tadellose Häuser hinwies.

Zwei Stunden später räumte Johanna die Farben fort, stellte die Staffelei mit dem Bild so, dass sie nicht im Weg war, und ging in den Salon, der gleichzeitig Musikzimmer war. Sie liebte diesen in edlem Elfenbeinweiß, Gold und Rot gehaltenen Raum. Maximilian saß am Pianoforte und spielte ein Stück von Mozart. Johanna holte ihren Violinenkasten, öffnete ihn und nahm das Instrument aus seinem samtenen Bett. Maximilian hörte auf zu spielen und sah ihr zu, wie sie die Violine stimmte.

»Spielst du bitte ein A«, sagte sie, und er schlug die Taste an, während sie mit dem Bogen über die Saiten strich und diese stimmte. Schließlich war sie bereit, und sie stimmten gemeinsam Vivaldi an. Während sie spielten, kam Isabella in den Salon, ließ sich auf einem Kanapee nieder und lauschte. Kurz darauf erschienen auch Carl, die Großmutter und Nanette. Johanna war vollkommen versunken in die Musik, ließ sich von ihr tragen, und ihr war, als ginge ihr der Atem nun leichter, als strömte er mit den Klängen aus ihrem Körper und wieder hinein.

Als die Großmutter aufstand und sagte, es sei gleich Zeit für das Mittagessen, verstummte die Musik, und in Johanna machte sich wieder Schwermut breit. Sie fühlte sich wie eingesogen in ein finsteres Loch, in dem sie mit beiden Händen tastend keinen Halt fand. Mal gab es ein kleines Licht, das ihr den Ausgang wies, dann ging es ihr besser, und ihr war, als könnte doch noch alles gut werden. Und mal verlosch dieses Licht flackernd wie eine Kerze, die man ausblies, und in Johanna blieb nichts als Schwärze. Der Moment, in dem sie den Geigenbogen sinken ließ und der letzte Ton von Maximilians Spiel verklang, war ein solcher Augenblick.

Nach dem Mittagessen ging sie mit einem Buch auf ihr Zimmer, aber selbst die Lektüre empfand sie als lähmend, und sie wollte nichts mehr als endlich wieder aus dem Haus. Immerhin das hatte ihr die Großmutter für kommenden Sonntag, also in wenigen Tagen, in Aussicht gestellt. Bisher hatte man sie nicht einmal zu den Kirchgängen gehen lassen, wenngleich dies Henriette von Seybach vor ein Dilemma gestellt hatte, denn einerseits war es für sie undenkbar, dem Kirchgang fernzubleiben, andererseits wollte sie auch nicht, dass alle sie anstarrten und tuschelten. Also blieb Johanna zu Hause und musste dort die Predigt des Tages lesen. Zur Beichte würde man sie jedoch bald gehen lassen, denn zu beichten gab es ja wahrhaftig genug.

»Gewiss erleichtert es dein Gewissen.«

»Und beschert dem Priester ein paar schlüpfrige Details, von denen er in einsamen Nächten zehren kann«, hatte Nanette hinzugefügt und dafür einen so bitterbösen Blick geerntet, wie er selbst für die Großmutter ungewöhnlich war.

Als es Zeit war, sich umzukleiden, saß Johanna in einem bequemen Sessel, der in den Farben des Ankleidezimmers – weiß und altrosa – gehalten war. Da hier selten jemand saß und meist nur kurzzeitig die Kleider darauf abgelegt wurden, war der Samtbezug noch wie neu und fühlte sich glatt unter Johannas Händen an. Sie sah zu, wie Isabella in ihre atemberaubende Robe gekleidet wurde, blau mit stilisierten Lilien in elfenbeinfarbener Stickerei. Da es an diesem Abend nur eine junge Dame einzukleiden gab, nahm sich Finni viel Zeit. Die Frisur dauerte am längsten, und während Isabella vor dem Frisiertisch saß, erzählte sie, dass sie bei ihrem Spaziergang im Englischen Garten Maria von Liebig getroffen hatte.

»Sie kommt heute Abend auch, und sie lässt dir ausrichten, sie hätte dich gerne besucht, aber ihre Eltern untersagen ihr den Umgang mit dir strikt. Sie haben Sorge, dass es sich auf ihre Möglichkeiten auf dem Heiratsmarkt auswirkt, denn es gibt bereits einen aussichtsreichen Kandidaten. Annemarie von Hegenberg ergeht sich gerade sehr hingebungsvoll in dem Getratsche über dich, aber Helene von Riepenhoff und Karina von Goldhofer sagen nichts dazu. Ich glaube, du hast ihnen vergegenwärtigt, wie schnell der Fall kommen kann. Sie wissen, dass es jede von ihnen hätte treffen können, auch, wenn sie das nicht so deutlich sagen.«

Na, da konnten sie ja erleichtert sein, dass es jemand anderen getroffen hatte und ihnen nun als Warnung vor Augen stand. Johanna wollte nicht verbittert sein, aber sie war erst zwanzig Jahre alt, und da sollte es das bereits gewesen sein? Kein Tanz mehr, keine Feiern, sondern nur stilles Verharren, bis die Familie eine Lösung gefunden hatte? Und wie würde die aussehen? Konnte sie anders als freudlos sein?

Sie setzte sich auf die breite Fensterbank in ihrem Zimmer und sah auf das Palais gegenüber. Dort waren die schweren Vorhänge bereits zugezogen, aber es schimmerte Licht dahinter, und silhouettenhaft waren Bewegungen zu erahnen. Auch die Nachbarn machten sich fertig für den festlichen Abend. In gewisser Weise gab das Haus von Seybach damit auch ein Zeichen – hier war alles in bester Ordnung, das Leben war wieder im Lot, die Aufsässige unter Kontrolle und aus der Gesellschaft entfernt.

All das, was sie bewegte, die Wut, die Enttäuschung, die Bitterkeit, zogen sich in ihrem Innern zusammen, verhärteten sich. Also gut, dachte sie, es war ja nicht so, dass sie diese Art blasierter Arroganz adliger Damen nicht beherrschte, sie war nur einfach nicht so erzogen worden, sich so kühl und unnahbar zu geben. Aber wenn sie das wollte, konnte Johanna es durchaus. Und warum sollte sie noch etwas darauf geben, was ihre Mutter ihr beigebracht hatte, wenn diese sie einfach fortschickte in diese Umgebung, in der ihr so vieles fremd war? Und warum sollte sie der Großmutter so freundlich begegnen, wenn diese dafür doch keinen Deut Nachgiebigkeit zeigte? Sie war kein naives Kind aus irgendeiner Provinz, sie war Johanna von Seybach aus Königsberg, der Hauptstadt des Königreichs Preußen. Und wenn die Gesellschaft keine Rücksicht auf sie nahm, dann musste Johanna auch keine Rücksicht auf die Gesellschaft nehmen.

Sie hörte, wie die Großmutter das Zimmer verließ – deren Räumlichkeiten grenzten an Johannas –, und kurz darauf klopfte es an ihrer Tür.

»Komm von der Fensterbank hinunter und zieh die Vorhänge

zu. Muss ich dir nach all dem, was passiert ist, immer noch damenhaftes Verhalten predigen?«

Johanna glitt hinunter und strich erst ihr Kleid glatt, ehe sie die Vorhänge zuzog.

»Das wäre doch Finnis Aufgabe gewesen.«

»Ich habe sie wieder aufgezogen.«

Missbilligend schüttelte die Großmutter den Kopf. »Ich wollte nur kurz nach dir sehen.«

Johanna begegnete ihrem Blick schweigend.

»Später wird dir jemand das Essen servieren.«

Henriette von Seybach verließ das Zimmer, und kurz darauf hörte Johanna sie an Isabellas Tür klopfen. Johanna stellte sich vor den hohen Standspiegel im Ankleidezimmer. Sie trug ein hellblaues Tageskleid mit dunkelblauer Spitze, das Haar war hochgesteckt, in den Ohrläppchen glänzten goldene Ohrstecker. Sie ging zum Schrank, öffnete ihn und strich sehnsüchtig über das dunkelgrüne Kleid. Wie gerne hätte sie es getragen, darin getanzt, und für einen Augenblick fiel die Stärke, die sie sich selbst gegenüber beweisen wollte, wieder von ihr ab, und ihr war zum Heulen zumute. Mit einem Knall schloss sie den Schrank, und etwas rutschte hinunter, wäre ihr fast auf den Kopf gefallen. Ein Buch, das nun vor ihr auf dem Boden lag. Choderlos de Laclos: *Gefährliche Liebschaften.* Wie kam das denn hierher? Und warum, um alles in der Welt, lag es auf dem Schrank? Johanna bückte sich danach und legte es auf das Tischchen, das vor dem Sessel stand, dann kehrte sie in ihr Zimmer zurück.

Nachdem sie versucht hatte, einen vor Tagen begonnenen Roman weiterzulesen, sich jedoch nicht konzentrieren konnte, ging sie zur Tür und öffnete sie einen Spaltbreit. Die ersten Gäste waren eingetroffen, Stimmen waren zu hören, Gelächter mischte sich in melodische Klänge des achtköpfigen Orchesters, das für diesen Abend gebucht worden war. Wehmütig lehnte Johanna am Türrahmen, lauschte und kämpfte nun doch mit den Tränen. Es war nicht einfach, stark zu sein, wenn man sich so allein fühlte und wusste, jede der Anwesenden war froh, nicht an ihrer Stelle zu sein.

Weil sie nicht die ganze Zeit an der Tür stehen wollte, kehrte sie in ihr Zimmer zurück und versuchte erneut, sich auf ihr Buch zu konzentrieren, aber es gelang ihr nicht, und so gab sie schließlich auf. Als es an der Tür klopfte, glaubte sie, es sei die Großmutter, die überprüfen wollte, ob Johanna folgsam auf ihrem Zimmer saß, aber es war das Dienstmädchen Louisa, die das Tablett mit dem Abendessen brachte. Normalerweise brachte Anna ihr das Essen, doch die bediente an diesem Abend.

»Ach«, sagte Johanna, »Sie können es gleich wieder mitnehmen, ich habe keinen Hunger.«

»Aber Fräulein von Seybach, Sie müssen etwas zu sich nehmen.«

»Dann lassen Sie mir doch den Tee hier.«

Louisa stellte das Tablett ab. »Ich werde mir gewiss Ärger einhandeln, wenn ich das Essen jetzt direkt wieder mitnehme. Ich lasse es hier, vielleicht ist Ihnen ja später doch danach.«

Johanna zuckte nur mit den Schultern, und als sie aufblickte, bemerkte sie den mitfühlenden Blick des jungen Dienstmädchens. So weit war es also gekommen, jetzt hielt auch das Personal sie schon für bemitleidenswert. Sie straffte die Schultern und bemühte sich um Haltung. »Vielen Dank.«

Louisa lächelte sie an. »Wissen Sie, es gibt nun einmal schlechte Menschen. Aber Sie strafen ihn nicht, indem Sie nichts essen.«

»Ich möchte ihn nicht bestrafen, ich habe einfach keinen Hunger.«

»Wenn Sie noch etwas wünschen, sagen Sie mir einfach Bescheid«, entgegnete Louisa.

Die Tür schloss sich hinter dem Stubenmädchen, und Johanna seufzte, lauschte auf die Klänge, die nun lauter geworden waren, offenbar wurde bereits zum Tanz aufgespielt. Johanna trank ihren Tee und versuchte, dabei an etwas anderes zu denken als daran, wie gerne, wie furchtbar gerne sie tanzen wollte. Als sie ausgetrunken hatte, stellte sie die Tasse ab, stand auf und ging erneut zur Tür. Wenn die Großmutter sie dabei erwischte, wie sie das Zimmer verließ, gäbe es gewiss großen Ärger. Aber was sollte sie tun, außer zu schimpfen? Sie wieder in ihrem Zimmer einschließen? Das würde Onkel Carl vermutlich nicht dulden, nur weil sie es gewagt hatte, auf den Flur zu treten. Sie ging zur Treppe und ließ sich auf der obersten Stufe nieder, nicht unmittelbar am Geländer, sodass man sie nicht sehen konnte, selbst, wenn man hochblickte, was ohnehin unwahrscheinlich war. Die Leute waren ausgelassen und feierten, warum sollten sie zur oberen Galerie schauen?

Als sie wenig später doch Schritte auf der Treppe hörte, erschrak sie und wollte schon aufspringen, aber ungesehen hätte sie es nicht auf ihr Zimmer geschafft, und sie wollte nicht wie ein aufgeschrecktes Kind, das etwas angestellt hatte, mit fliegenden Röcken davonlaufen. Also blieb sie sitzen und erspähte im nächsten Moment Maximilian. Erleichtert stieß sie den angehaltenen Atem aus. Er lächelte ihr zu.

»Hast du etwas vergessen?«, fragte sie.

»Meinen Stock. Das Bein schmerzt gerade sehr.«

»Das tut mir leid.«

»Das muss es nicht, ich habe mich daran gewöhnt.«

Als er kurz darauf zurückkam, dieses Mal mit seinem Gehstock, wiegte sie sich sacht im Takt der Musik und summte mit. Er ging an ihr vorbei die Treppe hinab, hielt noch einmal kurz inne und drehte sich zu ihr. »Soll ich dir etwas vom Büfett kommen lassen? Es gibt Pralinen, Leopold hat sie aus Brüssel mitgebracht. Die magst du doch, nicht wahr?«

»Das ist lieb, aber ich kann jetzt nichts essen.«

»Ich lasse dir trotzdem welche zurücklegen.«

Johanna bedankte sich und sah ihm nach, wie er mit leichtem Hinken die Treppe hinunterging. Ach, jetzt wurde eine Quadrille getanzt. Wehmütig schloss Johanna die Augen, stellte sich vor, ebenfalls durch den Saal zu wirbeln. Erneut waren Schritte zu hören, und sie öffnete ein wenig widerstrebend die Lider, machte sich darauf gefasst, auf ihr Zimmer geschickt zu werden. Es war jedoch niemand aus ihrer Familie, sondern Alexander von Reuss, der zwei gefüllte Gläser in den Händen trug.

»Mir war doch so«, sagte er, »als sei die familiäre Runde nicht vollständig.« Er reichte ihr ein Glas.

Sie nahm es, um nicht unhöflich zu sein, und er ließ sich neben ihr auf der Treppenstufe nieder, was sie nun doch erstaunte.

»Hat Maximilian Sie geschickt, um mich zu unterhalten?«, fragte sie – wenig höflich, wie ihr klar war.

Alexander von Reuss nahm ihr dies offenkundig nicht übel. »Nein, er hat es mir erlaubt.« Jetzt lächelte er entwaffnend, und Johanna musste unwillkürlich zurücklächeln.

»Das ist sehr liebenswürdig«, antwortete sie und nahm einen winzigen Schluck von ihrem Glas. »Ist es eine schöne Feier?«

»Ja, das sind die Feiern Ihrer Familie immer.«

»Ich habe bisher noch keine hier erlebt. Als ich das letzte Mal in München war, war ich noch zu jung, um teilnehmen zu dürfen. Ich habe manchmal mit Isabella oben an der Balustrade gestanden und zugeschaut, aber lange haben unsere Kindermädchen das nicht geduldet.«

Er schwieg, schien nach den richtigen Worten zu suchen, während sie einen weiteren Schluck nahm und hoffte, dass er auf nüchternen Magen nicht gleich seine verheerende Wirkung entfaltete. Das Orchester spielte zum nächsten Tanz auf.

»Ach«, sagte Johanna wehmütig. »Ein Walzer.«

Alexander von Reuss nahm ihr Glas und stellte es mit seinem neben das Treppengeländer. Dann erhob er sich, legte eine Hand an die Brust und machte einen Diener. »Darf ich bitten, meine Dame?«

Johanna stand ebenfalls auf, argwöhnte, ob er sich über sie lustig machte, und wollte doch so gerne, dass er es ernst meinte. Zögernd legte sie die Hand in seine, ließ zu, dass er sie an sich zog.

Ihre Blicke versanken ineinander, und Johanna dachte, dass die goldenen Einsprengsel in seinen Augen aussahen wie Bernstein-splitter. Er lächelte, dann tanzte er mit ihr zu den Walzerklängen über die Galerie.

20

Alexander

»Und wie ging die Sache mit dem Buch nun aus?«, fragte Alexander seinen Freund, während sie in der Bibliothek ihres Herrenclubs saßen und er an einer Zigarre paffte.

»Von welchem Buch ist die Rede?«, wollte Leopold wissen, der just in diesem Moment zu ihnen stieß und sich in einen der cognacfarbenen Ledersessel fallen ließ.

»Meine Großmutter«, erklärte Maximilian, »hat *Gefährliche Liebschaften* von Choderlos de Laclos in Isabellas und Johannas Ankleidezimmer gefunden. Da war was los, sage ich dir.«

»Das Buch lag da offen herum?«, wunderte sich Leopold.

»Nein, das heißt ja, doch, lag es. Aber ursprünglich war es versteckt. Ich habe doch schon öfter erzählt, dass Isabella immer Bücher überall versteckt, um in Phasen ihres Zimmerarrests ausreichend Beschäftigung zu haben oder Theaterstücke einzuüben. Nun, und dieses ist wohl vom Schrank gefallen, als Johanna etwas gesucht hat. Die wiederum wusste nichts von den Verstecken und hat sich weiter nichts dabei gedacht, als sie es auf den Tisch gelegt hat.«

»Und wer von beiden hat den Ärger bekommen?«, fragte Leopold.

»Johanna natürlich, denn wer sonst könnte derart frivole Literatur lesen und sie dann auch noch offen herumliegen lassen, damit die unschuldige Cousine sie findet und ebenfalls hineingezogen wird in diesen Sumpf unzüchtiger Sittenlosigkeit.« Beißender Spott lag in Maximilians Stimme. »Ich habe schließlich behauptet, dass ich es dort wohl liegen gelassen habe. Daraufhin ist meine Großmutter vollkommen außer sich geraten, fragte, was ich denn mit anstößiger Literatur im Ankleidezimmer der Damen zu suchen hätte.«

»Klingt ein wenig anzüglich«, bemerkte Alexander.

»Ich habe ihr erklärt, ich wäre in der Bibliothek gewesen, hätte mir das Buch genommen und es noch in der Hand gehabt, als Isabella mir ihr Kleid zeigen wollte. Ganz und gar unverfänglich. Immerhin hat meine Großmutter sich bei Johanna entschuldigt für ihren Ausbruch.«

»Immerhin«, wiederholte Alexander. »Und es bleibt dabei, dass sie Hausarrest hat?«

»Ja, ich befürchte, da ist nichts zu machen. Zum Saisonauftakt wird sie nicht dabei sein.«

Am elften November würde es zu Beginn der Saison wie stets den Maskenball bei der Fürstin Windisch geben. Danach begann der offizielle Auftakt mit dem Debütantinnenball im Liebermann'schen Palais. Alexander hatte gehofft, dass sich eine Möglichkeit ergab, Johanna zu treffen, so wie auf dem Ball zwei Tage zuvor, aber bisher sah es nicht danach aus. Was für ein wundervoller Tanz das gewesen war auf der Galerie. Er hatte danach nicht länger bei ihr bleiben können, um kein Gerede zu riskieren, aber diesen Moment mit ihr hatte er ausgekostet, hatte den dezenten, blumigen Duft ihres Parfums geatmet, hatte sie in den Armen gehalten, während sie ihm ein Lächeln geschenkt hatte.

»Maximilian«, sagte Leopold mit Blick auf Alexander, »kannst du da nicht irgendetwas drehen?«

»Ich würde gerne, aber leider sind in dem Fall selbst meine Mittel begrenzt. Großmutter wird sie auf gar keinen Fall zum Maskenball gehen lassen, vom Debütantinnenball ganz zu schweigen.«

»Wir hingegen werden dort auflaufen müssen, so wie jedes Jahr«, sagte Leopold und winkte den Kellner heran, um eine Bestellung aufzugeben.

»Meine Großmutter gibt ja die Hoffnung nicht auf, dass ich mich endlich binde.« Maximilian schwenkte leicht sein Glas und nippte schließlich daran. »Aber sie wird schon noch merken, dass es mir nicht eilig damit ist.«

»Meine Mutter sähe es gewiss auch gern, aber sie weiß, dass mir der Dienst am Vaterland derzeit wichtiger ist als der im ehelichen Gemach«, erklärte Leopold. »Ich bin einfach viel zu oft unterwegs, um mich zu verheiraten, wenngleich ich es wohl über kurz oder lang werde tun müssen.«

»Hast du schon eine Dame ins Auge gefasst?«, fragte Alexander.

»Nein, bisher nicht. Ich gebe mir selbst noch eine Saison. Nächstes Jahr hat Amalie ihr Debüt, daher passt es so doch ganz gut.« Der Kellner kam mit einem Tablett, und Leopold nahm sein Glas entgegen.

»Wenn wir es also schaffen«, sagte Maximilian, »dass Alexander meine Cousine richtig kennenlernt, ist er als Erster von uns gebunden. Vielleicht lässt mich meine Großmutter ein weiteres Jahr in Ruhe, wenn ich das bewerkstellige.«

»Oder aber«, fügte Leopold hinzu, »sie liegt dir dann erst recht in den Ohren, weil nun ja sogar einer deiner besten Freunde verheiratet ist.«

»Das Risiko ist überschaubar, denke ich.«

Alexander sah, wie der Qualm seiner Zigarre bizarre Muster formte und sich auflöste. Er mochte die Bibliothek des Clubs, die wie geschaffen dafür war, einen langen Tag hier ausklingen zu lassen. Den ganzen Nachmittag hatte er an Entwürfen für ein kleines Palais am Rande von München gesessen, was seinen Vater zu einer Reihe bissiger Kommentare veranlasst hatte.

»Du bist vorsintflutlich«, hatte Alexander ihm geantwortet. »Ein Königreich lässt sich am besten führen, wenn jeder, der es vermag, seinen Beitrag leistet.«

»Das tun wir bereits.«

»Wie denn? Indem wir Pächter für uns schuften lassen?«

Es war sinnlos, sein Vater beharrte auf seinem Standpunkt, und Alexander war es irgendwann leid gewesen, und er hatte das Haus verlassen. Jetzt saß er hier mit seinen beiden engsten Freunden und genoss die Atmosphäre gediegener Eleganz mit den Eichenmöbeln, dem gedämpften Licht, das die Goldprägung auf den ledergebundenen Buchrücken schimmern ließ.

»Was ist eigentlich mit Mariana?«, fragte Maximilian.

»Das habe ich beendet.« Er würde nicht um Johanna werben und die Nächte in den Armen einer anderen Frau verbringen. Angesichts dessen, dass Johanna aufgrund eines Kusses ihr gesamtes gesellschaftliches Leben verlor, wäre ihm das noch schändlicher vorgekommen, als es ohnehin schon war. Die Ungerechtigkeit, der diese junge Frau nun ausgesetzt war, machte ihn so wütend, dass er am liebsten der versammelten Gesellschaft sagen würde, was er von ihr hielt.

»Davon«, sagte Leopold – ganz und gar Diplomat – auf seinen wütenden Ausbruch hin, »würde ich dir wirklich dringend abraten.«

»Man kann doch nicht fortwährend zu jedem Unrecht schweigen.«

»Nein, aber man sollte seine Worte mit Bedacht wählen, sonst macht man es noch schlimmer. Ich kann verstehen, dass du wütend bist, ich bin es auch. Aber jetzt musst du klug vorgehen. Vergiss nicht, dass nicht nur ihre Seite überzeugt werden muss, sondern auch deine Familie. Vor gut zwanzig Jahren hat Montgelas das Königreich Bayern schon einmal reformiert und modernisiert – und an den Folgen arbeitet die Gesellschaft sich immer noch ab.«

»Was meinst du damit? Montgelas war doch der oberste Berater von König Ludwigs Vater, was hat ihn die Gesellschaft interessiert?«

»Ihm schien pragmatischer – und durchaus auch für das Königreich gewinnbringender –, das Erdenleben der Untertanen zu fördern, statt dass deren Kreuzer beim Klerus verschwanden, damit irgendwas vielleicht im Jenseits gesichert ist. Also wurden die Kirchen und Kirchengüter gestutzt. Alles, was nicht unmittelbar den Menschen zugute kam, fiel an das Königreich. Zudem: mit der neuen Aufteilung der Verwaltung und der Hofbeamten agiert das Königreich effizienter und schneller. Aber wenn du die Leute hörst, beschweren sie sich noch immer lieber, weil sie weniger Klosterbauten sehen, statt sich zu freuen, einen größeren Platz für den Markt in der Stadt und mehr Geld im eigenen Säckel zu haben oder Zugang zu den Büchern zu haben, die zuvor hinter Türen verschlossen waren.« Leopold hob sein Glas an die Lippen. »Du siehst also – wir ändern die Regeln nicht von heute auf morgen, erst recht nicht, wenn wir die Menschen allesamt mit einem wütenden Ausbruch vor den Kopf stoßen. Wenn du Johanna heiratest, setzt du ein sehr deutliches Zeichen dafür, dass du das Gerede entweder nicht glaubst oder dass es dir gleich ist.«

Unverständlich war es Alexander überdies, dass es ausgerechnet Frauen waren, die diese Gerüchte gestreut und für die Weiterverbreitung gesorgt hatten. Mussten sie nicht mit Johanna fühlen? Sie wussten doch, wie schnell man fallen konnte. Warum hielten sie nicht zusammen in diesem Spiel, dessen Regeln die Männer bestimmten und sie vielfach dazu verdammten, wie Marionetten zu agieren, deren Fäden von anderen gezogen wurden.

Ein Kellner trat zu ihnen und sagte Maximilian mit gedämpfter Stimme, dass Besuch im Separee auf ihn wartete. Maximilian nickte, und der Kellner entfernte sich.

»Francesca Thompson?«, fragte Leopold.

Maximilian lächelte kaum merklich. »Diskretion, meine Herren.« Damit erhob er sich und verließ die Bibliothek.

»Ich denke, wir müssen nicht auf ihn warten«, sagte Leopold, während er ihm nachsah.

»Das denke ich auch.« Alexander griff nach seinem Glas. Im Nebenraum wurde Billard gespielt, und er hörte das Klackern, als die Kugeln auseinanderstoben. Jemand jubelte, dann folgte Gelächter. Leopold, der stets froh um Momente abendlicher Ruhe war, verdrehte die Augen.

»Wann musst du wieder los?«, fragte Alexander.

»Erst nach dem Ball bei den von Liebermanns. Die Notwendigkeit meiner Anwesenheit dort versteht sogar der König. Zudem tagt ab dem zwölften November die 4. Ständeversammlung des Königreichs erstmals unter der Anleitung unseres Königs Ludwig. Da muss ich selbstverständlich zugegen sein, ebenso wie Carl von Seybach, wie ich annehme. Warum versuchst du nicht, eine Stellung bei Hof zu bekommen? Gerade jetzt, da so viel gebaut wird, wärest du doch überaus gefragt. Und Beziehungen hast du ausreichend, du musst nur ein Wort sagen.«

»Ich möchte mich nicht an das Königshaus binden, sondern mich an Bauten setzen, die mich persönlich reizen, das kann auch das Haus eines Händlers sein, falls dieser ausgefallene Wünsche hat.«

»Verstehe.« Leopold hob das Glas an die Lippen.

»Constanze lässt übrigens fragen, ob du nicht nächstes Jahr eine Saison lang so tun möchtest, als seiest du an ihr interessiert, damit sie noch etwas Aufschub hat, ehe sie heiraten muss.«

Leopold hob die Brauen. »Ich weiß nicht, ob ich mich geschmeichelt fühlen soll oder ein wenig beleidigt.«

»Auch darauf hat Constanze mir eine Antwort ausrichten lassen, offenbar kennt sie dich doch besser, als ich dachte. Sie sagte, ihr Herz gehöre allein Maximilian.«

Jetzt lachte Leopold. »Nun, dann richte ihr aus, ich mag sie wirklich gern, aber für so eine Scharade bin ich leider gänzlich ungeeignet. Zudem bin ich dafür viel zu selten hier. Hoffentlich erwähnt sie diese Idee nicht gegenüber Amalie, sie ist für solche Ränkespiele durchaus zu begeistern.«

»Kleine Schwestern.« Sie tauschten einen verständnisvollen Blick und stießen miteinander an.

»Wie ist eigentlich dein Verhältnis zu deiner Stiefmutter mittlerweile?«, fragte Leopold.

»Seit sie Angst hat, die Männer, die sie für den Überfall bezahlt hat, könnten reden, ist sie sehr zurückhaltend geworden.«

»Weiß sie, dass wir sie nicht dingfest machen konnten?«

»Nein, und ich werde ihr das auch gewiss nicht erzählen.« Alexander nahm sich eine neue Zigarre und knipste die Spitze ab.

»Wir haben in der Stadt gestreut, dass der Mann, den sie überfallen haben, dem Königshaus nahesteht. Angesichts dessen, was ihnen droht, dürften sie sich fortan in Zurückhaltung üben.«

Alexander entzündete die Zigarre und paffte. »Ich denke überdies, meine Stiefmutter wird sich gut überlegen, ob sie dergleichen noch einmal wagt.«

»Deine Schwestern ahnen nichts, oder?«

»Nein, natürlich nicht.«

»Da riskierst du Leib und Leben für ein kleines Flauschhäschen, und es darf nicht einmal jemand erfahren.«

»Spotte nur.«

Leopold grinste und gab eine erneute Bestellung beim Kellner auf, der kurz darauf mit einem Tablett zurückkehrte und zwei Gläser auf dem Eichenholztischchen abstellte, deren Inhalt im warmen Licht wie dunkles Gold wirkte. »Warum sprichst du eigentlich bei Carl von Seybach nicht offiziell vor? Für ihn dürfte das angesichts der Situation doch das große Los sein, einen von Reuss für die gefallene Nichte zu bekommen.«

»Das würde ich tun, wenn ich wüsste, dass Johanna das auch will. Ich möchte keine Notlösung sein, nach der sie greift, weil sie keine andere Wahl hat.«

»Das verstehe ich. Dann wirst du wohl auf dein Glück hoffen müssen, dass sich eine Möglichkeit ergibt. Nach allem, was man hört, streckt Henriette von Seybach bereits die Fühler nach einem möglichen Ehemann aus.«

21

Johanna

»Das ist doch wahnwitzig.« Johanna saß auf ihrem Bett und zitterte bei dem Gedanken an das Vorhaben sogar ein wenig.

»Ja, möglicherweise«, entgegnete Nanette. »Aber wie heißt es so schön? Wer nicht wagt, der nicht gewinnt.«

»Und was gewinne ich?«

»Eine Nacht in Freiheit, maskiert und unerkannt. Sie können tun, was Ihnen beliebt, Sie können tanzen, Männern die Köpfe verdrehen, und niemand wird am folgenden Tag wissen, wer Sie sind.«

Das klang überaus verlockend, gleichzeitig wühlte die Angst in Johannas Bauch, ließ eine zähe Übelkeit in ihr aufsteigen. Sie legte sich die Hand auf den Magen, versuchte, das Gefühl zurückzukämpfen.

»Grundsätzlich wäre es überdies zu begrüßen, wenn Sie wieder vernünftig essen.«

»Ich esse doch.«

»Sie wollen doch bei Kräften sein und die Nacht durchtanzen.«

Seit Wochen sprach Isabella fortwährend von dem Maskenball, war ganz außer sich vor Vorfreude darauf, denn die Feier bei der Fürstin von Windisch war *das* Großereignis des Jahres. Zwischendurch bremste sie ihre Begeisterung zwar, wenn ihr einfiel, dass es Johanna nicht gestattet war, ebenfalls hinzugehen, meist jedoch konnte sie kaum an sich halten. Die Idee, sich heimlich hinzuschleichen, war Nanette gekommen.

»Sie wollen tanzen gehen und sich amüsieren?«, hatte sie gefragt.

»Sie werden tanzen und sich amüsieren.« Damit war es aus Nanettes Sicht beschlossene Sache. Obwohl Johanna nicht leugnen konnte, Angst zu haben, hatte sie bei dem Gedanken daran, unerkannt auf den Ball zu gehen, doch unverhohlene Vorfreude erfasst. Je näher der Abend rückte, umso nagender wurde jedoch die Unruhe.

»Und was, wenn man mich erwischt?«

Nanette zuckte mit den Schultern. »Na, dann bekommen Sie wieder Zimmerarrest. Wie tief können Sie denn fallen, wenn Sie gesellschaftlich schon am Boden angekommen sind?«

Das waren ja sehr ermutigende Aussichten, wenngleich Johanna einräumen musste, dass Nanette recht hatte. Aus Sicht der Gouvernante war es entschieden, dass Johanna gehen würde, und sie verschaffte ihr eine wundervolle venezianische Maske, die ihre Augenpartie bedecken würde. Sie war schwarz, goldfarben bestickt und mit langen schwarzen Federn geschmückt, die von einer ovalen goldenen Brosche mit schwarzem Schmuckstein gehalten wurden. Auch um das Kleid hatte Nanette sich gekümmert. Es war aus blutrotem Brokat mit nachtschwarzer Spitze. Vorne teilte sich der Rock, wurde gerafft und gab einen darunterliegenden schwarzen Rock frei. Es hing in Nanettes Zimmer, und Johanna war der Atem gestockt, als sie es gesehen hatte. Es war so aufsehenerregend, wie sie es niemals zu einem normalen Ball getragen hätte.

»Geradezu sündhaft«, hatte Nanette mit leisem Spott kommentiert.

»Kann ich es Isabella erzählen?«, hatte Johanna gefragt.

»Nein, und zwar nicht, weil ich ihr nicht traue, sondern weil es für unsere Scharade besser ist, wenn so wenig Leute wie möglich davon wissen. Zu schnell hat man sich unbewusst verplappert. Maximilian ist eingeweiht, weil es seine Mithilfe braucht, sonst kommen Sie ohne Einladung nicht hinein. Sollte die Sache entgegen meinen Erwartungen doch auffliegen, droht ihm überdies weniger Ungemach als Isabella, wenn diese glaubhaft versichern kann, keine Ahnung gehabt zu haben.«

»Und wie komme ich hin?«

»Über einen, hm, Freund habe ich eine Kutsche geliehen, ich werde Sie begleiten und später auch abholen. Jemand muss ja dafür sorgen, dass alles reibungslos abläuft. Maximilian wird ganz normal mit seiner Familie auf den Ball gehen, später das Haus verlassen, Sie in Empfang nehmen und zurückkehren. Man kennt ihn dort, und wenn er mit seiner Einladung und einer Frau am Arm das Schloss betritt, wird niemand wagen, ihm den Zutritt zu verweigern. Die Fürstin Windisch würde jeden, der den Erbgrafen von Seybach öffentlich brüskiert, sofort auf die Straße setzen. Es wird alles klappen, machen Sie sich keine Sorgen.«

Als sich die offizielle Zeit für den Aufbruch der Familie näherte, ging Johanna ins Ankleidezimmer, wo Isabella sich gerade die Maske aufsetzte. »Du bist wirklich nicht zu erkennen.«

»Das will ich doch hoffen. Allerdings weiß Großmutter, wer ich bin, der Spaß wird also nicht gar so frivol.« Isabella blinzelte ein paarmal und verdrehte die Augen, was Johanna zum Lachen reizte.

»Ich wünsche dir viel Spaß.«

»Vielen Dank. Es tut mir so leid, dass du nicht dabei bist. Gewiss wird es beim nächsten Mal klappen.«

Johanna bemühte sich um ein Lächeln, um ihrer Cousine den Abend nicht zu verderben. »Gewiss.«

Die Großmutter kam kurz vor ihrem Aufbruch noch zu ihr ins Zimmer. Sie war nicht maskiert, meinte, diesen Mummenschanz mache sie in ihrem Alter nicht mehr mit. »Als könnte irgendwem entgehen, wer ich bin – selbst mit Maske«, hatte sie gesagt. Sie wandte sich an Johanna. »Berti hat gebacken, ausnahmsweise darfst du dir abends etwas kommen lassen. Dein Onkel wird nach der Feier direkt zur Residenz fahren und von dort aus seine nächste Reise antreten.«

»Ja, ich weiß, das hat er erzählt.«

Henriette von Seybach räusperte sich. »Nun gut, dann hab eine gute Nacht. Wir sehen uns zum Frühstück.«

»Gute Nacht.«

Es dauerte noch eine gute halbe Stunde, bis Nanette kam und sie mit in ihr Zimmer nahm, wo Johanna sich umkleiden sollte. Obwohl sie sich einerseits auf dieses Abenteuer freute, bebte sie vor Sorge, man könne sie erwischen, und einmal war sie kurz davor, Nanette zu sagen, sie würde alles absagen. Die Gouvernante hakte das Kleid im Rücken zu, und Johanna legte unweigerlich die Hand auf den ungewohnt großzügigen Ausschnitt. Ihre Schultern sowie ihr Brustansatz waren gerade noch bedeckt, was zwar gesellschaftlich annehmbar war, aber mitnichten ein Aufzug, in dem die Großmutter sie würde aus dem Haus gehen lassen. Nun widmete Nanette sich Johannas Frisur und steckte das Haar auf eine Weise auf, die raffiniert und schlicht zugleich wirkte. Johanna saß vor dem Frisierspiegel und betrachtete Nanette, deren Finger so erstaunlich geschickt darin waren, Strähnen festzustecken und Spangen zu drapieren. Ihr eigenes dunkles, von stumpfem Grau durchzogenes Haar war stets so einfach wie nur eben möglich frisiert, als wende sie nicht mehr Sorgfalt auf als unbedingt nötig.

»Gut, das hätten wir dann«, kommentierte Nanette schließlich ihr Werk und reichte Johanna die Maske, die diese aufsetzte, damit Nanette die Bänder so hinter dem Kopf verschließen konnte, dass die Enden im Haar verborgen waren. »Sie werden gewiss eine Reihe von Eroberungen machen. Sollten Sie Lust verspüren zu lieben, dann nur einen Mann, der nüchtern ist und sich rasch genug zurückzieht. Eine Schwangerschaft wäre geradezu fatal.«

»Nanette!« Johanna war schockiert. »Ich würde doch niemals …« Sie vermochte es nicht einmal in Worte zu fassen.

Wieder dieses Lächeln. »Natürlich nicht. Wer würde je?« Nanette wurde ernst. »So, und nun sollten wir los. Ich habe mit Maximilian eine feste Zeit vereinbart.«

Johanna warf noch einen letzten Blick in den Spiegel, sah eine geheimnisvolle Frau in rotem Kleid, deren Maske den Blick der grünen Augen intensiver erscheinen ließ. Sie trug eine Kette, die Nanette ihr geliehen hatte, damit sie nicht den eigenen Schmuck trug, der sie womöglich in den Augen der aufmerksamen Großmutter verriet. Es war ein mit Diamantsplittern besetztes Collier, das bei jeder Bewegung funkelte. Vorne glänzte ein Smaragd, der so auffällig mit ihren Augen harmonierte, dass sich Johanna kaum vorstellen konnte, wie dieses Schmuckstück rein zufällig in Nanettes Besitz gekommen war. Es wirkte, wie extra für sie besorgt. »Niemand wird mich erkennen.«

»Das kann ich Ihnen versichern. Und nun los.«

Johanna hatte vermutet, sie würden über den Dienstbotenkorridor und die Dienstbotentreppen gehen, aber Nanette führte sie über die herrschaftlichen Korridore. »Hier begegnen Sie jetzt niemandem, weil alle auf dem Ball sind«, antwortete Nanette auf Johannas diesbezügliche Frage. »Im Dienstbotentrakt wäre die Gefahr deutlich größer.«

Dennoch atmete Johanna erst auf, als sie aus dem Innenhof auf die Straße traten, und ihre Anspannung löste sich. Endlich erwachte nun eine geradezu kribbelige Vorfreude in ihr. Tanzen, tanzen, tanzen mit so vielen Männern, wie sie wollte, denn sie blieb unerkannt und musste das Gerede nicht fürchten. Sie würde tanzen, bis ihr schwindlig war, tanzen, bis die ganze Welt sich drehte.

»Na bitte, dieses Lächeln möchte ich sehen«, sagte Nanette. »So, da ist die Kutsche.«

Ein Mann stieg vom Kutschbock und half erst Johanna und dann Nanette hinein. Es war so aufregend, dass Johanna geradezu atemlos war, während sie hinausblickte. Die Hufe der Pferde hallten auf dem breiten Prachtboulevard, untermalten das Rattern der Kutschräder. Johanna hatte die in schwarzen langen Handschuhen steckenden Hände im Schoß gefaltet und krampfte sie zusammen, bis es wehtat, während Angst und eine unbändige Vorfreude in ihr rangen.

»Sie sind ja nicht allein«, erklärte Nanette. »Maximilian ist dort, die ganze Zeit über. Wir brechen vor Ihrer Familie auf, damit wir ihnen nicht begegnen.«

»Oh, stellen Sie sich das nur vor, wenn wir hier gleichzeitig einträfen.«

»Das wäre ein toller Spaß, nicht wahr?«

»Ich mag mir das nicht ausmalen.«

In der finsteren Kutsche konnte Johanna Nanettes Züge nicht ausmachen, aber sie klang, als würde sie lächeln, während sie sagte: »Machen Sie sich keine Sorgen, es wird sich alles fügen. Es wird Ihnen gefallen, die Bälle der Fürstin Windisch sind legendär und unglaublich extravagant.«

Johanna nickte nur, obwohl sie wusste, dass Nanette es nicht sehen konnte. Sie blickte hinaus auf die dunkle Straße mit ihren erleuchteten Häusern. Die Kutsche fuhr nach Bogenhausen, ein Dorf, das als dekadenter Vorort Münchens galt. Nun dauerte es nicht mehr lange, und sie bogen in die Auffahrt eines Schlösschens ein, dessen Hof wie ein Rondell um einen hohen Brunnen mit drei Wasserbecken angelegt war, aus dem eine Fontäne aufstieg. Kutschen standen seitlich in einer langen Remise, davor Kutscher, die Pfeife rauchten und gegen die Kälte in schwere Mäntel gehüllt waren. Vereinzelt fuhren weitere Kutschen vor, denen Gäste entstiegen.

»Da ist er ja, unser schöner venezianischer Graf«, sagte Nanette mit einem beinahe mütterlich klingenden liebevollen Stolz.

Ein Mann in der Kostümierung eines venezianischen Edelmanns trat mit leichtem Hinken zu ihnen, als Johanna mit Nanette die Kutsche verließ. Er lächelte. »Auf die Minute pünktlich.«

»Hast du etwas anderes erwartet? Also dann, ihr beiden. Amüsiert euch gut. Maximilian, denk dran – die Pünktlichkeit ist entscheidend für unseren Plan. Zur vereinbarten Zeit muss sie wieder draußen sein.«

»Ich kümmere mich.« Maximilian reichte Johanna den Arm. »Dann auf ins Vergnügen.«

»Oh«, murmelte Johanna, als sie auf das prachtvolle Schlösschen zuging. Die Aufregung meldete sich mit dumpfem Druck in ihrem Bauch wieder, als Maximilian dem livrierten Diener im Vorbeigehen die Einladung zeigte. Dieser nickte nur, und Johanna atmete auf.

Das Foyer war riesig und mit Lampions geschmückt sowie mit Harlekinmasken und Motiven Venedigs. Die Beleuchtung war warm und schuf auf geheimnisvolle Art Nischen und Schatten. Von der Eingangshalle her gelangte man über einen breiten Korridor in einen riesigen Ballsaal, der in der Art eines venezianischen Palazzos dekoriert war. Noch war nicht zum Tanz aufgespielt worden, und so standen die zahllosen Gäste beisammen. Die Luft war erfüllt von Geplauder, Gelächter, dem Rascheln seidener Röcke und dem leisen Untermalen durch zwei Violinenspieler. Oben befanden sich Emporen, auf denen Gäste standen und hinunterblickten, als wohnten sie einem Theaterstück bei. Johanna und Maximilian kamen an einer Gruppe Männer in Kostümen italienischer Edelleute vorbei, und einer von ihnen drehte sich zu ihnen um, sah sie an, und Johanna merkte, wie er und Maximilian sich leicht zunickten.

Durch Flügeltüren gelangte man in den benachbarten Saal, wo das Büfett in riesigen Gondeln aufgebaut war, hinter denen als Harlekin verkleidete Dienstboten standen. Weitere Harlekine gingen mit Tabletts durch die Menge und boten Getränke und Häppchen an. Es gab kleine krosse Brotscheiben, belegt mit Fleisch, Fisch, Meeresfrüchten oder Gemüse. Außerdem hart gekochte Eierhälften, Oliven, Fleischbällchen, Brothälften mit Stockfischpaste, Ei mit Pilz oder Trüffelsoße sowie viele andere Spezialitäten, die Johanna noch nie zuvor gesehen hatte.

»Ich würde sagen, du hältst dich eher ans Essen als an die Getränke«, riet Maximilian.

»Das muss ich mir vermutlich noch in zwanzig Jahren anhören, oder?«

Er lachte leise. »Ich würde nicht dagegen wetten. Wenn du mich nun entschuldigst, ich werde noch erwartet.«

»Eine Dame?«

Mit einem kleinen Lächeln antwortete er: »Werden wir gerade indiskret?« Damit berührte er noch einmal ihren Arm, dann drehte er sich um und ging.

Obwohl Johanna noch daheim allein bei dem Gedanken an Essen ganz schlecht geworden war, bekam sie beim Anblick der Köstlichkeiten nun doch Hunger und aß einige Häppchen, die der italienischen Küche nachempfunden waren und hervorragend schmeckten. Der Geschmack von fremdländischen Gewürzen und Oliven zerging ihr im Mund. Dann griff sie nach einem Sorbet und sah sich um. Es waren schon einige Herren auf sie aufmerksam geworden, das bemerkte sie an den Blicken, und als die Musik zum ersten Tanz aufspielte, verbeugten sich gleich drei vor ihr. Noch ehe sie eine Entscheidung treffen konnte, ergriff der Forscheste ihre Hand und zog sie auf die Tanzfläche. Endlich, dachte Johanna, endlich tanzte sie wieder. Entzückt auflachend ließ sie sich herumwirbeln, während ihre Füße den Schritten in traumwandlerischer Sicherheit folgten und die Musik in ihr widerzuhallen schien, ihre Bewegungen eins waren mit ihr.

Nach dem Tanz wartete schon der nächste Herr, und sie reichte ihm die Hand. So ging es von Musikstück zu Musikstück, und Johanna verließ die Tanzfläche nur einmal, um am Büfett eine Kleinigkeit zu essen. Ein dunkelhaariger Mann trat zu ihr, überaus elegant mit einem Kostüm, das in Schwarz und Gold gehalten war, ein gerüschtes Hemd und Schuhe mit goldenen Schnallen. Sein Lächeln bezauberte sie.

»Erweisen Sie mir die Ehre, meine Dame?«

Johanna neigte den Kopf und legte die Hand auf seinen dargebotenen Arm. Kurz darauf wirbelte sie in seinen Armen durch den

Ballsaal und stellte fest, dass er nicht nur fantastisch tanzte, sondern sie darüber hinaus auch überaus charmant zu unterhalten wusste. Danach tanzten sie noch einen Rigaudon miteinander, der Johanna vollkommen außer Atem brachte.

»Sie erlauben?« Nach dem Tanz führte der Mann sie von der Tanzfläche und nahm vom Tablett eines vorbeieilenden Dieners zwei langstielige Gläser, von denen er ihr eines reichte.

»Sie sind nicht von hier?«, fragte er.

»Wie kommen Sie darauf?«

»Ostpreußen, würde ich sagen?«

Da Johanna nicht zu viel von sich preiszugeben gedachte, begnügte sie sich mit einem Lächeln.

»Verstehe, ein kleines Ratespiel?«

»Keineswegs. Ich weiß zu schweigen.« Sie versuchte auszuloten, ob sie ihn nicht doch erkannte.

Obwohl eine schwarze, aufwendig mit schwarzen und silbernen Federn verzierte Maske die Augenpartie bedeckte, kam sie nicht umhin, zu bemerken, wie ebenmäßig seine Züge waren, wie schön geformt der Mund. Vermutlich war er ein attraktiver Mann, aber er hatte nichts an sich, das ihr vertraut war und Aufschluss über ihn gab. Er neigte sich zu ihr und fragte dicht an ihrem Ohr, ob sie mit ihm ins Separee käme.

Johanna schoss das Blut ins Gesicht, und sie schlug ihm mit dem Fächer auf den Arm. »Keine Unanständigkeiten.«

»Ich werde sehr anständig sein.«

Sie schenkte ihm ein Lächeln, von dem sie hoffte, dass es trotz ihrer Verlegenheit geheimnisvoll aussah, machte aber keine Anstalten, auf dieses Angebot einzugehen. Wieder lächelte er, wirkte sogar ein klein wenig zufrieden.

»Ich glaube, ich habe das Rätsel gelöst. Ostpreußen, zweifellos noch unerfahren in der Liebe und sehr bedacht darauf, niemanden ahnen zu lassen, wer Sie sind. Sie sind nicht in Begleitung einer Anstandsdame, Mutter oder sonst wem, was bei einer jungen, unverheirateten Dame gänzlich undenkbar wäre. Man hat Ihnen nicht erlaubt, zu kommen, denn wer könnte nicht von Ihnen gehört haben? Und so haben Sie sich heimlich davongeschlichen, um im Schutze der Maske die große Bühne zu betreten und an jenem Theaterstück teilzunehmen, das sich gesellschaftliches Leben nennt.«

Johanna wurde ganz heiß vor Schreck, und sie nahm einen recht großen Schluck aus ihrem Glas.

»Keine Sorge, meine Liebe, das Vergnügen sei Ihnen von Herzen gegönnt.«

Ein Mann näherte sich ihnen, verneigte sich vor Johanna, um sie zum nächsten Tanz zu bitten. Sie nickte, war aber immer noch irritiert, während ihr das Herz vor Schreck nach wie vor heftig ging.

»Darf ich auch wissen, wer Sie sind?«, fragte sie, ehe sie dem Mann auf die Tanzfläche folgte.

»Aber meine Liebe, was wäre denn das Leben ohne seine Geheimnisse und die verlockenden Überlegungen, in wessen Armen Sie diese Nacht Ihre Unschuld hätten verlieren können?« Er zwinkerte ihr zu. »Und nun gehen Sie und tanzen Sie Ihre Schuhe durch.«

22

Johanna

Johanna war schon ordentlich außer Atem und fächelte sich am Rand der Tanzfläche Luft zu, als ein Mann auf sie zutrat und sich leicht verneigte. Sie erkannte ihn, hatte schon zweimal mit ihm getanzt. Es war jener Mann, dem Maximilian grüßend zugenickt hatte, er trug ein Kostüm, das schwarz, goldfarben und burgunderrot war, Hemdrüschen hingen spitz zulaufend über seine Brust und zierten die Ärmelaufschläge seines Rocks. Die Maske war schwarz mit goldenen Verzierungen. Als er nun vor ihr stand, musste Johanna ihn zu ihrem Bedauern hinhalten, denn sie brauchte einen Augenblick, um wieder zu Atem zu kommen.

»Die Fürstin Windisch wird gewiss auch in diesem Jahr eine Schatzsuche durchführen«, erklärte er. »Darf ich um die Ehre bitten, dabei Ihr Begleiter zu sein?«

Johanna hatte nichts von einer Schatzsuche gewusst, und die Vorstellung, sich da allein und unwissend zum Narren zu machen, führte dazu, dass sie ohne zu überlegen zusagte. Der Mann lächelte.

»Ich danke Ihnen vielmals«, sagte er. »Und bis dahin stärken wir uns ein wenig?« Er nickte zu einer der Gondeln, deren Last trotz regen Zulaufs von Gästen nicht geringer zu werden schien.

Hier war das Licht nicht gar so schummrig wie im Tanzsaal, vielmehr lag es in goldenem, weichem Schimmer über dem Raum. Johanna ging am Arm des Mannes, den dieser ihr höflich gereicht hatte, und begleitete ihn zu einer Gondel, auf der überwiegend Süßspeisen angeboten wurden.

»Oder ist Ihnen nach Herzhaftem?«, fragte der Mann.

»Nein, süß ist mir gerade sehr recht.« Die Begegnung mit dem Mann, der sie so mühelos enttarnt hatte, bereitete ihr immer noch Kopfzerbrechen. Was für ein Schreck.

»Waren Sie schon einmal hier im Schloss der Fürstin Windisch?«

Johanna verneinte und schalt sich im nächsten Moment. Wenn sie weiterhin so leichthin Fragen beantwortete, sprach sich vermutlich schon bald herum, wer die geheimnisvolle Dame im roten Kleid war. Und dann dauerte es nicht lange, ehe sich jeder bestätigt fühlte, dass eine junge Frau, die sich im Garten von einem Mann, der sie niemals heiraten würde, küssen ließ, nichts anderes sein konnte als ungehorsam und frivol.

»Dann kennen Sie noch nicht das Untergeschoss dieses Schlösschens. Es ist sehr sehenswert, und gewiss führt die Schatzsuche wieder dorthin. Die Fürstin macht immer ein großes Geheimnis daraus, wie sie es dekoriert hat.«

Johanna löffelte eine cremige Süßspeise, die nach Orangen schmeckte und mit mildem Schmelz geradezu auf der Zunge zerging. »Das ist sehr aufregend«, antwortete sie. »Und gehen alle zu zweit auf Schatzsuche?«

Er sah sie an, und sie hätte sich auf die Zunge beißen können. Wie leichtfertig sie hier daherschwätzte und zeigte, dass sie nicht die geringste Ahnung hatte.

»Viele tun es, aber nicht alle. Die unverheirateten Damen gehen meist in Gruppen oder in Gesellschaft einer Anstandsdame.«

»Ich verstehe.« Johanna taxierte ihn aufmerksam. Die Augen, dachte sie, die kannte sie doch. Braun mit goldenen Einsprengseln. Alexander von Reuss. Sie atmete langsam aus und ließ ihren Blick wieder durch den Saal wandern, um ihn nicht ungebührlich lange anzustarren. Dass sie mit einem Mann die Schatzsuche antrat, den sie bisher als überaus höflich und anständig kennengelernt hatte, beruhigte sie in der Tat mehr, als sie sich vorher eingestanden hätte. Nach ihrer Erfahrung mit Friedrich, diesem Schuft, war ihr doch ein klein wenig unwohl bei dem Gedanken gewesen, mit einem Fremden die Katakomben dieses Hauses zu erkunden. Natürlich konnte auch ein Alexander von Reuss finstere Seiten haben, aber daran mochte sie jetzt nicht denken. Er war Maximilians Freund, und auch, wenn er nicht wusste, wer sie war, so war sie doch davon überzeugt, dass ein Mann, der einen einschlägigen Ruf in Bezug auf Frauen hatte, sich nicht zum engen Freundeskreis ihres Cousins zählen durfte.

Alexander von Reuss reichte ihr ein Glas, und obwohl Johanna eigentlich schon genug hatte, nahm sie es, um nicht unhöflich zu sein, würde jedoch nur ein wenig daran nippen. »Sie dürfen mich jetzt gerne fragen, ob wir nun miteinander tanzen.«

Er verneigte sich vor ihr. »Erweisen Sie mir die Ehre?«

»Aber gewiss doch.« Sie stellte ihr Glas ab und nahm seine Hand, und in einem Anfall von Übermut angesichts ihrer Maskerade fügte sie hinzu: »Bis zur Schatzsuche sollten wir uns keinesfalls aus den Augen verlieren.«

»Ich bin entzückt, dass Sie das ebenfalls so sehen. Aber es würde bedeuten, dass wir geradezu unanständig oft miteinander tanzen.«

»Ich befürchte, das ist absolut unumgänglich.«

Er lachte. »Dann nur zu.«

Dass er sehr gut tanzte, stellte er ein weiteres Mal unter Beweis, und so war es das reine Vergnügen, sich mit ihm in einem Tanz nach dem anderen zu drehen. Überdies fühlte es sich gut an, wie er sie im Arm hielt, während sie zwischen zwei Tänzen kurz innehielten. Johanna verspürte einen Anflug von faszinierter Erregung, ihm so nah zu sein, und fast schon bedauerte sie, als die Musik wieder aufspielte. War sie wirklich so wankelmütig? Noch vor Kurzem war es ihr erschienen, als drehte sich ihre ganze Welt um Friedrich Veidt, und nun war da diese Spannung und Aufregung. Gewiss war das der Maskerade geschuldet, die ihr ermöglichte, sich auf eine Art zu amüsieren, wie es ihr zuvor noch nie möglich gewesen war.

Schließlich wurde ein Gong angeschlagen, und die Musik verstummte. Die Leute lachten, einige applaudierten, und schon bald kamen die übrigen Gäste durch die offenen Türen in den Saal geströmt. Auf einem Podest stand eine hochgewachsene Frau in einem elfenbeinweißen Kleid, das geradezu verschwenderisch üppig ausgestattet war mit goldfarbener Spitze und Stickerei. Sie trug eine goldene Maske mit irrwitzig langen Federn. Neben ihr standen eine Frau und jener Mann, mit dem Johanna erst vor Kurzem nähere Bekanntschaft geschlossen hatte.

»Meine verehrten, hochgeschätzten Gäste«, rief die Gastgeberin. »Zwei bedeutende Persönlichkeiten geben sich in meinem Haus auch an diesem Abend die Ehre. Der eine oder andere von Ihnen ahnt es gewiss schon.« Sie deutete auf die Frau zu ihrer Linken in dem silbrig-schwarzen Kleid, und diese sagte: »Der Preis unserer heutigen Schatzsuche steht ganz und gar im Zeichen des Theaters.«

»Die Senger«, raunte jemand.

»Die Kärtchen mit dem ersten Hinweis werden gleich verteilt«, sagte der geheimnisvolle Mann, der an der anderen Seite der Gastgeberin stand. »Keine Karte ist wie die andere, denn zu einfach soll es nicht sein. Wer also ist zuerst am Ziel?«

»Das ist doch Rudolf Heiland«, sagte eine Frauenstimme.

»Bist du dir sicher?«, entgegnete eine andere.

»Ja, sieh ihn dir doch an, dieser Mund.« Leises, sehnsüchtiges Seufzen. »Und die Stimme.«

»Ja, du hast recht, die ist unverkennbar.«

Johanna glaubte, ihren Ohren nicht zu trauen. Sie war von Rudolf Heiland ins Separee eingeladen worden? Und sie konnte es nicht einmal jemandem erzählen, weil niemand wissen durfte, dass sie hier war. Sie hakte sich bei Alexander von Reuss ein und folgte mit ihm der Masse an Menschen zu den Flügeltüren, wo die Dienstboten die Kärtchen mit den ersten Hinweisen ausgaben. Es dauerte eine Weile, ehe Johanna und Alexander an der Reihe waren, aber irgendwann hielt auch sie ein cremefarbenes Kärtchen in der Hand, auf dem in schwarzer Tinte mit geschwungener Handschrift der erste Hinweis stand.

*Sie wispert stets in einem fort
und sagt doch niemals nur ein Wort.*

Zunächst versammelten sich alle im Entree, bis sämtliche Kärtchen vergeben waren. Unwillkürlich hielt Johanna Ausschau nach der Großmutter und entdeckte sie mit einigen Frauen in der Nähe der Treppe. Glücklicherweise weit genug entfernt, denn Johanna wollte nicht darauf wetten, dass Henriette von Seybach sie nicht sofort erkannte. Nun trat auch Isabella zu ihr, jemand sagte etwas, und sie lachte. Erneut wurde der Gong angeschlagen, und die Menge zerstreute sich lachend und aufgeregt miteinander diskutierend.

»Können Sie etwas damit anfangen?«, fragte Johanna, und Alexander nahm ihr die Karte aus der Hand. »Vielleicht ein Tier?«

»Welches sollte das sein? Und in einem fort bedeutet ja, dass es pausenlos wispert.«

Johanna überlegte. »Der Wind wispert. Ist es irgendwo besonders zugig?«

»Das ist keine schlechte Idee, aber wer ist dann *sie*?«

»Eine Quelle! Quellen wispern.«

»Der Venusbrunnen im Garten«, schlug Alexander vor. »Der speist sich aus einem Bachlauf.«

Sie durchquerten den Tanzsaal, dessen Flügeltüren nun weit offen standen, denn nicht nur Alexanders und Johannas Hinweis führte in den Garten. »Du lieber Himmel, ist das kalt.« Fröstelnd zog Johanna die Schultern hoch.

»Möchten Sie drinnen warten?«

»Ganz gewiss nicht.«

Das Geräusch, mit dem das Wasser aus der künstlichen Quelle

im Marmorbecken kam, ähnelte tatsächlich einem Wispern. Eine Venusfigur lag ausgestreckt am Rande des Beckens und hielt die Hand ins Wasser, das von ihr aus in einen Kelch floss. Das nächste Kärtchen befand sich in einem Beutel zwischen ihren Brüsten.

»Na, wessen frivole Idee das wohl war?«, sagte Alexander und las die Karte.

Sie huschen flink von Ort zu Ort,
ehe man sie sieht, sind sie schon fort.

»Das ist einfach.« Alexander steckte das Kärtchen zurück. »Klingt nach einem Schwarm Fische.«

»Wo sind hier denn Fische?«

»Im Teich, wobei ich das nicht hoffe, denn mir ist inzwischen auch lausig kalt.«

»Zudem wird sie den Hinweis wohl kaum im Teich versenkt haben.«

»Das hat es alles schon gegeben. Doch lassen Sie uns erst einmal zurück ins Schloss gehen, wir überlegen dort weiter.«

Johannas Wangen prickelten, als sie in den warmen Ballsaal zurückkehrten. »Gibt es ein Aquarium?«, fragte sie.

»Stimmt, ja, das gibt es. Im Entree.« Er bot ihr wieder den Arm, und sie legte die Hand darauf.

Der Hinweis steckte seitlich am großen Aquarium, in dem träge einige Fische schwammen. Von flink umherhuschen konnte da ja wohl keine Rede sein. So sah es wohl auch der Schreiber des Kärtchens.

Gut, aber leider nicht gut genug.

Dahinter war eine Treppe gezeichnet.

»Es geht also hinunter. Das war zu erwarten. Sie erlauben?« Alexander reichte ihr die Hand, und sie nahm sie, spürte, wie sich

seine Finger um ihre schlossen, was viel intimer war, als an seinem Arm zu gehen. Offenbar hatte nicht nur sie im Schutz der Maske der Übermut gepackt.

Eine breite steinerne Treppe führte hinunter, und auch hier waren viele Gäste, die offenbar ähnlichen Hinweisen folgten. Als sie unten angelangten, hielt Johanna inne, und auch die übrigen schienen nicht minder erstaunt, denn überall hörte sie Laute des Entzückens, gehauchte »Oh« und »Ah«, während sie selbst sprachlos dastand. Das Kellergewölbe war riesig, säulenbestanden, und verschiedene Räume waren durch breite Gänge miteinander verbunden. Aber was wahrhaft beeindruckend war, war die Unterwasserwelt, die hier erschaffen worden war.

Blaue Seidenbahnen wogten sacht an der Decke und waren auf eine Art beleuchtet, dass sie durchscheinend wie Wasser wirkten, während Fische hindurchschimmmerten. Es gab echte Aquarien und stilisierte Wasserlandschaften aus Seidenpapier. Junge Männer und Frauen waren gekleidet wie Geschöpfe des Meeres, und sie huschten mal hierhin, mal dorthin, grazil wie Tänzer. Johanna folgte ihnen zusammen mit Alexander. Durch einen Gang, der so schmal war, dass sie hintereinander hergehen mussten, kam sie in ein weiteres Gewölbe, das über und über mit blauen Lampions behängt war. In der Mitte stand ein Aquarium mit winzigen Fischschwärmen, die schnell umherflitzten. Daneben lag eine junge, als Nymphe kostümierte Frau, deren schimmerndes Kostüm nur wenige Details ihres Körpers der Fantasie überließ.

Großmutter wird entzückt sein, dachte Johanna, während sie sich von der Nymphe das nächste Kärtchen reichen ließ.

Zwei Hälften vom Großen und Kleinen,
kannst du sie im Herzen vereinen?

Alexander schien ebenso ratlos wie sie, und die Nymphe lächelte ihn verführerisch an, als sie das Kärtchen zurücknahm.

Sie gingen langsam durch den Gang zurück in das erste große Gewölbe.

»Das ist in der Tat sehr schwer«, gestand Alexander.

»Wie soll man das denn erraten, wenn man dieses Schloss gar nicht in allen Details kennt?«

»Das ist ja gerade das, was die Fürstin möchte. Bei der Schatzsuche soll alles, was sie vorbereitet hat, angesehen werden, der gesamte Keller und auch der Garten. Und dann stößt man, wenn man genau hinsieht, auf die Lösung des Rätsels. Sie macht es einem nur am Anfang so leicht, damit man ohne Schwierigkeiten den ersten richtig schweren Hinweis findet.«

Was auch immer der Preis war, Johanna würde ihn nicht in Empfang nehmen können. Darüber hatte sie vorher gar nicht nachgedacht. Und was, wenn Alexander von Reuss unbedingt gewinnen wollte?

»Ich werde Ihnen den Preis überlassen«, sagte sie, damit es nicht zum Schluss zu peinlichen Missverständnissen kam.

»Tatsächlich?« Er klang erstaunt. »Sind Sie nicht interessiert? Es ist gewiss etwas Ausgefallenes, wenn die Fürstin Windisch diese beiden Theatergrößen als Ehrengäste hat.«

»Ich habe meine Gründe.«

»Nun, ich für meinen Teil überlasse den Preis gerne jemand anderem. Wenn Sie also möchten, nehmen wir nur noch zum Schein an der Suche teil und sehen uns das Schloss an?«

»Das klingt wunderbar.«

Sie gingen durch den Keller, und Johanna bewunderte noch einmal in aller Ruhe die Kreativität, mit der diese Unterwasserwelt geschaffen worden war, diese Liebe zu den Details. »Dekoriert sie es immer wieder neu für jede Feier?«

»Ja, es ist verblüffend, nicht wahr?«

»Unglaublich.« Johanna sah sich um, hielt immer noch Alexanders Hand und spürte die Wärme durch ihrer beider Handschuhe hindurch. Es war nur selten, dass sie die Wärme eines anderen

Menschen spürte. Selbst Umarmungen in der Familie dauerten nie lange genug, um sich von der Nähe eines liebenden Menschen einhüllen zu lassen oder um sie auch nur zu spüren.

Während Johanna sich umblickte, die Menschen wahrnahm, die lachten und sich gegenseitig damit zu übertrumpfen suchten, dass sie des Rätsels Lösung nahekamen, verspürte sie mit einem Mal eine unbändige Traurigkeit. Diese eine Nacht war sie Teil des pulsierenden Lebens, konnte einfach umhergehen, wurde angelächelt und genoss das Gefühl, unter ihresgleichen zu sein. Sie war maskiert und geheimnisvoll. Am kommenden Tag wäre sie wieder Johanna, die durch einen einzigen Kuss ruiniert worden war. Dieser Gedanke wiederum vertrieb die Traurigkeit und machte Wut Platz. Es war so ungerecht.

Wenn schon ihr Ruf nichts mehr galt, dann konnte sie es eigentlich auch genießen – wenigstens hier im Schutz der Anonymität. Und immerhin war Alexander ein anständiger Mann und keiner, der die Situation zu seinem Vorteil ausnutzen würde. Gewiss wäre er andernfalls nicht so eng mit Maximilian befreundet, versicherte sie sich selbst ein weiteres Mal. Kurz schloss Johanna die Augen, dann sah sie ihn an, während sie langsam zwischen zwei Seidenbahnen hindurchgingen.

»Würden Sie mich küssen?« Vielleicht verdrängte das die Erinnerung an ihren bisher einzigen Kuss, dem so viel Unheil gefolgt war.

Alexander machte nicht einmal den Versuch, sein Erstaunen zu verbergen. Augenblicklich biss sich Johanna auf die Zunge und wünschte, sie könnte die Worte ungesagt machen. Gewiss hatte sie jetzt alles verdorben, die Stimmung, den Abend …

»Kommen Sie«, sagte er und führte sie mit sich.

Mittlerweile schlug Johanna das Herz so schnell, dass es ihr in der Kehle schmerzte. Sie folgte Alexander, hörte das Kichern einer Frau aus einer Nische, und dann kamen sie in einen Teil des Kellers, der in bläulicher Schwärze lag. Hier war niemand, es war wie der Ausläufer der Tiefsee, und vermutlich waren die Gäste bereits darauf gekommen, dass hier kein Hinweis versteckt war. Der Kellerraum war verwinkelt.

Alexander trat mit ihr in eine Nische hinter einer Säule, und in dem Lichtschimmer, der vom Gewölbe her einfiel, konnte sie erkennen, dass er lächelte. Er streichelte mit dem Daumen sacht über ihre Wange, berührte ihren Mundwinkel, streichelte ihren Hals, dann senkte er den Kopf und berührte ihre Lippen mit den seinen. Ein kleiner Schauder durchfuhr Johanna, und sie schloss die Augen, als er ihren Mund mit seinem liebkoste, ihn erst behutsam umwarb und schließlich, als sich ihre Lippen öffneten, zu einem Kuss vertiefte. Zögernd gab sich Johanna dieser erregenden Mischung aus spielerischer Zurückhaltung und langsamer Verführung hin. Im Gegensatz zu Friedrich Veidt machte dieser Mann keinen Versuch, sie auf eine Art zu berühren, zu der sie nicht bereit war. Seine rechte Hand lag sanft an ihrem Hinterkopf, die andere an ihrer Taille.

Als ihr Atem schneller ging, löste er sich aus dem Kuss, sah sie an, als wollte er ausloten, wie es um ihre Gefühle bestellt war, dann senkte er den Kopf wieder, und wenn Johanna geglaubt hatte, der vorherige Kuss wäre an Intensität kaum zu übertreffen gewesen, so wurde sie nun eines Besseren belehrt. Ihr wurde schwindlig, und ihre Hände glitten von seinen Schultern zu seinem Nacken, als müsste sie Halt suchen. Er legte ihr beide Hände um die Taille, dann um ihren Rücken, sodass er sie enger an sich ziehen konnte.

»Ich will nicht, dass es aufhört«, murmelte sie an seinem Mund, als er den ihren lange genug freigab.

Er hob sie hoch auf den Mauervorsprung, sodass ihr Gesicht auf einer Höhe mit seinem war, dann umfasste er ihr Gesicht und küsste sie erneut. Johanna schob eine Hand an seinen Nacken, berührte sein Haar mit den Fingerspitzen, während er sie mit einem Arm umfangen hielt und mit der anderen Hand ihren Rücken streichelte. Als er den Kuss beendete, verspürte sie einen

Augenblick lang Enttäuschung, die im nächsten Wimpernschlag einem Gefühl kribbeliger Erregung wich, als sein Mund über ihren Hals glitt, Küsse darauf atmete. Ihr Herz schlug so schnell, dass sie glaubte, selbst er müsse es hören. Nie wieder würde sie diesen Mann ansehen können, ohne daran zu denken, wie sich seine Hände und sein Mund anfühlten.

»Ich glaube«, sagte er schließlich dicht an ihrem Ohr, »wir hören an dieser Stelle besser auf damit.«

»Und wenn wir es nicht täten?«, murmelte sie und streichelte seinen Nacken.

»Dann müssten wir uns einen etwas abgeschiedeneren Ort suchen.«

»Und dann?«

Er zögerte zunächst, neigte sich schließlich zu ihr, sodass sie seinen Atem am Ohr spürte: »In dem Fall«, sagte er leise, »sollten wir uns in ein Separee zurückziehen.« Er küsste ihr Ohr, und ein wohliger Schauer überlief sie. Sein Mund berührte die zarte Stelle darunter, dann fuhr er fort: »Dort würden wir uns küssen«, seine Lippen berührten ihren Hals, »und küssen«, sein Mund glitt über ihre Kehle und wieder zurück zu ihrem Ohr.

Johanna spürte eine Wärme im Bauch aufsteigen, die nichts mehr gemein hatte mit jenem Gefühl harmloser Schwärmerei. Er hatte recht, sie mussten augenblicklich damit aufhören. Und doch unterbrach sie ihn nicht, lauschte seinen geflüsterten Zärtlichkeiten.

»Ich würde dein Kleid ein kleines Stück öffnen«, flüsterte er, »und es dir langsam über die Schultern schieben. Dann würde ich seinem Weg mit den Lippen folgen.« Er küsste ihren Hals, bog sacht ihren Kopf zurück, liebkoste mit den Lippen die kleine Kuhle zwischen ihren Schlüsselbeinen, direkt über dem Smaragdanhänger.

Ich bin verloren, dachte sie, ich bin rettungslos verloren.

»Ich denke«, sagte er schließlich, »wir sollten jetzt aufhören und zurückgehen.«

Sie nickte, glitt von dem Mauervorsprung und nahm seinen Arm. Mit einem Mal verspürte sie Verlegenheit. Wie hatte sie sich so gehen lassen können? Was musste Alexander von Reuss denn von ihr halten? Gewiss hielt er sie für eine Frau, die sich auf Feiern einfach so fremden Männern hingab. Wie sollte sie sich ihm denn nun zu erkennen geben? Er würde sich womöglich darin bestätigt sehen, was alle von ihr behaupteten, dass Johanna von Seybach keinerlei Zurückhaltung in Bezug auf Männer kannte. Wie sollte sie ihm verständlich machen, dass sie ihn so weit hatte gehen lassen, weil es sich in diesem einen Moment so wunderbar angefühlt hatte und weil sie Zuneigung zu ihm verspürte. Er war so galant – und der Tanz auf der Galerie so wundervoll gewesen. Sie begleitete ihn zurück zum Entree, wo sich bereits etliche andere Gäste eingefunden hatten. Johanna warf einen Blick auf die Uhr und erschrak. Sie war bereits eine Viertelstunde über der Zeit.

»Ich muss gehen«, sagte sie.

»So schnell?«

»Ich … ich kann es Ihnen nicht erklären.« Und dann, einem Impuls folgend, zog sie eine Spange aus dem Haar, legte sie ihm in die Hand und schloss seine Finger darum. »Auf bald«, sagte sie, hielt noch einmal inne und fügte leise hinzu: »Ich weiß, wer Sie sind.« Ehe er darauf reagieren konnte, wandte sie sich ab und eilte davon.

Maximilian stand draußen und wartete bereits ungeduldig. »Wo bleibst du denn?«

»Entschuldige bitte.«

Er begleitete sie zur Kutsche, die am Brunnen stand, und öffnete den Schlag.

»Verzeihung«, sagte Johanna zu Nanette, als sie in die Kutsche stieg.

»Das wurde aber auch höchste Zeit.« Die Kutsche fuhr an. »War es denn schön?«

»Oh ja, es war wunderbar.«

»Haben Sie eine interessante Eroberung gemacht? Sie klingen ja ganz atemlos.«

»Rudolf Heiland hat mich in ein Separee gebeten.«

»Rudolf Heiland?« Überraschung lag in Nanettes Stimme. »Ich dachte immer, der bevorzugt erfahrene Frauen. Und? War es gut? Nach allem, was man hört, soll er ein großartiger Liebhaber sein.«

»Ich bin natürlich nicht mit ihm ins Separee gegangen.«

»Warum denn nicht? Gewiss wäre er ausreichend zurückhaltend gewesen, um Sie jungfräulich aus seinen Armen zu entlassen, und doch wären Sie voll und ganz auf Ihre Kosten gekommen. Es hätte unvergesslich sein können.«

»Na, hören Sie mal! Ich bin überhaupt nicht verliebt in diesen Mann. Überdies wusste ich da ja noch nicht einmal, wer er ist.«

Nanette antwortete nicht, und Johanna glaubte geradezu zu spüren, wie sie mit den Schultern zuckte.

»Ich bereue es trotzdem nicht, ich habe nämlich einen Mann kennengelernt.«

»Tatsächlich?« Nanette klang interessiert. »Und kennengelernt heißt?«

»Wir sind zusammen auf Schatzsuche gegangen.«

»Ich kenne die Schatzsuchen auf den Maskenbällen der Fürstin Windisch. Aus gutem Grund versammeln die Damen ihre unverheirateten Töchter vorsorglich um sich.« Nanette hatte eine ganz eigene Art, Worte in spöttische Belustigung zu kleiden.

Johanna dachte an den Kuss und seufzte leise. Immerhin wusste er nun, dass sie nicht wahllos irgendeinen Mann geküsst hatte. Und wenn sie sich vertan hatte? Wenn er es gar nicht gewesen war und sie all dies mit einem vollkommen Fremden getan hatte, dem sie Alexanders Gesicht wie eine Maske übergestülpt hatte? Das wäre so schlimm, dass sie es sich nicht vorzustellen vermochte. Aber er war es gewesen, dessen war sie sich gewiss, und etwas anderes wollte sie nicht glauben.

23

Johanna

Dass Annemarie und Julie von Hegenberg die Schatzsuche gewonnen hatten, war Henriette von Seybach ein solches Ärgernis, dass sie morgens bei Tisch kaum an sich halten konnte. »Man könnte ja glauben, diese Familie lässt auch anderen zumindest die Brosamen übrig, die vom Tisch fallen, aber nein, sie müssen alles an sich reißen.«

»Großmutter, Annemarie und ihre Schwester haben die Rätsel mit ihren Eltern ebenso gelöst, wie wir das getan haben«, entgegnete Isabella. »Sie waren nur einfach schneller. Himmel, bis ich auf die große Muschel gekommen bin mit der künstlichen Perle darin – das hat eine halbe Ewigkeit gedauert!«

»Aber immerhin warst du es, die es erraten hat«, entgegnete die Großmutter nicht ohne Stolz. »Weder die von Riepenhoff noch die von Goldhofer haben es erraten können.«

»Amalie ist zeitgleich mit mir darauf gekommen.«

»Wart ihr zusammen in einer Gruppe?«, fragte Johanna.

»Ja, wir vier.«

»Was war denn die Frage?«

»Das war das Kärtchen von dieser schamlosen Person«, entgegnete die Großmutter. »Die Fürstin wird auch von Jahr zu Jahr unanständiger. Wie kann man denn ein solches Kostüm auswählen?«

»Die Frage lautete: Zwei Hälften vom Großen und Kleinen, kannst du sie im Herzen vereinen?«, sagte Isabella. »Das war die Muschel mit der Perle darin.«

»Und was war der Preis?«

»Stell dir nur vor, Rudolf Heiland und Maria Senger waren dort, und der Preis war eine private Aufführung für eine Feier. Das bedeutet, er kommt in das Haus der Familie und beehrt sie mit einem Stück, das er extra und exklusiv für sie aufführt. Annemarie und Julie waren außer sich vor Freude.«

Henriette von Seybach stieß ein verächtliches Schnauben aus, als hätten die von Hegenbergs nur gewonnen, um sie persönlich zu ärgern.

Johanna hatte die ganze Nacht an Alexander von Reuss gedacht, hatte diese kribbelige Erregung verspürt, diese Unruhe, die wie ein Fieber in ihrem Blut war. Sie wusste nur wenig darüber, was zwischen einem Mann und einer Frau passierte, im Grunde genommen nur das, was ihre Mutter vage angedeutet hatte, ergänzt durch die dürftigen Aussagen ihrer Freundinnen, die sich zurückhaltend gaben, da man über dergleichen nicht sprach. Dank Alexander hatte sie nun wenigstens eine Ahnung von dem, was geschah.

Ob Maximilian etwas ahnte? Er hatte sie mehrmals prüfend angesehen beim Frühstück. Aber er würde gewiss nicht schweigend dasitzen, wenn er auch nur die vage Vermutung hätte, was Johanna und Alexander in dieser Nische getan hatten, sondern hätte sie vermutlich schon letzte Nacht zur Rede gestellt.

»Wo warst du eigentlich während der gesamten Schatzsuche?«, fragte die Großmutter nun, und Johanna zuckte zusammen, glaubte im ersten Moment, sie sei gemeint gewesen. Blut schoss ihr in die Wangen, und dann erst wurde ihr klar, dass die Großmutter sich an Maximilian gewandt hatte.

»Ja«, fügte Isabella mit unschuldigem Augenaufschlag hinzu. »Wo warst du eigentlich?«

»Du weißt ja, die vielen Treppen …«, wich Maximilian aus.

Nach dem Frühstück zog sich der Tag in eintöniger Langeweile dahin, wie es stets der Fall war, seit es Johanna nicht mehr erlaubt war, sich unter Menschen zu mischen. Immerhin war die Großmutter dazu übergegangen, ihr den Kirchgang zu erlauben, denn sie wollte sich keinesfalls anhören müssen, dass ihre moralisch verkommene Enkelin nun auch noch zur Heidin wurde. Johanna hatte zur Beichte gemusst, hatte eine Buße auferlegt bekommen und durfte seither zur Messe. Das stellte die einzige Abwechslung in ihrem Leben dar, sodass Johanna begonnen hatte, sich auf die Sonntage zu freuen. Die Blicke der Leute ignorierte sie, indem sie mit gesenktem Blick ihren Platz in der Kirchenbank einnahm und ihn später in dieser Haltung auch wieder verließ. Sie hatte am Vortag der Feier lange überlegt, ob sie ihr Tun, das sie für den Abend geplant hatte, vorsorglich beichten sollte, aber dann hatte die Angst überwogen, der Geistliche könne ihrer Großmutter gegenüber Andeutungen machen. Auf das Beichtgeheimnis wollte sie da lieber nicht setzen, am Ende hätte man sie noch daheim eingeschlossen und regelmäßig jemanden hochgeschickt, der ihre Anwesenheit überprüfte.

Bis zum Mittagessen las sie und spielte Violine, nach dem Essen setzte sie sich mit ihrer Staffelei ins Entree und malte weiter an ihrem Bild. Es zeigte den Garten in Herbststimmung, einerseits trostlos, andererseits mit dem Rest flammender Blätter an den Bäumen. Alles atmete das Ende des Sommers, und über dem Bild schien man den kalten Hauch nahenden Winters bereits zu erahnen. Johanna malte mit einem feinen Pinsel einige Details des Pavillons und ließ die Tür offen, sodass man hineinschauen konnte. Und dann – sie wusste nicht, was sie da ritt – malte sie die Chaiselongue, die man von draußen aus sah, und drapierte eine grüne Decke darüber, deren Falten beim näheren Hinsehen auch die Umrisse eines Frauenkörpers sein mochten. Die Muster darin liebkosende Hände. Johanna warf einen prüfenden Blick darauf. Wenn die Großmutter erkannte, was sie gemalt hatte, würde sie das Bild in den nächsten Kamin stecken.

Schritte waren zu hören, und ertappt wandte Johanna sich um. Cilli betrat das Foyer, gefolgt von Alexander. Ihr Herzschlag beschleunigte sich augenblicklich, und sie sah ihn an, suchte in seinem

Blick ein Zeichen des Erkennens, wenngleich sie wusste, dass dies ganz und gar ausgeschlossen war. Er sah sie an, lächelte freundlich, grüßte und ging zur Treppe.

»Sie kennen ja den Weg, Herr Graf«, sagte Cilli, und Alexander bedankte sich, ehe er rasch die Treppe hochlief. Gewiss würde er mit Maximilian in dessen privatem Salon sitzen, und dort könnte Johanna nicht zufällig auftauchen, wie sie das in einem der anderen Räume hätte tun können. Und wenn sie doch im Kleinen Salon oder im Musikzimmer saßen?

Johanna übergab die Pinsel zur Reinigung einem Dienstmädchen, räumte die Staffelei zur Seite und ging die Treppe hinauf. Was sie sagen sollte, wenn sie ihn antraf, wusste sie selbst nicht, denn sie konnte sich ja schlecht ungefragt dazusetzen. Aber vielleicht lud Maximilian sie ja ein, zusammen zu musizieren. Und vielleicht ergab sich dann sogar die Möglichkeit zu einem Gespräch. Allerdings konnte sie sich vor Maximilian unmöglich zu erkennen geben. *Ach, Maximilian, ich wollte Alexander nur kurz sagen, dass ich es war, die er so intensiv geküsst und der er anzügliche Dinge ins Ohr geflüstert hat. Übrigens hat mich vorher Rudolf Heiland ins Separee gebeten.*

Johanna schritt die Treppe hoch und sah nacheinander in alle Salons, fand diese jedoch verwaist vor. Im Kleinen Salon war bereits die Kaffeetafel angerichtet, was Schlimmes erahnen ließ, denn gedeckt war für drei Personen. Es blieb noch die vage Hoffnung, dass die Großmutter zwei Gäste erwartete, aber daran mochte Johanna nicht glauben. Ihr stand also wieder ein tödlich langweiliger Nachmittag bevor.

Wenn sie es nun doch schaffte, Alexander von Reuss zu sehen, wie konnte sie das Thema anschneiden, das ihr so auf der Seele brannte? Sie konnte ihn ja unmöglich auf den Kuss ansprechen – denn was, wenn sie sich nun doch geirrt hatte und er gar nicht der Mann gewesen war, mit dem sie dieses aufregende Erlebnis geteilt hatte? Wenn es ein ganz anderer gewesen war, der sie geküsst und ihr sinnliche Fantasien ins Ohr geflüstert hatte? Alexander seinerseits konnte sie ja nun unmöglich darauf ansprechen, denn er wusste ja gar nicht, dass sie jene Frau gewesen war. Und wenn er nun überhaupt kein Interesse an ihr hatte? Wenn der Kuss für ihn bedeutungslos war und nur der geheimnisvollen Stimmung einer Nacht geschuldet? Ach, es war zum Verzweifeln!

In Kürze würde der erste große Ball im Liebermann'schen Palais stattfinden, wo die Debütantinnen in die Gesellschaft eingeführt werden würden. Natürlich hatte auch das Haus von Seybach eine Einladung für Johanna bekommen, aber man ging selbstverständlich davon aus, dass davon kein Gebrauch gemacht werden würde.

»Über diesen Skandal würde man allenfalls hinwegsehen, wären wir reich wie ein zu Treutheim«, hatte die Großmutter gesagt. »Aber nicht einmal der Rang deines Onkels ändert etwas daran, dass du als gefallene Frau giltst.«

Johanna war traurig darüber, denn die Einführung als Debütantin war eine Nacht, die es im Leben nur einmal gab. Gleich, wie viele wundervolle Bälle sie noch erlebte – und derzeit hatte Johanna nicht die Hoffnung, dass das auch nur einer sein würde –, ein Debüt würde sie niemals haben. Maximilian würde zusammen mit der Großmutter hingehen, denn immerhin galt es, die Fühler auszustrecken nach einer guten Partie.

»Vielleicht«, so hatte Isabella sie zu trösten versucht, »debütieren wir nächstes Jahr zusammen. Bis dahin ist der Skandal vielleicht in Vergessenheit geraten.«

Da man dafür offenkundig märchenhaft reich sein musste wie die zu Treutheims – wer auch immer das war –, hielt Johanna das für unwahrscheinlich. Aber ein kleines Fünkchen Hoffnung setzte sich doch in ihr fest, denn vielleicht hatte Isabella ja diesbezüglich Bemerkungen von ihrem Vater oder der Großmutter mitgehört? An diese Hoffnung wollte sich Johanna klammern wie an ein Zweiglein, an dem man sich festhielt, während man über einem Abgrund hing.

Es war jedoch Henriette von Seybach selbst, die das Zweiglein mit resolutem Schnitt noch am selben Nachmittag kappte. Finni war in der Bibliothek erschienen, in die Johanna sich zurückgezogen hatte, und richtete ihr aus, dass die Großmutter sie unverzüglich im Salon erwarte. Also blieb ihr die nachmittägliche Kaffeestunde doch nicht erspart.

»Da bist du ja«, begrüßte Henriette von Seybach sie und wies mit der Hand auf das elfenbeinweiße Kanapee.

Dieser Salon wirkte persönlicher als die anderen, die Möbel waren aus feinem Rosenholz, um einen runden Tisch standen außer dem Kanapee zwei mit blauem Samt bezogene Sessel. An der Wand hinter dem Kanapee hing ein Gemälde, das eine junge Frau beim Musizieren auf der Harfe zeigte – vermutlich irgendeine Vorfahrin vonseiten Carls –, und auf dem Boden lag ein orientalisch anmutender Teppich.

»Kommt Isabella nicht?«, fragte Johanna, nachdem sie Platz genommen hatte.

»Nein, heute nicht«, entgegnete die Großmutter. »Wir haben einen besonderen Gast. Ich hatte überlegt, Maximilian dazuzubitten, da dein Onkel ja wieder verreist ist, aber ich denke, dass wir die Angelegenheit etwas weniger förmlich halten sollten.«

»Die Angelegenheit? Welche Angelegenheit?«

Das Stubenmädchen Anna erschien. »Wilhelm von Ragwerth, Frau Gräfin.«

»Bitten Sie ihn herein.«

Der Mann, der nun eintrat, mochte im Alter zwischen Maximilian und Carl liegen, war stattlich mit vollem ergrauendem dunklem Haar und einem Schnurrbart, dessen Enden gezwirbelt waren. Höflich grüßte er erst die Großmutter und dann Johanna, nahm ihnen gegenüber in einem der Sessel Platz und bedankte sich für die Einladung. Johanna ahnte mit einem Mal, was hier los war, und ihr wurde schlecht vor Angst. Ihre Großmutter erwog doch wohl nicht, sie mit diesem Mann zu verheiraten? Bei dem Gedanken daran

222

zitterten ihr die Hände, sodass es leise klirrte, als sie ihre Kaffeetasse zurück auf die Untertasse stellte. Anstelle eines Tadels traf sie jedoch nur das nachsichtige Lächeln Henriette von Seybachs.

Obwohl das Gespräch sich nicht um eine mögliche Eheschließung drehte oder gar um Johannas Befähigung als Ehefrau, so war doch klar, worauf es hinauslaufen sollte, als sie von ihrer Familie erzählen sollte, dem Leben in Königsberg, was sie dort getan hatte, was ihre Interessen waren – »Malen, wie wunderbar weiblich und künstlerisch«, warf die Großmutter ein –, ob sie die Musik liebte – »Violine ist wahrhaftig die Königin der Instrumente!«, bemerkte Wilhelm von Ragwerth.

Da er bei seinem ersten Besuch die Gastfreundschaft nicht über Gebühr beanspruchen durfte, wenn er nicht als unhöflich gelten wollte, verabschiedete sich Wilhelm von Ragwerth – Freiherr auf einem Gut irgendwo auf dem bayerischen Land – nach einer Stunde. Nachdem er endlich fort war, wandte sich Johanna mit angstvoll klopfendem Herzen an ihre Großmutter.

»Du denkst doch nicht wirklich daran, mich mit diesem alten Mann zu verheiraten? Er hat drei Kinder!«

»Deine Eltern haben mir geschrieben, und neben Vorwürfen, weil dir dergleichen in meiner Obhut geschehen ist, haben sie mir freie Hand dabei gelassen, diesen Skandal zu beheben. Ihnen ist wichtig, dass dein Ruf von diesem Makel befreit wird, und dazu eignet sich eine Ehe hervorragend.«

Dass ihre Eltern der Großmutter geschrieben hatten, nicht jedoch einen tröstlichen Brief an Johanna, versetzte dieser einen Stich. »Aber ich will diesen Mann nicht heiraten! Hast du nicht gesehen, wie er mich angeschaut hat? Als lotete er bereits meine Befähigung als seine Ehefrau aus.«

»Natürlich stellt er gewisse Ansprüche an dich. Und dass er dich so ansieht – nun ja, ihm stehen nach der Heirat gewisse Rechte zu, so wie du Pflichten haben wirst. Es mag dir vielleicht unangenehm sein, aber die Belohnung dafür ist die Mutterschaft.«

Johanna wusste nicht mehr, was sie sagen sollte.

»Du hast alle Qualitäten, die es für eine Ehe mit einem Mann wie ihn braucht. Du bist alt genug, um seinen Kindern eine Mutter zu sein, und doch so jung, dass du ihm noch viele weitere schenken kannst.«

Die Vorstellung, wie dieser Mann ihr seine Küsse aufzwang, sie anfasste, ihr seinen Körper aufdrängte, löste Übelkeit in ihr aus. Und das ließen ihre Eltern zu?

»Wann hast du den Brief meiner Eltern bekommen?«

»Vor drei Tagen. Im Schreiben an sie haben Carl und ich bereits dargelegt, welche Pläne ich für dich habe, und dass ich dir einen anständigen Mann suche. Damit sind sie ausdrücklich einverstanden.«

»Aber dieser Mann muss mir doch auch gefallen!«

»Wilhelm von Ragwerth ist doch ein gut aussehender Mann, außerdem ist er kein Spieler, trinkt nicht übermäßig und verkehrt – nach allem, was man so hört – nicht mit leichten Frauen. Er kümmert sich seit dem Tod seiner Frau aufopferungsvoll um seine drei Kinder und lässt ihnen eine hervorragende Erziehung angedeihen. Ein durch und durch anständiger Mann.«

»Warum will er mich dann trotz meines angeschlagenen Rufes heiraten?«

»Weil jemand wie er nicht allzu wählerisch sein kann. Er hat keinen großen Titel, kein übermäßiges Vermögen, kein Haus in der mondänen Großstadt und überdies bereits Kinder. Für dich ist das ideal, denn du kannst auf seinem Landsitz zur Ruhe kommen, dich um seine Kinder und später um deine eigenen kümmern. Wenn du dann zu Besuch nach München kommst, wird die Gesellschaft dich wieder wohlwollend empfangen. Man wird sich vielleicht sogar fragen, ob man dir durch diese ganze üble Nachrede nicht Unrecht getan hat, denn man wird sehen, wie du dich bewährst in deiner Rolle als Mutter und Ehefrau.«

»Das tue ich nie und nimmer!« Johanna sprang auf.

»Setz dich hin, ich bin noch nicht fertig.«

»Ich mit dir schon!« Johanna nutzte den Moment schockierter Sprachlosigkeit, drehte sich um und lief aus dem Salon.

Sollte die Großmutter sie nur mit Arrest strafen, das war auch nicht schlimmer als das, was sie mit ihr vorhatte. Johanna eilte in ihr Zimmer, holte ihren Mantel und ging rasch die Treppe hinunter. Halb erwartete sie, dass die Großmutter sie im ersten Obergeschoss mit einer Schimpftirade in Empfang nehmen würde, aber der Korridor war leer. Kurz darauf saß sie im Garten auf einer Bank, während in ihr Wut und Verzweiflung rangen. Das sollte es jetzt gewesen sein? Sie würde ihr Leben an der Seite eines Mannes fristen, der irgendwo auf dem Land lebte, seine Kinder erziehen und weitere gebären? Sollte zulassen, dass er über sie und ihren Körper verfügte, ohne etwas dagegen tun zu können? Sie fühlte sich verraten, nicht nur von ihrer Großmutter und ihrem Onkel, sondern auch von ihren Eltern.

Aus dem Augenwinkel nahm sie eine Bewegung wahr und bemerkte eine hochgewachsene Gestalt, die sich aus den Schatten des Hauses löste und durch den Garten auf sie zukam. Alexander von Reuss. Hastig wischte Johanna ihre Tränen weg und setzte sich aufrecht hin, wollte nicht wie ein Häufchen Elend vor ihm hocken.

»Graf von Reuss«, begrüßte sie ihn, wobei ihre Stimme nicht gar so fest klang, wie sie es sich gewünscht hatte.

Er trat zu ihr, sah rasch zum Haus und neigte sich dann vor, zeigte ihr ihre Spange und schob sie ihr ins Haar. »Auch ich wusste es die ganze Zeit.«

Das Glück schlug wie eine Welle über ihr zusammen, und sie konnte nicht mehr tun, als ihn anzusehen.

»Darf ich hoffen?«, fragte er.

Nach mehreren Versuchen gelang es ihr, eine Antwort zu artikulieren. »Ja, aber gewiss doch.«

»Und sag bitte Alexander zu mir und nicht mehr Graf von

Reuss. Ich denke, all die Distanz ist unter uns doch mittlerweile überflüssig.«

Dass er sie mit dieser Zärtlichkeit in der Stimme an den Moment geteilter Intimität erinnerte, ließ eine Verlegenheit in Johanna aufsteigen, gegen die sie überhaupt nichts tun konnte. Es war eben eine Sache, sich im Dunkeln zu küssen, eine ganz andere war es, im schwindenden Licht des Tages daran erinnert zu werden.

»Dann auf bald, meine liebste Johanna.«

»Auf bald, Alexander.« Sie sagte seinen Namen langsam, als könnte sie ihn auf der Zunge schmecken wie den Nachhall seines Kusses.

24

Johanna

»Ich tue das, weil er mein bester Freund ist und ich davon überzeugt bin, dass er anständig an dir handeln wird«, erklärte Maximilian, als er mit Johanna durch das Gartentor hinaustrat und den Weg in den Englischen Garten nahm. »Andernfalls würde ich solche Heimlichkeiten zwischen dir und einem Mann nicht dulden.«

Es hatte geschneit, und Johanna liebte das Knirschen von frischem Schnee unter ihren Stiefeln.

»Nach dem, was dir mit diesem Schuft widerfahren ist«, fuhr Maximilian fort, »werde ich alles tun, um zu verhindern, dass dir erneut jemand so ein Leid zufügt.«

Johanna ging an seinem Arm und drückte ihn nun leicht. Sie hatte ihn so lieb gewonnen, als sei er ihr Bruder, und sie würde ihrerseits alles dafür tun, damit er glücklich würde, wenngleich es in ihrem Fall wohl leere Versprechen waren, denn wann sollte jemand wie er schon auf ihre Hilfe angewiesen sein? »Ich wünschte, du wärest wirklich mein Bruder. Ich habe dich so lieb, weißt du das?«, fragte sie aus einem Überschwang ihrer Gefühle heraus.

Maximilian wirkte erstaunt, dann lächelte er. »Ich habe dich auch sehr lieb gewonnen.«

In Kürze würde sie Alexander sehen, und allein bei dem Gedanken wollte ihr Herz vor Freude tanzen. Die Großmutter hatte nach Johannas unverschämtem Ausbruch keinen Hausarrest verhängt, aber sie hatte doch sehr deutlich gemacht, dass sie dergleichen nicht dulde. Vielleicht hatte sie sogar ein klein wenig Verständnis dafür, dass Johanna mit dem geplanten Arrangement haderte, doch über kurz oder lang würde dieser nichts anderes übrig bleiben, als sich zu fügen.

Zu dieser frühen Stunde war der Englische Garten noch nahezu menschenleer, es war noch nicht einmal richtig hell, sondern das Frühlicht nur ein grauer Schleier, während der Atem ihnen in filigranen Wölkchen vor dem Mund stand. Dass so gut wie niemand unterwegs war, war wohl einer der Gründe, warum die Großmutter den Spaziergang gestattet hatte. In der Gestalt, die ihnen nun entgegenkam, erkannte Johanna Alexander, noch ehe sich seine Züge aus dem Zwielicht herausschälten. Er begrüßte Johanna mit einem warmen Lächeln.

Langsam schlenderten sie über die Parkwege, während Maximilian mit einigem Abstand folgte, nahe genug, um dem Anstand Genüge zu tun, jedoch weit genug weg, um nicht zu hören, was sie redeten. Es war das erste Treffen, seit Alexander ihr die Spange gegeben hatte, und Johanna war ein wenig befangen. Alexander hatte Maximilian um das Treffen gebeten, und Johanna hoffte, dass sich nun für sie alles zum Besseren wenden würde. Wenn ein Graf von Reuss ernsthafte Absichten äußerte, würde ihre Großmutter wohl mitnichten einen Freiherr von Ragwerth bevorzugen.

»Wie ist es dir in den letzten Tagen ergangen?«, fragte Alexander.

Froh, dass er mit etwas Unverfänglichem begann, entgegnete Johanna, es gehe ihr gut. »Und wie haben Sie ... hast du die Tage verbracht?« Die persönliche Anrede ging ihr noch nicht selbstverständlich über die Lippen.

»Ich war auf dem Ball der Liebermanns zusammen mit meiner Stiefmutter, meiner Schwester Rosa und deren Verlobten. Rosa hast du ja bereits kennengelernt, sie hat im letzten Jahr debütiert.«

»Wie viele Schwestern hast du?«

»Vier. Constanze debütiert nächstes Jahr zusammen mit Isabella und Amalie.«

Damit erschöpften sich die gesellschaftlichen Themen. Dass er eine Stiefmutter hatte, wusste Johanna, Isabella hatte es mal beiläufig erwähnt, ohne jedoch näher darauf einzugehen. Ob die leibliche Mutter auch gestorben war wie Tante Eloise? Und der Vater hatte dann erneut geheiratet? Aber eine solche Frage wäre sehr indiskret gewesen, und so unterließ sie es. Sie würde Maximilian später nach den Familienverhältnissen der von Reuss fragen.

»Ich habe fortwährend an dich gedacht«, sagte Alexander nun.

Johanna spürte Wärme in ihren Wangen und lächelte. »Ich auch an dich.«

»Dass du mir auf dem Maskenball gesagt hast, du wüsstest, wer ich war, war das größte Glück. Bis dahin habe ich überlegt, wie ich mich dir erklären soll, wenn wir uns unmaskiert begegnen. Wie konntest du es wissen? Hat es dir jemand verraten?«

»Du hast goldene Sprengsel in den Augen«, erklärte Johanna. »Als ich sie bemerkt habe, passten auch die Stimme und das, was ich von deinen Gesichtszügen erkennen konnte. Und woher wusstest du es?«

Jetzt lachte er leise. »Ich befürchte, meine Antwort ist etwas profaner, auch, wenn ich gerne sagen würde, es waren deine wundervollen grünen Augen – wenngleich mich diese durchaus durch die Maske hindurch betört haben. Aber gewusst habe ich es von Maximilian, der mir sagte, er hole dich nun rein, mit dir am Arm an mir vorbei ist und mir dabei zugenickt hat.«

Johanna erinnerte sich an die Szene und musste nun auch lachen. Ihr Cousin betätigte sich als Kuppler, da taten sich ja gänzlich neue Seiten an ihm auf. »Es ist ein schöner Gedanke, dass all das …«, ihre Wangen wurden wieder warm, »… geschehen ist, während wir beide wussten, wem wir gegenüberstanden. Das macht die Erinnerung daran noch kostbarer.«

»In der Tat.«

Sie gingen eine Weile schweigend nebeneinanderher, aber es war ein schönes Schweigen, eines, das aufgeladen war mit der lustvollen

Erinnerung an jene Nacht und der Erwartung dessen, was noch geschehen mochte.

»Ich möchte dich wiedersehen«, sagte Alexander. »In etwas privaterem Rahmen, wenn dir das recht ist.«

Kurz zögerte Johanna. »Wie privat?«

»Nicht so privat, dass es dich kompromittiert, das kann ich dir versichern. Vielleicht abends im Garten? Wenn die anderen schlafen? Es ist so lausig kalt, dass du dir gewiss sein kannst, außer Küssen wird nichts passieren.«

Sie fragte sich, ob sie je so selbstverständlich von dergleichen würde sprechen können wie er. Kurz überlegte sie. Er war anständig, das hatte Maximilian ihr eben noch versichert. Und der Gedanke daran, sich mit ihm zu treffen, ohne dabei fortwährend beobachtet zu werden, war verlockend. Was sollte schon geschehen? Wenn sie erwischt würden, und er stellte sich als der Mann heraus, den sie in ihm zu sehen hoffte, konnte sie trotz der pikanten Situation nur gewinnen. Stellte er sich jedoch als Schuft heraus, verlor er Maximilians Freundschaft. Sie hingegen hatte ja schon alles verloren und würde allenfalls diese unselige Ehe, die ihre Großmutter da gerade anzubahnen versuchte, verlieren. Und das wäre doch eher ein Gewinn.

»Heute Abend?«, schlug sie vor. »Um zehn geht das Personal zur Ruhe, und die Großmutter liegt da ohnehin spätestens im Bett. Sie legt Wert auf ausreichend Schlaf, um noch an so vielen gesellschaftlichen Ereignissen wie möglich teilnehmen zu können.«

»Gegen elf im geschlossenen Pavillon?«

»Ja, ich denke, das wird gehen.«

Er lächelte. »Ich kann es kaum erwarten.«

Sie gingen langsamer, sodass Maximilian wieder zu ihnen aufschließen konnte. Ohnehin wurde es Zeit heimzukehren, ehe die Großmutter misstrauisch wurde. Den ersten Spaziergang wollte Johanna nicht über Gebühr ausdehnen, und sie sah Alexander ja in dieser Nacht wieder. Der Gedanke jagte einen aufregenden Schauer durch ihren Bauch.

Dieses Gefühl kribbeliger Erwartung hielt den ganzen Tag hindurch an. Nachdem sie mit Maximilian nach Hause gegangen war, war sie aufgeräumter Stimmung, führte Konversation bei Tisch und lächelte sogar, als die Großmutter eine amüsante Geschichte vom Debütantenball erzählte. Nanette entging das natürlich nicht.

»Sie sind ja gut gelaunt«, bemerkte die Gouvernante, als Johanna nachmittags leise vor sich hin summend ihre Violine hervorholte.

»Ach, es bringt ja nichts, immerzu nur Trübsal zu blasen«, erklärte Johanna.

»Nun, ich spiele mal die Närrin und tue so, als glaubte ich Ihnen.«

Johanna fragte sich, ob sie etwas ahnte oder ob Maximilian ihr etwas erzählt hatte, aber da sie nicht befürchtete, Nanette könnte sie bei der Großmutter verraten – dieser Gedanke war so absurd, dass Nanette sie dafür vermutlich ausgelacht hätte –, sorgte sie sich nicht weiter darum. Sie spielte eine Stunde lang auf der Violine und verzog sich dann ins Entree, um trotz der Kälte zu malen. In ihren Mantel gehüllt saß sie da, den Pinsel in den klammen Fingern, während sie fortwährend an Alexander dachte. Das in Liebe verschlungene Paar im Pavillon hatte niemand bemerkt, alle schienen es für Decken oder Zierkissen zu halten, die Flut blonder Haare für orientalisch anmutende Ornamente, denn niemand sah genauer hin. Nicht einmal, als Johanna gewagt hatte, eine bloße Schulter zu malen, war jemandem etwas aufgefallen. Sie hatte dabei Alexanders geflüsterte Worte im Ohr gehabt, wie er ihr das Kleid über die Schulter schieben und seine Küsse den Hals hinab fortsetzen würde.

Als sie nun vor dem Bild saß, fragte sie sich, wie es danach wohl weiterging. Er hatte ihr Liebkosungen beschrieben, Zärtlichkeiten, aber Johanna fragte sich, was kam, sobald das Kleid über die Schultern geglitten war. Wenn sie das, was sie wusste, mit dem zusammenfügte, was Alexander gesagt hatte, so hatte sie eine Ahnung, aber mehr nicht. Sie wusste jedoch, dass er – und nur er – der richtige Mann war, es herauszufinden. Keinesfalls würde sie zulassen, dass dieser Wilhelm von Ragwerth ihr das Kleid über die Schultern schob.

Zum Abendessen hin wurde sie zunehmend aufgeregter. Was sie tun wollte, kam ihr mittlerweile gewagter vor als der Maskenball. Wieder und wieder musste sie sich sagen, dass sie nichts zu verlieren hatte. Dennoch war sie so nervös, dass ihr das Messer aus der Hand fiel und klappernd auf dem Teller landete. Sie bat um Verzeihung und traf Nanettes Blick, der sie über den Tisch hinweg taxierte. Nach dem Essen tat Maximilian ihnen den Gefallen und spielte auf dem Piano.

Das Dienstmädchen Louisa trat ein, fragte, ob sie Scheite im Kamin nachlegen solle. Maximilian lächelte sie an, was sie erröten ließ, und sagte, dass die Familie sich in ihre Zimmer begeben wolle.

»Die Kamine habe ich gerade vorbereitet, Herr Graf«, antwortete sie. »Ich werde sie dann gleich entfachen.«

»Für mich bitte nicht«, entgegnete Maximilian, »ich gehe aus.«

»Dann nur für die gnädigen Damen.« Louisa knickste und verließ den Großen Salon.

Sie blieben nach Maximilians Fortgang noch ein wenig im Salon sitzen, bis das Feuer in sich zusammenfiel, und es war sogar eine recht schöne Stimmung, fand Johanna. Oder kam ihr das nur so vor, weil es ihr gerade gut ging? Als sie sich erhob und ins Zimmer ging, stand sie vor einem Problem, das sie noch nicht bedacht hatte. Finni trat ein, um sie umzukleiden, und sie konnte keinen Grund vorbringen, warum diese das nicht tun sollte. So blieb Johanna nichts anderes übrig, als die Umkleideprozedur über sich ergehen zu lassen und schließlich in ihr Nachthemd gekleidet zu überlegen, was sie nun tun sollte. Einen Morgenmantel überziehen? Aber wie sah das denn aus, wenn sie da in einem solchen

Aufzug erschien? Würde er sie dann nicht doch für liederlich halten? Nein, das ging auf gar keinen Fall. Nach längerem Überlegen – sie erwog sogar, Isabella einzuweihen und sich von ihr in ein Kleid helfen zu lassen – entschied sie, einen ihrer Ausgeh-Mäntel über Nachthemd und Morgenmantel zu ziehen. Dann sähe man das Nachthemd nicht, und sie würde nicht wirken, als stünde sie praktisch nackt vor Alexander.

Den Blick auf die Uhr geheftet wartete sie darauf, dass es endlich auf elf zuging. Den Versuch zu lesen machte sie gar nicht erst, dafür war sie viel zu aufgeregt. Als der Zeiger endlich weit genug vorgerückt war, erhob sie sich, löschte das Licht und ging zur Zimmertür, ihre Stiefel in der Hand haltend. Die Decke hatte sie so verknubbelt und zwei Zierkissen daruntergestopft, dass es wirkte, als liege jemand darunter. Einem näheren Blick würde das nicht standhalten, aber von der Tür her mochte es funktionieren. Johanna wusste nicht, ob die Großmutter überhaupt Kontrollgänge durchführte, wenn sie schlief, im Grunde genommen war es wenig wahrscheinlich, denn gerade in den schlaflosen Nächten nach der Angelegenheit mit Friedrich – möge dieser Schuft in seinem Leben kein Glück mehr erfahren! – hatte sie nie bemerkt, dass Henriette von Seybach bei Nacht nach dem Rechten sah.

Als sie auf den Korridor trat, schlug ihr das Herz so heftig, dass das Dröhnen in ihren Ohren jedes andere Geräusch schluckte. Selbst wenn jemand stampfend auf sie zukäme, hätte sie es wohl nicht hören können. Tief durchatmend ging sie langsam durch den finsteren Flur Richtung Treppe, wobei sie sich mit der ausgestreckten Hand an der Wand entlangtastete, damit sie nicht unvermittelt die Treppe hinunterfiel. Da war die erste Stufe. Johanna griff nach dem Geländer und huschte die Treppe hinab. Als sie unten angelangt war, atmete sie durch, stellte die Stiefel auf den eiskalten Boden und schlüpfte hinein.

Jetzt galt es nur noch, ungesehen durch den Dienstbotentrakt in den Garten zu gelangen, aber den Weg kannte sie mittlerweile gut, und es war überaus unwahrscheinlich, dass vom Personal noch jemand wach war. Wenn doch, würde ihr schon etwas einfallen. Im schlimmsten Fall tat sie so, als wäre sie geschlafwandelt. Dann gälte sie zwar vermutlich überdies als wunderlich, aber darauf kam es nun auch nicht mehr an. Kurz überlegte sie, ob es durch den Speisesaal nicht doch sicherer war, aber die Verandatür ließ sich nicht von außen schließen, und die Gefahr, dass doch jemandem auffiel, dass diese offen stand, war zu groß.

Als sie am Dienstbotenausgang angelangt war, konnte sie ihr Glück kaum fassen. Dann spürte sie ein Stupsen an ihrem Bein und hätte fast aufgeschrien. Es war Ludovika, die nach wie vor hier unten ihr Körbchen hatte und offenbar ahnte, dass hier etwas im Busch war. Johanna ging in die Hocke und kraulte den kleinen Hund.

»Du verrätst mich nicht, hm?«, flüsterte sie, als könnte der Hund sie verstehen.

Ludovika setzte sich auf die Hinterpfoten, und es wirkte, als stellte sie sich auf langwierige Verhandlungen ein. Ob Johanna einfach gehen sollte? Oder würde der Hund dann alles zusammenbellen? Mit leicht schräggelegtem Kopf sah Ludovika sie an, als wollte sie sagen, der Ausgang der Sache läge nun allein in Johannas Händen.

»Ach, verdammt noch mal«, murmelte Johanna und nahm die Hand wieder von der rettenden Türklinke, um stattdessen den Weg in die Speisekammer zu nehmen. Da die Außentür verschlossen war, musste sie durch die Küche, und das war im Dunkeln nicht so einfach, denn in diesem Bereich kannte sie sich nicht aus. Sie hoffte, nicht mit lautem Getöse Töpfe zu Boden zu werfen oder etwas Zerbrechliches umzustoßen. Schließlich gelangte sie jedoch in die Speisekammer, wo sie eine Wurst vom Haken nahm und Ludovika hinhielt. Diese nahm sie huldvoll an und verzog sich zu ihrem Körbchen. Seufzend ging Johanna zurück zur Gartentür und schaffte es endlich hinaus.

Es war so kalt, dass Johanna die Zähne aufeinanderschlugen, was wohl auch der Anspannung geschuldet war. Sie schlang sich die Arme um die Brust und ging durch den Garten. Das hintere Tor hatte sie entriegelt, sodass Alexander hineinkommen konnte, und dabei hatte sie die ganze Zeit Angst gehabt, man könnte sie erwischen. Aber nun war sie hier und lief auf den geschlossenen Pavillon zu – genau jenen, den sie gemalt hatte. Alexander stand daneben, das konnte sie im matten Licht des Mondes erkennen.

»Ich hatte schon Sorge, jemand hätte dich erwischt«, sagte er, als sie bei ihm angelangt war.

»Nein, es ging alles gut.« Sie schob die Tür zum Pavillon auf und trat ein. Es war stockfinster und eiskalt hier drin, aber zumindest schuf es den Anschein von privater Abgeschiedenheit.

Alexander folgte ihr, schob die Tür zu, und im Dunkeln fanden sich ihre Hände, berührten sich zunächst nur, schufen erneut Vertrautheit, wagten sich weiter vor, glitten über Arme, Johannas hoch zu seinen Schultern, seine sacht zu ihrer Taille. Zart umspielten ihre Finger seinen Nacken, während er ihren Rücken streichelte. Im nächsten Moment fanden sich ihre Lippen, und Johanna öffnete den Mund, kostete den Kuss in all seiner Intensität aus. Kurz lösten sie sich voneinander, dann küssten sie sich erneut, küssten sich, bis ihr schwindlig wurde und der Atem knapp. Alexander küsste ihren Mundwinkel, ihre Wange, atmete Küsse bis zu ihrem Ohr, was wilde Schauer durch ihren Körper jagte, küsste ihren Hals, ihre Kehle und kehrte zurück zu ihrem Mund.

»Sag«, murmelte er an ihren Lippen, »trägst du tatsächlich kein Kleid unter diesem Mantel?«

»Ich konnte keinen guten Grund vorbringen, warum meine Zofe mich nicht umkleiden sollte«, sagte sie. »Also bin ich schon im Nachthemd.«

Wieder streichelte er ihr sanft den Rücken. »Ist es dir nicht zu kalt?«

»Nicht, wenn du mich hältst.«

»Dann hören wir besser nicht damit auf.«

»Nein, das sollten wir wirklich nicht.«

Wieder küssten sie sich, und Johanna schmiegte sich in Alexanders Arme, konnte jedoch nicht verhindern, dass ihr die Kälte in die Glieder kroch und sie schließlich so heftig zitterte, dass es auch ihm nicht entgehen konnte. Er löste sich aus dem Kuss, und selbst in der Finsternis spürte Johanna, dass er sie ansah.

»Du solltest zurück ins Haus, ehe du krank wirst«, sagte er.

»Ab... bbb«, ihre Zähne klapperten, »... es isttt so sch... ön.«

»Ja, das ist es. Es ist aber auch schön, wenn du gesund bleibst und wir das noch öfter erleben dürfen. Ich sehe zu, dass Maximilian einen Spaziergang arrangiert«, sagte er. »Vielleicht können wir uns auch mal bei Schloss Nymphenburg sehen, dort ist es weitläufiger, und man ist unbeobachtet.«

»Isttt g... gut.« Johanna drückte ihm noch einen Kuss auf die Lippen, dann löste sie sich aus seinen Armen und verließ den Pavillon. Sie begleitete ihn zum Gartentor, um es hinter ihm zu verriegeln, und ging langsam zurück ins Haus. Am liebsten hätte sie gesungen und getanzt. So fühlte es sich also an, wirklich und wahrhaftig verliebt zu sein.

25

Alexander

Es war ein aufregender Novemberausklang, wie Alexander ihn bisher noch nicht erlebt hatte. Nahezu jede Nacht traf er sich mit Johanna im Gartenpavillon, und es war erregender als jede Affäre, die er bisher gehabt hatte. Leider konnte sie nie allzu lange bleiben, denn es war einfach zu kalt. Als er sie in der letzten Nacht aus seinen Armen entlassen hatte, hatten sie sich mit sehnsuchtsvollen Seufzern voneinander verabschiedet. Allerdings würde er sie heute länger sehen, denn sie hatte mit Nanettes Hilfe arrangiert, dass sie sich im Park von Schloss Nymphenburg trafen.

Erst war geplant gewesen, dass Maximilian sie begleitete, aber dann hatten sie überlegt, dass es vielleicht zu auffällig wäre, denn früher waren sie auch nicht zusammen spazieren gegangen. Erst recht hatten sie keine längeren Ausflüge unternommen. Also war Nanette eingeweiht worden, und zu Alexanders Erleichterung hatte Henriette von Seybach keinerlei Einwände dagegen, dass Johanna in Begleitung der Gouvernante diesen Ausflug unternahm.

Alexander beschloss, auf die Kutsche zu verzichten und stattdessen zu reiten. Einen ausgedehnten Ausritt hatte er sich lange nicht mehr gegönnt, und so genoss er den Weg zu ihrem Treffpunkt, wenngleich ihm die Kälte in die Wangen biss. Schloss Nymphenburg war die Sommerresidenz des Königs am Rande von München. Alleen führten entlang des Kanals zum Schloss, dahinter tat sich ein prachtvoller Park auf, in dessen Zentrum Blumenbeete um einen Brunnen geordnet waren und der sich zu seinen Seiten in immer dichter werdende Wäldchen verlief.

Architektonisch hochinteressant fand Alexander die kleinen Schlösschen in der Parkanlage, Einrichtungen zum Zeitvertreib der höfischen Gesellschaft bei der Jagd und zum Tee. Insbesondere faszinierten ihn das pavillonartige Parkschlösschen der Pagodenburg und die Badenburg. Außerdem gab es die Amalienburg sowie die als künstliche Ruine angelegte Magdalenenklause. Für einen romantischen Ausflug war es selbst im Winter wunderschön, und es lohnte den Weg.

Als Alexander eintraf, war die Seybach'sche Kutsche noch nicht zu sehen, und so saß er ab, führte seinen Hengst zum Unterstand und band ihn an, klopfte ihm sacht den Hals und ging wieder hinaus, um Ausschau nach Johanna zu halten. Sie kam gute zehn Minuten später. Die Kutsche fuhr vor, und ihr entstieg zunächst Nanette und dann Johanna. Xaver, der Kutscher, schnalzte leicht mit der Zunge und fuhr vom Platz. Alexander blieb noch auf Distanz zu ihnen. Zwar waren kaum Menschen unterwegs an diesem Tag, aber es musste ihn nur die falsche Person mit Johanna sehen, und schon würden erneut Gerüchte über sie die Runde machen. In dem Fall wäre sie bald schon wieder zu Hause eingesperrt, und zwischen ihnen würde sich alles verkomplizieren. Zwar hatte er vor, sie zu heiraten, aber er wollte ihr jeden weiteren Ärger ersparen, und der stünde ihr unweigerlich bevor.

Mit Nanette zusammen ging sie auf das Schloss zu, und hätte die Gouvernante ihm nicht unmerklich zugenickt, hätte er geglaubt, sie hätten ihn nicht bemerkt. Er wollte ihnen bereits folgen, als er innehielt, weil er glaubte, ein bekanntes Gesicht erspäht zu haben. War das Sophie de Neuville mit ihrer Mutter? Nein, doch nicht, die junge Frau sah nur so ähnlich aus. Es war niemand, die er kannte.

Mit einigem Abstand folgte Alexander Nanette und Johanna, während diese auf einen Teil des Parks zugingen, der sich in einen Wald verlief. Erst, als sie sich im Schutz der hohen Bäume befanden, verlangsamten sie ihre Schritte, und Alexander konnte aufschließen.

»Zwei Stunden«, sagte Nanette, »dann steht Johanna genau hier, oder das war der letzte Ausflug mit ihr.« Sie sah ihn mit einem Blick an, der unmissverständlich klarmachte, dass Ausreden nicht geduldet würden.

Alexander zog seine Uhr hervor, sah darauf und nickte. »Zwei Stunden.«

»Dann genießen Sie die Zeit.«

Nanette drehte sich um, und Alexander bot Johanna den Arm, sodass sie sich einhaken konnte. Es fühlte sich gut an, so vertraut mit ihr zu sein, einfach miteinander spazieren zu gehen und die winterlich kalte Luft einzuatmen.

»Meine Großmutter hat vor, mich zu verheiraten«, sagte Johanna unvermittelt. »Sie hat mir den Mann schon vorgestellt.«

Alexander verbarg gar nicht erst, wie sehr ihn diese Ankündigung traf. »Wann?«

»An dem Tag, als wir uns nach dem Maskenball zum ersten Mal wiedergesehen haben. Ich habe es dir nicht erzählt, weil ich auf unseren kurzen Treffen nicht auch noch daran denken wollte. Als du mir gesagt hast, dass du auf dem Maskenball wusstest, wer ich bin, war ich so erleichtert, weil mir die Ehe mit diesem Mann nun hoffentlich erspart bleibt.«

»Wer ist er?«

»Wilhelm von Ragwerth.«

»Nie gehört.«

»Er kommt vom Land, ein Freiherr, verwitwet mit drei Kindern, der laut meiner Großmutter nicht sehr wählerisch sein kann in Bezug auf seine Ehefrau.«

Bei diesen Worten packte Alexander die mittlerweile so vertraut gewordene Wut. »Keine Frau sollte sich an einen Mann hergeben, der *nicht sehr wählerisch sein kann*.«

»Das sagt sich als Mann leicht.«

»Du wirst diesen Mann nicht heiraten müssen.«

»Ach was? Tatsächlich?« Unvermittelt herausbrechender Zorn

mischte sich mit Spott. Dann wurde ihre Stimme wieder sanfter. »Entschuldige bitte, ich bin … es ist, meine Großmutter hatte ihn erneut eingeladen, und er saß vor mir, hat davon gesprochen, wie wir auf seinem Landsitz leben werden, davon, dass sein Haus wie geschaffen sei für viele Kinder. Und alles, was ich empfinden kann, ist Abscheu. Meine Eltern haben meiner Großmutter freie Hand gelassen, Hauptsache, mein Ruf ist wiederhergestellt, was angeblich das Beste für mich ist. Und Onkel Carl ist wahrscheinlich froh, dass er sich nicht selbst um die Dinge kümmern muss und überdies die lästige Verpflichtung und Verantwortung für seine Nichte los ist.«

»Ich glaube nicht, dass er dich als lästige Verpflichtung sieht.«

»Und warum tut er dann nichts dagegen, um meine Großmutter von diesen Plänen abzubringen?« Tränen erstickten ihre Stimme.

Alexander blieb stehen, um sie an sich zu ziehen. »Ich lasse nicht zu, dass sie dich mit ihm verheiraten«, murmelte er in ihr Haar.

»Und warum müssen wir uns dann heimlich treffen? Warum so verstohlen und verschwiegen? Ich kann verstehen, dass du es zunächst so gehalten hast, damit wir uns erst kennenlernen können und meine Familie dich nicht praktisch auf eine Verpflichtung festlegt, nur, weil du mir den Hof machst. Aber mittlerweile wissen wir doch, dass wir …« Sie schien nach den richtigen Worten zu suchen, »dass wir uns lie… dass wir zusammen sein möchten.«

Sie wollte nicht die Erste sein, die es aussprach, das ahnte Alexander, diese Blöße, erneut abgewiesen zu werden, würde sie sich nicht geben. »Dass wir uns lieben?«

Zögernd nickte sie, und er hob den Kopf, umfasste ihr Gesicht mit den Händen, sodass er sie ansehen konnte. »Ich werde offiziell um deine Hand bitten, sobald ich die Angelegenheit mit meinem Vater geklärt habe.«

»Dein Vater? Was ist mit ihm?«

»Er ist sehr, hm, konservativ.«

»Du meinst, er möchte keine Schwiegertochter, die forscher ist, als einer Frau zusteht? Die es gewagt hat, sich zu verlieben? Mir ist bekannt, welch üble Bezeichnungen sie für Frauen wie mich verwenden.«

»So etwas sagt niemand über dich.«

»Ach, natürlich tun sie das«, fuhr Johanna auf. »Sie umschreiben es mit Worten wie *gefallen*, als wäre ich über meine eigenen Füße gestolpert, oder *ruiniert*, als hätte ich all unser Geld verspielt. Aber ich bin mir gewiss, vor dir sind sie in ihrer Wortwahl wenig zurückhaltend.«

»Johanna, es ist mir ernst mit dir! Ich hätte Maximilian nie darum gebeten, dich treffen zu dürfen, wenn es das nicht wäre. Und kannst du dir vorstellen, was Nanette mit mir macht, wenn du zu ihr kommst und ihr sagst, ich sei ein Schuft, der dich ebenso schlecht behandelt wie dieser zu Waldersee? So schnell könnte ich die Stadt gar nicht verlassen, dass sie mich nicht erwischt.«

»Ja, da hättest du zu Recht Angst vor ihr.« Jetzt zupfte ein kleines Lächeln an Johannas Mundwinkeln.

»Noch heute werde ich mit meinem Vater sprechen. Und wenn er sich weiterhin weigert, dann finde ich eine Lösung.« Er drückte ihr einen sanften Kuss auf die Lippen.

Vermutlich würde ihm seine Stiefmutter wieder mit den Auswirkungen auf die möglichen Ehekandidaten seiner Schwestern drohen, aber er konnte nicht glauben, dass Robert von Haubitz Rose tatsächlich verließ, weil Alexander eine von Seybach heiratete, über die Gerüchte kursierten. Männer heirateten Kurtisanen und Schauspielerinnen, erhoben diese in den Adelsstand, ohne dass die ganze Familie dadurch brüskiert wäre. Da sollte eine Frau aus einer der besten Familien Münchens eine so inakzeptable Partie sein, dass kein Mann mehr in die Familie von Reuss heiraten wollte? Das konnte Alexander beim besten Willen nicht glauben.

Nachdem sie sich wieder bei ihm eingehakt hatte, gingen sie

weiter. Feine Schneeflocken wirbelten vom Himmel, verliehen dem Wald etwas Mystisches.

»Man könnte glauben, gleich tauchten Feen und Waldgeister auf«, sagte Johanna in diesem Augenblick, und Alexander musste lächeln.

»Etwas Ähnliches dachte ich auch gerade.«

»Wir passen eben gut zusammen.«

»Ja, das tun wir.«

In der Stille des Waldes wagte Alexander es, Johanna zu sich zu drehen und zu küssen. Er schmeckte ihre Lippen, Schnee, Kälte, die in ihrem Mund zu Wärme zerfloss. Er wollte sie so sehr, dass es in seinen Lenden zog, und als er den Kuss beendete, stieß sie einen kleinen Seufzer aus, der so sinnlich klang, dass er sie lieben wollte, gleich hier und jetzt. Er atmete langsam aus, und als sie ihn erwartungsvoll ansah, küsste er sie erneut. Sie blieben so lange eng umschlungen stehen, bis ihnen trotz der warmen Kleidung zu kalt wurde. Erst dann lösten sie sich voneinander und setzten ihren Weg fort.

»Maximilian hat erzählt, du hättest Architektur studiert«, sagte Johanna.

»Das ist richtig.«

»Arbeitest du als Architekt?«

»Ich nehme hin und wieder Aufträge an, aber auch hier stellt sich mein Vater quer, weil er der Meinung ist, ein Graf arbeite allenfalls für den König und nicht für das gemeine Volk.«

»Und wenn du dich gegen deinen Vater stellst?«

»Das würde ich, ginge es nur um mich. Aber er kümmert sich nicht um meine Schwestern, alle gesellschaftlichen Verpflichtungen, die sie betreffen, bleiben an mir hängen. Er übt nicht direkt Druck auf mich aus, sondern auf meine Schwestern, lässt sie die Konsequenzen meines Ungehorsams spüren, weil er weiß, dass er damit eine deutlich größere Wirkung erzielt.«

»Das tut mir leid.«

»Das muss es nicht, auch da wird sich ein Weg finden lassen.«

Viel zu schnell waren die zwei Stunden um, und ehe er Johanna zum Treffpunkt zurückbrachte, küssten sie sich ein weiteres Mal und kosteten diesen Kuss lange aus. »Sehen wir uns morgen Abend?«, fragte er.

»Ja.« Sie lächelte, wirkte befreit und glücklich.

»Pünktlich auf die Minute«, begrüßte Nanette sie beide. Dann sah sie Johanna an. »Rot geküsste Lippen«, bemerkte sie, »und ein zufriedenes Lächeln.« Jetzt traf ihr Blick Alexander. »Offenbar zumindest in dieser Hinsicht kein Fehlgriff. Alles andere wird sich zeigen.«

Alexander war zu perplex, um zu antworten, da hatte sich Nanette bereits mit ihrem Schützling abgewandt und marschierte zurück zur Kutsche. Er sah ihnen nach, schüttelte den Kopf über diese seltsame Gouvernante und ging schließlich seinerseits, um sein Pferd abzuholen und zurückzureiten.

»Na, hat der Herr seinen Ausflug genossen?«, begrüßte ihn sein Vater bissig.

»Durchaus, ja.« Alexander hatte sich in seinen privaten Salon zurückgezogen, seine Entwürfe auf dem Schreibtisch ausgebreitet, der unter dem Fenster stand, und musterte diese nun mit einem Glas in der einen und einer Zigarre in der anderen Hand.

»Warst du bei einer Frau?«

»Ich bin ausgeritten.«

Sein Vater nickte knapp. »Heute war Robert von Haubitz hier. Wie du weißt, wäre deine Anwesenheit erwünscht gewesen.«

»Du warst doch da.«

Diese Anmerkung tat sein Vater mit einer Handbewegung ab.

»Ich möchte heiraten«, sagte Alexander übergangslos, da es den passenden Zeitpunkt für dieses Gespräch ohnehin nie geben würde.

»Ach? Und wen, wenn ich fragen darf?«

»Johanna von Seybach.«

»Was?« Sein Vater lachte ungläubig. »Du scherzt doch wohl, hoffe ich.«

»Keineswegs.«

»Hast du sie geschwängert?«

»Natürlich nicht!«

»Auf gar keinen Fall heiratest du diese kleine Dirne, du hast wohl den Verstand verloren.«

Mit dieser Antwort hatte Alexander gerechnet, daher brachte sie ihn nicht aus der Ruhe. »Sie ist eine von Seybach, und die Geschichten über sie entbehren jeden Beweises. Du selbst schimpfst immer über die klatschsüchtige Gesellschaft.«

»Mir ist gleich, ob sie bewiesen sind. Ihr Ruf ist zerstört, und das passiert nicht einfach so! Und da kommst du mir mit Heiraten? Ich würde ja sagen, geh mit ihr ins Bett und kühle dein Mütchen, aber da sie Carl von Seybachs Nichte ist, wäre das keine gute Idee. Dann such dir eben eine, die so ähnlich aussieht, und tob dich mit ihr aus. Anschließend kannst du, befriedigt und hoffentlich bei klarem Verstand, die Wahl treffen, wen du heiraten möchtest, wenn es dir denn so eilig damit ist.«

Alexander bemühte sich um Ruhe. »Ich habe dich von meinen Plänen in Kenntnis gesetzt, und wenn du mir deinen Segen nicht geben willst, dann muss es eben ohne diesen gehen.«

»Wenn du das wagst, enterbe ich dich nicht nur, ich verheirate auch Constanze an den ersten Kerl, der mir tauglich erscheint, gleich, wie alt er ist. Und wenn er Blatternnarben hat und herumhurt – sie heiratet ihn, sofern er reich und von Adel ist.«

»Das wagst du nicht.«

»Du willst mir sagen, was ich wage! Du? Dessen Mutter ich aus der Gosse gezogen und zu einem Menschen gemacht habe?«

»Sprich nicht so über sie!«

»Warum nicht? Du erinnerst dich doch nicht einmal an sie, weil ich so großzügig war, dich hier bei mir aufzunehmen. Es ist dein

Glück, dass meine Ehefrau mir keinen Sohn geschenkt hat, aber strapaziere dieses Glück lieber nicht allzu sehr, denn ich könnte versucht sein, mir eine Geliebte zuzulegen, und einen weiteren Versuch starten, gleich, wie viele kleine Mädchen dabei zur Welt kommen, die irgendwo in den Straßen verhungern, ehe ich den gewünschten Sohn habe.«

»Du bist widerlich!«

»In diesem Ton sprichst du nicht mit mir!« Sein Vater packte die architektonischen Entwürfe, und noch ehe Alexander sie ihm entreißen konnte, wirbelten sie ins Kaminfeuer.

»Was hast du getan!«, fuhr Alexander seinen Vater an, ging in die Knie, zog an einer Ecke der Blätter, die noch nicht von den Flammen zerfressen war, obgleich er wusste, dass es sinnlos war. Hier konnte er nichts mehr retten. Das Papier kräuselte sich an den Rändern, wurde zerfressen von den Flammen und zerfiel zu schwarzer Asche. Dasselbe geschah mit den Resten kindlicher Zuneigung, die Alexander seinem Vater entgegengebracht hatte.

26

Johanna

Der Finessensepperl war – wie Johanna erfuhr – bekannt als Postillon d'Amour und Überbringer heimlicher Botschaften, wofür er mit Brot, Äpfeln, Zuckergebäck oder mit ein paar Kreuzern bezahlt wurde. Über ihn hatte Alexander Johanna heimlich ein Briefchen zukommen lassen, dass er es in dieser Nacht nicht zu ihrem Treffpunkt schaffe und er sich melde. Es war ein kurzes Schreiben gewesen, so knapp gehalten, dass Johanna überaus irritiert war. Aber dann sagte sie sich, dass er vielleicht keine Zeit gehabt hatte, denn es musste ja einen Grund geben für die Absage. Eine Woche verging, und mit jedem Tag verstärkte sich die Gewissheit in ihr, dass sie, Johanna, dieser Grund war. Er war ihrer überdrüssig und überlegte gerade, wie er mit ihr brechen sollte, ohne Maximilian zu verärgern.

»Warum dieser Kummer?«, fragte Nanette, als sie zu Johanna ins Entree kam.

Johanna hatte keine Lust auf Erklärungen und zuckte nur mit den Schultern. Sie kam sich erbärmlich vor, möglicherweise wieder auf einen Mann hereingefallen zu sein. Lustlos pinselte sie über das Bild, und ehe sie es am Ende noch verdarb, beendete sie die Malerei für diesen Tag und ging in die Bibliothek, wo Maximilian es sich mit einem Buch gemütlich gemacht hatte.

»Hast du in letzter Zeit etwas von Alexander gehört?«, fragte sie ohne große Umschweife.

»Nein, schon die ganze Woche nicht. Einmal war ich bei ihm, aber da wirkte er sehr kurz angebunden, hat mit mir etwas getrunken und sich dann entschuldigt.«

In Maximilians Ton lag kein Missklang, er schien sich nichts weiter dabei zu denken, dass Alexander ihn nicht sehen wollte. In Johannas Vorstellung formte sich allerdings ein gänzlich anderes Bild – Alexander, der Maximilian mied, weil er ihm nicht gestehen wollte, dass er an dessen Cousine nun doch kein Interesse mehr hatte. Während sich Maximilian wieder seinem Buch widmete, ging Johanna die Regale entlang, ohne jedoch etwas zu finden, das ihr Interesse fesselte. Sie nahm dennoch ein Buch mit, damit es nicht wirkte, als sei ihr ganzer Tag nur noch darauf ausgerichtet, auf Alexander zu warten. Am Vortag war dieser schreckliche Wilhelm von Ragwerth wieder da gewesen, und Johanna hatte beschlossen, sich lieber in irgendeinem verschwiegenen Winkel entjungfern zu lassen, ehe sie diesem Mann, der ihren Körper fortwährend so forschend musterte, die erste Liebesnacht zu schenken. Ob Rudolf Heilands Angebot mit dem Separee noch stand?

Nachmittags sah sie wieder einmal den Finessensepperl aus dem Innenhof huschen, und da Nanette in den letzten Tagen keine Nachrichten an sie weitergereicht hatte, fragte Johanna dieses Mal gar nicht. Umso erstaunter war sie, da Cilli ihr mit einem Briefchen hinterherkam, als Johanna gerade die Treppe nach oben gehen wollte. Ohne ein Wort drückte sie ihr ein kleines Stück gefaltetes Papier in die Hand. Das Stubenmädchen lächelte sie an und blinzelte ihr verstohlen zu.

Mit wild klopfendem Herzen nahm Johanna das Brieflein, das mit rotem Siegelwachs verschlossen war. Offenbar, um sie nicht zu kompromittieren, verzichtete Alexander darauf, sein Siegel hineinzudrücken. Johanna barg den Brief in dem Buch und lief eilig nach oben.

»Johanna!« Die Stimme ihrer Großmutter ließ sie innehalten, und sie drehte sich zögernd um.

»Ja?«

»Was ist das für eine undamenhafte Hast, mit der du die Treppe hochläufst? Den Rock dabei so hoch gerafft, dass es kaum mehr als schicklich zu bezeichnen ist?«

Johanna strich das Kleid glatt und hob den Rock dann gerade hoch genug, damit er die Stufen nicht berührte. Dann setzte sie ihren Weg fort, gemessenen Schrittes dieses Mal. Sie trat in ihr Zimmer, schloss die Tür und setzte sich mit dem Brief aufs Bett. Das Herz schlug ihr wie wild, als sie das Siegel brach.

Meine Liebste, verzeih, dass ich dir nicht schon früher geschrieben habe. Wenn du mich heute Nacht trotz meines Versäumnisses sehen möchtest, dann sperr bitte die Gartenpforte auf. Ich erkläre dir alles. In Liebe, Alexander.

Seufzend ließ sich Johanna nach hinten fallen und lächelte verzückt. Ach, wie wunderbar sich das Leben wieder von einem Moment auf den anderen anfühlen konnte. Sie las den Brief noch einige Male, dann warf sie ihn schweren Herzens in die schwelende Kaminglut. Keinesfalls durfte sie riskieren, dass die Großmutter ihn fand.

Die Wartezeit bis zum Abend zog sich endlos, und Johanna wusste nicht, was sie so lange tun sollte. Sie spielte Violine, saß gehorsam beim Nachmittagskaffee, las, ging im Garten spazieren, aß zu Abend, lauschte Maximilian beim Pianospiel und schützte Müdigkeit vor, um sich auf ihr Zimmer zurückzuziehen. Dort las sie, bis Finni kam, um sie umzukleiden für die Nacht. Da Alexander immer erst um elf Uhr kam, musste sie nun noch eine Stunde warten. Sie löschte das Licht bis auf eine Kerze, die einen matten Lichtschein spendete, sodass sie die Uhr im Auge behalten konnte.

Als es kurz vor elf war, zog sie einen wattierten Morgenmantel an und darüber den Mantel. Mittlerweile war sie geübt darin, sich unauffällig hinauszuschleichen. In den ersten Dezembertagen hatte es wieder geschneit, und bei Nacht war es draußen mittlerweile so kalt, dass Johanna die Zähne klapperten, noch ehe sie am Pavillon angelangt war. Dort wartete Alexander bereits und schloss sie in die Arme, küsste sie, und Johanna gab sich dem liebkosenden Spiel seiner Lippen und seiner Hände hin, wenngleich auch das die frostige Kälte nicht vertrieb. Es machte keinen Unterschied, ob sie im Pavillon standen oder davor, und als sie Worte artikulieren wollte, brachte sie kaum ein zusammenhängendes heraus, weil sie so zitterte und ihr die Zähne immer wieder aufeinanderschlugen.

»Es tut mir so leid, dass ich nichts von mir haben hören lassen, aber ich hatte einen grässlichen Streit mit meinem Vater.« Er hielt sie eng umschlungen. »Er hat meine Entwürfe in den Kamin geworfen, und ich musste alles neu zeichnen, das hat Zeit gekostet.«

»I… ist nnnnicht sch…schlllimm.«

»Das geht so nicht«, sagte Alexander. »Du sollst dir hier meinetwegen nicht den Tod holen.«

»Ich www…ill m…mm…ich nnnoch nicht ttt…rennen.« Johanna hatte eine Idee von nahezu törichtem Wagemut. »Kkk…omm mit rr…ein.«

»Was sagst du da?«

»B…bbitte, Alexann…der.« Sie fror so sehr, dass sie gerade nichts mehr wollte als zurück ins Haus. Sie hielt seine Hand und verließ den Pavillon, ließ sie auch dann nicht los, als sie den Garten durchquerten und am Haus angelangt waren. Ihre Befürchtung, er würde widersprechen oder gar stehen bleiben, bewahrheitete sich nicht, er folgte ihr wortlos. Sie öffnete die Tür, und die Wärme im Haus ließ Hände und Wangen prickeln.

»Das ist schon viel besser.«

»Und wenn uns hier jemand sieht?«, fragte Alexander.

»Wir bleiben nicht hier. Komm, und mach keinen Laut.«

Sie hielt seine Hand und führte ihn mit sich durch das finstere Haus, führte ihn die Treppe hinauf ins erste und dann ins zweite

Obergeschoss. An ihrem Zimmer angelangt stieß sie die Tür auf, trat mit Alexander ein und schloss sie wieder. Jetzt erst atmete sie auf und wagte, ihn loszulassen, als hätte davor die Möglichkeit bestanden, er hätte Haken schlagend wie ein Hase davonlaufen können. Sie entzündete eine Kerze in der Lampe neben ihrem Bett, sodass der Raum von einem warmen Schimmer erhellt war. Alexander sah sich um.

»Ein hübsches Zimmer hast du.«

»Ja, mir gefällt es auch. Mittlerweile.« Sie öffnete ihren Mantel, um ihn abzustreifen, spürte dabei Alexanders Blick auf sich, als sie im Morgenmantel vor ihm stand. Er öffnete seinen Mantel ebenfalls und legte ihn auf dem Sessel ab, anstatt ihn wie ihren achtlos zu Boden fallen zu lassen. Langsam ging sie zu ihm, legte ihm die Arme auf die Schultern, war ihm so nah, dass sein Atem ihre Wange streichelte. Dann küssten sie sich.

»Das ist viel schöner als draußen in der Kälte«, murmelte sie.

Er hatte die Hände um ihre Taille gelegt, und sie kam noch näher, berührte mit ihrem Körper den seinen. »Johanna«, sagte er kaum hörbar.

»Sprich nicht«, antwortete sie an seinem Mund, spürte, wie ihm der Atem schneller ging.

»Aber du musst es wissen. Mein Vater wird mir seinen Segen nicht geben, er hat mir gedroht, er würde …«

»Schsch«, murmelte sie und verschloss seinen Mund mit einem Kuss. Vielleicht würde sein Vater eine Ehe zwischen ihnen verhindern, vielleicht würde ihre Großmutter es schaffen, sie mit diesem schrecklichen von Ragwerth zu verheiraten, aber Johanna wusste, jener Mann würde nicht der sein, dem sie ihre Jungfräulichkeit schenkte.

Alexanders Hände bewegten sich über ihre Hüften, ihren Rücken, und Johanna schmiegte sich enger an ihn, spürte an ihrem Bauch, wie er reagierte. Sie tastete nach den Knöpfen seines Rocks, öffnete sie, und er streifte ihn ab. Als hätte dieser Moment eine

Mauer eingerissen, fiel jede Zurückhaltung von ihm ab. Er nestelte an dem Gürtel ihres Morgenrocks, schob ihn ihr von den Schultern, während sie sich an den Knöpfen seines Hemdes zu schaffen machte.

»Was passiert«, fragte sie leise dicht an seinem Mund, »nachdem du mir das Kleid über die Schultern streifst und ihm mit Küssen folgst?«

Er hob sie hoch, trug sie zu ihrem Bett, legte sie behutsam ab und beugte sich über sie, um sie erneut zu küssen. Johanna ertastete die Spange an seinem Halstuch, löste den Knoten und warf es achtlos beiseite, ehe sie die letzten Knöpfe seines Hemdes öffnete und er es abstreifte. Sie streichelte seine Brust, spürte die Wärme seiner Haut, während er gleichzeitig die Schleife vorne an ihrem Nachthemd löste und es ihr über die Schultern schob, seine Lippen ihren Hals entlang liebkosten, verharrten, um die kleine Kuhle zwischen ihren Schlüsselbeinen zu küssen, und schließlich dem Weg folgte, den ihr Nachthemd nahm.

Johanna keuchte, wand sich unter seinen Zärtlichkeiten, schnappte nach Luft, als sein Daumen ihre Brustspitze umkreiste, während sein Mund sich daranmachte, ihren Körper zu erforschen, den er besser zu kennen schien als sie selbst, auf dem er virtuos spielte wie ein Künstler auf seinem Instrument, dem er gleichsam Verborgenes entlockte, das sie in sehnsuchtsvolles Entzücken versetzte. Johanna hatte nicht gewusst, dass man so empfinden konnte, dass man jede Scham verlor, selbst jetzt, da das letzte Kleidungsstück von ihr abfiel. Alexander hielt nur kurz inne, um sich selbst zu entkleiden, dann war er wieder über ihr, ließ seine Hände die Zärtlichkeiten fortsetzen, während er seinen Mund wieder auf ihren senkte.

Behutsam berührte Johanna ihn, fuhr seinen Rücken mit den Fingerspitzen entlang, ertastete seine Hüftknochen, Muskelstränge, und war doch zu scheu für eine noch intimere Berührung. Alexander drängte sie nicht dazu, führte ihre Hand nicht, sondern überließ es ihr, ihn zu erkunden. Hitze sammelte sich tief in ihr, stieg von ihrem Bauch aus hoch, als sie seine Finger spürte, die sich in jenen Bereich vorwagten, den zu benennen sie stets schamhaft vermied. Als sie sein Gewicht spürte, seinen Arm, der sich um ihre Hüften schlang, den sanften Druck, ehe er in sie drang, hielt er inne. Auf den anderen Arm gestützt, sah er sie an.

»Bist du sicher, dass du das möchtest? Es kann wunderschön werden, auch ohne dass wir diesen letzten Schritt tun.«

Sie zog sein Gesicht zu sich hinunter, küsste ihn, und in diesem Moment gab er jede Zurückhaltung auf. Johanna keuchte, weil es schmerzhaft und lustvoll zugleich war, presste ihren Mund an seinen Arm, um das Stöhnen zu ersticken, als er sich in ihr bewegte. In immer schneller aufeinanderfolgenden Stößen drang er in sie vor, zog sich zurück, drang erneut ein, steigerte ihr Verlangen, und dieses verwirbelte ihre Gedanken, bis keiner davon mehr greifbar war. Die Vernunft hatte sich als Erste verabschiedet, die Scham war ihr gefolgt, und Johannas gesamte Welt schrumpfte in diesem Moment zusammen auf eine Lust, die alles verschlang, bis Johanna glaubte, es keinen Augenblick länger ertragen zu können. Dann zersprang etwas in ihr, die Lust überrollte sie wie eine Welle, der rasch die nächsten folgten, ehe sie langsam abebbten, bis sie sie nur mehr sacht umspülten. Im nächsten Moment zog Alexander sich zurück, erschauderte heftig in ihren Armen, stieß ein Keuchen aus, während seine Kieferstränge hervortraten. Dann ließ er sich neben sie auf das Kissen fallen, atemlos, als wäre er gerannt.

Johanna drehte sich auf den Bauch, umschlang das Kissen mit beiden Armen und barg das Gesicht darin, konzentrierte sich darauf, wieder zu Atem zu kommen, während ihr Herz immer noch raste. Und nun, ganz zögerlich, meldete sich doch die Vernunft zurück, versickerte jedoch in dem sanften Abklang der Wellen, der Johanna mit einer tiefen, satten Erschöpfung erfüllte. Sie spürte, wie Alexander sich neben ihr bewegte, dann seine Finger auf ihrem Rücken, die ihr Rückgrat leicht auf und ab fuhren. Am liebsten hätte sie vor Wohlbehagen geschnurrt wie eine Katze.

»Bedauerst du es?«, hörte sie ihn schließlich fragen, vielleicht, weil er ihr Schweigen fehldeutete.

Sie hob das Gesicht, lächelte ihn an. »Nein, ich hätte es mit keinem anderen Mann erleben wollen. Und ich wünschte so sehr, du könntest bleiben, ich würde in deinen Armen einschlafen und morgen mit dir aufstehen.«

»Eines Tages wird es so weit sein, dessen bin ich mir sicher.«

Johanna würde diese Gewissheit so gern teilen, aber sie wollte den Moment nicht verderben, und so schwieg sie. Alles in ihrem Leben war anders gekommen, als sie es gedacht hatte, und sie merkte, wie wenig sie selbst es in der Hand hatte. Ein falscher Schritt, ein Wort der Zuneigung an die falsche Person, und schon lief das gesamte Leben aus dem Ruder.

»Aber«, sagte Alexander, »in meinen Armen einschlafen kannst du dennoch. Ich warte hier, bis du schläfst, und gehe danach.«

»Soll ich dich nicht zur Tür bringen?«

»Nein, es ist sicherer, wenn ich allein gehe. Sollte mir ein Dienstbote begegnen, sage ich einfach, ich hätte Maximilian besucht, und wir hätten noch lange zusammengesessen und etwas getrunken. Maximilian wird dichthalten, wenngleich mir vermutlich mit ihm ein sehr unerquickliches Gespräch bevorstünde.« Er zog sie an sich, sodass sie auf seiner Brust lag.

Johanna lächelte und kuschelte sich an ihn. Sie wollte nicht einschlafen, wollte auskosten, dass er bei ihr war, mit ihm reden, ihn ein weiteres Mal lieben, aber sie war so müde, und es war so wunderbar behaglich in seinen Armen unter dem Plumeau. Sie lauschte auf seinen Herzschlag, fühlte sich geborgen und geliebt. Nur kurz die Augen schließen, dachte sie.

Als sie sie wieder öffnete, wurden ihr zwei Dinge klar: Alexander war fort, und sie hatte Nanettes Stimme nicht im Traum gehört, denn diese erklang nun ein weiteres Mal. Zögerlich blinzelte

Johanna, richtete sich halb auf, ehe ihr bewusst wurde, dass sie nackt war, und sie sich rasch in die Decke wickelte. Diese Geste entlockte Nanette ein kurzes Schnauben.

»Meine Liebe, das ist ja eine ganz reizende, jungfräuliche Geste, aber ich halte sie angesichts der Umstände nun wahrlich für überflüssig. Da kannst du ganz beruhigt sein.«

»Seit wann duzen Sie mich?«

Nanette hielt Alexanders Halstuch hoch. »Ich finde es ein wenig albern, dass wir uns weiterhin siezen, nachdem ich dich gerade praktisch mit einem Mann im Bett erwischt habe und dir nun helfe, die Spuren zu beseitigen.«

Johannas Wangen wurden heiß, und sie richtete sich auf, presste die Decke vor die Brust. Mit einem Augenverdrehen hob Nanette das Nachthemd auf und warf es ihr zu. »Ich bringe den Mantel ins Ankleidezimmer. Beeil dich.«

Rasch schlüpfte Johanna in das Nachthemd und stand auf, um auch den Morgenmantel überzuziehen. Das Haar, das sie bei Nacht immer einflocht, hing ihr halb gelöst über die Schultern, und sie hob die Hände, um es, so gut es ging, wieder in den Zopf zu flechten.

»Zügig, um dein Haar kannst du dich später kümmern. Dass du so zerrupft bist, kann man auf den Schlaf schieben, aber den Zustand deines Lakens«, Nanette warf das Plumeau zur Seite, »wirst du nicht so einfach erklären können. Nun, immerhin scheint er achtsam genug gewesen zu sein, seinen Gipfelpunkt außerhalb deines Körpers zu genießen. Oder hat er darauf verzichtet, dich zu entjungfern und dir die Liebe auf andere Weise gezeigt?«

»Nanette!« Das ging nun wirklich zu weit.

»Dass er auf diese Weise eine Schwangerschaft verhindern möchte, ist dir bewusst, oder?«

»Äh …«

»Oh, ich sehe schon, hier ist einiges an Erklärungen notwendig.

Und nun steh da nicht herum, sondern hilf mir. Zieh das Laken von der Matratze, ich gehe und hole rasch ein neues.« Damit verließ Nanette das Zimmer, und Johanna begann, an dem Laken zu zerren.

»Du bist noch nicht fertig?« Nanette warf das frische Laken auf den Sessel und half Johanna, das alte abzuziehen. Dann breitete sie das neue aus und wies Johanna an, es sorgsam unter die Matratze zu schieben.

»Und wohin tun wir das gebrauchte Laken? Die Wäscherinnen werden doch die, hm, Spuren darauf entdecken.«

»Ach, das ist nicht so schlimm, dann denken sie eben, Maximilian oder dein Onkel hatten Damenbesuch. So, jetzt leg dich hin, damit das Laken benutzt aussieht. Wälz dich ein bisschen hin und her.«

Johanna kam sich albern vor, wie sie auf dem Laken herumrollte, aber immerhin wirkte es danach, als hätte sie darauf geschlafen. Als sie aufblickte, sah Nanette sie an, die Miene nun deutlich sanfter.

»Alexander von Reuss?«, fragte sie.

Johanna nickte.

»War es schön?«

»Ja, sehr.«

»Habt ihr es vollzogen, oder bist du noch Jungfrau?«

»Wir, hm, also ja, ich meine, ähm, nein.«

»Wie auch immer, behalte deinen Monat im Auge. Du bist immer pünktlich, also sag mir Bescheid, wenn du ein paar Tage zu spät bist. Es ist wichtig.«

Peinlich berührt senkte Johanna den Blick.

»Wenn dieser Kerl sich als Luftnummer herausstellt«, nun wich alle Freundlichkeit und Wärme aus Nanettes Gesicht, »wird er in seinem Leben keine Frau mehr besteigen, das kann ich dir versichern.« Damit drehte sie sich um und verließ das Zimmer.

27

Johanna

»Ich freue mich schon so auf unseren Neujahrsball«, sagte Isabella beim Frühstück.

»Jetzt ist erst einmal in zwei Wochen Weihnachten«, entgegnete die Großmutter, als könne man sich immer nur auf die nächste Feierlichkeit freuen.

Johanna schwieg, rührte ein wenig Milch und Zucker in ihren Tee und musste an sich halten, nicht verträumt zu lächeln. Vor zehn Tagen hatte sie das erste Mal mit Alexander geschlafen, seither war es noch drei weitere Male geschehen, und es war erst fünf Stunden her, seit er sie verlassen hatte. Bei dem Gedanken daran pochte in ihr wieder der Nachhall genossener Leidenschaft. Wären sie verheiratet, würde Johanna ihn jetzt darum bitten, wieder mit ihr zu schlafen, würde mit ihm vom Frühstückstisch aufstehen und auf ihr gemeinsames Zimmer gehen, wo sie sich die Kleider …

»Gleich ist der Tassenboden durch«, sagte Maximilian, und Johanna wurde bewusst, dass sie fortwährend weiter in der Tasse gerührt hatte.

»Du wirkst reichlich zerstreut in letzter Zeit«, kam es nun von der Großmutter. »Denkst du an die Ehe?«

»Ja, gewiss.« Das war immerhin nicht gelogen.

»Dann siehst du nun ja endlich ein, dass ich die richtige Wahl getroffen habe. Er ist ein guter Mann, und du wirst an seiner Seite ein sehr annehmbares Leben führen.«

Johanna wollte kein annehmbares Leben, sie wollte eines, das sie erfüllte, sie herausforderte, ein Leben, dem sie sich voller Hingabe zuwenden konnte.

»Gleichzeitig«, fuhr die Großmutter fort, »wirst du dafür sorgen, dass dein Ehemann glücklich ist.«

Wenn sein Glück von Johanna abhing, sagte sie ihm jetzt schon eine tränenreiche Zukunft voraus.

»Er wird heute zur Kaffeestunde erscheinen«, sagte Henriette von Seybach. »Maximilian, ich fände es angebracht, wenn du dich dabei auch mal sehen ließest. Isabella hat ihn bereits kennengelernt.«

»Vielleicht möchte Maximilian ja genau aus dem Grund nicht dabei sein«, konnte sich Isabella offenbar nicht verkneifen, anzumerken.

»Sei nicht so vorlaut. Gegen diesen Mann ist nichts einzuwenden.«

»Er ist uralt.« Nun konnte Isabella sichtlich nicht mehr an sich halten. »Als ich ihn gesehen habe, habe ich mich gefragt, ob das wirklich dein Ernst ist.«

»Allerdings ist es das. Er ist eine hervorragende Partie für eine Frau, die es sich nicht mehr erlauben kann, wählerisch zu sein.«

»Arme Johanna.«

Nanette sagte nichts dazu, aber Johanna bemerkte den harten Zug um ihren Mund. Sie trank ihren Tee und dachte erneut an Alexander. Dem Moment lustvollen Verzückens folgte stets die unabwendbar öde Aufgabe des Lakenwechselns. Nanette hatte ihr nach diesem ersten hochpeinlichen Morgen erklärt, sie sei hier nicht das Stubenmädchen. »Wenn er mit dir schlafen kann, kann er auch das Laken wechseln. Falls ihr miteinander durchbrennen müsst, kann er dir dann auch gleich seine Tauglichkeit in alltäglichen Dingen beweisen.«

Er erwies sich als überaus tauglich, und einmal hatten sie sich nach dem Wechseln auf dem alten Laken vor den Glutresten des Kaminfeuers erneut geliebt. Johanna fragte sich stets, was für ein Irrsinn das war, wenn man in einem Augenblick noch überlegt und vernünftig sein und im nächsten vor Verlangen keinen klaren Gedanken mehr fassen konnte. Für die nächsten Tage würde damit allerdings Schluss sein, denn nach dem Frühstück bemerkte Johanna die roten Flecken auf ihrer Wäsche. Das Ziehen im Bauch hatte ihr am frühen Morgen bereits angekündigt, dass es so weit war. Normalerweise war ihr ihr Monat lästig, aber an diesem Tag war er ihr auf zweierlei Weise willkommen, besagte er zum einen, dass sie nicht schwanger war, und bot er zum anderen die Möglichkeit, dem nachmittäglichen Kaffeetrinken mit dem ungeliebten Galan zu entkommen.

»Großmutter, ich bin indisponiert«, erklärte sie ihr nach dem Frühstück unter vier Augen. »Darf ich den Tag auf meinem Zimmer verbringen?«

»Mir wäre es sehr recht, du zeigtest Haltung, denn in deinem Leben als Ehefrau und Mutter wirst du das ebenfalls müssen. Aber ehe du da so elend vor ihm sitzt und er womöglich denkt, du seiest von schwacher Gesundheit, bleib nur auf deinem Zimmer, ich werde dich entschuldigen.«

Johanna kam nur zum Mittagessen hinunter und verbrachte die Zeit ansonsten lesend. Sie hörte, wie Isabella mit den Hunden das Zimmer verließ und später wieder zurückkam. Als es anklopfte, saß Johanna in die Kissen gelehnt auf ihrem Bett und hatte ein aufgeschlagenes Buch in der Hand, las jedoch nicht, sondern sah verträumt aus dem Fenster.

»Herein!«

Die Tür wurde aufgeschoben, und erst schlüpfte Napoleon in den Raum, dann Henry, und schließlich folgte Isabella. »Dein Verehrer ist da.« Sie schloss die Tür hinter sich. »Johanna, ich kann dir gar nicht sagen, wie schlimm ich es finde, dass Großmutter dir das antun möchte, auch, wenn sie wohl wirklich denkt, sie täte dir damit einen Gefallen, den du irgendwann zu schätzen wissen wirst.« Sie setzte sich aufs Bett. »Ich möchte dich etwas fragen.« Sie zögerte.

»Nur zu.« Johanna legte das Buch beiseite.

»Ich konnte letzte Nacht nicht schlafen und war im Ankleidezimmer, um eines meiner versteckten Bücher zu suchen, da habe ich Licht unter dem Türspalt hindurchschimmern sehen. Und … ein Mann hat leise gelacht.« Sie stieß die letzten Worte hastig in einem Atemzug aus.

Johanna sah ihre Cousine an. »Es war Alexander.«

»Alexander von Reuss?« Isabella machte große Augen.

»Genau der.«

»Er hat die Nacht mit dir verbracht?«

»Nicht die ganze, leider.«

»Aber dann verstehe ich nicht, warum sich die Frage nach Wilhelm von Ragwerth überhaupt stellt. Ein von Reuss ist doch viel besser, Großmutter wäre außer sich vor Freude, wenn du eine solche Partie machst.«

»Sein Vater aber leider nicht.«

»Schrecklicher Mensch. Wir waren ja letzten Monat auf Rosas zwanzigstem Geburtstag, und da ist er nicht einmal aufgetaucht. Jeder weiß, dass ihm Töchter vollkommen gleichgültig sind. Er hat sie nun einmal und wird sie gut verheiraten, aber darüber hinaus interessieren sie ihn nicht. Alexander jedoch ist sein einziger Sohn, und bisher machte es immer den Eindruck, er hätte jede Freiheit, genau wie Maximilian.«

»Offenbar endet die Freiheit dort, eine Frau zu heiraten, deren Ruf nicht makellos ist.«

»Und was kann sein Vater tun?«

»Er droht Alexander mit Enterbung und damit, dass seine Schwestern die Konsequenzen der Entscheidung zu tragen haben werden.«

Isabella stieß mit einem verächtlichen Laut die Luft aus. »Was für ein furchtbarer Mensch! Und was werdet ihr jetzt tun?«

»Ich weiß es nicht. Was ich weiß, ist, dass ich diesen von Ragwerth nicht heiraten werde.«

»Das verstehe ich gut. Ich mag mir gar nicht vorstellen, wie mir zumute wäre, würde Großmutter mich mit so einem Mann verehelichen wollen.«

Johanna war auf einmal verzagt. Ihre Stimmung wechselte häufig in letzter Zeit, mal war sie voller Zuversicht, dann wieder gänzlich hoffnungslos. Und jetzt, da sie hier saß, es in ihrem Bauch zog und schmerzte, während gleichzeitig unten dieser Mann saß, der mit ihrer Großmutter womöglich gerade über seine Zukunft mit ihr, Johanna, beriet, wollte sie die Wände hochgehen und schreien. »Hätte ich nur darauf gehört, als du gesagt hast, dass dieser zu Waldersee nichts taugt.«

»Nun ja, dass er so weit gehen würde mit dir, damit hatte ich, ehrlich gesagt, auch nicht gerechnet. Ich dachte, er bricht dir das Herz, was zwar schlimm genug gewesen wäre, aber zumindest hätte es außer dir niemand gemerkt.«

»Alexander war immer so aufmerksam, und ich habe ihn überhaupt nicht bemerkt.«

»Ja, das hat mich auch gewundert. Selbst *ich* habe gemerkt, dass er Interesse hat.«

Alles hätte so anders kommen können. Aber es brachte ja nichts, sich darüber den Kopf zu zerbrechen, an der Vergangenheit änderte man nichts, man konnte nur versuchen, aus der Zukunft das Beste zu machen.

»Immerhin erlaubt dir Großmutter inzwischen wieder Spaziergänge. Warum kommst du nicht mit, wenn Nanette und ich nachher mit den Hunden rausgehen?«

»Heute lieber nicht, sonst denkt Großmutter, ich hätte simuliert, um dem grausigen von Ragwerth zu entgehen.«

Um Isabellas Mundwinkel zuckte es. »Was natürlich vollkommen abwegig ist.«

»Vollkommen«, bekräftigte Johanna, und beide lachten.

»Seid ihr, also du und Alexander, jetzt so richtig, hm, wie Mann und Frau?«, fragte Isabella etwas zögerlich.

Wie immer, wenn Johanna darauf angesprochen wurde, stieg Verlegenheit in ihr auf, und ihre Wangen wurden warm. Auch so ein Irrsinn, dachte sie, wenn sie sich unbekleidet vollkommen schamlos unter Alexander wand, aber vor Verlegenheit ein heißes Gesicht bekam, sobald sie jemand darauf ansprach. Es war ihr schon peinlich gewesen, als Nanette ihr unverblümt erklärt hatte, warum Alexander sich stets so rasch aus ihr zurückzog.

»Ja«, antwortete sie daher nur auf Isabellas Frage und hoffte, keine ausführlichere Erklärung abgeben zu müssen. Isabella fragte jedoch nicht weiter.

»Ist es schön?«, wollte sie dann noch wissen.

»Sehr.« Nun konnte Johanna nicht verhindern, dass ein verträumtes Lächeln auf ihre Lippen trat, und Isabella lachte wieder.

»Dich hat es ja ordentlich erwischt. Ganz sicher wird Alexander eine Lösung finden. Männern legt man doch selten Fesseln an, und Alexander ist der Alleinerbe.«

Johanna wünschte, sie könnte auch so zuversichtlich sein. Aber noch war ja Zeit, vor Frühjahr würde sie nicht heiraten müssen, und sicher würde Alexander bis dahin wissen, was zu tun war. Nachdem Isabella gegangen war, setzte sich Johanna auf die breite Fensterbank, sah hinaus und erträumte sich eine Zukunft mit dem Mann, den sie liebte.

Es dämmerte bereits früh, und die Gasse zwischen den Häusern von Seybach und von Löwenstein füllte sich mit Schatten. Im Zimmer gegenüber befand sich offenbar Leopold von Löwensteins privater Herrensalon, denn Johanna hatte hin und wieder, ehe die Vorhänge zugezogen wurden, gesehen, wie der junge Erbgraf mit anderen Männern zusammensaß. Sicher war auch Alexander manchmal dort. Sah er dann zu ihr hinüber und dachte an die Nächte, die er in diesem Zimmer verbracht hatte?

Sie hatte ihr Gemälde fast vollendet, war nun inspirierter, und inmitten der herbstlich düsteren Stimmung gab es hier und da etwas Lichtes, das sich einem erst beim zweiten Blick erschloss. Die gesamte Gartenszenerie rankte sich um den Pavillon mit den Liebenden. Wieder dachte Johanna an ihre Nächte mit Alexander, daran, wie sie ihn mit derselben Intensität erkundet und geliebt hatte wie er sie.

Mit einem Aufseufzen lehnte sie den Kopf an die kühle Scheibe, fühlte sich ruhelos und der Situation, in der sie sich befand, hilflos ausgeliefert. Warum nur verlangte man von Frauen beständig, dass sie warteten, bis andere für sie entschieden? Nun, zumindest darüber, wem sie ihre erste Liebesnacht schenkte, hatte Johanna entschieden. Und auch darüber, wen sie liebte. Aber all das brachte ihr nichts, wenn sie letzten Endes keinerlei Möglichkeit hatte, aus dieser Situation auszubrechen. Es konnte und durfte doch nicht sein, dass es an einem Mann wie Alexanders Vater hing, wie ihre Zukunft verlief.

Sie stand auf und ging im Zimmer auf und ab. Aber welche andere Möglichkeit gab es denn? Fortlaufen? Wohin? Und sie wollte ja auch gar nicht fort, sie wollte Alexander, wollte ihn ganz und gar, ohne sich verstecken zu müssen. Gereizt lief sie weiter auf und ab, lief Kreise durch den Raum. Wenn sie doch nur nicht so furchtbar ruhelos wäre.

Es klopfte, und Nanette trat ein. »Körperliche Ertüchtigung während monatlicher Indisponiertheit, das kann ich nur befürworten«, sagte sie, als Johanna in der Bewegung innehielt.

»Was gibt es denn?«, fragte Johanna gereizter, als sie eigentlich wollte.

»Deine Großmutter möchte, dass du auf dem Neujahrsball ebenfalls zugegen bist.«

Jetzt musste Johanna sich hinsetzen. »Wie bitte? Wieso das? Ich dachte, für mich seien alle Veranstaltungen gestrichen.«

»Über die Gründe ließe sich vermutlich sehr trefflich spekulieren. Ich ahne jedoch, dass es schlicht und ergreifend mit dem heutigen Besuch des heiratswütigen Freiherrn von Ragwerth zu tun hat.«

»Oh«, war alles, was Johanna zu sagen einfiel.

»Deine Großmutter möchte, dass du dein schönstes Abendkleid anprobierst, da sie befürchtet, es müsse enger gemacht werden, weil du so schlecht isst.«

»Mein schönstes Abendkleid? Sie meint vermutlich das dunkelgrüne mit den Silberfäden. Das ziehe ich nicht für diesen Kerl an.«

»Alexander von Reuss wird auch da sein. Aber auch für ihn solltest du es nicht anziehen, sondern allein für dich. Du magst dieses Kleid, warst ganz unglücklich, weil du es nicht tragen konntest. Jetzt kannst du.«

Die Vorstellung, auf einem Ball mit Alexander in diesem traumhaften Kleid zu tanzen, war schön, das musste Johanna zugeben. Aber gleichzeitig wusste sie, dass sie nicht mehr als einen Tanz mit ihm tanzen durfte. »Was hat meine Großmutter vor?«

»Das hat sie mir nicht erzählt. Aber ich denke, es ist naheliegend, dass sie deine Verlobung mit Wilhelm von Ragwerth bekannt geben will.«

»Das ist ja furchtbar.«

»Eine Verlobung ist noch keine Ehe, sie kann gelöst werden.«

»Aber das ist nicht so einfach.«

Kurz blitzte es zornig in Nanettes Augen auf. »Wann wäre für uns Frauen schon je etwas einfach gewesen?«

Johanna biss sich auf die Unterlippe und wandte den Blick ab, sah zum Fenster, hinter dem es zunehmend düster wurde. Im Zimmer gegenüber war es ebenfalls dunkel, und noch hatte niemand eingeheizt oder die Vorhänge zugezogen. Kaum hatte sie den Gedanken zu Ende gedacht, als sie flackerndes Licht bemerkte und eine Frau in Dienstbotentracht den Salon betrat. Wenig später war der Raum erhellt, die Vorhänge jedoch blieben geöffnet, was Johanna ein wenig befremdete. Auch Nanette hatte es bemerkt.

»Machst du hier interessante Beobachtungen in der profanen Welt der Männer?«

»Bisher waren die Vorhänge stets verschlossen.«

»Dann hast du heute Abend ja mehr Glück. Vielleicht bietet sich Unterhaltsames.« Sie erhob sich und verließ das Zimmer, während Johanna ihrerseits zum Fenster ging und sich wieder auf die Fensterbank setzte. Der Kamin war mittlerweile angefacht und der Salon in warmes Licht getaucht. Kurz darauf öffnete sich die Tür erneut, und Johanna glaubte, ihren Augen nicht zu trauen, als Alexander eintrat. Er kam zum Fenster und öffnete es. Johanna tat es ihm gleich.

»Was für eine Überraschung!«, rief sie. »Wie lange hast du Zeit?«

»Solange du willst.«

»Wie schön, dass du gerade jetzt hier bist.«

Er zwinkerte ihr zu. »Und wie schön, dass Leopold ein so guter Freund ist.«

Es war kalt, aber das machte Johanna nichts aus, sie war überglücklich, ihn zu sehen. »Ich habe dich vermisst«, gestand sie.

»Sehen wir uns heute Abend?«

»In den nächsten Tagen ist es, hm, ungünstig.« Verlegen hoffte sie, er würde nicht weiter nachfragen.

»Verstehe.« Er wirkte, als verstünde er wirklich, und Johanna wusste nicht, ob sie erleichtert oder peinlich berührt sein sollte. »Für romantische Stelldichein im Garten ist es ja leider zu kalt. Ich werde mich also gedulden, bis du mich wieder empfängst.« Er lächelte und wechselte das Thema, erzählte ihr einige unterhaltsame Geschichten von seiner Grand Tour, da er wusste, wie gerne sie verreisen würde.

»Werden wir auch einmal auf Reisen gehen?«, fragte sie, als er geendet hatte.

»Aber gewiss werden wir das.«

28

Alexander

Johannas Atem ging in ein Stöhnen über, während Alexander das Blut in den Ohren rauschte. Sie warf den Kopf zurück, wölbte den Körper, erbebte und grub die Zähne in die Unterlippe, als wollte sie jeden Laut ersticken. Als er spürte, dass sich sein Höhepunkt anbahnte, hob er sie von seinem Körper und drehte sich rasch weg, während ihn Schauer durchliefen. Er hörte Johannas Atem, und als er sich wieder zu ihr umwandte und in ihr Gesicht blickte, liebte er sie so sehr, dass er nicht wusste, wie er die Zeit bis zu ihrem nächsten Treffen überstehen sollte. Eine Woche war das letzte nun her, da sie ihn nicht empfangen wollte, solange sie indisponiert war – das zumindest hatte er aus ihren ungelenken Formulierungsversuchen herausgehört, denn so direkt sprach sie es nicht aus.

All diese gestohlenen Stunden, begleitet von der Angst, sie in Schwierigkeiten zu bringen, und einem – das konnte er nicht leugnen – schlechten Gewissen. Auf diese Art sollte keine Frau die Liebe kennenlernen müssen, verstohlen und begleitet von Ungewissheit. Täglich sagte er sich, dass damit nun Schluss sein müsse, dass er erst dann wieder mit ihr schlafen dürfe, wenn sie ihre Liebe offen in die Welt hinausrufen konnten und sie besiegelt war. Und doch konnte er nicht die Finger von ihr lassen, begleitete sie nach oben, wo sie sich in gieriger Hast gegenseitig auszogen und sich in ihrem Bett bis zur Erschöpfung liebten.

Jetzt lag sie neben ihm, hatte die Augen geschlossen, sodass die Wimpern zarte Schatten auf ihre Wangen warfen. Ihre Brust hob und senkte sich wieder in gleichmäßigen Atemzügen, und als er mit der Hand über ihren Bauch nach oben über ihren Brustkorb streichelte, spürte er, dass ihr Herzschlag sich wieder beruhigt hatte. Nicht lange, wenn es nach Alexander ging, und er senkte den Kopf, liebkoste sie mit dem Mund und bemerkte augenblicklich, wie ihr Herz schneller ging. Als er die Lippen zu der Kuhle zwischen ihren Schlüsselbeinen wandern ließ und weiter über den Hals, bemerkte er das heftige Pochen in ihrer Kehle und lächelte. Mit der Hand setzte er die Zärtlichkeiten fort, während er sacht an ihrem Ohr knabberte, und nun stieß sie ein leises, sinnliches Seufzen aus. Er tastete, streichelte, liebkoste, während er ihren Hals küsste. Ihr Atem ging immer schneller, und schließlich umschloss ihre Hand seinen Oberarm, während die andere in das Plumeau griff, als müsse sie sich daran festhalten. Dann entspannte sich ihr Körper wieder, während eine zarte Röte auf ihre Wangen getreten war. Sie öffnete die Augen, sah ihn an, und Alexander war in diesem Moment, als hätte er nie etwas Verletzlicheres gesehen.

»Ich wünschte«, sagte sie leise und noch immer atemlos, »du könntest bleiben. Sollen es alle wissen. Wenn wir verheiratet sind, müssen wir uns nicht verstecken, da ist es sogar erwünscht, dass wir uns so oft wie möglich im Ehebett einfinden.«

»Wir werden es irgendwann können, das verspreche ich dir.« Obwohl er fest davon überzeugt war, dass es ihm gelingen würde, sah Alexander noch keinen rechten Ausweg aus dem Dilemma, in das ihn die Situation mit seinen Schwestern brachte. Um sich selbst machte er sich wenig Sorgen – sollte der Alte ihn doch enterben. Das Leben wäre vielleicht etwas weniger komfortabel, aber er hatte Beziehungen und wusste, er würde als Architekt ein recht gutes Auskommen haben. Zudem hatte er ein kleines eigenes Vermögen aus dem Erbe eines Onkels, der kinderlos verstorben war, und das würde reichen, um ein Palais zu erwerben. Falls das seine Mittel überstieg, würde er anzahlen und einen seiner Freunde um ein Darlehen bitten.

Johanna richtete sich auf. »Aber wann, Alexander? Wir sind ein Paar, uns fehlt nur das Ehegelöbnis. Das kann doch nicht so unmöglich sein.«

»Das ist es auch nicht, ich muss nur noch einige Dinge regeln. Es ist ja nicht nur mein Schicksal, das daran hängt.«

»Nein, es ist auch meines.«

»Johanna, bitte, ich tue, was ich kann.«

Die kleine Falte zwischen ihren Brauen verschwand, aber der Unmut schien immer noch in ihr zu schwelen und ließ sich auch nicht ohne Weiteres wegküssen. Alexander verstand sie, das tat er wirklich, und er selbst wollte nichts mehr, als sie zu heiraten. Aber wenn er seine Schwestern ansah, die der Willkür seines Vaters ausgeliefert waren, dann konnte er die Sache nicht übers Knie brechen und sie sich selbst überlassen.

Sie liebten sich ein weiteres Mal, und obwohl es wunderschön war und Johanna voll und ganz auf ihre Kosten kam, blieb die Missstimmung zwischen ihnen bestehen, und das ärgerte ihn. Er spürte es sogar, während sie noch dalagen und er sie im Arm hielt, dann erhob er sich und kleidete sich an, während sie ihr Nachthemd überzog. Das Bettlaken wechselten sie inzwischen routiniert, legten das gebrauchte zur Seite, damit Nanette es am kommenden Morgen in die Wäschekammer bringen konnte.

»Hör zu«, sagte Alexander und zog sie an sich. »Ich möchte nicht, dass du mir gram bist. Ich verspreche dir, dass ich so schnell wie möglich eine Lösung finde, ja?«

Tränen glitzerten in ihren Augen, aber sie nickte. Er küsste sie noch einmal, dann verließ er leise das Zimmer. Auf dem finsteren Korridor atmete er einmal tief durch und wollte losgehen, als ihn etwas innehalten ließ. Woher er ahnte, dass er nicht allein war, wusste er nicht, vielleicht war da ein Geräusch gewesen, das nicht in die nächtliche Stille gehört, vielleicht war es eine Art Instinkt, der ein Kribbeln in seinem Nacken verursachte. Langsam drehte sich Alexander um.

»Mitkommen!« Maximilians Stimme war leise und sehr ruhig, was Alexander als überaus beunruhigend empfand.

Er folgte seinem Freund, dessen Umrisse er in der Dunkelheit nur erahnen konnte, in dessen Salon, der direkt an sein Schlafzimmer grenzte. Der Raum war erhellt, und ein Buch lag aufgeschlagen auf einem Tischchen. »Maximilian, ich …«

»Bleib besser auf Abstand. Ich bin so kurz davor«, Maximilian hielt Daumen und Zeigefinger ein kleines Stück auseinander, »mich zu vergessen.« Er schloss die Tür.

»Was machst du um diese Zeit überhaupt auf dem Korridor?«, war das Erste, was Alexander zu sagen einfiel.

Maximilian starrte ihn ungläubig an. »*Du* kommst nachts aus dem Zimmer meiner Cousine und fragst *mich*, was *ich* auf *unserem* Korridor mache?«

»Du weißt, dass ich sie liebe.«

»Ja, ganz recht, das weiß ich. Daher habe ich auch geholfen, dass du sie treffen kannst. Wovon nicht die Rede war, waren nächtliche Treffen in ihrem Schlafzimmer. Und ich vermute, dass ihr dort nicht nur keusch beieinandergesessen und geredet habt.«

»Dazu möchte ich als Ehrenmann lieber schweigen.«

Maximilian wirkte, als wollte er jeden Moment auf ihn losgehen. »Du weißt ganz genau«, seine Stimme bebte vor Wut, »was sie durchgemacht hat. Und da wagst du es …«

»Es ist ja nicht so, als hätte ich nicht die Absicht, sie zu heiraten.«

»Dann tu das, ehe du mit ihr ins Bett gehst, verdammt noch mal! Willst du ihr nach all dem, was sie durchgemacht hat, auch noch die Schmach zumuten, schwanger vor den Altar zu treten?«

»Ich passe auf.«

»Oh ja, wie beruhigend. Und aus meiner medizinischen Erfahrung heraus kann ich dir versichern, dass das ja auch immer ganz wunderbar funktioniert.«

Alexander schwieg.

»Du bist mein Freund, einer der engsten, die ich habe. Aber

268

Johanna ist meine Cousine und inzwischen fast so etwas wie eine Schwester. Ihre Eltern kümmern sich nicht um sie, und im Grunde ist außerhalb dieses Palais niemand auf ihrer Seite – sieht man von Leopold mal ab. Ich kann und werde nicht zulassen, dass du sie nun auch noch für alle sichtbar kompromittierst. Das Gerede über den albernen Kuss im Garten kann man nach und nach als Boshaftigkeit einiger Leute abtun, die gerne in ihrer vermeintlichen Überlegenheit herumtratschen. Aber eine Schwangerschaft? Was, wenn du sie nun doch nicht so schnell heiraten kannst? Oder wenn du sie *gar nicht* heiraten kannst?«

Wieder schwieg Alexander, denn er wusste, dass sein Freund im Grunde recht hatte, mochten seine eigenen Absichten auch noch so ehrenhaft sein. Aber hätte er dergleichen bei seinen Schwestern geduldet?

»Wärest du ihr Verlobter«, fuhr Maximilian fort, »und ihr könntet nicht warten, dann wäre das eine Sache. Ihr wäret wahrhaftig nicht die Ersten, und selbst bei einer überstürzten Hochzeit und einem Sechs-Monats-Kind würden die Leute vermutlich augenzwinkernd etwas über die ungestüme Jugend sagen. Aber so, wie die Dinge nun einmal stehen, würde man Johanna noch mehr zusetzen, würde sich bestätigt fühlen, dass sie liederlich ist und nun auch noch einen von Reuss in die Falle gelockt hat. Du kennst die Leute und ihren boshaften Tratsch.«

Alexander nickte kaum merklich.

»Du wirst mit diesen nächtlichen Besuchen aufhören, hast du das verstanden? Darum bitte ich dich als Freund.«

In Alexander regte sich Widerstand, aber er nickte.

»Ich verstehe dich ja.« Maximilian klang nun versöhnlicher. »Aber du musst doch selbst einsehen, dass ihr beide jetzt vernünftig sein müsst. Kläre deine Angelegenheiten, und dann komm und bitte offiziell um sie. Ich stehe dir bei, das verspreche ich dir. Im Gegenzug versprichst du mir, dass du sie unbehelligt lässt, bis es so weit ist.«

»Also gut. Ich verspreche es. Keine nächtlichen Besuche mehr.«
Maximilian ging zu einem Bartisch, zog den Kristallstöpsel aus
einer Glasflasche und füllte zwei Gläser zweifingerbreit. Eines
reichte er Alexander, und sie stießen miteinander an, als besiegel-
ten sie das Versprechen. »Ich werde Johanna nichts von diesem
Gespräch erzählen, ich möchte sie nicht in Verlegenheit bringen.«
»Das halte ich auch für das Beste«, antwortete Alexander.

Nachdem Maximilian ihn hinausbegleitet hatte – dieses Mal
offiziell durch die Haustür –, ging Alexander langsam durch die
Ludwigstraße. Er blieb vor einem kleinen roten Palais mit weißem
Stuck stehen, das erst vor Kurzem fertiggestellt worden war. Es war
hübsch, wenngleich nicht so hochherrschaftlich wie das Lilienpalais. Der Bekannte von ihm, der es erbaut hatte, wollte es nun
wieder verkaufen, da es seiner künftigen Frau nicht groß und reprä-
sentativ genug war. Sie wollte nun eines in der Brienner Straße
erbauen, das größer werden würde. Alexander könnte es haben,
wenn er wollte, wenngleich sie sich über den Preis noch nicht einig
waren. Vielleicht konnte er ihn ja noch runterhandeln. Es gab auch
repräsentative Wohnungen, aber das war eher etwas, wenn man ein
Palais oder Schlösschen etwas außerhalb der Stadtmitte hatte und
einen zusätzlichen Wohnsitz am Prachtboulevard wollte.

Alexander würde als Architekt arbeiten und könnte so viele
Aufträge annehmen, wie er wollte. Vielleicht würde er sich doch
dem König andienen, falls es nötig war. Um das Finanzielle musste
er sich also wenig Sorgen machen, und der Gedanke daran, den
Fittichen seines Vaters zu entkommen, war sogar sehr befreiend.
Wenn er jetzt nur eine Lösung fand, mit der auch seine Schwestern
gut leben konnten.

Für Rosa war alles bestens, sie würde im nächsten Sommer heiraten. Greta war noch klein, da war eine mögliche Ehe noch lange
hin, und bis dahin hatte der Alte vielleicht das Zeitliche gesegnet
oder aber sein Zorn war verraucht. Constanze und Eleonora hingegen blieben derzeit noch seiner Macht ausgeliefert. Gut, Eleonora

270

war gerade erst fünfzehn geworden, für sie waren es noch mindestens drei Jahre bis zu ihrem Debüt. Über Beziehungen würde Alexander möglicherweise steuern können, dass der Richtige um sie warb und sie nicht irgendeinen Kerl heiraten musste, den ihr Vater aussuchte. Blieb Constanze. In seinem Zorn würde sein Vater alles daran setzen, ihr das Leben sehr schwer zu machen, wusste er doch, wie nahe sie Alexander stand.

Als er zu Hause ankam, lag das Palais von Reuss in schlafender Stille da. Er ging die Treppe hoch in seinen Salon, der kalt war, weil über Nacht dort kein Feuer brannte. Nachdem er eine Kerze entzündet hatte, war der Raum in flackerndes Licht getaucht, und Alexander besah sich seine neuen Entwürfe. Mittlerweile schloss er sie weg, damit sein Vater sich nicht wieder daran vergriff. So weit war es also schon gediehen, dass er nicht einmal mehr seine Unterlagen offen liegen lassen konnte.

Alexander schenkte sich etwas zu trinken ein, hielt dann das Glas, ohne daran zu nippen. Er dachte an Johannas Blick, mit dem sie ihn angesehen hatte, den Zweifel darin, als könnte auch er sich noch als ein anderer herausstellen als der, der er vorgab zu sein. An das Gespräch mit Maximilian. An das mit seinem Vater und daran, wie dieser seine Entwürfe in den Kamin geworfen hatte. An Constanzes vertrauensvolle Zuneigung. In einem Gefühl aufwallenden und hilflosen Zorns warf Alexander das Glas durch den Raum, sodass es an der Kamineinfassung zersprang und die Scherben mitsamt einem Tropfenregen goldbrauner Flüssigkeit zu Boden fielen.

Die Tür wurde geöffnet, ohne dass vorher angeklopft wurde. Alexander warf einen kurzen Blick hin und wandte sich wieder ab. »Was willst du, Veronika?«

»Musst du dich hier wie ein Berserker aufführen?« Sie schloss die Tür und kam näher, schlang den Morgenmantel enger um sich, als stünde zu befürchten, Alexander könne nun auch auf sie losgehen. Dann sah sie zu den Scherben hinab. »Du darfst nicht zulassen, dass er dich enterbt. Dann geht alles an deinen Cousin, und ich kann zusehen, wo ich bleibe.«

»Sei mir nicht böse, aber du bist wahrhaftig meine letzte Sorge.«

»Und deine Schwestern?«

»Die werden in meinem Haus stets willkommen sein.«

Veronika von Reuss ließ sich in einem der grünen Sessel nieder. Grün wie Johannas Zimmer, dachte Alexander in diesem Moment, und eine tiefe Sehnsucht machte ihm die Brust eng. »Warum muss es ausgerechnet diese Frau sein?«, fragte seine Stiefmutter nun. »Du bist einer der begehrtesten Junggesellen auf dem Heiratsmarkt, du kannst jede haben. Was ist mit Annemarie von Hegenberg? Eine glänzendere Partie ist doch schwer zu finden.«

»Vergiss es einfach, ja? Davon verstehst du nichts.«

»Ich bin verheiratet und habe vier Kinder geboren. Also, was um alles in der Welt erlaubst du dir zu sagen, ich würde nichts davon verstehen?«

»Du hast meinen Vater nicht aus Liebe geheiratet, oder hast du wirklich einen so überaus schlechten Geschmack, was charakterliche Eignung angeht?«

»Nein, du hast recht, Liebe ist es nicht gewesen, sondern die Gewissheit, dass er mir das Leben bietet, das ich führen möchte.«

»Und das Wissen darum, dass du nach seinem Tod womöglich nicht versorgt bist?«

»Das konnte ich nicht wissen, ich bin davon ausgegangen, ihm einen Stammhalter zu schenken.«

»Nun, und siehst du, das ist der Unterschied. Wenn ich heirate, wird meine Frau im Falle meines Todes gut versorgt sein, gleich, ob sie mir ausschließlich Mädchen oder keine Kinder schenkt.«

Veronika von Reuss sah zum Servierwagen. »Schenkst du mir etwas zu trinken ein?«

Seufzend kam Alexander der Bitte nach und reichte ihr das

Glas. Dann entzündete er eine Zigarre, weniger, weil ihm danach war, als vielmehr, um sie ein klein wenig zu ärgern. Sie reagierte jedoch nicht darauf, hüstelte nicht, wie sie es bei seinem Vater tat, und wedelte auch nicht demonstrativ mit der Hand den Qualm weg.

»Dein Vater hat mir von eurem Gespräch erzählt.«

»Ah, ein Gespräch hat er es genannt?«

»Dass er deine Entwürfe verbrannt hat, war nicht recht, das habe ich ihm gesagt.«

Erstaunt hob Alexander die Brauen und ließ sich nun seinerseits in einem Sessel nieder. Seine Stiefmutter hatte die Beine unter den Morgenmantel gezogen und wirkte auf einmal anrührend jung. Wie alt war sie eigentlich? Als Rosa geboren worden war, hatte sie gerade das neunzehnte Lebensjahr vollendet. Sie hob das Glas an die Lippen und nahm erneut einen Schluck.

»Aber was er mit Constanze vorhat«, fuhr sie fort, »ist viel schändlicher.«

»Das musst du mir nicht erzählen.«

Leicht schwenkte sie das Glas, beobachtete, wie die Flüssigkeit darin an den Rändern entlangschwappte. »Ich helfe dir«, sagte sie schließlich. »Wenn du mir hilfst.«

»Wie stellst du dir das vor?«

»Du sorgst dafür, dass Constanze nicht mit irgendeinem Widerling verheiratet wird, und ich wiederum tue alles, damit dein Vater deiner Eheschließung zustimmt und dich nicht enterbt.«

»Was Constanze anbelangt – so weit war ich selbst schon. Aber ich weiß nicht, wie ich das machen soll.«

»Dann überleg dir etwas. Du bist ein Mann, du hast alle Freiheiten, die du dir wünschen kannst. Einmal musst du ausnahmsweise für etwas kämpfen, das du haben willst – das müssen wir Frauen Tag für Tag.« Abrupt erhob sie sich und stellte das Glas ab. »Es bleibt dabei, ich helfe dir, vorausgesetzt, du lässt dir nicht einfallen, deine Schwester der Willkür deines Vaters auszuliefern. In dem

Fall tue ich nämlich alles, um dir das Leben zur Hölle zu machen, gleich, was es mich kostet. Und jetzt hab eine gute Nacht.«

Alexander sah ihr nach, wie sie zur Tür ging, diese öffnete und hinter sich ins Schloss zog.

29

Johanna

Die Weihnachtstage waren schön gewesen, und sie hatten sogar einer Messe in der privaten Asamkirche beigewohnt. Die Weihnachtsdekoration, die sich vor barocker Pracht präsentierte, war schier überwältigend gewesen. Johanna war ganz gefangen gewesen von der überreich dargebotenen Kunst, den Bildern, den Statuen, Stuckaturen, Ornamenten und einem prunkvollen Hochaltar. Nicht einmal, dass Wilhelm von Ragwerth am ersten Weihnachtstag zum Abendessen erschien, tat ihrer feierlichen Stimmung einen Abbruch.

Auf die Weihnachtstage folgten fieberhafte Vorbereitungen für den Neujahrsball, und was diesen anging, tat die Großmutter sehr geheimnisvoll. Johanna sah ihre Befürchtungen bestätigt, vor allem, weil Henriette von Seybach mehrfach betonte, sie solle ihr schönstes Kleid tragen. Da die Zügel der Großmutter nun etwas lockerer gelassen wurden, genoss Johanna die Spaziergänge mit Nanette oder Isabella. Einmal hatte sie dabei wie zufällig die goldene Münze fallen lassen, die sie seit ihrem zufälligen Treffen mit Friedrich Veidt immer noch besaß.

Alexander hatte sie nicht mehr gesehen, seit er sie nachts in dieser schwermütigen Stimmung verlassen hatte. Ein paar Nachrichten hatte er ihr über den Finessensepperl zukommen lassen, und diese waren zwar liebevoll, schlugen aber kein weiteres Treffen vor. Johanna wusste nicht, was sie davon halten sollte. Doch im Trubel der Vorweihnachtszeit, der Weihnachtstage und der Hektik vor dem Ball hatte sie nicht die Muße, sich damit zu befassen.

Nun jedoch stand sie im Ankleidezimmer und war angesichts dessen, dass sie Alexander in dieser Nacht immerhin im formellen Rahmen sah, doch etwas aufgeregt. Dennoch verzichtete sie darauf, das herrliche dunkelgrüne Kleid zu tragen und wählte stattdessen eines aus hellgrauem Brokat, in das silberne Fäden gewebt waren. Es war reich verziert mit Spitze, den Rock schmückten Volants, die mit feinen Perlen wie Tautropfen bestickt waren.

»Aber Fräulein von Seybach«, sagte Finni, »das Kleid haben Sie doch schon einmal getragen. Erinnern Sie sich nicht mehr?«

»Doch, ich möchte es dennoch anziehen.«

Finni wirkte, als wollte sie widersprechen, blieb dann jedoch stumm und half Johanna, sich anzukleiden. An diesem Abend ließ Isabella ihr den Vortritt, vermutlich, weil es Johannas erster Ball in dieser Saison war – zumindest der erste, von dem Isabella wusste –, und Johanna hörte durch die geschlossene Zimmertür, wie sie mit jemandem sprach. Vermutlich wieder der Nachbarssohn, mit dem sie sich trotz eisiger Kälte durch das offene Fenster unterhielt, obwohl sie sich kurze Zeit später ja ohnehin im Warmen sahen. Isabella hatte ihr erklärt, dass Leopold von Löwenstein wie ein Bruder für sie war. »Nicht, dass du einen falschen Eindruck bekommst.«

Bei der Frisur übertraf Finni sich selbst, hatte Johannas Haar aufgesteckt und lange, eingedrehte Locken wie eine goldene Kaskade auf ihren Nacken fallen lassen. Dazu trug Johanna ein Diamantcollier und ein dazu passendes breites Armband, das um ihren behandschuhten Arm geschlossen wurde. Wie von Johanna geplant erschien die Großmutter erst, als auch Isabella fertig angezogen war, und angesichts Johannas Kleiderwahl schnappte sie nach Luft.

»Aber, das ist ganz und gar unmöglich! Du kannst doch nicht auf einem hauseigenen Ball ein Kleid tragen, das du zu einer Soiree getragen hast.«

»Aber mir gefällt es.« Johanna sah sie unschuldig an. »Soll ich mich umziehen?«

»Das ist völlig ausgeschlossen, dafür reicht die Zeit nicht. Finni, das hätten Sie ihr doch sagen sollen!«

»Das hat sie«, nahm Johanna die Zofe in Schutz. »Sie sagte mir, ich hätte es schon einmal getragen, aber es gefällt mir so gut.«

»Du lieber Himmel! Ausgerechnet heute. Aber was soll's, es lässt sich nicht ändern. So, und jetzt los, *immédiatement.*«

Henriette von Seybach selbst trug wie immer Schwarz, von der Witwentracht rückte sie selbst bei großen Familienfeiern nicht ab, wenngleich das Kleid sehr üppig mit Spitze ausgestattet war und abgesehen von der Farbe nur wenig mit Trauer gemein hatte. Die beiden jungen Frauen folgten der Großmutter die Treppe hinab.

Sie empfingen die Gäste in der Eingangshalle, und es war das erste Mal, dass Johanna mit der Familie Aufstellung nahm, um Besucher im Lilienpalais zu empfangen. Carl von Seybach stand als Hausherr zu Beginn der Reihe, dann kam die Großmutter, danach Maximilian, Isabella und schließlich Johanna. Dieser war unbehaglich zumute, erahnte sie doch die Gedanken der Gäste, und so hob sie das Kinn, versuchte, selbstsicher zu wirken. Sie spürte, wie Isabella ihre Hand nahm und leicht drückte.

Unter den Eintretenden entdeckte sie einen hochgewachsenen, dunkelhaarigen Mann, der sich nach einem kurzen Nicken in Richtung ihres Onkels sogleich im Hintergrund hielt. Seine Kleidung war weniger auffällig, und bei einem Blick auf Nanette meinte Johanna, die Gouvernante kurz erblassen zu sehen und eine nicht gekannte Anspannung wahrzunehmen. Mit den nächsten Gästen hatte sie den Moment allerdings schon wieder vergessen.

Letzten Endes wurde das Vorbeiflanieren nicht gar so schlimm wie gedacht, und Johanna wurde ebenso freundlich begrüßt wie alle anderen. Mochte man sich auch seinen Teil denken, vor der Gesellschaft wusste man sich offenbar zu benehmen. Eine Ausnahme war Lisbeth von Hagenau, die sich eine kleine Spitze nicht verkneifen konnte, aber die ließ sie so beiläufig fallen, dass Johanna nicht darauf reagieren konnte.

»Ach, die Alte«, murmelte Isabella. »Hör gar nicht hin.«

Als Alexander mit seiner Familie kam, ging Johanna das Herz schneller. Von seinem Vater traf sie ein sehr ungnädiger Blick, während seine Stiefmutter sie taxierte, knapp nickte, als sei das Urteil zu Johannas Gunsten ausgefallen, und die Familie mit einem Lächeln begrüßte. An Alexanders Seite war seine Schwester Rosa mit ihrem Verlobten Robert von Haubitz, dessen Familie den von Reuss unmittelbar folgte. Alexander lächelte warm, als er Johanna begrüßte, und fast augenblicklich hob sich ihre Laune, um im nächsten Moment in sich zusammenzufallen, denn sie würde mit Alexander kaum mehr als ein paar Worte wechseln dürfen. Und sie wollte im Haus ihres Onkels keinen Eklat auslösen, das hatte Isabella, die sich so auf diesen Ball gefreut hatte, nicht verdient.

»Und unser besonderer Gast«, begrüßte Henriette von Seybach Wilhelm von Ragwerth, als dieser das Entree betrat.

Um keine Missstimmung aufkommen zu lassen, deutete Johanna ein Lächeln an, zu mehr war sie nicht imstande. Wieder drückte Isabella ihre Hand. Wilhelm von Ragwerth wechselte nach der Begrüßung einige Worte mit Maximilian, dann ging er die Treppe hinauf in den Tanzsaal. Mit einem tiefen Aufseufzen folgte Johanna ihrer Familie, als diese sich ebenfalls dorthin begab. Ihre Großmutter drängte sich zwischen sie und Isabella. Mit festem Griff umfasste sie Johannas Arm und zischte ihr ins Ohr: »Du wirst dich benehmen, hast du das verstanden? Heute geben wir deine Verlobung bekannt, und ich möchte, dass alles formvollendet abläuft.«

Johanna blieb so abrupt stehen, dass ihre Großmutter beinahe gestolpert wäre. »Dafür ist es noch zu früh.«

»Keineswegs. Bis zur Hochzeit habt ihr dann noch ein wenig Zeit, euch besser kennenzulernen.«

»Ich will mich nicht mit diesem alten Mann verloben.«

»Er ist nicht alt, hat kaum die vierzig überschritten. Und nun komm endlich.«

Carl, Maximilian und Isabella waren stehen geblieben und

sahen sich fragend zu ihnen um. Während Johanna ihre Großmutter begleitete, kämpfte sie gegen die Tränen an. Dabei hatte sie es ja geahnt, Nanette hatte schließlich so etwas angedeutet. Wo war sie eigentlich?

»Hier, nimm ein Taschentuch.« Die Großmutter reichte ihr eines aus spitzenverziertem Batist. »Und jetzt tupfst du dir die Tränen ab und präsentierst dich so, wie es sich für eine Tochter des Hauses gehört.«

Johanna wollte widersprechen, aber dann dachte sie an Isabella und deren Vorfreude, und so nahm sie das Taschentuch und tupfte folgsam die Tränen ab, ehe sie ihre Großmutter in den Ballsaal begleitete, der sich in prunkvoller Pracht präsentierte. Kristalllüster, goldener Stuck an elfenbeinweißen Wänden, reichhaltige Ornamente an der Decke. Das Orchester spielte bereits leise Hintergrundmusik, die sich in das Gewirr aus Stimmen, Gelächter, dem Rascheln seidener Kleider und dem zarten Klirren der Gläser mischte. Maximilian war mit Helene von Riepenhoff auf einem Adventsball gewesen, und nun ging diese mit einem glücklichen Lächeln auf den Lippen durch den Saal, trat mit großer Selbstverständlichkeit zu ihm, legte ihm gar die Hand auf den Arm, als müsse sie Besitzansprüche geltend machen.

Wilhelm von Ragwerth kam zu ihnen und reichte Johanna den Arm, sodass ihr keine Wahl blieb, als an seiner Seite zu gehen. »Sie sind immer so spröde«, sagte er. »Gehören Sie zu den Frauen, die fortwährend erobert werden wollen?«

»Welche Frau möchte das nicht?«

Er führte sie zum Büfett und reichte ihr ein Glas. »Ich biete Ihnen immerhin die Möglichkeit, aus dieser Misere hinauszugelangen, in die Sie sich verstrickt haben.«

Kein Eklat auf diesem Ball, sagte sich Johanna immer wieder vor. Kein Eklat, kein Eklat. Sie sah zu Isabella, die sich gerade mit Annemarie von Hegenberg unterhielt. Ihre beste Freundin Amalie war nicht hier, denn die offiziellen Bälle waren den jungen Frauen erst erlaubt, wenn sie ihr Debüt hinter sich hatten. Für Isabella galt nur deshalb eine Ausnahme, weil der Ball in ihrem Haus stattfand, und keinesfalls wollte Johanna ihr diesen verderben.

»Mir ist gleich, wen Sie vorab geküsst haben«, sagte Wilhelm von Ragwerth nun. »Wir alle haben unsere kleinen Fehltritte, nicht wahr? Aber dieses verbockte Schweigen will ich nicht dulden. Genießen Sie ruhig Ihre Freiheit und Aufmüpfigkeit. Sobald wir verheiratet sind, werden Sie aus dem Zustand guter Hoffnung gerade lange genug heraus sein, um sich von der letzten Niederkunft zu erholen. Sie werden also wenig Zeit haben, mir das Leben schwer zu machen, und umso mehr für Ihre Pflichten als Mutter.«

Johanna spürte, wie ihr angesichts dieser unverblümten Worte das Blut ins Gesicht stieg.

»Macht es Sie verlegen? Nun, ich bin mir gewiss, es wird Ihnen gefallen, in jeder Hinsicht. Die Mutterschaft«, schwächte er die Anzüglichkeit seiner Worte im nächsten Moment ab, »ist ein wahrhaft großes Glück.«

Hastig trank Johanna ihr Glas leer und sah sich im Saal um, konnte aber Alexander nicht erspähen. In diesem Moment wurde zum Tanz aufgespielt, und Wilhelm von Ragwerth nahm ihre Hand, verneigte sich knapp und führte sie auf die Tanzfläche. Spätestens jetzt dürfte wohl jeder ahnen, was es mit ihnen beiden auf sich hatte. Sah Annemarie von Hegenberg sie nicht gerade mitleidig an? Kurz erhaschte sie einen Blick auf Maria von Liebig, die nun von Alexander auf die Tanzfläche geführt wurde. Leopold von Löwenstein folgte mit Isabella. Sie wollte nicht weinen, wollte die Feier nicht ruinieren, und so riss Johanna sich zusammen, während sich ein Klumpen in ihrer Kehle ballte und das Schlucken schmerzte.

Nach dem Tanz ging sie mit gesenktem Blick von der Tanzfläche, wollte die mitleidigen Blicke der anderen jungen Frauen nicht sehen. Wilhelm von Ragwerth wusste immerhin in dieser Hinsicht, was sich gehörte, und überließ sie der Gesellschaft ihrer

Großmutter, ehe er sich zu Carl gesellte, der mit einigen Herren zusammenstand und sich angeregt unterhielt. Johanna tat einige zittrige Atemzüge, als Alexander auf sie zutrat und sie um den nächsten Tanz bat.

Vorsichtshalber sah sie die Großmutter an, um sich nicht den nächsten Rüffel einzufangen, dabei gab es keinerlei Grund, ihm einen Korb zu geben. Aber diese nickte nur mit einer Miene, die man beinahe als freundlich bezeichnen konnte, und so folgte Johanna ihm auf die Tanzfläche. Als sie ihre Hand in seine legte und seine andere an ihrer Taille spürte, die Vertrautheit seiner Berührung, wollte sie gleich wieder in Tränen ausbrechen.

»Deine Großmutter will es offiziell machen?«, fragte er sanft.

Sie nickte nur, dann schloss sie die Augen halb und ließ sich von Alexander durch den Saal wirbeln. Als sich eine Träne löste, blinzelte sie hastig. Hoffentlich hatte das niemand bemerkt, wie erbärmlich das wäre, nun auch noch so mitleiderregend zu wirken. Nach dem Tanz löste sie ihre Hand aus seiner und tupfte mit dem behandschuhten Finger rasch die Träne ab.

»Komm zu mir in die Bibliothek«, sagte sie. »Bitte.« Damit wandte sie sich ab und verließ die Tanzfläche. Kurz sah sie zu ihrer Großmutter, aber die unterhielt sich mit der schrecklichen Lisbeth von Hagenau. Maximilian war nicht zu sehen, und Isabella lachte gerade silberhell auf über etwas, das Leopold von Löwenstein gesagt hatte.

Die Bibliothek im Erdgeschoss war kalt, da an diesem Abend nicht eingeheizt worden war. Gäste konnten sich im großen Salon niederlassen, wenn sie ausruhen wollten, und für die Männer gab es überdies den Herrensalon, falls ihnen danach war, zu rauchen. Die Damen konnten im Damensalon unter sich sein, wenn ihnen der Sinn danach stand. Johanna musste nicht befürchten, hier erwischt zu werden, und so wagte sie es sogar, eine Kerze zu entzünden. Das Licht verlor sich in dem großen Raum, sodass es niemand unter dem Türspalt bemerken würde. Und es war überdies sehr unwahrscheinlich, dass sich jemand hierher verirrte.

Kurz darauf wurde die Tür geöffnet, und Alexander trat ein. Johanna lief ihm entgegen, kaum dass er die Tür hinter sich geschlossen hatte. Sie umarmte ihn, zog ihn zu sich hinunter und küsste ihn verzweifelt, während ihr Tränen über die Wangen liefen. Er hielt sie eng umschlungen, küsste ihren Mund, ihre Wangen, ihre Kehle, und Johanna drängte sich an ihn, nestelte an seinem Kragen. Alexander umfasste ihr Handgelenk, schob es sacht beiseite und begann seinerseits, ihr Kleid im Rücken aufzuhaken, schob es ihr über die Schulter, ließ das Mieder folgen und folgte mit dem Mund dem Weg, den seine Finger zuvor genommen hatten. Johanna bog den Rücken durch, und Alexander hielt kurz inne, hob sie auf einen Tisch und beugte sich über sie, fuhr fort, sie zu küssen, begann mit federleichten Zärtlichkeiten, die langsam kühner wurden, liebte sie mit den Händen und dem Mund, hielt sie, als die Lust ihren Körper zum Erzittern brachte.

Als sie sich schließlich aus seinen Armen löste und ihm den Rücken zuwandte, damit er ihr das Kleid schloss, fragte sie: »Und was soll ich jetzt tun?«

»Eine Verlobung kann man lösen. Bis dahin finde ich einen Weg.«

»Und wenn nicht? Wenn ich ihn heiraten muss?«

»Das wirst du nicht.«

Sie fuhr, kaum dass er ihr Kleid zugehakt hatte, zu ihm herum. »Das kannst du doch gar nicht wissen. Du hältst mich genauso hin wie Friedrich Veidt, der hat auch seinen Vater vorgeschoben.« Sie bemerkte, wie sehr ihn das traf, aber in ihrem Zorn war es ihr gleich. »Die ganze Zeit sagst du, du findest einen Weg, aber bisher ist nichts geschehen, außer, dass du ausgiebig auf deine Kosten kommst.«

»Ganz recht, von uns beiden war *ich* es, der hier gerade auf seine Kosten gekommen ist.«

Sie versetzte ihm einen derben Stoß gegen die Brust, drehte sich abrupt um und verließ fluchtartig die Bibliothek. Rasch lief sie die Treppe hoch, schaffte es ungesehen durch das erste Obergeschoss und lief weiter, bis sie in ihrem Zimmer ankam. Dort hielt sie sich nicht damit auf, Licht zu machen, sondern warf sich auf ihr Bett, drückte ihr Gesicht in das Kissen und weinte.

Wie lange sie hier gelegen hatte, wusste sie nicht, als sie irgendwann hörte, wie die Tür geöffnet wurde. In der Hoffnung, es sei Isabella oder Nanette, hob sie den Blick, aber es war die Gestalt der Großmutter, die sich in dem hellen Rechteck der Tür abzeichnete.

»Was, um alles in der Welt, hat das zu bedeuten?«

»Mir ist nicht gut.« Johannas Stimme klang kratzig und belegt, überdies fühlte sich ihr Kopf heiß an vom vielen Weinen.

Die Großmutter kam näher, legte ihr die behandschuhte Hand auf die Stirn. »Du wirst dir jetzt das Gesicht waschen und unten erscheinen.«

»Mir ist nicht gut«, wiederholte Johanna.

»Du kannst uns das nicht antun. Heute soll deine Verlobung bekannt gegeben werden.«

»Das kannst du auch ohne meine Anwesenheit, Hauptsache, *er* ist da, um als neues Mitglied der Familie begrüßt zu werden.«

»Was macht denn das für einen Eindruck!«

Wieder stieg ein Schluchzer in Johanna auf, und die Großmutter seufzte vernehmlich. »Nun gut. Du wirst dich daran gewöhnen, wenn du Hausherrin bist und dein erstes Kind erwartest. Derzeit mag es dir sehr hart und ungerecht vorkommen, aber du wirst merken, dass ich nur dein Bestes im Sinn habe. Bleib also hier, ich werde dich entschuldigen und sagen, dass du fieberst.«

Johanna antwortete nicht und schloss die Augen. Die Großmutter verließ den Raum, und dann war lange nichts zu hören, bis die Tür sich irgendwann wieder öffnete und sacht schloss. Das Rascheln von Röcken war zu hören, und dieses Mal öffnete Johanna nicht die Augen. Wieder eine Hand auf ihrer Stirn, dieses Mal unbehandschuht und kühl.

»Verlass dich nicht darauf«, hörte sie Nanettes Stimme, »dass ein Mann dich rettet.«

»Aber ich liebe ihn.«

»Das ist etwas anderes. Liebe ihn, aber rette dich selbst.«

»Er wird mich nicht heiraten, immer schiebt er seinen Vater vor und seine Schwester.«

»Seiner Schwester droht viel Ungemach, wenn er sich widersetzt. Und ließe er das zu, wäre er dann wirklich der Mann, mit dem du dein Leben verbringen möchtest?«

Johanna schwieg, und als sie die Augen öffnete, war Nanette nicht mehr da. Hatte sie sich ihre Anwesenheit nur eingebildet? Nein, da war das leise Schließen der Tür gewesen, das sachte Rascheln ihrer Röcke. *Ich kenne dich doch.* Aber woher nur? Die dunkle Stimme, das Gesicht. Johanna durchforstete ihr Gedächtnis. Warum nur wollte es ihr nicht einfallen?

30

Alexander

Alexander wünschte, er könnte sich, wie Maximilian es manchmal tat, mit dem Spielen auf dem Pianoforte abreagieren. An Maximilians Spiel erkannte man oft, welcher Stimmung er war, als fließe diese aus ihm hinaus in die Tasten. Da Alexander diese Möglichkeit nicht zur Verfügung stand, widmete er sich umso intensiver seinen Entwürfen, vergrub sich darin, zeichnete, maß aus, verließ seinen Salon nur noch für die Mahlzeiten.

Rosa trat ein, als er gerade kritisch vor einem Entwurf stand, die Ärmel seines Hemdes bis zur Mitte der Unterarme aufgerollt und in der Hand eine Zigarre. Seine Schwester hüstelte, wie sie das stets tat, wenn er rauchte. »Willst du dich hier noch lange einigeln? Seit über zwei Wochen geht das jetzt so.«

Er antwortete nicht, sondern stieß eine neue Qualmwolke aus.

»Dass du in diese Frau verliebt bist, ist mir übrigens damals schon aufgefallen, als wir auf der Soiree der von Hegenbergs waren. Du hast sie so sehnsüchtig angeschaut, aber sie hatte nur Augen für diesen Schnösel. Du hättest deinen Blick sehen sollen, als sie sich von dir ab- und ihm zugewandt hat. Ich hätte sie schütteln können.«

»Man sucht sich nicht aus, in wen man sich verliebt.«

»Das ist wohl richtig, und ich bin froh, dass mir dergleichen Herzensverwirrungen erspart geblieben sind.«

»Du liebst Robert nicht?«

»Ich mag ihn sehr, er ist ein guter Mann.«

»Immerhin.«

Rosa lehnte mit dem Rücken an dem Tisch, auf dem seine Entwürfe lagen. »Robert sagte, dass es schlimm sei, wie übel man Johanna mitgespielt hat. Er hat eine Schwester, wie du weißt, und er sagt, ihm sei erst jetzt so wirklich bewusst geworden, was ein falsches Wort bewirken kann. Es muss nicht einmal etwas vorgefallen sein, es reicht, wenn jemand, der ihr übel gesonnen ist, dergleichen erzählt.«

Das hätte er Robert von Haubitz, den er immer als stramm konservativ eingeschätzt hatte, tatsächlich nicht zugetraut.

»Habe ich dir erzählt«, fuhr Rosa fort, »dass er als Offizier in den Dienst des Königs tritt?«

»Ach, der auch?«

»Sei nicht immer so sarkastisch. Er ist auf deiner Seite, weißt du. Und er kann dir dort gewiss nützen.«

»Nicht einmal Carl von Seybach kann mir nützen.«

»Da wäre ich nicht so sicher«, hörte er Maximilian von der Tür her sagen.

Alexander sah auf.

»Ist das nicht ein wundervoller Tag?«, fragte Maximilian mit Blick aus dem Fenster.

»Es ist vor allem ein Tag«, entgegnete Alexander missgelaunt, »an dem mein Arbeitsplatz offensichtlich zum öffentlichen Durchgangsraum wird.«

»Hörst du das?«, klagte Rosa. »So ist er seit Tagen.«

»Schon gut, ich kümmere mich darum.«

Rosa ging zum Servierwagen und kam mit einem Glas zurück, das sie ihm in die Hand drückte. »Zur Stärkung. Und wenn er zu unleidlich wird, schüttest du ihm einfach den Inhalt ins Gesicht, das kühlt das erhitzte Gemüt.«

Alexander sah sie aus verengten Augen an.

»Ich denke«, entgegnete Maximilian, »das wird nicht nötig sein.«

»Das möchte ich dir auch unbedingt geraten haben«, antwortete Alexander.

Maximilian lächelte und ließ sich auf einem der Sessel nieder. »Du machst dich rar.«

»Ich habe viel zu tun.«

»Deshalb, oder möglicherweise, weil Johanna nun verlobt ist?«

»Hat dieser Umstand eine amüsante Seite, die mir entgangen ist?«, fragte Alexander, den die gute Laune seines Freundes zunehmend reizte.

»Ich bin nicht dein Feind, Alexander.«

Mit einem langen Seufzer stieß dieser den Atem aus. »Nein, natürlich nicht. Es tut mir leid.«

»Schon gut, ich verstehe dich ja. Wie geht es Constance?«, fragte er übergangslos, und Alexander war im ersten Moment irritiert.

»Gut. Warum?«

»Weil ich Neuigkeiten habe.«

»Hast du einen Ehemann für sie?«

»Hast du jemals erlebt, dass ich mich als Heiratskuppler betätige? Nun ja, außer bei dir und Johanna natürlich. Nein, ich habe mit meinem Vater über die Angelegenheit gesprochen, also nicht über dich und Johanna, das überlasse ich dir, aber über Constance. Es gibt auch Möglichkeiten jenseits einer Eheschließung.«

»In ein Frauenstift wird sie nicht gehen.«

»Natürlich nicht. Aber eine Stellung bei Hofe würde sie gewiss antreten, oder was denkst du?«

»Eine Stellung bei Hofe?«

»Als Hofdame stünde sie unter den Fittichen der Königin. Natürlich könnte dein Vater sie dennoch verheiraten, aber er sollte Umsicht walten lassen, ansonsten verlöre er das Gesicht und gälte als rachsüchtig und boshaft. Bei Hofe wird Constance gewiss Männer kennenlernen, die ihr gefallen. Sie wird im kommenden Jahr ihr Debüt haben, und sie hat dann nicht nur den Titel und die Mitgift, sondern ist überdies Hofdame und somit eine überaus begehrte Partie.«

Alexander setzte sich nun ebenfalls. »Und du denkst, das wird funktionieren?«

»Warum denn nicht? In dem Fall wäre für sie gesorgt. Daran, dass dein Vater dich enterben wird, kann natürlich selbst mein Vater nicht rütteln, aber deiner Schwester können wir helfen.«

Mit einer Handbewegung winkte Alexander ab. »Ob ich enterbt werde oder nicht, ist mir gleich. Wenn für meine Schwestern gesorgt ist, kann ich tun, was ich möchte, und dann werde ich in meinem eigenen Haus leben und mich der Architektur widmen. Ich wäre viel freier als bisher.«

»Dann ist doch alles bestens.«

»Und es ist sicher, dass Constanze an den Hof kann?«

»Ja, mein Vater hat seinen ganzen Einfluss spielen lassen.«

Constanze würde das gefallen, dessen war Alexander sich gewiss. Es wäre etwas ganz anderes als ihr bisheriges Leben, ein Schritt fort aus dem Elternhaus, ohne dass sie dafür würde heiraten müssen.

»Und nachdem das nun geklärt ist«, sagte Maximilian, »würde ich sagen, wir reiten zusammen aus.« Er stellte sein Glas hin und stand auf.

»Ist Leopold schon wieder zurück?«

»Er kommt in zwei Tagen, wenn ich das richtig in Erinnerung habe.«

Alexander rollte die Ärmel hinunter, steckte die Manschettenknöpfe hinein und zog seinen Rock an. Die Entwürfe schob er zusammen und räumte sie in die Kommode, die er extra zu diesem Zweck gekauft hatte, weil sie verschließbar war.

Sie verließen den Salon und trafen auf dem Weg nach unten Constanze. »Wohin gehst du?«, fragte sie Alexander.

»Ausreiten.«

»Du verlässt den Salon und mischst dich wieder unter die Leute?« Sie sah Maximilian an. »Max, willst du mich heiraten?«

»Frag mich das in zehn Jahren noch einmal.«

Sie zwinkerte ihm zu. »Ich nehme dich beim Wort.«

Der Ausritt tat gut, und Alexander merkte erst jetzt, unter

welcher Anspannung er gestanden hatte. Die Art, wie das letzte Treffen mit Johanna verlaufen war, zehrte an ihm. Bestürzung darüber, dass er nichts hatte tun können, um ihre Verlobung zu verhindern, und Ärger, weil sie ihn mit Friedrich Veidt verglichen hatte, rangen in ihm miteinander. Gleichzeitig wusste er, dass sie das aus Wut getan hatte, weil sie sich hilflos und alleingelassen fühlte.

Die Nachricht von ihrer Verlobung hatte kurz darauf in der Zeitung gestanden, und angesichts des triumphierenden Blicks, den sein Vater ihm zugeworfen hatte, hätte Alexander diesem am liebsten beim Frühstück vor seiner gesamten Familie erzählt, was er von ihm hielt. Er tat es nur deshalb nicht, weil er nicht wollte, dass die Missstimmung auch auf seine Schwestern übergriff. Constanze wusste nichts von dem, was ihr Vater gesagt hatte, sonst hätte sie sich womöglich auch noch schuldig daran gefühlt, dass er auf sein Glück verzichten musste. Johanna war nicht wieder auf die Feier zurückgekehrt, nicht einmal, als ihre Verlobung verkündet worden war, was zu nicht wenig Getuschel und Spekulationen geführt hatte.

Nach dem Ausritt musste Maximilian zurück in die Bibliothek, wo er in Fachbüchern forschte. Er setzte sich derzeit intensiv mit neuen Heilmethoden auseinander und mit den Möglichkeiten medizinischer Hilfe, insbesondere in den ärmeren Bevölkerungsschichten. In der Medizin ging er vollkommen auf, ebenso wie Leopold in seiner Tätigkeit als Diplomat, und Alexander bewunderte die beiden dafür. Nichts wünschte er sich mehr, als es in der Architektur ebenfalls tun zu dürfen. Von seinem Vater würde er sich keinerlei Vorgaben mehr machen lassen, nicht jetzt, da er wusste, dass für Constanze gesorgt war. Er war nun zuversichtlich, auch seine anderen drei Schwestern der Willkür seines Vaters entziehen zu können, und würde jede Möglichkeit nutzen, Beziehungen spielen zu lassen. Auf familiäre Befindlichkeiten würde er nun keine Rücksicht mehr nehmen.

Als er zu Hause ankam, war es später Nachmittag, und die Dämmerung würde bald einsetzen. Er fand Veronika von Reuss im Kleinen Salon sitzen, auf dem Schoß eine Handarbeit. Sie mochte feine Stickereien und war sehr kunstfertig darin, sodass unter ihren Fingern Blumen, Blüten und zarte Ranken entstanden. Bei seinem Eintreten blickte sie fragend auf.

Alexander ließ sich in einem Sessel ihr gegenüber nieder. »Maximilian war gerade da.«

»Ich weiß, ihm ist es offenbar zu verdanken, dass du dich wieder wie ein zivilisierter Mensch benimmst.«

»Er hat mir eine Möglichkeit aufgezeigt, wie Constanze der Willkür unseres Vaters entgehen kann.«

Jetzt ließ Veronika von Reuss die Stickarbeit sinken. »Und die wäre?«

»Carl von Seybach hat dafür gesorgt, dass sie eine Stellung bei Hofe antreten kann.«

»Ach.« Veronika von Reuss machte große Augen. »Das ist ja was. Ganz sicher?«

»Natürlich. Das wäre ansonsten ein recht bizarrer Scherz, denkst du nicht?«

Nun musste sie lächeln. »Da hast du recht. Du hast also getan, worum ich dich gebeten habe.«

»Wenn ich ehrlich sein soll, waren es eher Maximilian und Carl, die diese Lösung möglich gemacht haben. Ohne sie stünde ich noch genauso da wie zuvor. Mein Einfluss bei Hofe ist gering.«

»Weil du dich nicht darum bemühst. Du solltest dich als Architekt andienen.«

»Da ich wohl enterbt werde, bleibt mir nichts anderes übrig, nicht wahr?«

Grimmig verzog sie das Gesicht. »Das wollen wir ja noch sehen. Ich sagte doch, ich helfe dir.«

»Das ehrt dich, aber in dieser Hinsicht wirst du nicht viel ausrichten können. Und mir ist das auch nicht so wichtig, ich habe ein

Palais, und ich kann für Johanna und mich sorgen. Solange mein Vater lebt, sind meine Schwestern versorgt, und wenn er nicht mehr ist, wird er trotz allem dafür sorgen, dass sie abgesichert sind, denn er wird nicht wollen, dass es nach seinem Tod heißt, er hätte seine Töchter dem Elend überlassen.« Zumindest die ehelich geborenen und somit für jeden sichtbaren.

»Und was ist mit mir?«

»Das wirst du ihm abringen müssen. Aber ich glaube nicht, dass du dir Sorgen machen musst. Rosa ist verheiratet, und ich denke, sie wird nicht zulassen, dass du auf der Straße landest.«

»Du liebe Zeit.« Sie lachte. »Robert in einem Haus mit Mutter und Schwiegermutter. Da ist wohl eher zu befürchten, dass er eines Tages nicht mehr heimkommt.«

Alexander schmunzelte. »Vielleicht quartiert er dich auch in einer eigenen Wohnung ein. Das wird sich zeigen.«

»Ich sehe dennoch nicht ein, mich für all das«, sie machte eine Handbewegung, »eingesetzt zu haben, und dann bleibt mir nicht einmal ein Krümelchen. Immerhin habe ich deinem Vater vier Kinder geboren. Selbst eine Hure wird bezahlt. Und ich soll leer ausgehen?«

»Interessanter Vergleich.«

»Du weißt doch, wie ich es meine. Ich werde nicht zulassen, dass er dich enterbt, darauf kannst du dich verlassen. Deinem Cousin wird er sein Vermögen nicht hinterlassen, das hat er bereits gesagt, denn das wiederum verbietet ihm sein Stolz, seinen Besitz dem Sohn seines Bruders zu hinterlassen. Erst vor wenigen Tagen hat er betont, dass sein Besitz nur an einen Sohn aus eigener *Lendenarbeit* vermacht würde. Als hätten *seine* Lenden da viel zu arbeiten gehabt!«

Alexander musste grinsen. Veronika hatte immer schon einen Hang zum Vulgären gehabt, wenn sie sich ärgerte.

»Soll er doch irgendeine Dirne schwängern. Ob er den Sohn aufwachsen sieht, ist fraglich, immerhin hat er die sechzig schon weit überschritten, und ob das beim ersten Schuss gleich etwas wird – wer weiß? Er braucht ja mittlerweile schon so seine Zeit, ehe er überhaupt richtig loslegen kann.«

»Ich bin mir nicht sicher, ob ich das wissen muss.«

»Falls er«, fuhr sie fort, »von uns geht, ehe sein neuer Sohn erwachsen ist, werde ich für das Kind verantwortlich sein, und dann wird sein Besitz in meinem Sinne verwaltet. Vielleicht drohe ich ihm auch damit, mich schwängern zu lassen. Das soll er öffentlich erst mal beweisen, dass das Kind nicht von ihm ist. Mein Schwiegersohn ist dann immerhin Offizier im Dienste des Königs, meine Tochter Hofdame.« Sie lächelte und wirkte, als könnte sie sich zunehmend für die Sache begeistern.

»Ich glaube, ich habe dich unterschätzt«, gestand Alexander.

»Und ich mochte dich eigentlich nie so richtig, aber das scheint sich so langsam zu ändern.«

Er bog den Kopf zurück und lachte schallend. »Das ist ja immerhin etwas.«

Sie legte die Stickarbeit zur Seite, stand auf und zog am Klingelstrang. »Trinkst du einen Tee mit mir?«

31

Johanna

Sie hatte nichts mehr von Alexander gehört seit jener Nacht, die nun drei Wochen her war. Ihre Verlobung war offiziell, und ein simpler Goldreif mit einem Rubin zierte ihren Finger. Wilhelm von Ragwerth war inzwischen ein häufiger Gast, und sie war schon zweimal mit ihm im Englischen Garten spazieren gewesen. Dabei wälzte sie Fluchtgedanken, ohne so recht zu wissen, wohin sie sollte. Sie hatte Alexander unrecht getan, das wusste sie, aber konnte man es ihr verübeln? Er hatte ja keine Ahnung, wie es war, so machtlos zu sein.

Am siebten Januar hatte kurz die Frage im Raum gestanden, ob sie mit zum Ball kommen sollte, der zur Eröffnung des Odeons stattfinden würde. Da sie aber nicht offiziell in die Gesellschaft eingeführt worden war, blieb ihr dies als unverheiratete Frau verwehrt, daran änderte auch eine Verlobung nichts. Johanna war nicht böse darum, sie wollte nicht mit Wilhelm von Ragwerth zu einem Ball gehen. Isabella würde auch nicht mitkommen, sodass nur die Großmutter, Carl von Seybach und Maximilian gehen würden. Carl hatte angedeutet, dass er einen besonderen Gast mit in die königliche Loge nehmen wolle. Außerdem erfuhr sie, dass auch Alexander zugegen sein würde, denn offenkundig wollte er sich die Gelegenheit nicht entgehen lassen, den Hofarchitekten Leo von Klenze persönlich kennenzulernen.

Nach ihrer Verlobung kam eine Einladung zu einer Soiree im Februar sowie zu einem Tanzabend. Als verlobte Frau und künftige Freifrau von Ragwerth war sie offenbar wieder gesellschaftsfähig.

Wenn er sie ansah, den Blick an ihrem Körper entlanggleiten ließ, ahnte sie nur zu gut, woran er dachte.

»Ich befürchte, dagegen kannst du nichts tun«, erklärte Nanette, als sie nachmittags bei ihr stand, während Johanna im kalten Entree saß und malte. »Er weiß, dass eure Hochzeitsnacht bevorsteht, und natürlich malt er sie sich aus.«

»Ich will aber nicht, dass er das tut.« Johanna wusste selbst, wie kindisch sie klang, doch die Vorstellung, wie dieser Mann sich in ihren Körper drängte, löste nichts als Abscheu in ihr aus.

»Vielleicht gefällt es dir ja sogar, und er stellt sich als überraschend guter Liebhaber heraus.«

»Nanette, bitte, das ist wirklich nicht hilfreich.«

»Du musst jetzt pragmatisch und überlegt an die Sache herangehen. Wenn du keinen anderen Weg siehst, als ihn zu heiraten, mach das Beste daraus und nutze die Macht, die dir dein zweifellos schöner Körper verleiht, nach dem er sich ebenso zweifellos verzehrt. Du bist die Herrin über sein Haus, und über seine Lust kannst du ihn steuern, wenn du es klug anfängst. Da er älter ist als du, könnte es überdies sein, dass die Zeit dieses Problem über kurz oder lang für dich löst und du unabhängig bist.«

»Das kann noch zwanzig oder dreißig Jahre dauern! Bis dahin bin ich selbst alt und grau. Dann habe ich auch nichts mehr davon.«

»Sag das nicht, man kann das Leben in jedem Alter genießen, und wenn du es geschickt anfängst, tust du das auch schon vorher. Sofern er kein gewalttätiger Mann ist – und danach sieht es nicht aus, davon hätte ich gehört –, droht dir zumindest in dieser Hinsicht kein Ungemach.«

»Davon hättest du gehört? Wie denn?«

»Ich habe meine Quellen.«

»Aber ich möchte ihn nicht heiraten!«

»Dann lass dir etwas einfallen.«

»Alexander ist es, den ich möchte.«

»Und das scheitert derzeit an seinem Vater. Doch das Problem kannst nicht du für ihn lösen.« Nanette sah sich das Bild an, beugte sich vor, als wollte sie ein Detail genauer in Augenschein nehmen.

»Dann laufe ich fort.«

»Und wohin? Kopflos und unüberlegt? Um wo zu landen? In irgendeinem Freudenhaus, wo du das Einzige verkaufst, das sich zu Geld machen lässt?«

»Warum sagst du so hässliche Dinge?«

»Ich sehe die Welt, wie sie ist, mehr nicht. Niemand wird dir irgendwo einen roten Teppich ausrollen, nur weil du Johanna von Seybach bist. Ja, dir ist Schlimmes widerfahren, aber das passiert auch anderen, sogar noch weitaus Schlimmeres. Aber weder findest du die Lösung darin, in Selbstmitleid zu versinken, noch, indem du vollkommen unüberlegt handelst.«

»Du hast gesagt, ich könnte Gouvernante werden.«

Nanette sah sie an, und um ihre Mundwinkel zuckte es kurz. »Könntest du, ja. Und vielleicht könnte ich sogar einige Kontakte spielen lassen. Aber da musst du dir gewiss sein, dass du das wirklich willst. Du wirst verantwortlich sein für Mädchen oder sehr junge Frauen und kannst nicht einfach sagen, du überlegst es dir anders, weil Alexander dich nun doch heiraten wird.«

Verzagt sah Johanna auf die Farbpalette in ihrer Hand. Es war aussichtslos, sie konnte einfach nichts tun. Von allen Möglichkeiten, die sich vor ihr auftaten, war wohl die Ehe mit Wilhelm von Ragwerth die, bei der sie noch am ehesten ein wenig Glück für sich finden konnte, falls sie es – wie Nanette es nannte – klug anstellte. Wenn sie ihren Körper einsetzte und ihm das gab, nach dem es ihn so augenscheinlich verlangte. Und doch genug zurückhielt, um ihm Gefälligkeiten abzupressen. Johanna schloss für einen Moment die Augen. War es das, was diese Art arrangierter Ehe auszeichnete? Ehen, die geschlossen wurden, obwohl keinerlei Zuneigung zwischen den Eheleuten bestand? Der Mann kam auf seine Kosten, und die Frau erkaufte sich mit ihrem Körper ein gewisses Maß an Freiheit? Sollte das ihr Leben sein?

Als sie die Augen wieder öffnete, erwartete sie, dass Nanette schon wieder verschwunden war, aber sie stand nach wie vor neben ihr. »Noch seid ihr nicht verheiratet«, sagte sie und klang etwas versöhnlicher. »Also hast du noch Zeit, dir etwas zu überlegen. Und wer weiß, vielleicht kriegst du sogar deinen Alexander.«

Der sich seit drei Wochen ausschwieg, vermutlich mit ihr gebrochen hatte, nach dem, wie sie sich in der Bibliothek aufgeführt hatte. Immerhin war ihr Bild fast fertig, und wenn sie es in ihr Schlafzimmer hängte, würde über ihr und Wilhelm von Ragwerth immer die Erinnerung daran hängen, wem sie sich in wahrhafter Liebe hingegeben hatte.

An diesem Nachmittag wurde Wilhelm von Ragwerth erneut erwartet. Es galt, den Ablauf einer Soiree zu planen zu Ehren ihrer Verlobung, und an diesem Nachmittag würde die gesamte Familie zugegen sein. Maximilian wollte in drei Wochen aufbrechen auf Studienreise, und die Soiree würde wenige Tage vor seiner Abreise stattfinden. Bis zur Hochzeit wären es dann noch einmal sechs Monate, denn Henriette von Seybach wollte keine unziemliche Eile. Die Einladungen für die Soiree waren verschickt, und an der Gästeliste für die Hochzeit saß die Großmutter bereits. Sie wirkte überaus zufrieden. Der Ruf der Familie war wiederhergestellt, sie hatte einen guten Ehemann gefunden, und ihre Enkelin fügte sich endlich. Auch ihre Eltern hatten geschrieben und Johanna gratuliert, ihr versichert, wie sehr sie sich auf die Hochzeit freuten, zu der sie auf jeden Fall erscheinen wollten. Wie gnädig von euch, hatte Johanna gedacht und den Brief in den Kamin geworfen.

Nach dem Mittagessen, als Henriette von Seybach sich zur Ruhe gelegt hatte, machte Johanna einen Spaziergang im Englischen Garten. Ihr kam immer mal wieder die Vorstellung, wie es wohl wäre, wenn sie nicht wieder heimkäme, wenn sie einen Moment der Unaufmerksamkeit der Zofe, die sie begleitete, ausnutzte und einfach verschwand. Was, wenn sie einfach lange genug untertauchte, damit Wilhelm von Ragwerth empört die Verlobung löste? Falls sie wieder zurückkehrte, würde ihr kein herzliches Willkommen bereitet, das war ihr klar, und natürlich würde man sie wieder daheim einsperren, sie vielleicht sogar auf das einsam gelegene Landgut der Familie von Seybach schicken. Alexander wiederum hätte Zeit gewonnen, in der er seinen Vater umstimmen konnte, denn so schnell würde sich kein neuer Ehemann für Johanna finden. Über einen Kuss konnte man vielleicht noch hinwegsehen, aber eine Frau, die mehrere Nächte fortblieb? Wer konnte schon wissen, was sie dort getrieben hatte – und vor allem mit wem. Aber wo sollte sie unterkommen?

Langsam ging Johanna über die Wege, genoss die Stille und das Knirschen des Schnees unter ihren Schritten. Vielleicht wäre es ganz schön auf dem Gut des Freiherrn von Ragwerth, er hatte Pferde, das wusste sie, und sie war seit Königsberg nicht mehr geritten. Vielleicht gab es Kniffe, um eine Empfängnis zu verhindern, danach würde sie Nanette fragen. Ein oder zwei Kinder würde sie gebären, um den Schein zu wahren, aber damit musste es dann genug sein, mehr wollte sie diesem Mann nicht schenken. Um seine drei Kinder sollte sich ein Kindermädchen oder eine Gouvernante kümmern. Johanna würde ihnen mit Freundlichkeit begegnen, aber sie war nicht deren Mutter und wollte es auch nicht sein. Eine Freundin oder Vertraute könnte sie werden, wenn die Kinder das wünschten, so, wie Nanette es im Lilienpalais war. Johanna hob den Blick in das kahle Geäst, das sich scherenschnittartig vor dem bleichen Winterhimmel verflocht.

Als sie den Blick senkte und weiterging, bemerkte sie Maria von Liebig, die ihr entgegenkam, die Hände in einem Muff. Die junge Frau lächelte, und Johanna nickte ihr grüßend zu, blieb jedoch nicht stehen. Sie hatte geglaubt, Maria von Liebig könnte eine Freundin werden, aber nachdem sie sich wie alle anderen von ihr abgewandt hatte, konnte sie ihr nun auch gestohlen bleiben. Zwar hatte ihr Isabella gesagt, sie hätte keine Wahl gehabt, denn ihre

Eltern hatten ihr den Umgang verboten, aber hatte man nicht immer eine Wahl? Konnte man, wenn man jemanden mochte, kein Briefchen zukommen lassen? Ein paar freundliche Worte? Ein verstohlenes Lächeln, das klarmachte, man war nicht allein?

Wenn sie heiratete, würde auch Alexander eine andere Frau heiraten, und den Gedanken ertrug sie beinahe noch schwerer als die Vorstellung, selbst an einen ungeliebten Mann gefesselt zu sein. Während sie Tag für Tag das Beste aus ihrer Situation machen musste, gäbe es eine Frau, die sich nachts seinen Zärtlichkeiten hingab, seine Kinder zur Welt brachte, an seiner Seite Freiheiten hätte, die für Johanna wahrscheinlich unerreichbar blieben. Wieder kamen ihr die Tränen, und sie blinzelte sie wütend weg. Keinesfalls wollte sie hier im Park anfangen zu weinen. Ohnehin bemitleideten sie die jungen Frauen ihres Alters vermutlich allesamt, während diese ihrerseits als Debütantinnen umworben wurden von den heiratsfähigen Söhnen der Gesellschaft.

Als sie heimkam, war es noch eine Stunde bis zu Wilhelm von Ragwerths Besuch. Mittlerweile durften sie sich duzen, aber Johanna konnte ihn nicht mit dieser Vertrautheit ansprechen und nannte ihn weiterhin Freiherr von Ragwerth. Möglicherweise gefiel ihm das sogar und bestätigte ihn in seiner vermeintlichen männlichen Überlegenheit.

Johanna kleidete sich um, zog ein Kleid in einem matten Goldton an, das wunderbar mit ihrem Haar harmonierte. Feine Spitze zierte das Oberteil, während der Rock mit goldbraunen Ranken bestickt war. Das Haar steckte Finni zu einer schlichten Frisur auf, aus der sie einzelne Strähnen zog, die ihre Wangen umspielten.

Insgeheim hatte Johanna die Hoffnung gehegt, Alexander könnte sie trotz aller Umsicht geschwängert haben, damit keine andere Wahl blieb, als sie zu heiraten, aber schon längst hatte sie den Beweis erhalten, dass sie kein Kind von ihm empfangen hatte. Doch was wäre das auch für ein Gang zum Altar gewesen? Im Grunde konnte sie froh darum sein, dass ihr das erspart blieb, man würde immer munkeln, Alexander hätte keine andere Wahl gehabt, weil sie, die Dirne, ihn mit ihren Reizen überlistet hatte.

Ihre Großmutter nickte zufrieden, als Johanna den Großen Salon betrat, und sagte, sie sehe *merveilleuse* aus, ganz wundervoll. Kurz darauf trafen Maximilian, Isabella und Carl ein. Die Kaffeetafel war bereits aufgebaut, aber dennoch ging Maximilian zur Bar und schenkte sich einen leichten Frankenwein ein. Bis Kaffee und Kuchen serviert wurden, war es noch etwas hin, und er nippte stets nur an dem Glas. Sein Vater tat es ihm gleich, und so saßen sie in trauter Runde, als Wilhelm von Ragwerth eintraf.

»Maximilian wird uns später etwas auf dem Klavier vorspielen«, sagte Carl, nachdem er seinem Gast ein Glas gereicht hatte. Johanna und Isabella hatten dankend abgelehnt, nur die Großmutter ließ sich etwas zur Stärkung, wie sie betonte, reichen.

»Ich liebe das Pianoforte«, sagte Wilhelm von Ragwerth. »Meine Älteste lernt es derzeit. Johanna, dich habe ich noch nie auf der Violine gehört. Magst du uns später etwas vorspielen?«

»Gewiss mag sie das«, sagte die Großmutter rasch, als befürchtete sie, Johanna könnte ablehnen.

Diese nickte nur und blickte zum Fenster hinaus, sah dem Schneefall zu und wünschte, sie könnte sich einfach auflösen und wie die Flocken davonwehen.

Schritte waren zu hören, zu forsch, als dass sie einem Dienstboten gehören konnten. Sie hielten vor der Tür inne, dann wurde geöffnet.

Alexander trat ein. »Entschuldigen Sie bitte die Störung«, sagte er, »aber das duldet keinen Aufschub.«

Johanna konnte nicht anders, als ihn anzustarren, als sei er eine Erscheinung und würde sich in Luft auflösen, wenn sie nur blinzelte. Konnte das denn sein? Geschah dergleichen nicht ausschließlich in Geschichten?

»Was ist das für ein Auftritt?«, kam es nun von der Großmutter. »Hast du dein Benehmen vergessen?«

Alexander antwortete nicht, sondern kam zu Johanna, setzte ein Knie auf den Boden und sah zu ihr auf, dann zog er ein kleines Kästchen hervor, öffnete den Deckel. Darin befand sich ein Ring mit einem kleinen Smaragd, um den herum Diamantsplitter funkelten. »Johanna von Seybach, du bist die Frau, mit der ich jeden Tag meines Lebens verbringen möchte. Ich will mit dir die Welt bereisen, mit dir jedes Glück teilen und allen Widrigkeiten des Daseins an deiner Seite trotzen. Erweist du mir die Ehre, mich zu heiraten?«

»Also wirklich!«, schimpfte Wilhelm von Ragwerth. »Das ist doch …« Er klang, als erstickte er an den Worten. »Das ist empörend!«

Johanna schwindelte, während sie in Alexanders braune Augen sah. Sie brauchte einen Moment, ehe sie antworten konnte und ein »Ja« hervorbrachte. Alexander nahm ihre Hand, zog Wilhelm von Ragwerths Verlobungsring von ihrem Finger und schob seinen darauf.

»So«, rief der Verschmähte, »bin ich in meinem ganzen Leben noch nicht brüskiert worden! Sie werden noch von mir hören.« Wilhelm von Ragwerth sprang auf und verließ den Salon, ohne darauf zu warten, dass ein Dienstbote ihn hinausbegleitete. Antoinette und Napoleon nutzten die Gelegenheit und liefen schwanzwedelnd in den Raum.

Henriette von Seybach war aufgestanden und schlug Alexander kräftig mit dem Stock gegen das Bein, was ihn aufkeuchen ließ. »Jetzt steh schon aus dieser albernen Haltung auf. Das hättest du auch alles mit weniger Aufsehen haben können. Jetzt darf ich das zerschlagene Porzellan kitten und zusehen, dass aus dieser Sache kein neuer Skandal erwächst.«

Alexander erhob sich, und in genau diesem Augenblick erschien das Stubenmädchen Anna, lächelnd und bestens gelaunt. »Der Kuchen, meine Herrschaften.«

Antoinette und Napoleon stoben um sie herum, was das Dienstmädchen zum Straucheln brachte. Sie fing sich gerade noch, aber das Tablett ging mit einem Scheppern zu Boden. Beide Hunde schnappten sich je ein Stück Kuchen, und Isabella lief hinter ihnen her, versuchte, sie einzufangen.

»Die Hunde kommen aus dem Haus!«, schrie die Großmutter. »Jetzt kommen sie endgültig aus dem Haus!«

»Ich glaube, Sie haben mir den Knöchel gebrochen«, stöhnte Alexander und hinkte zu einem Stuhl.

Carl von Seybach breitete mit einer Miene irritierter Ratlosigkeit die Arme aus. »Was ist hier eigentlich los?«

Entspannt in seinem Sessel sitzend beobachtete Maximilian die Szenerie, dann hob er das Glas, als wollte er den anderen zuprosten.

32

Johanna

Henriette von Seybach hatte die Verlobungsanzeige bereits am nächsten Tag in die Zeitung setzen lassen. »Von dem Skandal des Jahres zu einer Partie, die sich vor Verehrern nicht retten kann und bereits das zweite Mal verlobt ist. Da soll noch jemand sagen, ich wüsste nicht, wie man Töchter anständig verheiratet.«

Johanna machte sich nicht die Mühe, zu erklären, dass die Verlobung mit Alexander ja nun nicht ihr Werk war, denn sie war viel zu glücklich. Unmittelbar, nachdem Wilhelm von Ragwerth gegangen war, hatte ihr Onkel Carl Alexander zu einem Gespräch unter vier Augen gebeten, und Johanna war furchtbar nervös geworden, aber Maximilian hatte sie beruhigt.

»Es werden nur ein paar Formalitäten geklärt.«

Danach waren die Spuren des Kuchens beseitigt worden, die Hunde durften bleiben, und die Kaffeestunde wurde mit belegten Broten nachgeholt und in deutlich ausgelassenerer Stimmung. Den Verlobungsring hatte Carl über einen Boten an Wilhelm von Ragwerth zustellen lassen, denn er fand, es sei unrecht, ihn angesichts der Situation zu behalten. Seither waren zehn Tage vergangen, in denen Johanna Alexander täglich sehen durfte, mit ihm spazieren ging und im Kleinen Salon saß, wo sie sogar allein sein durften, sofern sie die Tür nicht schlossen. Die Soiree würde stattfinden, das hatte Henriette von Seybach beschlossen.

»Wir können die Leute jetzt ja nicht alle wieder ausladen. Und in der Einladung stand ja nur ›Zu Ehren der Verlobung Johanna von Seybachs‹ und nicht, mit wem.«

Als Alexander für die Hochzeit den April vorgeschlagen hatte, hätte er sich dafür beinahe erneut einen Schlag mit dem Stock gegen das Schienbein eingefangen, denn die Großmutter fand die Eile unziemlich. »Was sollen denn die Leute denken?«

»Nun, ich finde den April zauberhaft für eine Hochzeit«, erklärte Carl so überraschend wie trocken. Möglicherweise wollte er die Sache rasch über die Bühne gehen sehen, ehe noch ein vierter Mann auf der Bildfläche erschien.

»Da müssen wir sofort mit den Einladungen beginnen«, entgegnete Henriette von Seybach, die wohl in diesem Augenblick dieselbe Überlegung hegte.

»Besuch mich heute Nacht«, bat Johanna Alexander, als sie mit ihm durch den Englischen Garten spazierte.

»Lass uns diese zwei Monate …«

»Zweieinhalb.«

Er lachte. »Na schön, dann lass uns diese zweieinhalb Monate warten, umso aufregender wird es nach unserer Eheschließung.«

»Ich weiß nicht, ob ich die Sehnsucht so lange ertrage.«

»Stell dir einfach vor, wie ich dich in unserer Hochzeitsnacht in einem wunderschönen Zimmer nach allen Regeln der Kunst lieben werde. Und wir werden unser Zimmer auf unserer Hochzeitsreise in den ersten zwei Tagen sehr ausgiebig genießen, lassen uns zwischendurch allenfalls etwas zu essen kommen. Danach erkunden wir die Stadt.«

»Wohin reisen wir?«, fragte Johanna, die die Vorstellung etwas atemlos machte.

»Lass dich überraschen.«

»Aber du könntest ja nur heute zu mir kommen, und ab morgen genießen wir dann die Aufregung.«

Wieder lachte er. »Lass uns keinen neuen Skandal riskieren.«

»Reisen wir sofort nach der Hochzeit ab?«

»Nein, erst am kommenden Tag. Die erste Nacht verbringen wir in unserem Palais.«

Ihr Palais. Johanna konnte es nach wie vor kaum glauben, dass sie in diesem wunderschönen kleinen Palais wohnen würde, dass es ihres wäre, in dem sie die Hausherrin war, die Gräfin von Reuss. Carl von Seybach hatte sich beim König dafür eingesetzt, dass sie ihren Titel zurückerhielt, der ihr von Geburt an zugestanden hätte, hätte ihr Vater auf dieses Recht nicht verzichtet. Sie war nun bis zu ihrer Eheschließung die Komtess von Seybach.

»Werden deine Eltern zur Hochzeit kommen?«, fragte Alexander.

»Das weiß ich nicht, sie hatten die Reise ja für Juli eingeplant, wenn ich den Freiherrn von Ragwerth geheiratet hätte. Ich habe in meinem Brief kein Datum genannt, nur gesagt, wir wollen im April heiraten. Bis also ihre Frage nach dem Termin hier ist und meine Antwort bei ihnen, sind wir vermutlich schon verheiratet.«

»Möchtest du nicht, dass sie kommen?«

»Sie waren nicht für mich da, als ich sie dringend gebraucht hätte, und haben meiner Verlobung mit einem ungeliebten Mann zugestimmt, vermutlich, weil es so bequemer für sie war. Ohne diesen Mann kennenzulernen, hätten sie meiner Eheschließung zugestimmt. Also nein, ich lege nicht viel Wert darauf, dass sie dabei sind. Vielleicht war ich ihnen ja immer schon lästig, sonst hätten sie sich meiner nicht so einfach entledigt, um nach Afrika zu gehen.«

Nach ihrem Spaziergang fuhren sie in die Ludwigstraße zu ihrem Palais. Sie richteten es gemeinsam ein, wobei stets eine von Alexanders Schwestern oder Nanette als Anstandsdame mitgeschickt wurde. An diesem Tag war es Nanette, die sagte, sie verziehe sich *anstandshalber* in den Garten und genieße ein bisschen winterlichen Sonnenschein. Nach und nach würden die Räume ausgestattet, und an diesem Tag waren morgens die ersten Möbel für den Damensalon geliefert und aufgestellt worden.

»Es ist so wunderschön«, sagte Johanna. »Ich kann es kaum erwarten, hier endlich zu wohnen.«

»Hoffen wir, dass alles rechtzeitig fertig ist.«

Die Schlafzimmer im zweiten Obergeschoss waren noch nicht eingerichtet, dennoch verweilten sie hier und küssten sich. Johanna sog sacht an Alexanders Unterlippe und schmiegte sich an ihn, presste ihre Hüften gegen seine und spürte, wie erregt er war. Ihre Hand strich seinen Bauch hinunter, und sie reizte ihn durch einige sehr zielgerichtete Liebkosungen so lange, bis er ihr Handgelenk umfasste und mit belegter Stimme sagte, sie hätten Nanette unten nun lange genug warten lassen.

»Willst du mich heute nicht doch besuchen?«, fragte sie, und er lachte.

»Ich befürchte, wir werden uns gedulden müssen.«

»Zweieinhalb Monate. Das sind fast achtzig Tage.«

»Das Warten wird sich lohnen, das verspreche ich dir.«

Sie hielten sich an den Händen, als sie wieder nach unten kamen, wo Nanette in der Halle wartete. »Alles zu eurer Zufriedenheit?«

»Durchaus, ja.«

»Insbesondere die Möbel im zweiten Obergeschoss?«

»Wir haben schon einmal ausprobiert, wie sich das Schlafzimmer anfühlt«, antwortete Johanna.

»Das sollte in jeder Hinsicht stimmig sein«, entgegnete Nanette. Vor dem Palais verabschiedeten sie sich voneinander, und Johanna stieg mit Alexander in dessen Kutsche, um zu seiner Familie zu fahren. Diese Besuche flößten Johanna nach wie vor Unbehagen ein, denn obwohl seine Stiefmutter sie sehr freundlich bei sich aufnahm und seine Schwestern sehr herzlich waren, wurde sein Vater es nicht müde, sie mit Ingrimm zu mustern.

»Konsequenzen«, so betonte er stets, »behalte ich mir vor.«

Alexander verdrehte daraufhin nur die Augen und verglich Johanna gegenüber diese Worte mit dem Brüllen eines zahnlosen

Tigers. »Den letzten Zahn dürfte ihm Veronika mittlerweile gezogen haben.«

»Denkst du, er lässt sich davon beeindrucken?«, fragte Johanna.

»Nach dem heftigen Streit, den es gab, und wenn man bedenkt, wie er sich nun meiner Entscheidung fügt, darf man das wohl beinahe annehmen.«

An diesem Nachmittag saßen sie im Damensalon des Palais von Reuss, und Alexanders jüngste Schwester durfte ebenfalls zugegen sein.

»Mama kauft eine Etagere mit Pralinen«, erklärte die neun – bald zehn! – Jahre alte Greta. »Weil Alexander heiratet.«

Veronika von Reuss schenkte Johanna Kaffee ein. »Den musst du probieren, meine Liebe, eine ganz exquisite Röstung.«

Das stimmte, der Kaffee war in der Tat hervorragend, und Johanna trank ihn mit nur wenig Milch, damit sich das Aroma besser entfaltete. Sie liebte Kaffee, leider hatte ihre Mutter damals nur selten welchen kommen lassen, da diese Tee bevorzugte.

»Wer wird eigentlich dein Trauzeuge?«, fragte Veronika von Reuss an Johanna gerichtet.

»Onkel Carl.«

»Dich muss ich ja nicht fragen«, wandte sich Alexanders Stiefmutter nun an ihn. »Wissen die beiden schon Bescheid?«

»Nein, ich warte damit, bis Maximilian von seiner Studienreise zurück ist.«

»Ist er schon aufgebrochen?«

»Er reist in einer Woche ab, kurz nach unserer Soiree.«

»Ich finde ja«, fuhr Veronika von Reuss fort, »dass du eine solche Veranstaltung hier hättest machen müssen. Der Sohn des Hauses gibt seine Verlobung bekannt.«

»Das konnte jetzt nicht alles so kurzfristig umgeplant werden.«

»Fahrt ihr auch mal nach Königsberg?«, wollte Eleonora wissen.

»Irgendwann sicher«, antwortete Johanna. »Dann zeige ich Alexander, wo ich aufgewachsen bin.«

»Habt ihr das Anwesen behalten?«

»Ja, meine Eltern wollen irgendwann zurückkehren. Solange sie fort sind, wird es von der Haushälterin und ihrem Ehemann in Ordnung gehalten. Das übrige Personal wurde entlassen, die Pferde verkauft.«

Die Tür wurde geöffnet, aber es war nicht eines der Dienstmädchen mit noch mehr Gebäck, sondern Alexanders Vater, der sich normalerweise im Damensalon nicht blicken ließ. Jedoch war ihm offenbar jedes Mittel recht, zu erscheinen, wenn Johanna da war, um ihr durch gezieltes Ignorieren zu zeigen, was er von ihr hielt. So ließ er sich auch jetzt in einem der Sessel nieder, ohne sie zu begrüßen, und unterhielt sich mit Veronika von Reuss über irgendeinen Baron von Mittelsbach, der ein Landgut erworben hatte, das seine finanziellen Mittel bei Weitem übersteigen dürfte. Man munkelte, da ginge einiges nicht mit rechten Dingen zu.

»Meinst du damit, er ist ein Bandit?«, fragte Greta ihren Vater.

Johanna bemerkte, dass Alexander sich trotz seines Versuchs, gelassen zu bleiben, über das Benehmen seines Vaters ärgerte. Er stand auf und nahm Johannas Hand, damit diese es ihm gleichtat.

»Wir gehen zu den von Seybachs«, erklärte er.

»Oh, schon?« Greta wirkte enttäuscht. »Aber ihr wart doch noch gar nicht lange hier.«

»Ich komme ja sicher noch öfter«, antwortete Johanna freundlich.

»Bedauerlicherweise.« Trotz aller Versuche, sie zu ignorieren, konnte der alte von Reuss offenbar nun der Versuchung einer Antwort nicht widerstehen.

Alexanders Kiefer mahlten, und Johanna drückte beruhigend seine Hand. Es brachte nichts, jetzt noch einen Streit vom Zaun zu brechen. Sie verabschiedeten sich und verließen das Palais. Den

Weg die Treppen hinunter schwieg Alexander, aber Johanna konnte sehen, wie es in ihm arbeitete.

»Ärgere dich nicht«, sagte sie. »Du wusstest doch schon vorher, wie er über unsere Verlobung denkt.«

»Eines Tages wird er diese Respektlosigkeit bedauern, vielleicht, wenn er seine Enkelkinder nicht zu Gesicht bekommt, vielleicht, wenn er alt und ungeliebt in seinem Bett verstirbt und niemand da ist, der ihm die Hand hält und um ihn trauert. Er wird sterben und genau wissen, dass keiner ihn vermisst.«

»Vielleicht ändert er sich ja noch.«

»Das würde ich ihm unbedingt raten, aber ich bezweifle es.«

Sie gingen zu Fuß den Weg zum Lilienpalais, da Alexander später mit Maximilian und Leopold von Löwenstein ausgehen wollte, in diesen geheimnisvollen Club ohne Namen, von dem Johanna so viel gehört hatte und den sie als Frau wohl nie würde betreten dürfen. Sie fragte sich, ob jemals eine Zeit kommen würde, in der es all diese kleinen Ungerechtigkeiten nicht mehr gab, in denen Frauen Räume und Möglichkeiten versperrt blieben, in denen ein falsches Wort reichte, um sie bloßzustellen und gesellschaftlich zu ruinieren. Aber konnte sich überhaupt etwas ändern, wenn es so viele Frauen gab, die gegen das Freiheitsbestreben arbeiteten? Die ihre Söhne zu Männern erzogen, die wiederum die alten Strukturen aufrechterhielten?

»Das war ja ein kurzer Besuch«, begrüßte Nanette sie, als sie das Entree des Lilienpalais betraten.

»Mein Vater hat sich mal wieder unmöglich aufgeführt. Ist Maximilian zu Hause, oder arbeitet er?«

»Ist gerade gekommen, ich glaube, er ist im Großen Salon am Piano.«

Dort war er in der Tat, und weil Johanna guter Stimmung war, nahm sie die Violine und begleitete ihn. Kurz darauf gesellten sich Isabella mit der Großmutter und Carl dazu, und es wurden Getränke gereicht sowie mit Gürkchen und Kresse belegte Brote.

Zum ersten Mal seit ihrer Ankunft bekam Johanna ein Gefühl dafür, wie ein harmonisches Familienleben aussah, ein Leben, in dem jedes Steinchen an den richtigen Platz gerutscht war.

»Sind alle Möbel rechtzeitig da bis zur Hochzeit?«, fragte Carl, als Johanna sich schließlich zu ihnen setzte.

»Die Möbel!«, rief Henriette von Seybach. »Wichtiger ist, dass das Hochzeitskleid bis dahin fertig ist.«

»Es sind noch gute zwei Monate«, sagte Carl.

»Zweieinhalb«, korrigierte Johanna.

»Das reicht so gerade eben! Was denkt ihr denn, wie schnell man ein solches Kleid fertigt? Falls bei der ersten Anprobe etwas nicht passt, stehen Änderungen an. Hinzu kommt der Schleier. Wir haben noch alle Hände voll zu tun. Immerhin isst du wieder genug, und wir müssen nicht befürchten, dass dein Hochzeitskleid trotz aller Sorgfalt wie ein Sack an dir hängen wird.«

Da Johanna gerade den Mund voll hatte, konnte sie darauf nicht antworten.

Nachdem Alexander mit Maximilian aufgebrochen war, um Leopold von Löwenstein abzuholen, ging Johanna ins Entree, wo ihr Gemälde stand. Sie hatte es vor wenigen Tagen fertiggestellt, es würde seinen Platz im Großen Salon ihres Palais finden. Alexander hatte es sich genau angeschaut, sich vorgebeugt, die Augen leicht verengt, als könnte er so die Details besser erkennen.

»Sind das Liebende?«, hatte er schließlich gefragt.

Die Großmutter ging früh zu Bett, Onkel Carl traf sich mit seinen Geheimratskollegen, und Johanna saß abends bei Isabella im Zimmer, hatte dabei einen der Hunde – Antoinette – auf dem Schoß. Sie lasen zusammen zwei Akte eines Dramas mit verteilten Rollen, und Johanna stellte überrascht fest, wie viel Spaß das machte.

»Du hast wirklich Talent«, sagte sie zu ihrer Cousine.

»Findest du?«

»Ganz sicher.«

Isabella lächelte. »Ich bin froh, dass du nicht weit weg wohnen wirst. Ich kann mir gar nicht so recht vorstellen, wie das ist, ein eigenes Haus zu haben, in dem ich alle Entscheidungen treffen darf.«

»Ich auch nicht, ehrlich gesagt. Mir macht das fast ein wenig Angst.«

»Ich bin mir sicher, du bewältigst das sehr gut. Außerdem werdet ihr Personal haben, das gut geschult ist. Nanette sagt immer, man wächst in seine Aufgaben hinein.«

»Stell dir mal vor, die Großmutter besucht mich und geht mit spitzen Fingern über die Anrichte, um zu sehen, ob Staub herumliegt.«

Bei der Vorstellung mussten sie beide lachen. »Immerhin muss sich Alexander demnächst nicht mehr heimlich in dein Zimmer schleichen«, sagte Isabella mit unschuldigem Augenaufschlag.

»Nein, das wohl nicht mehr.«

»Dass ihr euch das getraut habt! Hattest du keine Angst, erwischt zu werden?«

»Nein, eigentlich nicht. Was hatte ich denn noch zu verlieren?«

Später, als Johanna im Bett lag, gingen ihr so viele Gedanken im Kopf herum, dass sie nicht einschlafen konnte. Euphorie wechselte mit einer diffusen Angst davor, diesem neuen Leben nicht gewachsen zu sein. Irgendwann musste sie eingeschlafen sein, denn als sie die Augen aufschlug, hatte sie die Ahnung bizarrer Träume, von denen keiner so recht greifbar war. Erst versuchte sie, wieder einzuschlafen, doch dann gab sie es auf, schob das Plumeau zur Seite und erhob sich aus dem Bett.

Sie setzte sich auf die Fensterbank, spürte das kühle Glas durch ihr Nachthemd hindurch. Im Zimmer gegenüber dem Isabellas schimmerte Licht durch den Spalt zwischen den Vorhängen, offenbar war der junge von Löwenstein bereits wach. Die Gasse zwischen den Häusern lag in tiefer Finsternis, und am Himmel funkelten Sterne zwischen mondlichterhellten Wolkenschlieren.

Während Johanna hinausblickte, blich das Nachtblau aus, als entfärbte sich der Himmel über den Dächern langsam, blutete in ein zerfasertes Rot aus, während die Sterne allmählich erloschen. Ein neuer Tag brach an. Oder, wie Nanette es erst kürzlich formuliert hatte: »Mit jedem Sonnenaufgang ein neuer Anfang.«

Epilog

April 1828

Johanna stand in ihrem Zimmer und war so nervös, dass sich ihr der Magen hob. Aus dem Ankleidezimmer waren Gelächter und Geplauder der Brautjungfern zu hören – Isabella, Constanze, Eleonora und Amalie von Löwenstein –, während die Großmutter mit einem Cognacglas in der Hand dasaß und beobachtete, wie Finni an Johannas Kleid herumzupfte, den Schleier über das kunstvoll aufgesteckte Haar drapierte und mit kritischem Blick das Gesamtwerk taxierte. Das Kleid war aus elfenbeinfarbener Seide mit feiner goldener Stickerei und Brüsseler Spitze. Schließlich erhob sich die Großmutter und kam mit einer flachen Schachtel in der Hand zu ihr.

»Das ist ein Geschenk deines Zukünftigen, er hat mich damit beauftragt, es dir zu überreichen, damit du es zu deinem Kleid trägst.« Sie öffnete die Schachtel, offenbarte das Funkeln von in winzige Diamanten gefasste Smaragde.

Johanna war sprachlos, und die Großmutter übernahm es, ihr das Collier anzulegen.

»Er sagte irgendein gefühlsduseliges Zeug, dass dies die Farben deiner Augen widerspiegele oder so einen Mumpitz.«

Johanna musste lächeln, und in diesem Moment kamen die vier jungen Frauen aus dem angrenzenden Raum und stießen Laute des Entzückens aus. »Oh, Johanna, du bist so wunderschön«, sagte Isabella.

»Vielen Dank. Ihr seid auch hinreißend.« In der Tat wirkten die zartgrünen Kleider der Brautjungfern wie ein erstes Versprechen des Frühlings.

Maximilian war mit Leopold bereits vor einer Stunde zu Alexander gefahren, und von dort aus würden sie gemeinsam zum Dom kommen, wo die Trauung stattfand. Nanette hatte Maximilian – den sein Bein an diesem Tag sehr plagte – begleitet, da Alexander darum gebeten hatte. Das Kindermädchen der von Reuss war krank, und seine Stiefmutter drohte gerade vollkommen die Nerven zu verlieren, da war es gut, wenn jemand da war, der die Dinge pragmatisch in die Hand nahm.

Schließlich ließ Carl von Seybach ausrichten, es sei Zeit, aufzubrechen. Die Großmutter reichte Johanna den Brautstrauß, und gemeinsam gingen sie die Treppe hinunter, wo Carl stand und sie mit einem Lächeln empfing. Ihre Eltern hatten geschrieben, gefragt, warum die Trauung denn so schnell stattfinde und noch dazu mit einem anderen Mann als ihrem vormals Verlobten. Sei sie gar schwanger? Gefolgt waren Vorwürfe an ihren Onkel und die Großmutter, und Johanna hatte es Carl überlassen, darauf zu antworten.

Er geleitete sie zur Kutsche und half erst ihr, dann der Großmutter hinein. Es war eine weitere Kutsche gemietet worden für die Brautjungfern, die den von Seybachs folgen würde. Carl fuhr vorne auf dem Kutschbock mit, denn Johannas ausladendes Brautkleid bot nur noch Platz für die Großmutter. Die Fahrt dauerte nicht lange, und als die Kutsche vor dem Eingang des Doms anhielt, stand dort bereits Alexander zusammen mit seinen beiden Trauzeugen.

Als sie aus der Kutsche stieg, lächelte er, und seine Augen weiteten sich in offenkundiger Bewunderung. Er selbst war überaus elegant, und jetzt schwand Johannas Aufregung und machte einer Freude Platz, die ihr die Brust zu sprengen drohte. Sie nahm Alexanders behandschuhte Hand, und gemeinsam gingen sie auf das Eingangsportal des Doms zu. Johanna spürte den sanften Druck von Alexanders Fingern, dann schritten sie den Gang entlang auf dem Weg in ihr gemeinsames Leben.

Nach der Trauungszeremonie fuhren sie in das Palais von Reuss, dessen große Eingangshalle Blumengestecke und Girlanden schmückte. Um das Geländer der beiden Treppenaufgänge waren seidene Ranken geflochten, in die Wildrosen gesteckt worden waren. Veronika von Reuss hatte alle Hände voll zu tun, Alexanders jüngste Schwester zu bändigen. Fortwährend hörte man sie über das Kindermädchen schimpfen, als sei dieses am Hochzeitstag des Erbgrafen absichtlich krank geworden, um sie zu ärgern. Mochte der Graf von Reuss auch nach wie vor missbilligen, dass Alexander und Johanna heirateten – vor der Gesellschaft hätte er dies niemals zugegeben, hier galt es, den Schein zu wahren. Denn auf keinen Fall durfte der Eindruck entstehen, hier geschähe etwas gegen seinen Willen.

Im Ballsaal eröffneten Johanna und Alexander mit einem Hochzeitswalzer den Tanz. Zunächst waren sie allein, dann füllte sich die Tanzfläche nach und nach mit Paaren. Rosa machte mit ihrem Verlobten den Anfang, Leopold von Löwenstein folgte mit Isabella, Constanze mit Andreas von Fellinghaus, Julie von Hegenberg wirbelte in den Armen des Grafen von Wohlenthau an ihnen vorbei. Johanna lächelte Alexander voller Liebe an, konnte nicht so recht glauben, dass sie von nun an ihr Leben miteinander teilen würden.

Nach dem Walzer gingen sie zum Büfett, das damit ebenfalls offiziell eröffnet war. Die Köchinnen beider Häuser hatten sich selbst übertroffen, und die Tische waren überreich beladen mit Speisen. Johanna, die seit dem Vorabend nichts mehr gegessen hatte, weil sie vor Aufregung nichts hinunterbekommen hatte, verspürte nun einen geradezu nagenden Hunger und nahm sich zunächst herzhafte Speisen, ehe sie sich den Süßspeisen zuwandte.

»Musst du dich stärken?«, witzelte Alexander.

»Du kannst dir nicht vorstellen, wie wunderbar das Essen schmeckt, wenn man den ganzen Tag nichts hatte.«

»Sag nur, deine Großmutter lässt dich hungern, wie die Gräfin von Löwenstein es mit Amalie tut?«

»Nein, sie hält mich sogar ständig dazu an, etwas zu essen, aber ich konnte einfach nicht, ich war so nervös.«

Nachdem Johanna etwas getrunken hatte, gingen sie durch den Saal, plauderten mit ihren Gästen, ehe Carl auf sie zutrat und sie zum Tanz aufforderte. Es folgten Tänze mit Maximilian und Leopold, der sie bei der Gelegenheit darum bat, ihn zu duzen und nicht mehr so förmlich zu sein. »Immerhin gehörst du ja jetzt praktisch zur Familie.«

Die Überraschung des Tages war der Auftritt von Rudolf Heiland, der die Gäste mit einer überaus gekonnten Darbietung von Beethovens »Ewig dein« überraschte, begleitet von Maximilian auf dem Piano. Die Gäste waren entzückt, und als Rudolf Heiland ihr und Alexander gratulierte, stieß Isabella, die neben Johanna stand, ein sehnsuchtsvolles Seufzen aus.

Am frühen Abend gab Alexander schließlich das Zeichen zum Aufbruch. »Lass uns einigermaßen unauffällig gehen«, sagte er. »Auf zotige Witze oder dergleichen kann ich gut und gerne verzichten.« Er verabschiedete sich nur von Maximilian und Leopold. »Sagt mal, ihr habt keine Überraschung vorbereitet, nicht wahr? Irgendeinen kleinen Scherz in unserem Schlafzimmer, wie Federn, die aufwirbeln, wenn wir ins Bett gehen, oder zwei Dutzend Kaninchen, die wir erst einmal einfangen müssten?«

Maximilian und Leopold sahen ihn arglos an. »Niemals«, beteuerte Maximilian todernst.

»Würde uns im Traum nicht einfallen.« Leopold verzog keine Miene.

Argwöhnisch musterte Alexander seine Freunde, dann ging er mit Johanna zur Kutsche. Nanette folgte ihnen.

»Ich habe das Gästezimmer vorbereiten lassen, das hübsche mit dem Erker«, erklärte sie.

»Du bist ein Schatz«, entgegnete Johanna.

»Ich kenne die beiden doch«, sagte Alexander, als die Kutsche anfuhr.

Die Fahrt zum Palais dauerte nicht lange, und Johanna grübelte bereits, wie das Haus heißen sollte. Das Palais von Reuss gab es bereits, vielleicht fiel ihr etwas anderes ein. Als die Kutsche anhielt, stieg Alexander aus und half ihr hinaus. Sie gingen durch den Torbogen zum Eingangsportal, und Alexander schloss auf.

»Ist kein Personal im Haus?«

»Doch, aber ich finde es passend, wenn wir unser Haus beim ersten Betreten selbst aufschließen.« Er öffnete die Tür, und sie betraten den in warmen Goldtönen gehaltenen Eingangsbereich, in dem ein Leuchter warmes Licht spendete. Das Personal war offenbar angehalten, sich in dieser Nacht diskret im Hintergrund zu halten, denn niemand tauchte auf, als sie eintraten.

»Schauen wir uns heute an, was die beiden in unserem Schlafzimmer vorbereitet haben, oder morgen?«

»Morgen«, entschied Johanna.

»Das halte ich auch für das Beste.«

»Wohin geht unsere Hochzeitsreise denn nun?«, kam Johanna auf die Frage zurück, die sie die ganze Zeit schon beschäftigte.

»Wir reisen nach Wien mit einem Umweg über Salzburg und wohnen dort für ein paar Tage bei einem sehr guten Freund mit dem klangvollen Namen Richard von Cranichsberg zu Treutheim.«

Endlich gab es zu dem Spruch einen Namen. »Reich wie ein zu Treutheim«, entgegnete sie.

»So sagt man, ja.« Er lachte, hob sie hoch und trug sie die breite, geschwungene Treppe hinauf in das zweite Obergeschoss. »Wir sind uns auf meiner Studienreise begegnet, meiner Grand Tour.« Er ging mit ihr in den Armen durch den Korridor, betrat ein großes Schlafzimmer, das von zwei Lampen erhellt war, und stieß die Tür mit dem Fuß hinter sich zu. »Er hat mir seinerzeit das Leben gerettet.«

»Wie spannend.« Sie hatte die Arme um seinen Hals geschlungen und küsste ihn. »Vergiss nachher nicht, mir davon zu erzählen.«

Nachwort zum historischen Hintergrund und Anmerkungen

*D*ie neugierigen, eigensinnigen, mutigen, geheimnisvollen Figuren in und um das Lilienpalais bewegen sich im recherchierten historischen Rahmen und um die historischen Persönlichkeiten und Ereignisse im München des frühen neunzehnten Jahrhunderts. Der Zauber der Geschichten und das Lesevergnügen sind dabei vorrangig und stärker gewichtet. Die Autorinnen haben erzählerische Freiheiten bewusst genutzt, um in manchem die Gegebenheiten etwas angepasster auszulegen und/oder – durch die Brille des einundzwanzigsten Jahrhunderts – anders zu interpretieren, beispielsweise beim Umgang mit oder der Unterbringung von Personal beziehungsweise der baulichen und Wohn-Situation im damals aufblühenden München, auch die Cholera-Erkrankung ist etwas nach vorne gezogen (der erste in Deutschland dokumentierte Fall war 1831, was ein früheres Erkranken allerdings nicht ausschließt).

Trotz aller Fakten sind die Geschichten keine Dokumentationen, sondern Fiktion und Unterhaltung aus dem Blickwinkel des einundzwanzigsten Jahrhunderts zurück durch die Zeit, in eine Zeit des Aufbruchs und neuer Möglichkeiten und gleichermaßen voller Widersprüche im neunzehnten Jahrhundert:

1825 folgt Ludwig I. als König seinem Vater Max I. Joseph, Bayerns Papa-Patriarchen, auf den Thron. Ludwigs Ruf als aufgeschlossener Geist und toleranter Mäzen lockt kritische Denker, Professoren und Künstler*innen nach München. An Ludwigs Seite steht und berät die kluge, politisch weitsichtige, verzeihende und besonders vom Volk geliebte Therese. Sie wuchs am kulturreichen Hof Sachsen-Hildburghausens auf. **1810** war die Eheschließung der beiden im Oktober der Anstoß für das weltberühmte Oktoberfest.

Medizin, Hygiene, Infrastruktur entwickeln sich in den Anfangsjahren von Ludwigs Regierungszeit. Auch ist die Freude am Leben stärker gewichtet als Beschränkungen aus strukturellen und vor allem religiösen Motiven. **1811** bis **1835** entsteht der erste unterirdische Abwasserkanal. Wegen Geldmangel ist das Bauvorhaben ineffizient und wird eingestellt. Den Bildungsauftrag für sein Volk sieht Ludwig bei den Kirchen. Er fördert auch Traditionen und legt Wert auf Sittlichkeit des Volkes.

Politisch wird das Königreich Bayern zu einem der fortschrittlichsten Staaten mit ersten demokratischen Ansätzen. München entwickelt sich zu einer florierenden Metropole. Bayern wird die Sprecherin der deutschen Staaten gegenüber den Großmächten Preußen und Österreich. Vieles davon ist dem steten und klugen Rat von Königin Therese zu verdanken, die trotz Ludwigs zahlreicher Affären zu ihm steht.

Das Königspaar reformiert Bildungswesen und Steuerrecht, saniert den Staatshaushalt, fördert Künste und Wissenschaften, schafft bedeutende, noch immer das Stadtbild prägende Monumente. Der König verfolgt eine strenge Sparpolitik – gerade für den eigenen Königshaushalt –, mit der Therese hadert.

1827/1828 hebt Ludwig die Pressezensur auf. Binnen kurzer Zeit schießen allein in München fünfundzwanzig Zeitungen aus dem Boden. Ludwig bringt mit der Eisenbahn eine schnellere und bessere Logistik in den Staat und somit neue Perspektiven für die Wirtschaft.

Die entstehenden Museen beherbergen noch heute international beachtete Kunstsammlungen.

1828 eröffnet mit dem Odeon der beste Konzert- und Ballsaal Europas. Regelmäßig werden Bauten und Denkmäler eingeweiht,

Opern, Konzerte, Ballett bieten Abwechslung. Die Palais in der Ludwigsstraße, teils mit eigenen Ballsälen, nahe der Residenz, sind in Ludwigs Auftrag erbaut, um die Adligen noch stärker ins Zentrum zu ziehen.

Am bayerischen Königshof verkehren internationale Diplomaten. Ludwigs Halbschwestern sind unter anderem die spätere Erzherzogin Sophie von Österreich und Ludovika in Bayern, die Mutter der späteren Kaiserin Sisi, sowie Elisabeth von Preußen und Amalie Auguste von Sachsen.

Nach Jahren des Jonglierens zwischen den Großmächten Russland, Frankreich, Großbritannien und den Habsburgern übernimmt schließlich **1832**Thereses und Ludwigs zweiter Sohn Otto die Herrschaft Griechenlands.

1832 wird in seinem Auftrag der Grundstein zur bayerischen Staatsbibliothek gelegt, eine der noch heute größten und bedeutendsten Gedächtnisinstitutionen Europas.

1848 dankt Ludwig wegen seiner unverzeihlichen Affäre mit der irischen Tänzerin Lola Montez ab. Therese hält ihm über alle Jahre die Treue, 1854 stirbt sie als eines der letzten Opfer an Cholera, was durch bessere hygienische Zustände vermutlich hätte verhindert werden können.

Um **1880** entstand der Kocherlball, eine Tanzveranstaltung für die Münchner Dienstboten, die sich einmal im Jahr im Morgengrauen am Chinesischen Turm trafen und bis nach dem Kirchgang ihrer Herrschaften tanzten. **1904** wurde die Veranstaltung wegen eines Mangels an Sittlichkeit verboten.

Neugierig, wie es weitergeht? Dann lest jetzt exklusiv die ersten Seiten von *Ein Graf auf Abwegen*, dem zweiten Band der großen *Lilienpalais*-Reihe!

MÜNCHEN,
ENDE MÄRZ 1828 ...

1

Louisa

»Los, los, los!« Afra Haberl, die Hausdame der Familie von
Seybach, warf einen gehetzten Blick auf ihre silberne Taschenuhr
und ließ sie wieder in der Brusttasche ihres fein gestreiften Kleides
verschwinden. »So eilt euch doch, Mädchen! Der junge Erbgraf
wird jeden Moment hier eintreffen.« Mit zusammengekniffenen
Augen beobachtete sie die Dienstbotinnen, die mit ihren Staubwe-
deln und Putzeimern zurück in die Küche liefen. Louisa, die als
jüngste Dienstbotin im Palais besonders eilfertig war, huschte an
der gebieterischen Hausdame vorbei. Dass Frau Haberl sie immer
so triezen musste … Andererseits war das ihre Aufgabe. Wenn bei
Maximilian von Seybachs Ankunft irgendetwas nicht perfekt war,
würde man es auf sie zurückführen, also war es nur verständlich,
dass sie die Mädchen so antrieb. Trotzdem hätte sie dies auch ein
wenig freundlicher tun können, fand Louisa.

»Gretel, Annelies, hört auf zu tuscheln!«, ermahnte Afra Haberl
gleich darauf die beiden Küchenhilfen. Jedes Mal, wenn jemand
auf den Sohn des Hauses zu sprechen kam, wurden diese ganz aufgeregt und vergaßen alles um sich herum. »Für solche Albern-
heiten haben wir keine Zeit. Wie weit ist das Essen, Berti?«

Die mollige Köchin hob den Deckel eines Topfes an und pikste
mit einer Fleischgabel so in den Braten, dass der Saft heraus-
spritzte. »Ha, a Wiele wird des Fleisch scho no braucha«, sagte sie
in dem für sie typischen schwäbischen Singsang.

Afra Haberl wandte den Blick zur Decke. »Der Herr weiß,
warum ich das verdient habe«, murmelte sie.

Annelies und Gretel, die an dem großen Holztisch in der Küchenmitte Kartoffeln schälten, kicherten wieder. Wenn die Herrschaft gegessen hatte und sich der Abend dem ruhigeren Teil zuwandte, würden sich später hier die Dienstboten versammeln, die Reste genießen und sich über die aufgeschnappten Neuigkeiten austauschen. Das war der Vorteil, wenn im Lilienpalais, wie Herrschaft und Diener das Haus gleichermaßen liebevoll nannten, ein feierliches Abendessen gegeben wurde. Zwar sorgten die Vorbereitungen nahezu für eine Verdopplung der täglichen Arbeit, doch Carl von Seybach, der Hausherr, hatte sich nie lumpen lassen, wenn es um das Wohl seiner Angestellten ging.

»Dem Herrn han i hit scho a Gebet gschickt, wo sich gwäscht hot«, brummte Berti und wischte sich die Hände an einem Geschirrtuch ab. »Der Pudding isch nämlich nint worra.«

»Was soll das heißen?«, giftete Afra Haberl sofort. »In der Menübesprechung hatten wir ausdrücklich drei Gänge festgehalten: ein Rübensüppchen, den Sonntagsbraten und einen Pudding mit Obst.«

»Des woaß i scho, aber wega dem wurd der Pudding au it andersch.«

Die Hausdame wurde blass wie der weiß gestärkte Spitzenkragen an ihrem dunkelgrau gestreiften Kleid. »Gott sei mir gnädig«, murmelte sie erneut, und wieder kicherten die Mädchen. »Sag, Louisa! Wie weit ist das Zimmer des gnädigen Herrn?«

Louisa knickste und senkte leicht den Blick. »Alles ist vorbereitet, Frau Haberl«, erwiderte sie mit sanfter Stimme. Sie wusste, dass die Hausdame sie besonders kritisch beäugte, denn sie war als Letzte hier eingestellt worden. Sie arbeitete jetzt seit einem knappen Jahr im Hause derer von Seybach. Davor hatte sie eine Anstellung bei den Nachbarn angetreten, doch weil es bei den von Löwensteins nicht so gut gepasst hatte, hatte Carl von Seybach sie abgeworben.

»Gut, das werde ich mir gleich ansehen«, entschied Afra, raffte ihre Röcke und verließ die Küche.

»Mach dich auf ein Donnerwetter vom Gifthaberl gefasst, wenn du die Bettdecke auch nur einen Millimeter zu weit zurückgeschlagen hast«, gluckste Annelies.

»Keine Sorge, ich habe genau darauf geachtet.« Louisa schenkte ihr ein dankbares Lächeln. In den ersten Wochen hatte Frau Haberl sie deutlich spüren lassen, wie viel Glück sie hatte, im Lilienpalais sein zu dürfen. Kein gutes Haar hatte sie an Louisas Arbeiten gelassen, sie die Schuhe mehrfach putzen und die Kerzenleuchter nachpolieren lassen. Immerhin in den Küchenhilfen hatte Louisa gleich Verbündete gefunden.

»Ihr solla Erdepfel schela un it Maulaff feilhalta!«, ermahnte Berti sie, die einen großen Topf mit Wasser auf den Herd wuchtete. »Louisa, hosch dia Servierplatta scho poliert?«

Louisas Augen weiteten sich erschrocken. Das hatte sie in dem Eifer ganz vergessen. Seit der Brief des Erbgrafen angekommen war, befand sich das ganze Haus in Aufruhr.

»Na, hopp, bevor des Gifthaberl kunnt!« Berti zwinkerte ihr zu.

Louisa setzte sich zu den Dienstbotinnen an den Küchentisch und begann damit, die silbernen Servierplatten mit dem Familienwappen – ein Helm mit Schild, dessen obere Hälfte die bayrischen Rauten zeigte, die untere in Anlehnung an den Familiennamen einen sich dahinschlängelnden Bach – zu polieren.

»Ob Maximilian alleine anreist?« Gretel hielt einen Moment inne und blickte verträumt vor sich hin.

»Darauf hoffst du wohl, was?« Ein unsanfter Stoß von Annelies in die Rippen ließ Gretel mit dem Kartoffelschälen weitermachen.

»Jede hofft das«, verteidigte sich die Dienstbotin, und Louisa spürte, wie ihr Gesicht eine sanfte Röte überzog. Schnell senkte sie den Kopf noch ein wenig tiefer, in der Hoffnung, dass es im Schein der Kerzen nicht auffiel.

»Eine gute Partie ist er, unser junger gnädiger Herr. Vor allem jetzt, wo er auch ein Doktor ist«, seufzte Annelies sehnsüchtig. »Und so lange schon lässt er die heiratsfähigen Damen Münchens zappeln. Aber von einem wie ihm kann unsereins nur träumen. Ein Skandal wäre das.«

»Sunsch hot des Personal jo nint zum Schwätza«, brummte Berti vom Herd aus.

»Soweit ich weiß, ist er um die Weihnachtszeit öfter mit Helene von Riepenhoff ausgegangen«, sagte Gretel.

Louisa musste schlucken, als sie daran dachte, wie oft er und die Komtess zusammen gesehen worden waren. »Man sagt sogar, dass er zum Neujahrsessen bei ihr im Hause eingeladen war.« Die Erinnerung daran versetzte ihr immer noch einen kleinen Stich.

»Bei dem großen Adventsball hat man sie auch des Öfteren zusammenstehen sehen«, meinte Annelies.

»Ja, aber getanzt hat er nie mit ihr«, wandte Gretel ein.

»Die Erdepfel, Meidle!«, rief Berti mit durchdringender Stimme.

Die drei Dienstbotinnen warfen sich einen amüsierten Blick zu und kicherten wieder.

»Vielleicht tanzt er ja nicht gerne?«, fragte Louisa neugierig, doch auf Bertis Räuspern hin schwieg jetzt auch sie.

»Louisa?«

Sie zuckte zusammen, als sie die Stimme der Hausdame hinter sich hörte. Sofort stand sie auf und sah Afra Haberl mit klopfendem Herzen an. »Ja, Frau Haberl?«

»Gute Arbeit.« Afras Lippen waren schmal wie die Nadelstreifen auf ihrem Kleid, als bereitete es ihr größte Mühe, das Kompliment auszusprechen. »Du hast heute eine Premiere: Du wirst beim Abendessen servieren. Anna ist leider unpässlich. Oben auf dem Dachboden steht eine Kleidertruhe. Nimm dir von dort eine Dienstbotenuniform. So kannst du dich keinesfalls sehen lassen.« Missbilligend blickte sie an Louisas dunkelbrauner Robe hinunter. Der grobe Stoff war zwar nicht der beste, aber er wärmte gut, war schmutzresistent und reißfest, und ihre Familie hatte es einen ganzen Monatslohn gekostet, um für Louisas neue Anstellung dieses Kleid fertigen zu lassen.

Die Hausdame griff sich in ihre ergrauenden Locken, die sie fest nach hinten gesteckt hatte, und prüfte geistesabwesend, ob sich auch ja keine Haarsträhne aus ihrer strengen Frisur gelöst hatte. Das tat sie immer, wenn sie nachdachte. »Finni soll dir dabei helfen. Es gibt bestimmt noch ein Kleid, das dir passt und in dem du der Herrschaft unter die Augen treten kannst. Und solltest du dich bewähren, lassen wir dir deine eigene Uniform schneidern – oder eines der Kleider für dich abändern«, fügte sie mit gekräuselten Lippen hinzu.

Louisa nickte, doch sie stand noch immer wie festgewachsen vor der Hausdame.

»Na los!«, rief diese. »Oder brauchst du eine gesonderte Einladung?«

»Nein, Frau Haberl.«

»Wir sehen uns in …« Sie zog wieder ihre silberne Taschenuhr aus der Brusttasche. »Sieben Minuten. Und lass dir von Finni auch zeigen, wie man einen ordentlichen Haarknoten macht.«

Louisa knickste und lief, zwei Stufen auf einmal nehmend, das hintere Treppenhaus des Stadtpalais nach oben in den zweiten Stock. Das vordere Treppenhaus mit der imposanten Glaskuppel, dem üppig begrünten Wintergarten, in dem es gerade zuging wie in einem Ameisenhaufen, und den beeindruckenden Balustraden war der Familie und deren Gästen vorbehalten. Louisa hatte noch am Mittag auf der Leiter gestanden und dort das Porträt Eloise von Seybachs, der verstorbenen Gemahlin des Hausherrn Carl, abgestaubt. Eine wunderschöne Dame mit blonden Locken, kunstvoll zu einer Frisur gesteckt, und dazu trug sie ein champagnerfarbenes Kleid, das sie elfenhaft und zart wirken ließ. Sie musste eine beeindruckende Frau gewesen sein, und manchmal fragte sich Louisa, ob der Schatten ihres Todes noch immer über dem Haus lag, denn die Gräfin war viel zu früh an Schwindsucht gestorben. Louisa hatte wie jede Woche die Lilien – Gräfin Eloises Lieblingsblumen, denen das Palais seinen Namen verdankte – aus der

Bodenvase vor dem Gemälde genommen und gegen einen frischen Strauß aus dem Gewächshaus getauscht.

Sie erreichte die zweite Etage, in der die privaten Gemächer der Herrschaft untergebracht waren. Zur Straße hin hatten Carl von Seybach und sein Sohn Maximilian ihre Zimmer, dahinter lagen die Räume der Hausherrin Gräfin Henriette, Carls Mutter. Dann kamen die Gemächer der Mädchen, wobei Fräulein Johannas Zimmer nach ihrer Hochzeit bald nur noch als Gästezimmer genutzt würde, zur Freude der Komtess Isabella, die dann wieder ihr Ankleidezimmer für sich allein hatte, wie Louisa aus Gesprächen mit Finni wusste. Doch die beiden Cousinen schienen ansonsten gut miteinander auszukommen.

Sicherlich freut sich auch Fräulein Johanna auf das Abendessen heute, dachte Louisa, denn zur Feier des Tages war ihr Verlobter Alexander von Reuss eingeladen, Maximilians Freund aus Kindertagen.

Ihr Herz hämmerte gegen ihren Brustkorb, und Louisa musste einen Augenblick am oberen Treppengeländer stehen bleiben und verschnaufen, doch dann machte sie sich gleich wieder auf – jetzt allerdings auf Zehenspitzen, denn man hatte ihr beigebracht, sich lautlos und unauffällig zu bewegen – und huschte über den breiten Flur zu Komtess Isabellas Ankleidezimmer. Sie ging davon aus, dass die Kammerzofe der jungen Dame noch bei den letzten Handgriffen an ihrer Garderobe half.

Zaghaft klopfte sie gegen die schwere Holztür mit den schönen Schnitzereien.

»Herein?«, erklang Isabellas honigwarme Stimme von drinnen.

Louisa öffnete die Tür und knickste. »Verzeihung, ich …«

»Ist er schon da?«, rief die Komtess außer sich vor Freude, doch Louisa schüttelte den Kopf.

»Warten Sie, Isabella!« Finni, die rotblonde Zofe, hatte Mühe, die Bänder des Kleides zu halten, in das sie die schlanke Isabella gerade zu schnüren versuchte. »Die Bänder müssen sauber sitzen.«

»Das kannst du ruhig so lassen, sonst kann ich nachher nicht genügend von Bertis leckerem Krustenbraten essen«, entschied Komtess Isabella und hielt sich einen Schmuckkamm an ihr dunkles, welliges Haar, das Finni bereits zu einer kunstvollen Frisur aufgesteckt hatte.

»Ihre Großmutter wird mich dafür umbringen«, gab Finni zu bedenken.

Isabella winkte ab. »Bei so vielen Lagen Stoff wird sie gar nicht bemerken, wie das Kleid nun geschnürt ist. Unbequem ist es mit seinen Fischbeinstäben so oder so. Sei froh, dass du so ein bequemes Kleid tragen kannst, Louisa.«

Louisa sah sie an. »Frau Haberl schickt mich nach einem vorzeigbaren Kleid. Ich soll heute Abend beim Essen bedienen und brauche eine Dienstbotenuniform dafür.«

»Was? Das ist ja großartig«, freute sich Isabella. »Dann bist du endlich eine Stufe bei ihr aufgestiegen. Meine herzlichsten Glückwünsche.«

Louisa lächelte scheu. Sie wusste, dass die Worte der Komtess von Herzen kamen, doch ob das tatsächlich ein Grund zur Freude war, blieb abzuwarten. Außerdem fühlte sie sich nicht wohl, in Komtess Isabellas Anwesenheit in deren Gemächern zu sein, denn normalerweise brachte Louisa in den Morgenstunden nur unbemerkt frisches Wasser für die Frisiertische, zündete die Kaminfeuer an und leerte die Nachttöpfe. Dabei von der Herrschaft gesehen zu werden, galt als äußerst unschicklich. Wenn dann alle beim Frühstück saßen, lüftete Louisa die Betten und wischte dort Staub, wo Isabella von Seybach jetzt ihren Schmuck ausgebreitet hatte. Hoffentlich fand sie keinen Krümel oder ein Staubkorn zur Beanstandung, wobei sich die Komtess bisher noch nie über etwas Derartiges beschwert hatte.

»Wie viel Zeit haben wir?«, fragte Finni und schloss mit einem energischen Knoten Isabellas Kleid.

»Au!«, rief Isabella und keuchte nach Luft.

»Verzeihung.«

»Jetzt vermutlich noch vier Minuten. Frau Haberl will mir gleich noch eine Einweisung geben.«

»Was?« Entsetzt drehte sich die Zofe zu ihr um. »Das sagst du mir erst jetzt? Los, komm, wir müssen ein Kleid für dich aussuchen! Ich bin gleich zurück, Komtess Isabella.« Sie griff nach Louisas Hand und zog sie mit sich aus dem schönen Gemach.

»Frau Haberl sagt, in der Truhe oben auf dem Dachboden gäbe es noch Dienstbotenkleider«, sagte Louisa, aber Finni winkte ab.

»Da ist keines dabei, das dir passt.« Gleich darauf stolperten sie in Finnis Schlafstube im hinteren Dienstbotenbereich, unweit von Isabellas Zimmern. Der Raum war ein paar Fußbreit größer als ihr eigenes Zimmer. Denn Louisa hatte die Mansarde unter dem Dach bezogen, weil sie als Letzte ins Haus gekommen war und es sonst keinen Platz mehr für sie gegeben hatte. Es war dort zugig und kühl, und die steile Holztreppe war in der Dunkelheit nur mit einer Kerze in der Hand eine Herausforderung, aber immerhin musste sie nicht in den Hängeböden der Zwischendecke schlafen, wie sie es schon von manch anderen Dienstboten gehört hatte.

»Setz dich!«, befahl Finni, und Louisa nahm auf dem Bett Platz. »Das hier ist gut«, entschied sie gleich darauf und tauchte mit einem dunkelgrauen, bodenlangen Kleid und einer weißen Schürze wieder aus ihrem Kleiderschrank auf. »Das kannst du haben, es sollte dir passen.« Sie war vor Louisa getreten und hielt es ihr vor den Körper. Louisas Figur war ein wenig weiblicher als Finnis, dafür war Finni ein Stückchen größer, doch fürs Erste sollte es gehen. Mit einem aufmunternden Lächeln sah ihre Freundin sie an.

Louisa fuhr mit den Fingerspitzen über den schweren, tadellos gewebten Stoff, die feinen schwarzen Streifen entlang.

»Wirklich?«, hauchte sie.

»Auf! Du wirst es in Zukunft öfter brauchen. Und dann wird es endlich Zeit, dass du dein eigenes bekommst. Du hast dich jetzt lange genug verdient gemacht.« Die Zofe zog Louisa auf die Beine und half ihr beim Auskleiden. »Keine Widerworte, dafür haben wir ohnehin keine Zeit mehr.«

Rasch war Louisa aus ihrem Kleid gestiegen, und schon bald darauf hatte Finni das andere über ihren Körper geworfen. Mit geschickten Fingern schloss Finni die Knöpfe auf dem Rücken und band ihr die weiße Schürze um. Dann nahm sie Louisas blonde, schulterlange Haare zu einem Dutt zusammen, steckte die gestärkte weiße Haube fest, sodass sie kokett ein wenig schräg saß, und warf einen letzten prüfenden Blick in den Spiegel. »So wird es gehen«, entschied sie, nachdem sie mit ein paar Klammern noch eine vorwitzige Locke in den Haarknoten an Louisas Hinterkopf gesteckt hatte. »Nächstes Mal zeige ich dir, wie man ihn steckt, dann kannst du es selbst. Aber für jetzt muss es reichen, sonst kommst du zu spät.«

»Ich danke dir.« Louisa stand auf, umarmte ihre Freundin, raffte ihre Röcke und lief mit eiligen Schritten die Dienstbotentreppe wieder nach unten, wo Afra Haberl an der Tür zum Speisezimmer bereits auf sie wartete. Sie zog ihre Taschenuhr hervor, warf mit hochgezogener Augenbraue einen Blick darauf und nickte kaum merklich. »Pünktlich auf die Sekunde.«

Louisa schenkte ihr ein zaghaftes Lächeln, doch es blieb unerwidert. Sie musste sich beherrschen, um nicht zu tief einzuatmen und der Hausdame zu zeigen, wie knapp die Zeit bemessen war. Das hatte sie sicherlich absichtlich getan, um Louisa an der nächstmöglichen Stelle wieder abstrafen zu können – aber davon ließ Louisa sich nicht einschüchtern. Sie hatte zwar bei den von Löwensteins einen unglücklichen Start gehabt, als sie vor fünf Jahren aus Garching für ihre erste Anstellung nach München gekommen war, aber sie lernte schnell, und sie wusste, worauf es ankam, wenn sie ihre Stellung hier nicht verlieren wollte. Sie war gut.

Sei pünktlich, demütig und freundlich, hatte ihr ihre Mutter eingeschärft, bevor sie damals ihre Eltern und ihre jüngeren

Geschwister verlassen hatte. Jeder Mund, der nicht mehr gestopft werden musste, war ein Segen, und so hatte man Louisa mit ihren dreizehn Jahren aus Garching nach München in ein Anstellungsverhältnis geschickt. Lerne, so viel du kannst. Dann wirst du deinem zukünftigen Mann einen guten Haushalt führen und deinen Kindern eine liebende Mutter sein.

Louisas Augen brannten bei der Erinnerung daran. Das Leben hier war hart, und sie vermisste ihre Familie schmerzlich. Nicht einmal an ihren freien Sonntagen, die ihr alle zwei Wochen zustanden, konnte sie ihre Familie besuchen. Dafür war der Weg zu Fuß mit dreieinhalb Stunden einfach zu weit. Nur äußerst selten machte sie sich schon im Morgengrauen auf, wenn das Heimweh zu groß wurde und die Sehnsucht nach Caroline, ihrer jüngeren Schwester, sie übermannte. Caro, um die sie sich damals gekümmert hatte, nachdem ihre Mutter eine Fehlgeburt mit Komplikationen erlitten hatte.

Die Hausdame legte die Hand auf die Klinke der doppelflügeligen Tür des Speisesaals und maß Louisa mit kühlem Blick. »Ich werde dir jetzt zeigen, wo du während des Essens zu stehen hast. Du wirst eine Beilage servieren, die Erbsen. Oder nein, das ist zu schwierig. Die könnten davonrollen. Wenn nur eine auf den kostbaren Seidenteppich fällt, wird man es mir anlasten, dich nicht besser eingewiesen zu haben. Du nimmst die Kartoffeln, das ist einfacher für den Anfang.« Afra öffnete den rechten Flügel der Tür, und als Louisa jetzt das Meißner Porzellan auf der gestärkten Brokattischdecke sah, das sie vorhin noch selbst aufgedeckt hatte, und wie das Silberbesteck mit den makellos polierten Weingläsern im Kerzenschein um die Wette glänzte, wurde auch sie von einer eigentümlichen Vorfreude ergriffen. Es musste ein Traum sein, nur ein einziges Mal an einer so herrlich gedeckten Tafel zu sitzen und hier speisen zu dürfen.

»Du hast hier zu stehen«, erklärte die Hausdame in strengem Tonfall und deutete auf einen Platz neben dem offenen Kamin.

»Und denke immer daran: Du hältst dich im Hintergrund, beobachtest die Herrschaften dezent, aber aufmerksam, sodass du bei Bedarf nachlegen kannst. Vermeide es, dass man dir ein Zeichen gibt. Schon ehe eine Beilage auf dem Teller zur Neige geht, musst du es bemerken und nachlegen.«

Louisa nickte. Im Hintergrund halten, beobachten, frühzeitig nachlegen, wiederholte sie in Gedanken.

»Man darf dich dabei nicht hören. Du sollst schließlich nicht stören«, schärfte Afra Haberl ihr noch einmal ein. »Kein Knarzen der Dielen, soweit möglich. Kein Klirren der Gabel, kein Schaben des Löffels. Sonst klingt es, als gäbe es nicht genug Essen im Haus.«

Wieder nickte Louisa angespannt. Die Hausdame wollte den Raum gerade wieder verlassen, da drehte sie sich noch einmal zu Louisa um. »Und noch etwas.« Afras Blick wurde eisern und hart. »Über was auch immer sich die Herrschaft heute Abend unterhält, du darfst mit keinem Laut, keinem Mucks, ja nicht einmal mit einem Mienenspiel zu erkennen geben, dass du den Tischgesprächen folgst. Und egal, was bei Tisch besprochen wird, es bleibt hier in diesem Saal. Kein Klatsch, kein Tratsch und keine Gerüchte unter dem Personal.«

Louisa nickte mit angehaltenem Atem. Ihr Puls beschleunigte sich unwillkürlich. Was würde sie heute wohl erfahren, wenn Maximilian von Seybach von seiner sechswöchigen Studienreise zurückgekommen war? Dieses Mal würde sie es mit eigenen Ohren hören und nicht erst aus den Gesprächen beim Dienstbotenessen erfahren. Denn natürlich redete die Dienerschaft nur allzu gern über ihre Herrschaft.

»Gott stehe mir bei, dass das eine gute Entscheidung ist«, murmelte Afra Haberl, doch noch ehe sie weitere Stoßgebete aussprechen konnte, hörten sie von draußen aufgeregtes Stimmengewirr und Poltern im Treppenhaus.

»Sie kommen!«, rief Schorsch, der Stallbursche. »Die Kutsche fährt vor!«

Louisas Herz begann aufgeregt zu hämmern. Fast war es, als schlage es in einem Rhythmus mit Komtess Isabellas eiligen Schritten, die dumpf von der Treppe zu vernehmen waren. Sicherlich würde sich Henriette von Seybach über das unziemliche Verhalten ihrer Enkelin später echauffieren, aber konnte man es der Komtess verübeln, dass sie sich nach dieser langen Zeit auf ihren Bruder freute?

»Jetzt gilt es also«, sagte Afra Haberl und straffte die Schultern, doch ihr Satz ging in Isabellas freudigem Jubelschrei unter.

»Max!«, rief das Nesthäkchen des Hauses. »Du bist wieder da! Endlich!«

2

Maximilian

Maximilian von Seybach stieg aus dem Zweispänner, während der Kutscher ihm die Tür aufhielt. Er nickte Xaver dankbar zu, als dieser ihm seinen Spazierstock reichte. Die lange Fahrt hatte ihm zugesetzt, und sein Bein bereitete ihm Schmerzen. Seit einem Reitunfall in seiner Jugend litt er unter einer Falschgelenkbildung, daher brauchte er jetzt die kleine Unterstützung. Vor der Treppe des Haupteingangs angekommen, umschloss seine Hand den goldenen Falken fester, der den Knauf des Ebenholzstocks bildete. Als er die vier Stufen erklomm, die zum Lilienpalais hinaufführten, traten seine Fingerknöchel weiß hervor. Ein brennender Stich zog durch sein rechtes Schienbein, ausgehend von der Stelle, an der seit vielen Jahren eine Narbe die Haut entstellte. Unter dem gütigen Blick seines Kammerdieners erreichte Maximilian endlich das eindrucksvolle Portal. Albrecht, dem man seine fünfundsechzig Lebensjahre nicht ansah, nahm ihm den Reisemantel von den Schultern und nickte ihm wohlwollend zu. »Willkommen zu Hause, Herr Dr. von Seybach.«

»Vielen Dank.« Maximilian reichte ihm auch seinen Spazierstock, denn er wollte sich vor seiner Familie keine Blöße geben. Er hasste es, schwach zu wirken.

Er betrat den üppig begrünten Wintergarten, der als Eingangshalle diente. Im blank polierten Marmor spiegelten sich die Kerzenflammen der Silberleuchter. Die Kissen auf dem roten Seidenkanapee waren aufgeschüttelt und luden Maximilian regelrecht ein, eine kleine Pause einzulegen, doch er biss die Zähne zusammen und lief weiter. Es kostete ihn große Mühe, nicht zu humpeln. Zum Glück würde die Abendgesellschaft heute im großen Speisesaal im Parterre essen. So blieb ihm erst einmal der lange Aufstieg in die oberen Stockwerke erspart.

Als er die Eingangshalle durchquerte, sah er sich unauffällig um. Sie war nicht da. Natürlich nicht. Maximilian verspürte einen leisen Stich. Vor knapp einem Jahr war er hier Louisa, ihrer neuen Dienstbotin, begegnet. Er sah es noch genau vor sich, wie sie schüchtern und ein wenig verloren dagestanden hatte. Eigentlich hatte er an diesem Tag auf Auguste von Schönburg gewartet, die seine Großmutter zum Tee eingeladen hatte. Wieder eine adlige Dame, mit der er sich beim Parlieren ohnehin nur langweilen würde, und die er nicht zu heiraten beabsichtigte. Also beschloss er, einfach zu gehen, zumal die Komtess von Schönburg nicht pünktlich zugegen war. Und da es ihn zudem geärgert hatte, dass man schon wieder versuchte, ihn in eine vermeintlich angemessene Ehe zu drängen, gingen die Pferde mit ihm durch.

»Ich werde niemanden zum Tee empfangen, an dem ich kein Interesse habe«, hatte er seiner Großmutter entschieden erklärt. »Und dann verspätet sie sich auch noch. Was soll ich mit so einer Partie? Da kann ich genauso gut auch mit Alexander und Leopold ausreiten.«

»Sie wird sicherlich jeden Moment hier sein, wer weiß, was ihr dazwischengekommen ist. Und du wirst hier warten und sie begrüßen, wie es sich gehört«, beharrte Henriette.

Mit stolz erhobenem Haupt ging Maximilian daraufhin aus dem Empfangszimmer des ersten Stocks, trat ans Geländer und sah hinunter. Und zu seiner Überraschung stand da tatsächlich eine Frau, allerdings nicht Auguste von Schönburg, sondern Louisa.

Um seine Mundwinkel zuckte es, als er die verschüchtert wirkende Dienstbotin in ihrer dunkelbraunen Robe erblickte. Eigentlich hatte er sich nur einen Spaß mit seiner Großmutter erlauben wollen, als er übertrieben laut rief: »Fürwahr, Großmutter, sie ist da! Dann werde ich meine Zükünftige mal begrüßen.« Ein wenig ungelenk stieg er dann die Stufen zu ihr hinab, nahm ihre Hand und führte sie sanft an seine Lippen. Und als er dann Louisa gegenüberstand und ihr direkt in die Augen sah, in dieses tiefe Blaugrau, stockte ihm der Atem. Eine Farbe, so leuchtend blau und klar wie der Himmel an einem Wintermorgen, ging es ihm durch den Kopf. Für einen Moment vergaß er alles andere um sich herum, vergaß, wohin er wollte und weshalb er diesen Groll in sich verspürt hatte.

»Sie erlauben, Teuerste?«, raunte er und deutete einen Kuss an. Für einen Moment hatte er das Gefühl, dass aus seinem Spiel Ernst geworden war.

»Maximilian!«, hatte Henriette von Seybachs Stimme durch das Entree gehallt. »Mach dich nicht lächerlich. Du weißt ebenso gut wie ich, dass das unsere neue Dienstbotin ist.«

»Ach, das ist wirklich zu schade«, hatte Maximilian seufzend gesagt, weil er der Situation ein wenig Leichtigkeit verleihen wollte. Doch er merkte selbst, dass er Louisa mit seinen Worten verletzt hatte, denn die Dienstbotin hatte den Blick gesenkt und fixierte fest den Boden zwischen ihnen. Um es wiedergutzumachen, wandte er sich zu dem lebensgroßen Porträt seiner Mutter, zog eine Lilie aus der Blumenvase und überreichte sie Louisa. Eine schwache Entschuldigung zwar, aber immerhin eine, die ihn vor seiner Großmutter nicht ins Lächerliche zog.

»Nun, da deine für mich Auserwählte anscheinend heute überhaupt nicht mehr erscheint, werde ich die Zeit jetzt sinnvoll nutzen und meine Freunde nicht länger warten lassen.« Maximilian hatte vor Louisa leicht den Zylinder gezogen und auf direktem Wege das Haus verlassen.

Sein Blick wanderte bei der Erinnerung die imposante Treppe hinauf und dann zur Decke, eine beeindruckende Glaskuppel. Am Tag fing sie das Sonnenlicht und brach es tausendfach, sodass die Farben auf dem Marmor wie unzählige Regenbogenteilchen tanzten, und wenn die Dienstboten die Lichter gelöscht hatten, konnte man in klaren Nächten die Sterne sehen.

An der Balustrade des zweiten Stocks erblickte Maximilian seine Großmutter Henriette von Seybach, eine Frau, die Würde und Grazie ausstrahlte. Maximilian winkte ihr zu, doch seine Großmutter nickte nur förmlich.

Oh Großmutter, dachte Maximilian, wann wirst du nur endlich deinen Stolz und deine Haltung ablegen und einmal wahre Gefühle zeigen? Er wusste, dass sie sich sehr über seine Rückkehr freute. Maximilian warf einen Blick auf das nahezu lebensgroße Gemälde auf der linken Seite der Treppe, vor dem auch heute wieder die Pokalvase mit einem opulenten Lilienstrauß stand. In einem goldenen Rahmen hieß Eloise von Seybach jeden Besucher mit ihrem gütigen Blick willkommen. Sie hätte es sich gewiss nicht nehmen lassen, ihre Freude zu zeigen, und ihren Sohn bei seiner Ankunft mit einer warmen Umarmung begrüßt. Sechs Jahre war sie nun schon tot – und der Schmerz war immer noch genauso groß wie damals. Wie sehr er sie doch vermisste!

»Max, du bist wieder da! Endlich!« Das war Isabellas Stimme, und im selben Augenblick kam seine Schwester auf ihn zugestürmt und fiel ihm um den Hals.

Maximilian hatte Mühe, sich auf den Beinen zu halten, so ungestüm war die Begrüßung des jüngsten Familienmitglieds. Bestimmt blieb das auch seiner Großmutter nicht verborgen, und sie würde sich später mit ihrem Tadel an Isabella nicht zurückhalten. So ein Verhalten geziemte sich nicht für eine von Seybach.

»Oh, ich freu mich so!«, rief Isabella.

»Ich konnte es auch kaum erwarten, Schwesterherz. Lass dich ansehen.« Maximilian legte ihr die Hände um die Taille und schob sie ein Stück von sich. Er war erleichtert, dass er sich so unbemerkt auf sie stützen konnte. »Gut siehst du aus. Das machen bestimmt die vielen Ausflüge ins Theater.« Er zwinkerte, und Isabella zwinkerte wissend zurück.

Gleich darauf schoss ein kastanienbrauner, langhaariger Hund mit schmalem Kopf und schlankem Körper auf ihn zu. Sein tiefes Bellen hallte vom Marmor der Eingangshalle wider. Das war Caesar, Isabellas irischer Setter. Leopold, Maximilians Freund und Nachbar der von Seybachs, hatte ihn Isabella Anfang des Jahres nach einer Jagdgesellschaft mitgebracht, weil er aufgrund seines hohen Alters seinen Pflichten nicht mehr nachgekommen war. Und die tierliebe Isabella hatte ihn kurzerhand aufgenommen. Maximilians Cousine Johanna hatte Mühe, Caesar an der Leine festzuhalten, und es gelang ihr nicht, den Hund zurückzuziehen, als er jetzt an Maximilian emporsprang und seine Vorderpfoten auf seinen Bauch stützte. Maximilian geriet aus dem Gleichgewicht, fing sich mit einem Schritt zurück aber wieder. Ein herzhaftes Schlecken über sein Gesicht folgte, und er verzog, halb überrascht, halb erfreut, den Mund.

»Caesar, du Ungestümer!«, tadelte Maximilian den Hund seiner Schwester, doch dabei kraulte er liebevoll das kleine weiße Abzeichen an dessen Brust.

»Entschuldige«, sagte Isabella sofort und nahm den Hund am Halsband, um ihn von Maximilian wegzuziehen. »Aber du weißt ja, wie er ist. Er freut sich genauso wie wir, dass du wieder da bist.«

»Kein Problem.« Maximilian streichelte lächelnd über den treu dreinblickenden Hundekopf.

»Da komme ich ja genau rechtzeitig vom Spaziergang mit ihm zurück«, sagte Johanna. »Und ich habe mich schon gewundert, weshalb er so an der Leine zieht. Hallo, Maximilian.« Seine Cousine umarmte ihn ebenfalls und deutete einen Wangenkuss an. Wahrscheinlich würde Großmutter auch das nicht gutheißen, aber ihr hatte Johannas heißes Blut ja schon im letzten Jahr bei ihrer Ankunft missfallen. Dazu hatte seine Cousine mit ihrem Äußeren, vor allem mit dem honigblonden Haar und den grünen Augen, der Männerwelt von München ganz schön den Kopf verdreht. Allen voran Alexander, seinem besten Freund.

341

»Wo ist es denn?«, fragte Isabella.

»Was meinst du?«

»Na, mein Geschenk. Ich weiß doch, dass du mir etwas mitgebracht hast.«

Maximilian schmunzelte. Er kam nie mit leeren Händen von einer längeren Reise zurück. Und jetzt, nach seiner sechswöchigen Studienreise nach Montpellier, freute er sich umso mehr darauf, die strahlenden Gesichter seiner Liebsten zu sehen, wenn er ihnen die individuell ausgesuchten Überraschungen überreichte. Auch die Dienstboten bedachte er stets mit kleinen Aufmerksamkeiten, schließlich gehörten sie genauso zum Haus wie seine Familie, und er sah gerne die Freude in ihren Gesichtern, wenn sie ihre Päckchen auswickelten, da solche Momente etwas Besonderes für sie waren.

»Xaver und Albrecht laden im Moment die Kutsche aus«, sagte er. »Ich habe sie schon angewiesen, zuerst die Reisetasche ins Empfangszimmer zu bringen und danach meine Sachen nach oben zu tragen.«

»Jetzt lass den Jungen doch erst einmal ankommen«, dröhnte Carl von Seybachs Stimme durch das Entree. »Grüß Gott, mein Sohn.« Der Hausherr klopfte Maximilian wohlwollend auf die Schulter. Von ihm hatte Maximilian die Statur geerbt, ebenso das markante Kinn sowie das dunkelbraune Haar, das mittlerweile jedoch vollständig ergraut war. »Wie ich sehe, hat dir deine Reise nicht geschadet.«

Maximilian nickte. Es bedeutete ihm viel, dass sein Vater seine Bemühungen als Mediziner anerkannte. Anfangs war Carl von Seybach von den Plänen seines Sohnes, Arzt zu werden, nicht sehr begeistert gewesen, denn er hatte sich für ihn eine Position bei Hofe gewünscht. Doch nachdem Eloise verstorben war, war Maximilians Wunsch schier ins Unermessliche gewachsen. Er wollte Menschen helfen, wollte die Schwindsucht bekämpfen, damit sie niemanden mehr dahinraffen konnte. Sein persönliches Schicksal wurde sein Antrieb, und er lernte eifriger denn je. Das hatte auch sein Vater erkannt und ihn seitdem unterstützt. Nach seinem Studium hatte Carl ihm auch geholfen, seine Studienreise nach Montpellier zu organisieren, und Maximilian war erneut klar geworden, wie dringend gute Ärzte gebraucht wurden; vor allem von denjenigen, denen eine ordentliche medizinische Versorgung immer noch vorenthalten blieb. In der französischen Stadt hatte er gesehen, wie groß das Leid besonders in den unteren Gesellschaftsschichten war.

»Komm, lass uns auf deine Rückkehr anstoßen.«

»Das wird wohl warten können, bis mein Enkelsohn auch mich anständig begrüßt hat. *Chaque chose en son temps*«, ließ sich jetzt Henriette von Seybach vernehmen. »Schließlich renne ich nicht wie ein von der Tarantel gestochenes Jungfohlen mit wehenden Röcken durch die Gänge, um mich bei der Begrüßungszeremonie vorzudrängeln.«

Da war er, der Seitenhieb gegen Isabella. Maximilian verbiss sich ein Lachen. Als ob man sich in seiner Familie bei inoffiziellen Anlässen je an die Rangordnung einer Begrüßungszeremonie gehalten hätte. Aber es war doch allzu offensichtlich, dass seine Großmutter als Familienälteste pikiert darüber war, von ihm nicht als Erste begrüßt worden zu sein – sah man von dem stillen Gruß zwischen ihnen einmal ab.

Henriette von Seybach lief würdevoll die letzten Stufen nach unten und kam auf die kleine Gruppe zu, wobei ihr Stock bei jedem Schritt auf dem Marmor widerhallte. »Grüß Gott, Maximilian.« Sie streckte ihm die Hand entgegen und erlaubte ihm einen Handkuss.

»Großmutter …« Maximilian deutete ein Nicken an, doch er senkte den Blick dabei nicht. Zu neugierig war er, ob Henriette von Seybach ihre Strenge aufrechterhalten konnte. Sie konnte es nicht. Für einen winzigen Moment zuckte es um ihre Mundwinkel, was ihn tief in sich hineinlächeln ließ. Er wusste, dass seine Großmutter immer nur das Beste für ihre Sprösslinge wollte, egal, wie hart sie sich nach außen hin zeigte. Caesar stupste gegen Maximilians Hand, wohl auf der Suche nach einer Leckerei, und schleckte gleich darauf seine Handfläche ab, als er den verfressenen Rüden kraulte.

»Isabella, sorg bitte dafür, dass dieses Tier endlich die Eingangshalle verlässt«, wies Henriette ihre Enkeltochter an.

Isabella nahm von Johanna die Leine und übergab sie an eine Dienstbotin. Unauffällig warf Johanna im selben Moment einen kurzen Blick zum Eingang. Bestimmt sehnte sie Alexanders Ankunft herbei.

»Aber jetzt gehen wir ins Empfangszimmer«, entschied Carl von Seybach. »Dort wartet ein schöner Aperitif auf uns. Siebzehnneunundneunziger Jahrgang, dreißig Jahre in einem Fino-Sherry-Fass gereift. Solche wohlgehüteten Schätze hält Berti für uns nur zu den besonderen Anlässen bereit.«

Henriette verdrehte die Augen angesichts der Fachsimpelei ihres Sohnes. Anders als Isabella, denn die junge Komtess kicherte bloß und hängte sich bei ihrem Bruder ein, der nur zu gern ihren Arm nahm, um sich darauf zu stützen. Johanna ging ihnen nach. Gemeinsam folgten sie Carl und ihrer Großmutter ins Empfangszimmer. Dort wartete ein Diener mit einem Silbertablett und kredenzte den Sherry. Maximilian nahm eines der Gläser und stieß mit seinem Vater an.

»Auf deine Rückkehr!«, verkündete der Hausherr in seinem sonoren Bass, und alle hoben ihr Glas.

Maximilian war erleichtert, als er endlich in einem tannengrünen Sessel Platz nehmen und das Bein ausstrecken konnte. Er stellte sein Sherryglas auf den Nussbaumtisch neben sich und ließ sich von Albrecht die Reisetasche reichen, in die er die Geschenke für seine Familie eingepackt hatte.

»Das hier ist für dich«, sagte er und überreichte Isabella ein Paket, das die Größe eines Wagenrads hatte.

Seine Schwester riss neugierig das Papier beiseite und strahlte, als der edle Federhut aus sonnengelber Seide in der Hutschachtel zum Vorschein kam. An der Krempe war neben der Feder eine ausladende Seidenblume befestigt. Die beiden Geschwister tauschten einen kurzen Blick, der Maximilian bestätigte, dass Isabella ihre Freude haben würde, eine ihrer Theaterrollen damit zu proben.

»Oh, Maximilian, der ist fantastisch für mein Theater...« Sie hielt kurz inne. »Meine Theaterbesuche«, verbesserte sie sich dann.

Maximilian lächelte. Als Nächstes überreichte er Carl und seiner Großmutter die für sie bestimmten Pakete. Sein Vater probierte bald darauf eine Nase voller Schnupftabak mit Kirschgeschmack, und Henriette von Seybach schmückte den Kragen ihres schwarzen, spitzenbesetzten Kleides – die Farbe, die sie seit dem Tod ihres Gemahls trug – mit einer edlen Brosche.

Kurz darauf traf auch Alexander ein, den Maximilian ebenfalls nicht vergessen hatte. Nach der Begrüßung schenkte er seiner Cousine silbern schimmernde Handschuhe aus Seide. »Ein Modeaccessoire, das man nicht nur in Montpellier, sondern auch in Paris gerade trägt«, versicherte er ihr. Sein Freund aus Kindertagen erhielt eine Flasche Cognac. »Damit wir die Abende auch wieder einmal zusammen genießen können«, scherzte Maximilian. »Wie man hört, bekommt man dich kaum zu Gesicht, seit du mit Johanna verlobt bist.«

Alexander fuhr sich lachend durch sein schwarzbraunes Haar. »Nun, wenn du erst einmal die richtige Frau gefunden hast, wirst auch du die Zweisamkeit mit deiner zukünftigen Gemahlin zu schätzen wissen.«

»Ich hoffe, dass das noch eine Weile auf sich warten lässt«, entgegnete Maximilian. Er wollte sich lieber der Forschung in der Medizin widmen, als sich auf Bällen zu präsentieren, eine Frau zu finden und seinen Verpflichtungen als Stammhalter nachzukommen. Er genoss seine Ungebundenheit und hatte vor, dies so lange wie möglich beizubehalten.

»Jetzt, da wir vollzählig sind, lasst uns zu Tisch gehen«, entschied Carl von Seybach. »Es gibt noch einige Ankündigungen zu machen.«

Die Familie folgte dem Hausherrn in den angrenzenden Speisesaal. Vor den Fenstern, die tagsüber den Blick auf die Ludwigstraße freigaben, waren die goldgelben Vorhänge zugezogen worden, und der Saal erstrahlte in warmem Kerzenlicht. Der Kronleuchter über dem breiten Esstisch funkelte wie ein geschliffener Diamant, und Maximilian konnte sich bildlich vorstellen, wie heute Mittag eine der Dienstbotinnen ihn noch einmal nachpoliert hatte. Henriette hatte veranlasst, das gute Meißner Porzellan mit dem Goldrand aufzudecken. Maximilian wurde flau, und das lag keineswegs an dem fruchtig-herben Sherry, den er vorhin auf nüchternen Magen getrunken hatte. Wenn seine Großmutter so eindecken ließ, gab es dafür einen gewichtigen Grund. Was waren das für Ankündigungen, von denen sein Vater gesprochen hatte?

Das Rübensüppchen wurde aufgetragen, und Maximilian beobachtete die anwesende Dienerschaft. Cilli, Bärbel und Matthias bedienten heute bei Tisch. Anna fehlte, doch Maximilian entdeckte stattdessen Louisa. Anscheinend hatte die Dienstbotin, die normalerweise als Stubenmädchen die niedrigsten Aufgaben zu erledigen hatte, sich in seiner Abwesenheit bei Afra Haberl, der Hausdame, verdient gemacht. Das freute ihn, und ein Lächeln huschte über sein Gesicht, als sich ihre Blicke trafen, während sie mit ruhiger Hand Isabellas Weinglas füllte.

Rasch schaute sie wieder weg, doch er hatte ihre wachen, klaren Augen gesehen. Ob es an der dunklen Dienstbotenrobe lag, dass sie heute in einem besonders kräftigen Blaugrau leuchteten – oder an den dichten, vollen Wimpern, die sie umrahmten? Maximilian hätte sich darin verlieren können …

Nach dem ersten Gang wechselte man von den unverfänglichen zu den brisanteren Themen.

»Da im letzten Jahr Konstanze von Crailsheim dem Baron das Jawort gegeben hat, bleiben in dieser Ballsaison nicht mehr so viele gute Partien übrig«, ließ sich die Großmutter vernehmen.

Maximilian, der sich gerade noch ein Stück Brot hatte schmecken lassen wollen, verschluckte sich bei ihren Worten beinahe. Er musste an sich halten, um nicht entnervt auszuatmen.

»Wieso?«, fragte er. »Findest du unsere Isabella etwa zu jung, um in diesem Jahr als beste Partie zu gelten?«

Isabella warf ihm einen warnenden Blick zu und gluckste amüsiert, vertuschte dies aber mit einem Hüsteln hinter vorgehaltener Serviette. Sie war eine geschickte Schauspielerin, das merkte man, auch wenn sie ihr Können nie auf einer Bühne würde präsentieren können. Die beiden Geschwister wussten, dass sie den Heiratsplänen ihrer Großmutter nicht entgehen konnten, doch sie machten sich einen Spaß daraus, Henriette damit aufzuziehen.

»Du weißt sehr wohl, wie ich das meine«, erwiderte Henriette mit spitzen Lippen.

»Aber du hast recht, liebe Großmutter, auch unsere Johanna ist ja Anfang des Jahres von meinem lieben Freund Alexander vom Markt genommen worden, wie du dich auszudrücken pflegst.«

»Ein wenig vorschnell, wie ich finde«, konterte Henriette mit knarzender Stimme und warf einen düsteren Blick auf Johannas Bauch. »Man hört so manches über diese so rasch geschlossene Verlobung.«

»Ich bin mir sicher, dass sie dich als Erstes informieren werden, sollte es diesbezüglich einen Anlass geben«, sagte Maximilian in betont höflichem Tonfall.

Alexander zwinkerte seinem Freund zu, während Johanna ihren Blick starr auf ihren Teller gerichtet hielt. Anscheinend sorgte das Thema im Hause von Seybach noch immer für Zwist.

»Was deine Großmutter damit eigentlich sagen will, mein Sohn«, mischte sich Carl von Seybach ein, »ist, dass es sehr wichtig ist, dass du bald eine angesehene Partie findest.«

»Weshalb?«, fragte Maximilian mit wachsendem Unmut. »Es gab doch auch bisher keinen Grund zur Eile.« Im Gegenteil, er hatte es genossen, dass ihm als Titelerben und einzigem Sohn des Hauses nahezu alle Freiheiten zugestanden worden waren. Wieso wollten sie ihm auf einmal Grenzen setzen?

In Gedanken ging Maximilian seine vermeintlichen »Missetaten« durch, doch bis auf sein Vergehen, dass er zuletzt Helene von Riepenhoff den Laufpass gegeben hatte und sich bei Hofbällen und Tanzabenden stets abseits der Tanzfläche aufzuhalten pflegte, war er sich keiner Schuld bewusst. Warum also diese Dringlichkeit?

Er wollte danach fragen, doch da kam die Dienerschaft, um den nächsten Gang aufzutragen: Krustenbraten mit Lauchgemüse, Erbsen, Stangenbohnen und Kartoffeln, dunkle Soße und dazu ein erlesener Rotwein. Maximilians Leibgericht – irgendetwas passte hier nicht zusammen. Wenn sein Vater und seine Großmutter ihn wirklich zur Raison bringen wollten, hätten sie nicht versucht, ihn mit diesem Essen zu umgarnen.

Die Dienstboten zogen sich an den Rand des Speisesaals zurück, bereit, jederzeit Bertis köstliche Speisen nachzulegen. Maximilians Blick schweifte über Bärbel und Cilli und blieb wieder an Louisa haften. Sie trug ein anderes Kleid als sonst, eine grau gestreifte Dienstbotenrobe, darüber eine blütenweiße Schürze, und ihre Haare waren zu einem festen Knoten zusammengesteckt und unter einer schräg sitzenden Haube fixiert. Schade, normalerweise lockten sich immer ein paar lose Haarsträhnen um das rundliche Gesicht und ließen sie liebreizend aussehen, fast wie eine von Isabellas Puppen. Diese Strenge und der starre Blick passten gar nicht zu ihr. Sie musste schrecklich nervös sein. Maximilian glaubte es an ihrer verkrampften Haltung zu erkennen. Sosehr sie auch versuchte, den Rücken gerade und das Tablett auf Brusthöhe zu halten – wenn er genau hinsah, konnte er sehen, wie das edle Silbertablett vibrierte. Und auf ihren schön geschwungenen Lippen lag kein Lächeln, sondern nur die Anspannung. Die Arme, dachte er, und wieder wurde sein Herz eigenartig weich.

»Maximilian, es ist so, dass ich für dich am Hofe eine ehrbare Stellung auftun konnte«, ergriff sein Vater wieder das Wort. »Du sollst der nächste Leibarzt des Königs werden.«

»Wie bitte?« Maximilians Augen wurden groß. Von diesen Bemühungen seines Vaters hatte er bis eben überhaupt nichts gewusst, und er hätte ihn auch niemals darum gebeten. Er hatte sich eine Stelle im Krankenhaus gesucht, die er jetzt nach seiner Reise antreten wollte, wobei er insgeheim von eigenen Behandlungsräumen träumte. Allein die Vorstellung, zukünftig am Hofe zu dienen und den König zu behandeln, widerstrebte ihm. Maximilian wollte forschen, helfen und etwas in der Welt bewegen. Ganz gewiss wollte er sich nicht um die Wehwehchen eines Adligen kümmern, der Wichtigeres zu tun hatte, als vermeintlich krank im Bett über seine nächsten Regierungsabsichten zu sinnieren.

»Du wirst dort das Ansehen unserer Familie mehren«, verkündete Carl von Seybach stolz. »Mein Sohn, der Leibarzt des Königs.«

Maximilian war der Appetit vergangen, auch wenn Berti wieder einmal exzellent gekocht hatte. Er legte das Besteck mit dem Familienwappen nieder, fuhr mit den Fingerspitzen über den Schlüssel, der über dem Helm eingraviert war und über dem eine Krone schwebte – ein Zeichen, wie nahe die Familie dem königlichen Hof stand.

»Und damit du auch ehrbar dort auftreten und dich auf den Bällen und Gesellschaften angemessen bewegen kannst, habe ich dafür gesorgt, dass du die passende Frau an deiner Seite haben wirst«, fügte seine Großmutter hinzu. »Sophie de Neuville erwartet in den kommenden Tagen deine Aufwartung. Mit ihrer Familie ist bereits alles geklärt, ihr seid so gut wie verlobt.«

»Ich habe mich wohl verhört!«, entfuhr es Maximilian, der so wütend aufgesprungen war, dass sein Stuhl über die Holzdielen schabte.

Im selben Moment erklang ein metallenes Scheppern, gefolgt von einem entsetzten Aufschrei. Alle Blicke wanderten zum offenen Kamin, wo Cilli und Matthias neben Louisa knieten, die dabei war, mit den Händen die Kartoffeln vom Teppich aufzulesen.

»Der gute Seidenteppich!«, rief Henriette bestürzt.

»Die Kartoffeln!«, entfuhr es Alexander, dem anscheinend das Interieur derer von Seybach nicht so sehr am Herzen lag wie das ausgezeichnete Essen.

Carl von Seybach schüttelte kaum merklich den Kopf, während Johanna, Maximilian und Isabella mitleidig zu den Dienstboten sahen.

»Schnell, hol Eimer und Putzzeug!«, wies Cilli Bärbel an, die wie eine Salzsäule dastand und dem Schauspiel zusah.

Kaum einen Moment später hatte Afra Haberl die Tür zum Speisezimmer geöffnet. Sie musste den Lärm von draußen gehört haben.

»Grundgütiger!«, rief sie und schlug sich die Hand vor den Mund. »Es tut mir außerordentlich leid, dass dies geschehen ist«, wandte sie sich sogleich an die Familie von Seybach. »Ich bitte vielmals um Entschuldigung.«

»Siehst du, genau das passiert bei solchen irrwitzigen Vorschlägen«, schleuderte Maximilian seiner Großmutter entgegen. »Und was meine Antwort dazu angeht: Sie lautet Nein! In beiden Fällen!«, wandte er sich nun an seinen Vater. Er hob sein Weinglas und leerte es in einem Zug. Dann lief er mit festem Schritt in Richtung Tür, was ihm sein Bein mit brennenden Schmerzen dankte, die wie Flammen den gesamten Körper emporstiegen. Als er an den Dienstboten vorbeikam, die noch immer mit dem Seidenteppich beschäftigt waren, zog es ihm das Herz zusammen, Louisa auf dem Boden kniend zu sehen, wie sie das Malheur zu beseitigen versuchte, die Wangen vor Scham gerötet.

Sie hob den Kopf, und ihre Blicke trafen sich erneut für einen Sekundenbruchteil. Ihre blaugrauen Augen waren mit Tränen gefüllt. Maximilian presste fest die Lippen zusammen. Er konnte nichts für sie tun. Nachher würde sie sich eine saftige Moralpredigt von Afra Haberl und einen Berg zusätzlicher Arbeiten abholen. Es oblag ihm nicht, die Hausdame zurechtzuweisen. Es wäre an Henriette gewesen, darüber zu walten, die Strafe milde ausfallen zu lassen, doch wie er seine Großmutter kannte, würde diese kein Erbarmen mit Louisa zeigen. Das befeuerte seine Wut, und so verließ er erhobenen Hauptes das Speisezimmer. Das rechte Bein zog er nach, was ihn noch mehr in Rage versetzte.